L'ÉLÉPHANT S'ÉVAPORE

Sobriété et maîtrise narrative sont au rendez-vous des dix-sept nouvelles qui composent ce livre et qui sont autant de variations et d'illustrations de l'imaginaire d'Haruki Murakami, depuis ses débuts dans l'écriture en 1979 jusqu'à la pleine maturité de son talent de conteur.

Au travers de ces différentes histoires, un véritable parcours dans l'univers romanesque de l'auteur s'effectue. Les mêmes fascinations, les mêmes expériences de l'étrangeté, et parfois les mêmes noms de personnages (Noboru Watanabe est ainsi le frère de la femme du narrateur dans une nouvelle, son chat dans une autre, le gardien d'un éléphant qui se volatise littéralement dans une troisième), viennent scander cet ensemble de récits. Y foisonnent des incursions dans le merveilleux et l'insolite, de fausses trames policières dissimulant une quête initiatique, des dérapages inexpliqués qui bousculent l'organisation conformiste du monde ou des fables fantastiques qui remettent en perspective notre conception de la réalité.

Le surgissement de l'improbable, le rêve, l'oscillation entre le passé et le présent, la conscience et l'inconscience, voici quelques-uns des ingrédients qui fondent les livres miroitants et inquiétants d'Haruki Murakami.

Haruki Murakami, né à Kobé en 1949, a étudié la tragédie grecque et dirigé un bar de jazz à Tokyo, avant de se consacrer totalement à l'écriture. Traducteur de Fitzgerald, Irving et Chandler, il rencontre le succès dès son premier roman paru au Japon en 1979. En France, les Éditions du Seuil ont publié, entre autres, La Fin des temps *(1992),* Danse, danse, danse *(1995),* Chroniques de l'oiseau à ressort *(2001) et le recueil de nouvelles* L'Éléphant s'évapore *(1998).*

Haruki Murakami

L'ÉLÉPHANT S'ÉVAPORE

NOUVELLES

traduites du japonais
par Corinne Atlan

Éditions du Seuil

TEXTE INTÉGRAL

Quinze nouvelles sont tirées des Œuvres complètes
(*Murakami Haruki Zen saku hin*) volumes 3, 5 et 8, 1979-1989
vol. 3, Tanpenshû I, ISBN 4-06-187933-2
vol. 5, Tanpenshû II, ISBN 4-06-187935-9
vol. 8, Tanpenshû III, ISBN 4-06-187938-3
(voir la liste détaillée p. 425)

ÉDITEUR ORIGINAL
Kodansha, Tokyo

La nouvelle intitulée « TV People » est tirée du recueil *TV pîpulu*,
Éditions Bungei-shunjû, Tokyo,1990

La nouvelle intitulée « Le monstre vert » est tirée du recueil
Kenshinton no yûrei, Éditions Bungei-shunjû, Tokyo, 1996

La sélection des nouvelles publiées ici correspond
à celle parue aux États-Unis sous le titre *The Elephant Vanishes*

ISBN 2-02-063123-7
(ISBN 2-02-021369-9, 1re publication)

www.seuil.com

L'oiseau à ressort et les femmes du mardi

Quand cette femme a téléphoné, j'étais debout dans la cuisine, en train de me faire cuire des spaghettis, et je sifflotais en même temps que la radio le prélude de *La Pie voleuse* de Rossini, musique on ne peut plus appropriée à la cuisson des pâtes.

J'ai d'abord été tenté d'ignorer la sonnerie du téléphone et de continuer à préparer tranquillement mes spaghettis. Ils étaient presque prêts, Claudio Abbado et l'orchestre symphonique de Londres étaient en plein crescendo. Réflexion faite, j'ai baissé le gaz et, mes grandes baguettes de cuisinier dans la main droite, je suis allé au salon et j'ai soulevé le combiné. On ne sait jamais, ça pouvait être un ami qui m'appelait pour me proposer un job.

– Accordez-moi dix minutes, m'a annoncé une voix de femme tout à trac.

– Pardon ? ai-je rétorqué sous le coup de la surprise. Qu'est-ce que vous avez dit, là ?

– J'ai dit : accordez-moi dix minutes, a répété la femme.

Je ne me souvenais pas avoir jamais entendu cette voix. J'ai une confiance quasi absolue en ma capacité à reconnaître les voix, je ne pouvais pas me tromper : cette femme m'était totalement inconnue. Elle avait une voix basse, douce, et indéfinissable.

– Excusez-moi, mais à qui ai-je l'honneur ? ai-je demandé le plus poliment du monde.

– Ça ne vous regarde pas, tout ce que je veux c'est dix minutes de votre temps. Ça nous permettra de mieux nous comprendre l'un l'autre.

Elle avait un débit rapide et déterminé.

– Nous comprendre ?

– Émotionnellement parlant, a-t-elle répondu succinctement.

J'ai passé la tête par la porte que j'avais laissée ouverte, pour jeter un coup d'œil dans la cuisine. Une vapeur blanche de bon aloi s'élevait de la casserole, et Abbado conduisait toujours *La Pie voleuse* de main de maître.

– Écoutez, excusez-moi, mais je suis en train de faire cuire des spaghettis, ils sont presque prêts, et si je parle dix minutes avec vous ils seront fichus. Est-ce que je peux raccrocher maintenant ?

– Des spaghettis ? s'est exclamée la femme d'un ton stupéfait. Mais il est dix heures du matin ! Pourquoi faites-vous des spaghettis à dix heures et demie du matin ? C'est un peu bizarre, non ?

– Bizarre ou pas, ça ne vous regarde pas. J'ai pratiquement sauté le petit déjeuner et maintenant j'ai faim. Donc je me fais cuire ces spaghettis dans l'intention de les manger. J'ai le droit de manger ce que je veux à l'heure que je veux, non ?

– Oui, oui, bien sûr, pas de problème. Bon, eh bien, je raccroche alors, a dit la femme d'une voix sirupeuse. (Une voix étrange. Au moindre changement émotionnel, son ton s'altérait du tout au tout, comme si on avait tourné un bouton de fréquence.) Je vous rappellerai une autre fois.

– Attendez, ai-je dit très vite. Si vous essayez de me

vendre quelque chose, vous aurez beau rappeler dix fois, le résultat sera le même : je suis au chômage, je n'ai pas les moyens d'acheter quoi que ce soit.

– Je sais, ne vous en faites pas, a dit la femme.

– Vous savez ? ! Vous savez quoi ?

– Mais que vous êtes au chômage, voyons ! Je le sais. Bon, si vous retourniez à vos spaghettis ?

– Mais qui diable… ?

J'avais à peine commencé ma phrase que la communication fut brutalement interrompue. Elle n'avait pas pu reposer le combiné si vite, elle avait dû appuyer directement avec le doigt sur le bouton.

Interloqué, les émotions se bousculant dans ma tête, je restai un moment à regarder le combiné dans ma main d'un air hébété. Je finis par me rappeler les spaghettis, raccrochai le téléphone et retournai à la cuisine. J'éteignis le feu, égouttai les pâtes dans une passoire, fis réchauffer la sauce tomate dans une petite casserole, la versai sur les spaghettis et dégustai le tout. À cause de cet absurde coup de téléphone, mes spaghettis n'étaient plus *al dente*, mais ce n'était pas fatal, et puis j'avais trop faim pour m'étendre sur des détails culinaires. Je me remplis la panse de ces deux cent cinquante grammes de pâtes sans en laisser une seule, tout en écoutant la musique que déversait la radio.

Je lavai mon assiette et les casseroles dans l'évier, pendant que l'eau chauffait dans la bouilloire, puis me préparai un thé en sachet. Je le bus en repensant à cet appel.

« Nous comprendre l'un l'autre ? »

Mais que voulait donc cette femme, pourquoi m'avait-elle appelé ? Qui était-elle ?

C'était une véritable énigme. Je ne me rappelais pas avoir jamais reçu de coup de fil anonyme d'une femme, et je n'avais pas la moindre idée de ce qu'elle voulait me dire.

De toute façon, je n'avais aucune envie de comprendre « émotionnellement parlant » cette parfaite inconnue. Ça ne servait absolument à rien. Ce dont j'avais besoin avant tout pour l'instant, c'était de trouver du travail. Et d'établir à ma manière un nouveau cycle dans ma vie.

Je me suis installé sur le canapé du salon avec le roman de Len Deighton que j'avais emprunté à la bibliothèque, mais, tout en lisant, je me suis mis à jeter de temps en temps de petits coups d'œil en direction du téléphone. Je me demandais, de plus en plus intrigué, ce qu'elle avait bien pu vouloir dire avec son « seulement dix minutes ». Qu'est-ce qu'on pouvait bien *« comprendre l'un de l'autre »* en dix minutes ?

À la réflexion, elle avait spécifié le temps imparti dès le début. Je sentais chez elle une véritable certitude à propos de ce laps de temps bien déterminé. Dix minutes. Peut-être que neuf minutes c'était trop court, onze minutes trop long. Comme pour préparer des spaghettis *al dente*…

J'avais perdu le fil de mon roman en laissant mes pensées errer sur ce sujet, et je décidai d'abandonner ma lecture pour une petite séance de gymnastique puis de repassage. Chaque fois que quelque chose me tracasse, je me mets à repasser mes chemises. Une vieille habitude.

Ma technique de repassage de chemise se divise en douze étapes. Ça commence par (1) col (endroit) et se termine par (12) manche gauche (poignet). C'est un ordre absolument incontournable, que je suis toujours scrupuleusement, en comptant les étapes une à une. Si je ne procède pas de cette façon, mes chemises ne sont pas bien repassées.

Tout en savourant les effluves de coton chaud et les sifflements du fer à vapeur, je repassai soigneusement trois chemises, les suspendis tour à tour sur des cintres dans la penderie après avoir vérifié l'absence du moindre faux pli. Puis j'éteignis le fer, le rangeai dans le placard ainsi que la planche à repasser. Je me sentais la tête un tantinet plus claire.

Je m'apprêtais à aller boire un verre d'eau dans la cuisine quand le téléphone sonna à nouveau. Allons bon ! J'hésitai quelques secondes : me diriger vers la cuisine comme prévu ou retourner au salon et répondre ? Finalement j'optai pour le salon. Si c'était à nouveau cette femme je pourrais toujours raccrocher en prétextant du repassage à faire.

Mais cette fois c'était ma propre femme. Je regardai le réveil posé sur la télé : il indiquait onze heures et demie.

– Tu vas bien ? a demandé ma femme.

Soulagé que ce soit elle, j'ai répondu :

– Très bien.

– Qu'est-ce que tu faisais ?

– Du repassage.

– Il y a quelque chose qui ne va pas ? s'est-elle enquise, avec une légère tension dans la voix.

Elle sait bien que je me mets à repasser quand je sens mon esprit en pleine confusion.

– Non, rien, j'avais juste quelques chemises à repasser. Rien de spécial.

Tout en parlant, je me suis assis sur une chaise, ai fait passer le combiné de ma main gauche à ma main droite.

– Tu avais quelque chose à me dire ?

– Oui, je crois que je t'ai trouvé du travail.

– Hein, hein.

– Tu saurais écrire des poèmes ?

– Des poèmes ? ai-je répété, abasourdi.

Des poèmes ? Qu'est-ce que c'était que cette histoire ?

– Un magazine que je connais en publie en supplément des romans-feuilletons destinés à un public de jeunes filles, ils cherchent quelqu'un pour sélectionner et corriger les poèmes que les lectrices leur envoient. Il faudrait aussi écrire un poème chaque mois, à placer en début de rubrique. C'est un job plutôt facile, bien payé en comparaison du travail que ça représente. Évidemment, ce n'est pas un poste fixe mais si tu te débrouilles bien, tu pourrais travailler à la rédaction par la suite.

– Plutôt facile ?! ai-je dit. Attends un peu. Moi ce que je recherche c'est un travail dans un cabinet d'avocats. Ça se situe où là-dedans la correction de poèmes ?

– Mais tu m'as toujours dit que tu écrivais quand tu étais au lycée.

– Un journal. Je rédigeais le journal de l'école. J'écrivais seulement des articles sans aucun intérêt, du style : telle classe a gagné le match de foot, le prof de biologie est tombé dans les escaliers et a été hospitalisé, tu vois. Ne pas confondre avec la poésie. Je ne sais *pas* écrire de poèmes.

– Des poèmes, enfin, tu comprends, ce sont des poèmes pour lycéennes. Pas la peine que ce soit du grand art. Personne ne te demande d'écrire comme Allen Ginsberg, si tu fais ce que tu peux, ça ira très bien.

– Ce que je peux, ce que je peux, mais je suis absolument *incapable* de pondre le moindre poème, ai-je dit sèchement. C'est vrai, ça, pourquoi est-ce que j'en écrirais ?

– Pffft ! a fait ma femme d'un ton déçu. Mais un travail dans un cabinet d'avocats, ça n'a pas l'air évident à trouver, hein.

– Je suis en pourparlers avec différentes boîtes. J'aurai des réponses dans le courant de la semaine, si ça ne marche pas, je réfléchirai à nouveau à ta proposition.

– Vraiment ? Bon, eh bien, n'en parlons plus pour l'instant. Au fait, quel jour sommes-nous ?

– Mardi, ai-je répondu après un petit temps de réflexion.

– Tu veux bien passer à la banque et faire un virement pour payer la note de gaz, ah, et le téléphone aussi ?

– D'accord, je ne vais pas tarder à aller faire les courses pour le dîner, je m'arrêterai à la banque.

– Qu'est-ce que tu vas faire à dîner ?

– Je ne sais pas encore, ai-je répondu. Je n'ai pas encore décidé. J'y penserai après les courses.

– J'ai réfléchi, tu sais, a dit ma femme en changeant de ton. Est-il vraiment indispensable que tu cherches du travail ?

– Pourquoi ça ? ai-je demandé, à nouveau étonné.

Décidément, toutes les femmes du monde se sont donné le mot pour me surprendre au téléphone aujourd'hui. Pourquoi est-ce que je devrais arrêter de chercher du travail ? Mes indemnités de chômage s'arrêtent dans trois mois, ce n'est pas le moment de me tourner les pouces.

– J'ai eu une augmentation de salaire, mon job d'appoint marche bien aussi et puis on a assez d'économies, si on ne vit pas trop luxueusement on devrait s'en sortir, non ?

– Et moi je ferai le ménage, c'est ça ?

– Ça ne te plaît pas ?

– Je n'en sais rien, ai-je répondu honnêtement. Je ne sais pas. Je vais y réfléchir.

– À propos, le chat est revenu ?

– Le chat ? ai-je répété, et je me suis rendu compte que depuis ce matin le chat m'était complètement sorti de l'esprit.

– Non, apparemment, il n'est pas rentré.

– Tu veux bien le chercher un peu dans les alentours ? Ça fait quatre jours qu'il a disparu.

J'ai répondu oui d'un ton indifférent, et j'ai repassé le combiné dans ma main gauche.

– Je crois qu'il doit être dans le jardin de la maison inoccupée au fond de la ruelle, tu sais, le jardin où il y a cette statue d'oiseau, je l'ai déjà vu plein de fois par là-bas. Tu sais où c'est ?

– Non, ai-je répondu. Mais quand est-ce que tu es allée toute seule dans la ruelle ? C'est la première fois que je t'entends en parler.

– Écoute, excuse-moi, je dois te laisser, il faut que je me remette au travail. Occupe-toi du chat, hein, s'il te plaît.

Et elle a raccroché.

À nouveau, j'ai regardé le combiné un moment avant de le reposer.

Je trouvais étrange que ma femme connaisse l'existence de cette ruelle. Pour y pénétrer depuis notre jardin, il fallait escalader un mur de béton assez élevé, et cela n'avait aucun sens de se donner exprès tant de mal pour entrer dans cette ruelle.

Je suis allé dans la cuisine boire un verre d'eau, j'ai allumé la FM, me suis coupé les ongles. Je suis tombé sur une émission spéciale consacrée au nouvel album de Robert Plant, mais au bout de deux morceaux j'avais tellement mal aux oreilles que j'ai éteint la radio. Ensuite, je suis allé sur la véranda vérifier l'assiette du chat. Il n'avait pas touché au poisson séché que j'y avais déposé la veille au soir. Non, apparemment, le chat n'était pas rentré.

Debout sur la véranda, je contemplai notre petit jardin sous le soleil radieux de ce début d'été. Non pas que ce soit le genre de jardin dont la vue apaise le cœur. La terre y est toujours noire et humide car le soleil n'y pénètre que fort peu de temps chaque jour, et, en fait de plantes, il n'y a que deux ou trois massifs d'hortensias plutôt chétifs. De plus, je ne peux pas dire que j'adore les hortensias. J'entendais le cri régulier d'un oiseau, *kiii kiii*, provenant des bosquets du voisinage, on aurait dit que quelqu'un remontait un ressort. Ma femme et moi, on appelait cet oiseau « l'oiseau à ressort ». C'est ma femme qui l'avait baptisé ainsi. Je ne sais pas de quelle espèce d'oiseau il s'agissait en réalité. Je ne sais même pas à quoi il ressemblait. Mais l'oiseau à ressort n'en avait cure, il venait tous les jours dans les bosquets du voisinage remonter les ressorts du petit monde paisible dont nous faisions partie.

Tendant l'oreille au chant de l'oiseau à ressort, je me demandais pourquoi diantre j'étais obligé de chercher ce chat. Même en admettant que je le retrouve, qu'est-ce que j'étais censé faire ensuite ? Je devais le convaincre de rentrer à la maison ? Je devais le supplier, peut-être ? Dis, tout le monde s'inquiète à cause de toi, alors sois gentil, rentre à la maison…

Elle est bien bonne ! je me suis dit. Elle est bien bonne, celle-là ! Le chat peut bien aller où ça lui chante et vivre comme bon lui semble. Qu'est-ce que je fais à trente ans dans un endroit pareil, moi ? Eh oui, mon vieux, c'est comme ça, tu fais la lessive, tu réfléchis au menu du dîner, et tu cherches le chat.

Autrefois, me suis-je dit, autrefois, moi aussi j'étais un homme normal, brûlant d'ambition. J'avais lu les

Mémoires de Clarence Darrow et décidé que je serais avocat. Mes notes n'étaient pas mauvaises. En première, mes camarades de classe m'avaient élu deuxième au concours de celui qui réussirait le mieux dans la vie. Et j'étais même entré en faculté de droit, dans une université relativement réputée. Et puis un jour, quelque part, les choses s'étaient gâtées.

Assis à la table de la cuisine, le menton dans les mains, j'ai commencé à réfléchir à la question : quand et où la boussole de ma vie s'était-elle donc mise à s'affoler et à me mener dans tous les azimuts ? Mais je ne trouvai pas de réponse. Pas même un petit indice auquel me raccrocher. Je n'avais été déçu par aucun mouvement politique, je n'avais pas perdu tout espoir en l'université, je n'avais pas d'histoire de filles particulière. Je vivais tout ce qu'il y a de plus normalement. Et un beau jour, vers la fin de mes études, j'avais brusquement réalisé que je n'étais plus le même qu'autrefois.

Sans doute, au début, cet écart avec mon ancien moi était-il quasiment imperceptible. Mais au fur et à mesure que le temps passait, l'écart s'était creusé, jusqu'à m'entraîner à des années-lumière de l'endroit où je me trouvais à l'origine. En termes de système solaire, je devais me trouver en ce moment quelque part entre Uranus et Saturne. Encore un peu de chemin et j'arriverais sans doute à voir Pluton. Et au-delà – me suis-je dit –, que peut-il bien y avoir au-delà ?

Début février, j'avais démissionné du cabinet d'avocats où je travaillais jusqu'alors, sans raison particulière. Le travail que je faisais ne me déplaisait pas particulièrement. On ne pouvait pas dire que ce soit vraiment passionnant mais j'avais un bon salaire, et l'ambiance était plutôt sympathique.

Pour résumer en une phrase mon rôle dans ce bureau, je dirais que j'étais le secrétaire spécialisé modèle.

Je pense que je travaillais de mon mieux. Ça peut paraître bizarre de dire ça moi-même mais j'étais quelqu'un d'assez efficace, dans la limite des tâches administratives. Je comprenais vite, j'agissais rapidement, je ne protestais jamais, je raisonnais de façon pragmatique. C'est pourquoi, lorsque j'ai commencé à parler de démissionner, le vieux maître – le cabinet appartenait à deux avocats, père et fils, et il s'agissait donc du père – m'a même proposé une augmentation de salaire pour me garder chez eux.

Mais finalement j'ai quand même démissionné. Je ne sais pas très bien moi-même pourquoi. Je n'avais aucun espoir particulier, aucune perspective quant à ce que j'allais faire ensuite. L'idée de m'enfermer à la maison pour préparer d'autres examens d'entrée à la magistrature ne m'emballait pas, et, en tout premier lieu, je ne me sentais pas la vocation d'avocat.

Le soir où j'ai annoncé à ma femme pendant le dîner : « Je songe à démissionner de mon travail », elle a simplement répondu : « Ah oui ? » Je n'ai pas bien saisi ce que signifiait exactement cet « ah oui ? » mais après ça elle n'a plus ouvert la bouche.

Comme je me taisais aussi, au bout d'un moment, elle a dit : « Pourquoi pas, si c'est ce dont tu as envie ? C'est ta vie, tu as le droit d'en faire ce que tu veux. » Sur ce, elle s'est concentrée sur son assiette et s'est employée à ôter les arêtes de son poisson à l'aide de ses baguettes.

Ma femme avait un poste de secrétaire dans une école de design où elle n'était pas mal payée, et comme en plus un éditorialiste de ses amis lui procurait du travail d'illustration, elle disposait de revenus non négligeables. De mon côté, je pouvais récupérer six mois d'assurance chômage. Si je restais à la maison et m'occupais du ménage, on éviterait les dépenses supplémentaires, dîners en ville et frais de blanchisserie, et on pourrait mener une vie pas très différente, financièrement parlant, du temps où je travaillais.

Voilà comment je démissionnai.

À midi et demi, comme tous les jours, je sortis faire les courses, un grand cabas à l'épaule. Je passai d'abord à la banque payer les factures de gaz et de téléphone, puis allai au supermarché faire les courses pour le dîner. Je mangeai un cheese-burger au McDonald et bus un café.

De retour à la maison, je me mis à ranger les courses dans le réfrigérateur. C'est à ce moment-là que le téléphone sonna de nouveau. Cette sonnerie me parut extrêmement impatiente. Posant sur la table de la cuisine un bloc de *tofu*[1] encore dans son sac de plastique à demi ouvert, je fonçai au salon et décrochai le combiné.

– Vous avez fini vos spaghettis ? demanda la voix de la femme de ce matin.

– Fini, répondis-je. Mais maintenant, je dois aller chercher le chat.

– Ça, ça peut bien attendre dix minutes, non ?

– Bon, pas plus de dix minutes, alors.

Qu'est-ce que tu es en train de faire ? me suis-je demandé. Pourquoi perdre dix minutes au téléphone avec cette insensée ?

– Alors, on va pouvoir se comprendre ? a dit la femme tranquillement.

1. Sorte de flan de soja. *[NdT]*

Je pouvais sentir nettement l'atmosphère à l'autre bout de la ligne : cette femme – cette parfaite inconnue – était confortablement assise dans un fauteuil, jambes croisées.

– Ça, je l'ignore, ai-je répondu, il arrive que des gens passent dix ans ensemble et ne se comprennent toujours pas.

– Si on essayait ? a-t-elle dit.

J'ai mis ma montre digitale sur le mode « chrono » et appuyé sur le bouton. Les chiffes de 1 à 10 ont défilé : déjà dix secondes d'écoulées.

– Mais pourquoi moi ? ai-je demandé. Pourquoi pas choisir quelqu'un d'autre ? Pourquoi me téléphoner à moi ?

– Il y a une raison, a dit la femme en détachant soigneusement les mots, comme si elle mastiquait lentement de la nourriture. Je vous connais bien.

– Moi ? ! Quand ? Où ? ai-je demandé.

– Un jour, quelque part, a dit la femme. Mais tout ça n'a aucune importance ; ce qui est important, c'est ce qui se passe maintenant. Et puis si on continue à parler comme ça, on va perdre du temps. *Moi aussi, je suis pressée, vous savez.*

– Donnez-moi juste une preuve. Une preuve que vous me connaissez.

– Quoi par exemple ?

– Mon âge.

– Trente ans, a dit aussitôt la femme. Trente ans et deux mois. Ça vous va ?

Je me suis tu. Elle me connaissait, pas de doute. Mais j'avais beau réfléchir, je ne reconnaissais absolument pas sa voix. Or il m'est impossible d'oublier la voix de quelqu'un, ou de confondre une voix avec une autre. Je peux oublier un visage, un nom, mais une voix, jamais.

– Bon, à votre tour, essayez de m'imaginer, a dit la femme d'une voix aguicheuse. Imaginez quelle genre de femme je suis d'après ma voix. Vous pouvez encore le faire ? Ce n'était pas votre spécialité autrefois ?

– Je ne sais pas, j'ai dit.

– Allez, essayez !

J'ai jeté un coup d'œil à ma montre. Il s'était à peine écoulé une minute et cinq secondes. J'ai poussé un soupir de découragement. Je m'étais fait avoir. Une fois qu'on s'est fait avoir, il faut aller jusqu'au bout. Comme autrefois – elle avait raison, c'était un talent particulier de mon ancien moi –, je me suis concentré sur sa voix.

– Entre vingt-cinq et trente ans, études supérieures, née à Tôkyô, bonne éducation, sommet de la classe moyenne.

– Étonnant ! a dit la femme, en allumant une cigarette avec un briquet, juste à côté du combiné. (Un Cartier d'après le son.) Continuez !

– Vous êtes plutôt belle. En tout cas, vous le pensez. Mais vous avez un complexe. Vous vous trouvez trop petite, ou la poitrine trop menue, quelque chose comme ça.

– Vous êtes tombé assez juste, a dit la femme en gloussant.

– Mariée. Mais ça ne marche pas très bien. Il y a des problèmes. Une femme qui n'a pas de problèmes conjugaux ne téléphone pas à un homme sans même dire son nom. Moi je ne vous connais pas. En tout cas, je ne vous ai jamais parlé. J'ai beau essayer d'imaginer, je n'arrive pas à voir qui vous êtes.

– Vraiment ? a dit la femme d'un ton paisible comme si elle enfonçait mollement un coin de métal dans mon crâne. Vous avez confiance à ce point en vos capacités ?

Vous ne pensez pas qu'il puisse y avoir quelque part dans votre tête un angle mort fatal ? Un angle mort qui vous empêche d'être entièrement vous-même ? C'est dommage, quelqu'un d'aussi intelligent que vous, avec toutes les capacités que vous avez !

– Là, vous me surestimez ! Je ne sais pas qui vous êtes, mais moi je suis sûr de ne pas être cet être merveilleux que vous semblez voir en moi. Il me manque les capacités pour accomplir quelque chose. C'est pour ça que petit à petit je me retrouve sur des chemins de traverse.

– Pourtant, moi, je vous ai aimé. Autrefois, je veux dire.

– Eh bien, c'est du passé, alors.

Deux minutes trente secondes.

– Pas si lointain que ça. Nous ne sommes pas en train de parler de l'Histoire.

– Si, c'est de l'histoire ancienne, ai-je dit.

Angle mort, j'ai pensé. Cette femme a sûrement raison. Il y a dans ma tête, dans mon corps, dans mon existence même, un monde englouti, perdu quelque part. C'est peut-être ça qui fait que ma vie s'écarte légèrement de ce qu'elle devrait être.

Non, pas *légèrement*, énormément. Irréparablement.

– Je suis dans mon lit en ce moment, a dit la femme. Je viens de prendre une douche, et je suis toute nue.

Allons bon, j'ai pensé. Toute nue ! Voilà que ça tourne à la cassette porno.

– Tu préfères que je mette des sous-vêtements ? Ou des bas ? Qu'est-ce qui t'excite le plus ?

– Ce que vous voudrez, ça ne me dérange pas, ai-je répondu. Désolé, mais ce genre de conversations téléphoniques, ce n'est vraiment pas mon truc.

– Dix minutes, c'est tout. Dix minutes de ton temps,

ça ne sera pas une perte fatale ? Je ne te demande rien de plus. En souvenir d'une vieille amitié, ça se fait, non ? Réponds au moins à ma question. Tu préfères que je reste toute nue, ou que je mette quelque chose ? J'ai tout ce qu'il faut, tu sais. Des porte-jarretelles…

« Porte-jarretelles » ? Je commençais à me sentir bizarre. Quelles femmes portent encore des porte-jarretelles de nos jours ? À part celles qui posent pour *Penthouse* ?

– Restez toute nue, pas la peine de vous déranger.

On en était à quatre minutes.

– Ma touffe est encore humide, a dit la femme. Je ne me suis pas bien essuyée. Mon corps est tout humide. Je suis toute chaude et humide. Et j'ai une touffe de poils soyeux, si tu voyais ça, tout noirs, tout doux. Tu veux les caresser pour voir ?

– Euh, excusez-moi mais…

– Et en dessous c'est encore plus chaud. Comme de la béchamel tiède. C'est vraiment très chaud, tu sais. Et devine dans quelle position je suis en ce moment ? J'ai le genou droit levé, la jambe gauche ouverte sur le côté. Imagine les aiguilles d'une montre marquant dix heures cinq.

Au ton de sa voix, je savais qu'elle ne mentait pas. Elle devait vraiment avoir les jambes ouvertes à dix heures cinq, et le vagin chaud et humide.

– Caresse-moi les lèvres. Lentement. Ensuite, écarte-les. Lentement. Caresse-les doucement avec la pulpe du doigt. Oui, comme ça, très lentement. Maintenant, prends mon sein gauche dans ta main libre. Tu le caresses doucement de bas en haut, et puis tu pinces le mamelon. Tu recommences plusieurs fois, encore, encore, jusqu'à ce que je sois sur le point de jouir.

J'ai reposé le téléphone en silence. Puis je me suis

allongé sur le canapé et j'ai fumé une cigarette en regardant le plafond. Ma montre indiquait cinq minutes et trente secondes.

J'ai fermé les yeux, une obscurité peinte au petit bonheur de couleurs diverses est descendue sur moi.

Pourquoi ? Pourquoi est-ce que personne ne me laisse tranquille ?

Au bout de dix minutes, le téléphone a sonné de nouveau. Cette fois je n'ai pas répondu, et au bout de quinze sonneries, il s'est arrêté. Quand la dernière sonnerie s'est éteinte, un silence de mort, à déstabiliser même la force de gravité, s'est installé sur le salon. Un silence marmoréen des grandes profondeurs, pareil à une pierre de cinquante mille ans prise dans les glaces éternelles. Cette quinzième sonnerie de téléphone a complètement altéré la qualité de l'air autour de moi.

Peu avant deux heures, j'ai sauté par-dessus la palissade en béton du jardin et me suis retrouvé de l'autre côté, dans la ruelle.

On a beau l'appeler la ruelle, ce n'en est pas une au vrai sens du mot. Pour être honnête, c'est un truc innommable. Pour être précis, ce n'est même pas un chemin. Car un chemin, c'est un passage avec une entrée et une sortie, et qui mène quelque part si on le suit.

Mais notre ruelle à nous n'a ni entrée ni sortie, et si on la parcourt d'un bout à l'autre, on vient buter dans un mur de béton d'un côté, dans une barrière de barbelés de l'autre. Ce n'est même pas un cul-de-sac. Un cul-de-sac a au moins une entrée. C'est par pure commodité que les habitants du quartier appellent ce passage la ruelle.

La ruelle, donc, reliait sur environ deux cents mètres l'arrière des jardins de notre pâté de maisons. Elle avait à peine un peu plus d'un mètre de largeur, et par endroits on pouvait à peine s'y faufiler en se mettant de profil, à cause des haies dépassant des jardins et de tous les déchets que l'on y jette. D'après la légende – que je tiens de mon oncle qui nous loue aimablement la maison pour une bouchée de pain –, la ruelle avait autrefois une entrée et une sortie et servait de raccourci entre deux avenues. Mais à l'avènement de l'ère de la croissance rapide, les maisons se mirent à pousser comme des champignons sur des terrains autrefois déserts, et la ruelle se réduisit à sa plus simple expression en largeur. Les propriétaires du quartier, considérant d'un mauvais œil cette petite allée qui permettait des allées et venues sous leurs auvents ou à l'arrière de leurs jardins, en condamnèrent l'entrée. Au début, on se contenta pour ce faire de la dissimuler par une petite haie, mais un des habitants profita des travaux d'agrandissement de son jardin pour fermer complètement cet accès par un mur de béton, et l'autre côté fut bouché par une barrière de barbelés afin d'empêcher les chiens de s'y faufiler. Comme les propriétaires du quartier n'utilisaient pratiquement pas ce passage, personne ne trouva rien à redire quand il fut condamné, ce qui en outre s'avéra une mesure très efficace contre les cambriolages. Voilà pourquoi personne n'utilisait plus ce passage laissé à l'abandon comme un canal désaffecté, à peine tenait-il lieu de zone de sécurité entre les maisons. Le sol était couvert de mauvaises herbes, et c'était plein de toiles d'araignée visqueuses attendant que des insectes s'y engluent.

Pourquoi ma femme était-elle allée dans un endroit pareil, je n'en avais pas la moindre idée. Moi-même, je n'y avais mis les pieds qu'une seule fois. D'abord, elle avait peur des araignées.

Mes efforts pour réfléchir me remplissaient la tête d'une substance gazeuse, alourdissaient mes tempes. J'avais mal dormi la nuit précédente, et il faisait trop chaud pour un début mai, et puis il y avait eu ce mystérieux coup de téléphone.

Bon, allez, je me suis dit, autant chercher le chat. Le reste, j'y penserai en temps voulu. Mieux vaut aller faire un tour que rester là à attendre que le téléphone se remette à sonner. Ça me donnera un but, quelque chose à faire.

Les rayons mordants du soleil de ce début de printemps découpaient çà et là sur le sol les ombres des branches au-dessus de moi. Il n'y avait pas un souffle de vent et ces ombres immobiles semblaient de sinistres taches collées à terre pour l'éternité. La Terre allait peut-être continuer à tourner pendant des milliers d'années autour du Soleil, agrémentée de ces petites mouchetures.

Au moment où je passais sous les arbres, les ombres éparses voletèrent rapidement sur mon tee-shirt gris puis retournèrent au sol.

Pas un bruit aux alentours, on aurait pu entendre l'herbe respirer sous les rayons du soleil. Quelques petits nuages clairs flottaient dans le ciel, avec des contours aussi bien dessinés que s'ils sortaient tout droit d'une gravure du Moyen Âge. Le moindre objet sur lequel je posais les yeux accusait des contours incroyablement tranchants, je me sentais le seul à avoir une forme vague et mal définie. Et il faisait une chaleur atroce.

Je portais un tee-shirt, un pantalon de coton léger et des tennis, pourtant j'avais à peine fait quelques pas au soleil que déjà la sueur suintait de mes aisselles. J'avais sorti le matin même ces affaires d'été du carton où elles étaient rangées, si bien qu'à chaque inspiration une odeur de naphtaline pénétrait dans mes narines, comme un petit insecte sournois.

Je marchais lentement, d'un pas régulier, le long de la ruelle, en surveillant bien les deux côtés. De temps en temps, je m'arrêtais et j'appelais le chat à voix basse.

Les maisons qui bordent le chemin se divisent en deux catégories bien distinctes, comme deux liquides de densité différente mélangés dans le même verre. Il y a un groupe de maisons anciennes, avec de vastes jardins à l'arrière, et un groupe serré de maisons relativement récentes. L'espace aménagé derrière les maisons neuves n'est pas assez large pour mériter le nom de jardin, il y en a même qui n'ont pas la moindre parcelle d'espace vert. Ces maisons-là disposent à peine entre leur auvent et la ruelle d'un espace où faire sécher deux rangées de lessive, et parfois le linge déborde jusque dans le passage, si bien que je dois avancer en me faufilant entre des rangées de chemises, de draps et de serviettes encore dégoulinants d'eau. De temps à autre, le son d'une télé, le bruit d'une chasse d'eau me parviennent distinctement, des relents de riz au curry flottent dans l'air.

En comparaison, les maisons anciennes semblent complètement dénuées de vie. Des haies de cyprès et autres arbustes dissimulent efficacement la vue, tout juste aperçoit-on dans les interstices de vastes jardins bien entretenus. Les maisons présentent toutes sortes de styles architecturaux. Des demeures de style japonais aux longues galeries extérieures, des résidences à l'occidentale aux toits de cuivre terni, il y a même des maisons récemment restaurées. Mais toutes ces habitations ont pour point commun qu'on n'y voit pas l'ombre d'un habitant. Insonore et inodore. Même pas la moindre lessive en vue.

C'était la première fois que j'arpentais ainsi tranquillement la ruelle en observant les alentours, et le paysage était incroyablement neuf à mes yeux. Dans un jardin, j'aperçus un sapin de Noël bruni, tout sec, posé seul dans un coin. Le jardin d'une autre maison était encombré de tous les jouets d'enfants imaginables, comme si plusieurs êtres humains avaient rassemblé là les souvenirs de leurs jeunes années. Des tricycles, des cerceaux, des sabres en plastique, des ballons de caoutchouc, des poupées, des baigneurs en celluloïd, des tortues, des petites battes de base-ball, des camions en bois... Il y avait même un filet de basket-ball installé dans un jardin, et dans un autre un magnifique ensemble de jardin en rotin. Les chaises blanches semblaient n'avoir pas servi depuis des mois, sinon des années, elles étaient couvertes d'une couche terreuse de poussière. La pluie avait répandu sur la table une averse de pétales de magnolias violet pâle.

L'une des maisons s'éclairait par une grande baie vitrée qui permettait de voir tout l'intérieur du salon. Un ensemble canapé en cuir couleur de foie, une énorme télé, des étagères ornées d'un aquarium de poissons tropicaux et de deux trophées de je ne sais quoi, un lampadaire sorti tout droit d'un magazine de décoration. Le tout était aussi peu réaliste qu'un décor de feuilleton télévisé.

Il y avait aussi, non loin de là, un jardin contenant une énorme niche entourée d'un grillage métallique, visiblement destinée à un molosse. Mais je ne vis pas le moindre chien à l'intérieur. La porte était restée grande ouverte, et le grillage tout déformé était marqué d'une bosse arrondie comme si quelqu'un y était resté appuyé de l'intérieur pendant des mois.

La maison vide qu'avait mentionnée ma femme se trouvait un peu après le jardin à la niche. Moi aussi je vis tout de suite que cette maison était inoccupée. Ce genre de choses n'a rien d'évident d'ordinaire, mais on se rendait compte au premier coup d'œil que cette demeure était vide depuis au moins deux ou trois mois. C'était une maison à un étage, relativement récente, seuls les volets de bois hermétiquement clos étaient vilainement délabrés, et la balustrade fixée à la fenêtre du premier étage, couverte d'une rouille rougeâtre, semblait prête à s'écrouler. Au milieu du petit jardin, une statue de pierre posée sur un socle représentait un oiseau aux ailes grandes ouvertes, dont la hauteur atteignait à peu près la poitrine d'un homme. Des verges d'or avaient poussé tout autour, et le bout des tiges les plus hautes chatouillait les pattes de l'oiseau sur son socle. L'oiseau – je ne sais pas de quelle espèce il s'agissait – avait l'air irrité par la situation et semblait prêt, ailes déployées, à s'envoler d'un instant à l'autre. En dehors de cette statue, pas le moindre élément décoratif dans ce jardin. Des azalées rouge vif, à côté de vieilles chaises en plastique alignées sous l'auvent, dégageaient une étrange irréalité. Hormis ces fleurs, tout était envahi par les mauvaises herbes.

Appuyé contre la clôture grillagée qui m'arrivait à la poitrine, je contemplai un moment le jardinet. Il avait tout pour plaire à un chat, mais j'eus beau scruter les lieux, je ne vis rien ressemblant de près ou de loin au mien. Il y avait seulement, perché en haut de l'antenne sur le toit, un pigeon dont les roucoulements monotones résonnaient sur les alentours. L'ombre de l'oiseau de pierre, tombant sur les hautes graminées, se découpait en fragments aux formes variées.

Je sortis une cigarette de ma poche, grattai une allumette et me mis à fumer, toujours adossé à la clôture, pendant que le pigeon, dressé sur son antenne, continuait ses roucoulements monocordes.

J'ai dû rester longtemps immobile à cet endroit, même après avoir fini ma cigarette et écrasé le mégot par terre. Je ne sais pas combien de temps exactement je suis resté appuyé à cette clôture. J'avais la tête lourde de sommeil, et je restais là, les yeux fixés sur les alentours de l'ombre de l'oiseau de pierre, sans penser à rien.

Ou peut-être que je pensais à quelque chose. Mais même dans ce cas, cet acte se déroulait en dehors du domaine de ma conscience. D'un point de vue purement phénoménal, j'étais seulement là, à regarder l'ombre de l'oiseau s'étendre sur les herbes du jardin.

Une voix se dissimulait dans l'ombre de cet oiseau. Je ne savais pas à qui elle appartenait, mais c'était une voix de femme. Oui, il me semblait que quelqu'un m'appelait.

Je me suis retourné, et j'ai vu une jeune fille de quinze ou seize ans, debout, dans le jardin arrière de la maison d'en face. Petite, les cheveux raides, coupés court. Elle portait des lunettes noires foncées à la monture caramel, et un tee-shirt bleu Adidas dont elle avait découpé les manches aux ciseaux à ras des épaules. Les deux bras minces qui en émergeaient étaient tout bronzés, bien qu'on fût seulement en mai. Elle avait une main dans la poche de son short, tandis que l'autre, posée sur une barrière de bambou qui lui arrivait à la taille, soutenait sa position instable.

– Il fait chaud, hein, me dit-elle.

– Oui, lui dis-je.

Allons bon, ai-je pensé. Décidément, aujourd'hui il n'y a que des femmes qui m'adressent la parole.

– Vous auriez une cigarette ? me demande la fille.

Je sors mon paquet de Short Hope de la poche de mon pantalon et le lui tends. Elle retire sa main de la poche de son short et prend une cigarette, la met dans sa bouche après l'avoir regardée un moment comme un objet étrange. Elle a une petite bouche, la lèvre supérieure retroussée. Je frotte une de mes allumettes en carton, allume sa cigarette. Quand elle se penche en avant, j'aperçois nettement la forme de ses oreilles. De jolies oreilles bien ourlées et lisses comme si elles sortaient à l'instant de chez le fabricant. Le long de leurs contours finement dessinés, une rangée de duvet brille au soleil.

D'un air habitué et plein de satisfaction, elle tire des bouffées de sa cigarette puis lève soudain le regard vers moi, comme si elle venait de se rappeler ma présence. Je vois mon visage se refléter deux fois, sur chacun des verres de ses lunettes noires. Des verres incroyablement foncés, qui en outre réfléchissent la lumière comme des miroirs : je n'ai pas la moindre chance d'apercevoir ses yeux.

– Vous habitez dans le coin ? demande-t-elle.

– Oui, je réponds, en pointant le doigt en direction de chez moi.

Mais je ne suis pas très sûr que ce soit exact. Parce que je suis venu par un chemin tortueux, avec des angles bizarres. Je donne le change en pointant le doigt dans n'importe quelle direction, ça ne porte pas à conséquence.

– Qu'est-ce que vous faisiez là, tout ce temps ?

– Je cherche mon chat. Ça fait trois ou quatre jours qu'il a disparu. (J'ai répondu en essuyant mes paumes moites de sueur sur mon pantalon.) Il paraît que quelqu'un l'a vu par ici.

– Comment il est ?

– Un gros matou, avec des rayures brunes, le bout de la queue un peu tordu.

– Et le nom ?

– Le nom, quel nom ?

– Ben, le nom du chat. Il a bien un nom, a-t-elle dit en fixant mes yeux de derrière ses lunettes (du moins, je crois qu'elle me regardait dans les yeux).

– Noboru, ai-je répondu. Noboru Watanabe.

– C'est classe, pour un chat.

– C'est le nom du frère aîné de ma femme. Il a le même genre de caractère, alors on l'a appelé comme ça pour plaisanter.

– En quoi ils se ressemblent ?

– Les gestes. La façon de marcher, le regard ensommeillé, ce genre de choses.

Elle m'a souri pour la première fois. Quand son expression se relâche, elle paraît beaucoup plus enfantine qu'à première vue. Sa lèvre supérieure retroussée pointe dans l'espace selon un angle étrange.

« Caresse-les. » J'ai entendu une voix. Mais non, c'était la voix de la femme du téléphone. Pas la voix de cette petite fille. J'essuie la sueur sur mon front avec le dos de ma main.

– Un chat rayé marron clair, le bout de la queue tordu ? a-t-elle répété comme pour vérifier. Il avait un collier ?

– Un collier anti-puces noir.

Une main toujours posée sur la barrière en bambou, elle a réfléchi une quinzaine de secondes. Puis elle a lancé à mes pieds le mégot de sa cigarette.

– Tu veux bien l'écraser pour moi ? Je suis pieds nus.

J'ai éteint le mégot en l'écrasant soigneusement avec la semelle de mes tennis.

– Je crois que je l'ai vu, ce chat, a dit lentement la fille en détachant les mots. Je n'ai pas fait attention au bout de sa queue, mais c'était un chat tigré marron clair, gros, et peut-être bien qu'il avait un collier.

– Quand est-ce que tu l'as vu ?

– Quand est-ce que c'était, voyons ? Je l'ai vu plusieurs fois. Je passe mon temps à prendre des bains de soleil dans le jardin, alors je ne me rappelle plus très bien quand c'était, mais en tout cas, c'était ces trois ou quatre derniers jours. Tous les chats du quartier traversent notre jardin, j'en vois de toutes sortes, des chats. Ils sortent tous par la haie du jardin de M. Suzuki, ils traversent notre jardin, et après ils entrent dans le jardin des Miyawaki.

Elle désignait le jardin de la maison vacante en face de la sienne. L'oiseau de pierre déployait toujours ses ailes, les verges d'or étaient inondées du soleil de ce début d'été, le pigeon perché sur l'antenne poursuivait ses roucoulements uniformes.

– Merci du renseignement, ai-je dit à la fille.

– Dis donc, si tu attendais dans mon jardin ? Tous les chats passent par ici pour aller en face, et si tu continues à rôder comme ça dans le coin, quelqu'un va finir par te prendre pour un cambrioleur et prévenir la police. C'est déjà arrivé plusieurs fois.

– Mais ça ne se fait pas d'entrer dans le jardin de gens qu'on ne connaît pas pour attendre son chat.

– Mais non, ne te sens pas gêné, je suis toute seule à la maison, je n'ai personne à qui parler, et je m'ennuie à mourir. On peut rester dehors au soleil tous les deux et bavarder en attendant que ton chat passe par là. Je te serai utile, j'ai de bons yeux, tu sais.

Je regardai ma montre. Deux heures trente-six. Tout ce qui me reste à faire d'ici ce soir, c'est rentrer le linge et préparer le dîner.

– Bon, d'accord, je reste jusqu'à trois heures alors, si tu veux bien, ai-je dit, sans bien saisir moi-même la situation.

En poussant la barrière pour entrer, puis en la suivant sur la pelouse, je me suis aperçu qu'elle boitait légèrement de la jambe droite. Ses épaules enfantines oscillaient à un rythme régulier en s'inclinant sur la droite comme une manivelle. Au bout de quelques pas, elle s'est arrêtée et m'a fait signe de marcher à côté d'elle.

– J'ai eu un accident le mois dernier, a-t-elle dit sobrement. J'étais à l'arrière d'une moto et j'ai été projetée à terre. Pas de chance.

Au beau milieu de la pelouse, deux chaises longues en toile étaient rangées côte à côte. Sur le dossier de l'une d'elles était jeté un drap de bain bleu, sur l'autre, pêle-mêle, un paquet de Marlboro, un cendrier, un briquet, un grand radiocassette et des magazines. Le radiocassette était en marche, le volume au minimum, et diffusait un morceau de hard-rock que je ne connaissais pas. Elle posa sur la pelouse les objets qui encombraient l'une des chaises longues, me fit signe de m'asseoir, arrêta la musique. De cette position assise, je pouvais apercevoir la ruelle entre les arbustes du jardin et, de l'autre côté, la maison vacante. Je voyais même la statue de l'oiseau, les verges d'or, la clôture grillagée. Elle avait dû m'observer un long moment tout à l'heure depuis cette chaise longue.

C'était un vaste jardin sans prétention. La pelouse s'étendait en pente douce, avec des bosquets d'arbres disposés çà et là. À gauche des chaises longues se trouvait un assez grand bassin bordé de béton. Apparemment, il n'avait pas été utilisé depuis un moment, car il était vide et exposait au soleil un fond verdâtre et décoloré, comme une grosse créature aquatique renversée sur le dos. Derrière les bosquets d'arbres au fond du jardin, on apercevait une vieille maison à l'occidentale, à la façade élégante, mais pas particulièrement grande ni luxueuse. Seul le jardin était spacieux et très bien entretenu.

– Dans ma jeunesse, j'ai eu un job chez un paysagiste, j'étais spécialisé dans la tonte des pelouses.

– Ah bon ? a fait la fille sans marquer d'intérêt particulier.

– Ça doit être un sacré travail d'entretenir un jardin de cette taille, ai-je dit en regardant autour de moi.

– Tu n'as pas de jardin ?

– Si, mais il est tout petit. Le genre qui ne contient que deux ou trois massifs d'hortensias. Tu es toujours seule à la maison ?

– Oui. Dans la journée, je suis toujours seule ici. Le matin et le soir, il y a une femme de ménage qui vient, mais sinon, je suis seule. Dis, tu ne boirais pas quelque chose de frais ? J'ai de la bière.

– Non, je te remercie.

– Vraiment ? Ne te gêne pas, hein.

– Je n'ai pas soif. Tu ne vas pas à l'école ?

– Et toi, tu ne vas pas travailler ?

– Même si je voulais, je ne pourrais pas.

– Chômeur ?

– Si on veut. C'est moi qui ai démissionné.

– Qu'est-ce que tu faisais comme travail ?

– Employé dans un cabinet d'avocats, ai-je dit, puis j'ai pris une grande inspiration pour couper le flux trop rapide de mes paroles. Je rassemblais des documents dans les mairies et les préfectures, je rangeais des dossiers, je vérifiais s'il y avait jurisprudence, j'écrivais des lettres administratives au tribunal, ce genre de choses.

– Et tu as démissionné ?

– Oui.

– Ta femme travaille ?

– Exact.

Je sortis une cigarette de mon paquet, la mis entre mes lèvres, l'allumai. Sur un arbre voisin, l'oiseau à ressort se mit à chanter. Après avoir remonté son mécanisme douze ou treize fois, l'oiseau alla se percher sur un autre arbre.

– Les chats passent toujours par là, dit la fillette en désignant le bout de la pelouse devant nous. Tu vois l'incinérateur derrière la haie des Suzuki ? Ils sortent juste à côté de là, traversent la pelouse, se faufilent sous les bosquets et s'en vont dans le jardin d'en face. Toujours le même circuit. Dis, tu savais que M. Suzuki c'était un professeur d'université ? Il passe souvent à la télé.

– M. Suzuki ?

Elle m'expliqua qui était M. Suzuki, mais je ne le connaissais pas.

– Je ne regarde pratiquement jamais la télé, dis-je.

– Une famille très désagréable, commenta la fille. Ils se prennent pour je ne sais qui sous prétexte qu'ils sont connus. De toute façon, les gens qui passent à la télé, ils ont tous la grosse tête.

– Ah bon ?

Elle prit son paquet de Marlboro, sortit une cigarette, la fit rouler un moment dans sa main sans l'allumer.

– Bah, il y a peut-être des gens très bien dans le tas, mais je ne les aime pas. M. Miyawaki, lui, c'était quelqu'un de bien. Sa femme aussi était très gentille. Lui, il gérait deux ou trois restaurants.

– Pourquoi sont-ils partis ?

– Je ne sais pas, a-t-elle dit en donnant une chiquenaude au bout de sa cigarette. Je crois qu'il avait des dettes. Ils ont disparu du jour au lendemain. Ça doit faire deux ans au moins. Depuis, la maison est restée à l'abandon, et les chats ne font que se multiplier, n'importe qui pourrait venir cambrioler, c'est ce que Maman dit toujours.

– Il y a tant de chats que ça ?

Elle finit par mettre sa cigarette entre ses lèvres, l'alluma avec son briquet puis hocha la tête.

– Toutes sortes de chats. Des galeux, des borgnes… Il ont un œil en moins, et un bout de chair qui pend à la place. Affreux, non ?

– Affreux, admis-je.

– Dans ma famille, il y a quelqu'un qui a six doigts, une fille un peu plus âgée que moi ; à côté de son petit doigt, elle en a un autre, comme un doigt de bébé. Mais elle s'arrange pour le plier si habilement que si on ne fait pas attention, ça ne se remarque même pas. Elle est jolie, en plus.

– Hmm, fis-je.

– Tu crois que c'est héréditaire, ces trucs-là ? Comment dire… congénital ?

– Aucune idée.

Elle resta silencieuse un moment. Tout en soufflant la fumée de ma cigarette, je gardais les yeux fixés sur le passage des chats. Jusque-là je n'en avais pas vu traverser un seul.

– Tu es sûr que tu ne veux rien boire ? Moi je vais prendre un Coca.

– Non merci, répondis-je.

Elle se leva de sa chaise longue, disparut en boitant derrière les bosquets. Pendant son absence, je ramassai un des magazines par terre et le feuilletai. Contrairement à mon attente, c'était un mensuel pour hommes.

La photo en pages centrales représentait une fille assise sur un tabouret, dans une pose peu naturelle, les jambes largement écartées si bien qu'on voyait la forme de son sexe et ses poils pubiens à travers une minuscule culotte transparente. Allons bon, me suis-je dit en remettant le magazine à sa place, puis je croisai les genoux haut sous ma poitrine et fixai à nouveau les yeux sur le passage des chats.

Au bout d'un temps assez long, elle revint, un verre de Coca à la main. Elle avait enlevé son tee-shirt bleu et était en short et haut de maillot de bain. Un tout petit haut, attaché par un cordon dans le dos, qui laissait deviner la forme de ses seins.

C'était à n'en pas douter un après-midi très chaud. À force de rester en plein soleil sur cette chaise longue, mon tee-shirt gris s'était marqué par endroits de taches de sueur foncées.

– Dis, qu'est-ce que tu ferais si tu t'apercevais que la fille que tu aimes a six doigts ? a-t-elle dit, poursuivant la conversation précédente.

– Je la vendrais à un cirque.

– Vraiment ?

– Non, je plaisante, ai-je corrigé, étonné qu'elle m'ait pris au sérieux. Je crois que ça me serait égal.

– Même si ça risquait de se transmettre à vos enfants ?

Je réfléchis un instant au problème.

– Non, je crois que ça ne me dérangerait pas. Un doigt en plus ou en moins, ce n'est pas un trop grand obstacle dans la vie.

– Et si elle avait quatre seins ?

– Je ne sais pas, j'ai dit.

Quatre seins ? Le sujet paraissait inépuisable, je décidai d'en changer.

– Quel âge as-tu ?

– Seize ans, répondit-elle. Je viens de les avoir. Je suis en seconde.

– Tu ne vas pas à l'école ?

– J'ai encore mal à la jambe quand je marche longtemps. Et j'ai été blessée à côté de l'œil. Ils sont plutôt sévères dans mon lycée, si on apprenait que je me suis fait mal en tombant de moto, je risquerais des ennuis. Je suis censée être absente pour maladie. Ça ne me dérangerait pas de sécher l'école pendant un an. Je ne suis pas pressée de passer en première.

– Hmm, dis-je.

– Mais pour revenir à ce qu'on disait tout à l'heure, ça ne te ferait rien de te marier avec une fille qui a six doigts, par contre si elle avait quatre seins, ça te déplairait, c'est bien ce que tu as dit ?

– Je n'ai jamais dit ça. J'ai dit que je ne savais pas.

– Pourquoi tu ne sais pas ?

– J'ai du mal à imaginer.

– Mais tu peux imaginer une fille avec six doigts ?

– Plus ou moins, oui.

– Où est la différence ? Six doigts ou quatre seins, c'est pareil, non ?

J'essayai à nouveau de réfléchir un peu à ça, mais je ne savais pas par quel bout commencer pour lui expliquer.

– Tu trouves que je pose trop de questions ? demanda-t-elle, en me fixant de derrière ses lunettes noires.

– On te l'a déjà dit ?

– C'est arrivé.

– Il n'y a pas de mal à poser des questions. Ça oblige l'interlocuteur à réfléchir.

– Mais la plupart des gens n'aiment pas réfléchir, dit-elle en regardant le bout de ses pieds. Ils répondent au petit bonheur la chance.

Je secouai vaguement la tête, ramenai mon regard sur le passage des chats. Qu'est-ce que je fais là ? me demandai-je soudain. *Je n'ai pas encore vu passer un seul chat.*

Les bras croisés sur la poitrine, je fermai les yeux une vingtaine de secondes.

En fermant les yeux sans bouger je pouvais sentir la sueur suinter de différents endroits de mon corps. Sur le front, sous le nez, dans le cou, des sensations extrêmement délicates, comme si on posait sur moi des plumes mouillées ou quelque chose comme ça. Mon tee-shirt collait à ma poitrine comme un drapeau pendant lamentablement par un jour sans vent. La lumière du soleil, étrangement pesante, m'accablait. La fille agita son verre de Coca et cela résonna exactement comme le tintement des cloches d'un troupeau.

– Tu peux t'endormir si tu as sommeil, je te réveillerai si je vois passer ton chat, dit-elle d'une petite voix.

Je hochai la tête en silence, les yeux fermés.

Pendant un moment je n'entendis pas un son autour de moi. Le pigeon et l'oiseau à ressort avaient disparu je ne sais où. Il n'y avait pas de vent, on n'entendait même pas les pots d'échappement des voitures. Je pensais à l'inconnue du téléphone. *Est-ce que je connaissais vraiment cette femme ?*

Pourtant je n'arrivais pas à me souvenir d'elle. Seule son ombre s'allongeait à l'infini sur un chemin, comme un paysage dans un tableau de Chirico. Sa réalité était loin, très loin, hors des limites de ma conscience. À mon oreille le tintement de cloches continuait.

– Tu dors ? me demanda la fille d'une petite voix à peine audible.

– Non, répondis-je.

– Je peux me rapprocher ? Comme ça, je peux parler à voix basse, je préfère.

– Ça ne me dérange pas, dis-je, les yeux toujours fermés.

Elle tira sa chaise longue vers la mienne, la colla tout contre. J'entendis le claquement sec des montants de bois qui se frôlaient.

C'est drôle, me dis-je. La voix de cette fille quand je ferme les yeux et quand j'ai les yeux ouverts est complètement différente. Qu'est-ce qui m'arrive ? C'est la première fois que je me sens comme ça.

– Je peux te parler un peu ? demanda-t-elle. Je parlerai très bas, et tu n'auras pas besoin de répondre, tu peux même t'endormir pendant que je parle si tu veux.

– D'accord, fis-je.

– C'est beau, quelqu'un qui meurt, dit-elle.

Comme elle parlait tout contre mon oreille, la chaleur humide de son souffle s'infiltrait en moi en même temps que sa voix.

– Pourquoi ? demandai-je.

Elle posa un doigt sur mes lèvres comme un sceau.

– Ne pose pas de questions, dit-elle. Je n'ai pas envie qu'on me pose de questions maintenant. Et puis n'ouvre pas les yeux. Compris ?

Je fis un hochement de tête, à peu près aussi prononcé que sa voix.

Elle enleva son doigt de mes lèvres, le posa cette fois sur mon poignet.

– J'aimerais trancher ça avec un scalpel. Pas le cadavre lui-même. Plutôt un morceau de mort en condensé. Il me semble qu'il y a quelque chose de cet ordre quelque part dans un cadavre. Du condensé de mort, une boule de nerfs paralysés, douce, souple, comme une balle. Je voudrais extirper ça d'un cadavre, et trancher dedans. Je pense sans arrêt à ça. Je me demande comment c'est à l'intérieur. Ça doit être un peu caoutchouteux, tu vois, comme de la pâte dentifrice séchée dans un tube. Tu ne crois pas ? Non, pas la peine de répondre. Le tour est caoutchouteux mais plus on va vers le noyau plus c'est dur. Voilà pourquoi je commence par inciser la peau autour, j'enlève la masse gélatineuse, je tranche dedans avec un scalpel et je la retire à la spatule. L'intérieur est de plus en plus ferme, je continue jusqu'à ce que je trouve le centre, un petit noyau dur. Tout petit et très dur, comme un roulement à billes. Tu ne crois pas que c'est comme ça ?

Elle toussota deux ou trois fois.

– Je n'arrête pas d'y penser. Sans doute parce que je ne fais rien de toute la journée. Je crois vraiment que c'est comme ça. Quand je ne fais rien, mes pensées m'entraînent de plus en plus loin, elles vont trop loin et après je ne peux plus les suivre.

Elle ôta son doigt de mon poignet, prit son verre, but ce qui restait de Coca. Je compris que le verre était vide au bruit que faisaient les glaçons dedans.

– Ne t'en fais pas, je surveille si le chat arrive. Dès que Noboru Watanabe sera en vue, je te préviendrai. Tu peux garder les yeux fermés sans crainte. Noboru Watanabe doit déjà être en train de se promener dans le coin. Un chat repasse toujours aux mêmes endroits. On va le voir arriver, c'est sûr. Attendons-le en faisant travailler notre imagination. *Noboru Watanabe s'approche*. Il se faufile entre les herbes, passe sous la barrière, s'arrête pour humer le parfum d'une fleur, il s'approche d'ici petit à petit. Essaie de le visualiser.

Suivant ses indications, j'essayai de me représenter mentalement le chat, mais je discernais seulement une vague forme féline, comme une photo à contre-jour. La lumière violente du soleil traversant mes paupières dérangeait et déstabilisait mon obscurité intérieure, et j'avais beau faire tous mes efforts je n'arrivais pas à évoquer avec précision la silhouette du chat. Le Noboru Watanabe de mon esprit manquait de naturel et il était difforme, comme un portrait raté. Toutes ses caractéristiques étaient là mais l'essentiel manquait. Je n'arrivais même plus à me souvenir de sa démarche.

La fille posa à nouveau un doigt sur mon poignet et se mit à tracer un dessin léger. Un étrange dessin sans forme déterminée. Pendant qu'elle traçait ces lignes sur mon bras, comme en réponse à ses gestes, une obscurité d'une sorte différente se mit à recouvrir ma conscience. Je devais être en train de m'assoupir. Je n'avais pas vraiment envie de dormir mais il me paraissait impossible de résister à cette tentation. Mon corps, sur la chaise longue de toile aux courbes douces, me semblait d'une disgracieuse pesanteur.

Du fond de ces ténèbres, je parvins à visualiser seulement les quatre pattes de Noboru Watanabe. Quatre pattes brunes et paisibles avec à l'arrière de petits coussinets élastiques renflés et doux au toucher. Ces pattes foulaient le sol, quelque part, sans un bruit.

Mais quel sol ?

Cela, je l'ignorais.

« Tu ne crois pas qu'il y a un angle mort fatal quelque part dans ton esprit ? » prononça tranquillement la femme.

Quand je me réveillai, j'étais seul. Sur la chaise longue collée tout contre la mienne, il n'y avait plus trace de la fille. Le drap de bain, les cigarettes et les magazines étaient toujours là mais le verre de Coca et le radiocassette avaient disparu. Le soleil déclinait vers l'ouest, l'ombre des pins m'enveloppait, rampait déjà jusqu'à mes chevilles. Ma montre indiquait trois heures quarante. J'agitai plusieurs fois la tête, comme si je secouais une boîte vide, puis me levai pour observer les alentours. Le paysage était exactement le même que quand je l'avais vu pour la première fois. La vaste pelouse, le bassin asséché, la haie, l'oiseau de pierre, les verges d'or, l'antenne de télé. Mais pas plus de chat que de jeune fille à l'horizon.

Je m'assis sur un coin de la pelouse, à l'ombre, et, tout en caressant les brins d'herbe verte de la paume, j'attendis, les yeux fixés sur le passage des chats, le retour de la fille. Au bout de dix minutes, ni elle ni le chat n'étaient apparus. Rien ne bougeait aux alentours. Je n'arrivais pas à décider ce que je devais faire. Il me semblait que j'avais terriblement vieilli pendant mon sommeil.

Je me levai à nouveau, jetai un coup d'œil sur la maison. Elle semblait déserte. Le soleil étincelait, aveuglant, sur les vitres de la porte-fenêtre. Je traversai le jardin, m'engageai dans la ruelle et rentrai chez moi. Je n'avais pas retrouvé le chat, mais au moins j'avais fait mon possible.

Une fois à la maison, je rentrai le linge sec et commençai les préparatifs d'un dîner tout simple. Ensuite je m'assis par terre dans le salon, m'adossai au mur et lus le journal du soir. À cinq heures et demie, le téléphone sonna, douze fois, mais je ne répondis pas. Lorsque la dernière sonnerie s'arrêta, l'écho s'attarda longuement dans la légère obscurité de la pièce, pareil à une traînée de poussière. De ses ongles durs l'horloge frappait sur une planche invisible flottant dans l'espace. On se croirait vraiment à l'intérieur d'un mécanisme, me dis-je. Une fois par jour l'oiseau à ressort fait son apparition et remonte la pendule du monde. Et moi, seul à l'intérieur de ce monde, je vieillis tandis que la balle de caoutchouc blanche de la mort enfle de plus en plus. Même pendant que je dors profondément, quelque part entre Saturne et Uranus, les oiseaux mécaniques s'acquittent régulièrement de leurs tâches.

Je m'interroge un instant sur l'opportunité d'écrire un poème sur l'oiseau à ressort. Mais j'ai beau réfléchir, pas le moindre vers ne me vient à l'esprit. De toute façon, je ne crois pas que des collégiennes sauraient apprécier un poème sur ce sujet. Elles ne connaissent pas encore l'existence de ce volatile.

Ma femme est rentrée à sept heures et demie.

– Désolée, j'avais un travail à terminer, dit-elle. Je n'arrivais pas à mettre la main sur le dossier de frais de scolarité d'un élève. La secrétaire à mi-temps ne se fatigue pas, tout le travail retombe sur moi.

– Ce n'est pas grave, ai-je répondu.

Puis, debout dans la cuisine, j'ai fait frire le poisson et préparé une salade et de la soupe au *miso*. Pendant ce temps, assise à la table de la cuisine, ma femme lisait le journal du soir.

– Tu n'étais pas à la maison vers cinq heures et demie ? demanda-t-elle. J'ai essayé d'appeler pour te prévenir que je rentrerais tard.

– Je suis sorti acheter du beurre, il n'y en avait plus, ai-je menti.

– Tu es passé à la banque ?

– Bien sûr.

– Et le chat ?

– Introuvable.

– Ah bon, a fait ma femme.

Après le dîner, j'ai pris un bain, et quand je suis revenu au salon, j'ai trouvé ma femme assise toute seule dans le noir, la lumière éteinte. Accroupie ainsi dans l'obscurité avec sa chemise grise, elle ressemblait à un bagage abandonné. Ça m'a fait de la peine de la voir comme ça. Oubliée au mauvais endroit. Peut-être qu'ailleurs elle aurait été plus heureuse.

Je me suis essuyé les cheveux avec une serviette de bain et me suis assis sur le canapé en face d'elle.

– Qu'est-ce qu'il y a ? ai-je demandé.

– Je suis sûre que le chat est mort, a-t-elle dit.

– Mais non, voyons. Il est en train de folâtrer je ne sais où. Quand il aura suffisamment faim, il reviendra. C'est déjà arrivé une fois, tu te rappelles ? Quand on habitait à Koenji…

– Cette fois, c'est différent. Il est mort, il est en train de pourrir quelque part dans l'herbe. Tu as fouillé les herbes autour de la maison vide ?

– Hé, arrête. C'est peut-être une maison vide, mais elle n'est pas à nous. Je ne peux pas y entrer comme ça.

– C'est toi qui l'as tué ! a dit ma femme.

J'ai poussé un soupir et me suis à nouveau essuyé la tête avec la serviette.

– Tu l'as tué d'un regard, a répété ma femme dans l'obscurité.

– Je ne comprends pas très bien. Écoute, ce chat est parti de son plein gré, ce n'est pas ma faute. Même toi, tu peux reconnaître ça, non ?

– Mais tu ne l'aimais pas ce chat, c'est bien vrai, ça, non ?

– Peut-être, ai-je admis. Peut-être que je ne l'aimais pas *autant que toi*. Mais je ne lui ai jamais fait de mal, et je le nourrissais tous les jours. C'est *moi* qui le nourrissais. Je ne l'aimais pas spécialement, ça ne veut pas dire que je l'ai tué. Si tu vas par là, j'aurais déjà tué la moitié de la planète.

– Tu es comme ça, je le sais, a dit ma femme. Tu as toujours, toujours, été comme ça. Tu tues plein de choses sans avoir à faire le moindre geste.

J'allais répondre quelque chose, mais je me suis arrêté en me rendant compte qu'elle pleurait. J'ai jeté la serviette dans le panier à linge de la salle de bains, je suis allé à la cuisine, j'ai ouvert le réfrigérateur, j'ai pris une bière et je l'ai bue. Quelle journée insensée ! Une année insensée, un mois insensé, une journée insensée !

Noboru Watanabe, où es-tu ? pensai-je. L'oiseau à ressort aurait-il oublié de te remonter ?

Ma parole, on dirait un poème.

Noboru Watanabe,
Où es-tu ?
L'oiseau à ressort aurait-il oublié
De te remonter ?

J'avais bu à peu près la moitié de ma bière quand le téléphone s'est remis à sonner.

– Réponds ! ai-je crié en direction de la pénombre du salon.

– Réponds toi-même ! a rétorqué ma femme.

– Je n'ai pas envie, ai-je dit.

Le téléphone insiste en vain. La sonnerie vient troubler les volutes de poussière qui flottent sur les ténèbres. Ni ma femme ni moi ne disons mot. Je bois ma bière, elle continue à sangloter sans bruit. J'ai compté vingt sonneries, ensuite j'ai laissé tomber et ne m'en suis plus occupé. On ne peut pas continuer à compter comme ça toute sa vie.

La seconde attaque de boulangerie

Ai-je fait le bon choix le jour où j'ai parlé à ma femme de l'attaque de la boulangerie ? Aujourd'hui encore, je n'en suis pas sûr. Mais peut-être qu'on ne peut pas juger cette affaire selon des critères de bon ou de mauvais choix. Je veux dire par là que dans la vie il existe de mauvais choix qui entraînent des résultats positifs et de bons choix qui entraînent des résultats néfastes. Pour échapper à cette absurdité – je pense qu'on peut employer ce mot-là –, il faut admettre qu'en fait *on ne choisit rien de ce qui nous arrive*, et en gros, c'est la position que j'ai adoptée dans la vie. Ce qui est arrivé est arrivé, et ce qui n'a pas encore eu lieu n'a pas encore eu lieu.

Si on regarde les choses de ce point de vue, *de toute façon*, j'ai raconté à ma femme l'attaque de la boulangerie. Ce que j'ai raconté, je l'ai raconté, et l'incident que ça a entraîné a eu lieu, personne n'y peut rien. Et si par hasard cette affaire paraissait bizarre aux yeux de quiconque, je crois qu'il faudrait en chercher les causes dans des circonstances plus générales qui englobent également cet incident. Mais ce n'est pas la manière dont je pense qui va changer quoi que ce soit aux faits. C'est une philosophie, sans plus.

Ce qui m'a amené à évoquer devant ma femme cette

attaque de boulangerie, c'est un événement bien particulier. Je n'avais pas prévu à l'avance de tout lui raconter, mais ce n'était pas non plus du style « Tiens, à propos, ça me revient tout à coup… ». En fait, jusqu'à ce que j'utilise devant ma femme l'expression « attaque de boulangerie », j'avais moi-même parfaitement oublié avoir jamais commis pareil acte.

Ce qui m'a remis cet épisode en mémoire, c'est une faim à peu près insatiable, survenue sur le coup de deux heures du matin. Vers six heures du soir j'avais pris un repas léger avec ma femme, et à neuf heures et demie nous étions allés nous coucher. Mais à peine étions-nous assoupis que pour je ne sais quelle raison nous nous sommes réveillés tous les deux en même temps, en proie à une fringale violente, d'une force égale à celle de la tornade du *Magicien d'Oz*. C'était une faim d'une force qu'on pourrait qualifier d'insensée.

Or, dans le réfrigérateur, il n'y avait rien qui mérite le nom de nourriture. Un flacon de vinaigrette, six boîtes de bière, deux oignons tout desséchés, du beurre et du désodorisant. Nous n'étions mariés que depuis deux semaines et n'avions pas encore établi de règles de reconnaissance mutuelle concernant la diététique. Il y avait des montagnes d'autres choses à établir entre nous à cette époque.

Je travaillais alors dans une étude et ma femme faisait du secrétariat dans une école de design. Je devais avoir vingt-huit ou vingt-neuf ans (je ne sais pourquoi, je n'arrive jamais à me rappeler l'année de mon mariage), quant à ma femme, elle a deux ans et huit mois de moins que moi. Nous menions une vie trépidante, notre appartement était aussi encombré qu'une caverne aux trésors, et nous n'avions vraiment pas le temps de penser à acheter des provisions.

Quittant le lit, nous allâmes jusqu'à la cuisine et restâmes un moment assis à table face à face sans rien faire. Nous avions trop faim tous les deux pour songer à nous recoucher – l'idée de s'allonger était déjà pénible – et nous avions également trop faim pour nous lever et entreprendre une action quelconque. Nous n'avions pas la moindre idée d'où ni comment une fringale aussi violente avait pu nous tomber dessus.

Dans un ultime espoir, nous allâmes à tour de rôle ouvrir la porte du réfrigérateur, mais nous eûmes beau l'ouvrir, le contenu ne variait pas : de la bière, des oignons, du beurre, de la vinaigrette, et du désodorisant. Il nous restait la possibilité de faire frire les oignons dans du beurrc, mais il était impensable que ces deux oignons ratatinés parviennent à combler efficacement le gouffre de nos estomacs. Les oignons, c'est fait pour être mangé en accompagnement d'autre chose, ce n'est pas le genre d'aliment propre à satisfaire un appétit d'ogre.

– Que dirais-tu d'un peu de désodorisant frit à la vinaigrette ? proposai-je à ma femme.

Comme prévu, ma plaisanterie tomba à plat, dans un silence glacial.

– Prenons la voiture et allons chercher un restaurant ouvert toute la nuit, dis-je. Si on prend la nationale, je suis sûr qu'on en trouvera un.

Mais ma femme refusa ma proposition. Elle n'avait pas envie d'aller dîner dehors.

– C'est contre mes principes de sortir après minuit pour aller dîner en ville, dit-elle.

Sur ce plan, elle était plutôt vieux jeu.

– Comme tu voudras, dis-je en soupirant.

C'est peut-être une tendance commune à tous les jeunes mariés, cependant ce genre d'opinion (ou de thèse parfois) émanant de ma femme résonnait à mes oreilles comme un ordre. Après qu'elle m'eut dit ça, je me mis à avoir l'impression que cette faim était d'une espèce particulière, pas une faim ordinaire que l'on peut calmer aisément en se rendant dans un de ces restaurants ouverts la nuit que l'on trouve le long de la nationale.

Mais qu'est-ce qu'une faim particulière ?

Je peux tenter de représenter ici la situation sous forme d'une image cinématographique.

1) Je flotte paisiblement sur l'océan dans un petit bateau. 2) Je regarde en dessous de moi dans l'eau et aperçois la pointe d'un volcan sous-marin. 3) On dirait que, entre cette pointe et la surface de la mer, il n'y a pas une bien grande distance mais impossible de le savoir avec précision. 4) Cela parce que la trop grande transparence de l'eau rend difficile l'évaluation de la distance.

Voilà en gros l'image qui avait traversé mon esprit pendant les trois ou quatre secondes qui suivirent la déclaration de ma femme, refusant d'aller manger dans un restaurant ouvert la nuit, juste avant que j'acquiesce par un : « Tu as raison. » Bien entendu, comme je ne m'appelle pas Sigmund Freud, je serais bien en peine d'analyser exactement la signification de cette image, mais je compris intuitivement qu'il s'agissait d'une image de l'ordre de la révélation mystique. Voilà précisément pourquoi j'acquiesçai presque mécaniquement – malgré la violence extraordinaire de ma fringale – à la thèse (ou encore déclaration) de mon épouse.

N'ayant plus d'autre solution, j'ouvris une boîte de bière et la bus. Parce qu'il vaut mille fois mieux boire de la bière que manger des oignons. Ma femme n'adorait pas la bière, aussi j'en bus quatre et elle les deux restantes pendant que je finissais les miennes. Puis elle alla fureter en douce, comme un écureuil en novembre, dans les placards de la cuisine et découvrit quatre boudoirs au fond d'un sachet, reste d'un jour où nous avions confectionné une charlotte. Ils étaient tout ramollis par l'humidité, mais nous en mangeâmes deux chacun comme s'il s'agissait de denrées précieuses.

Hélas, cependant, ni la bière ni les biscuits ne laissèrent la moindre trace dans nos estomacs affamés, aussi vastes et indéfinis que la péninsule du Sinaï vue du ciel. Ces misérables reliefs ne comptèrent pas plus qu'un paysage ingrat défilant devant la fenêtre d'un train.

Nous nous occupâmes en lisant les caractères imprimés sur les boîtes de bière en aluminium, en regardant nos montres à plusieurs reprises, en jetant un coup d'œil dans le réfrigérateur, en feuilletant le journal du soir de la veille, rassemblant avec le coin d'une carte postale les miettes de biscuits éparses sur la table. Le temps était lourd et sombre comme le poids en plomb d'une canne à pêche dans l'estomac d'un poisson.

– C'est la première fois de ma vie que j'ai aussi faim, dit ma femme. Tu crois que ça a quelque chose à voir avec le mariage ?

– Je ne sais pas, répondis-je. Il y a peut-être un rapport, et peut-être pas.

À nouveau ma femme fouilla les étagères de la cuisine, à la recherche de bribes de nourriture, tandis que, me penchant à nouveau par-dessus le bord de mon bateau, j'observais le sommet du volcan sous les eaux. La transparence de l'eau de mer entourant le bateau me mettait dans un terrible état d'instabilité. J'avais l'impression qu'une sorte de gouffre s'était ouvert quelque part derrière mon plexus solaire. Un gouffre pur, sans entrée ni sortie. Cet étrange sentiment de manque – la sensation que le vide existait réellement – ressemblait à la peur paralysante que l'on peut ressentir en se penchant du sommet d'une haute tour. Découvrir des points communs entre la faim et le vertige était pour moi une expérience nouvelle.

C'est exactement à ce moment-là que je me rappelai avoir déjà ressenti la même chose. *À ce moment-là*, j'avais aussi faim que maintenant. Et ce moment-là, c'était…

– L'attaque de la boulangerie !

Cela m'avait échappé, et ma femme attrapa la balle au bond :

– L'attaque de la boulangerie ? Quelle attaque de boulangerie ?

Voilà comment je me suis remémoré l'attaque de la boulangerie.

– Il y a très longtemps de ça, j'ai attaqué une boulangerie, expliquai-je à ma femme. Pas une grande boulangerie, ni même une boulangerie réputée. Le pain n'était pas spécialement bon, pas vraiment insipide non plus. Une boulangerie banale comme il y en a dans toutes les villes. Un grand-père qui faisait son pain lui-même et le vendait, dans une rue commerçante. Quand il avait vendu sa fournée du matin, il fermait boutique, c'était une modeste boulangerie.

– Pourquoi avoir choisi une aussi petite boulangerie ?

– Ce n'était pas la peine d'en attaquer une grande. Tout ce que nous voulions c'était assez de pain pour nous remplir l'estomac. Nous ne voulions pas voler d'argent. Nous n'étions pas des truands, juste des braqueurs de boulangerie.

– « Nous » ? dit ma femme. Qui ça, « nous » ?

– Mon complice de l'époque, expliquai-je. Ça remonte à plus de dix ans. Nous étions sans le sou tous les deux, nous n'avions même pas de quoi nous acheter du dentifrice. Et évidemment, nous n'avions jamais assez à manger. À cette époque, nous avons vraiment fait les quatre cents coups, tout nous était bon pour nous procurer à manger. L'attaque de la boulangerie aussi était un moyen de se nourrir…

– Je ne te suis pas très bien, dit ma femme en me regardant fixement. (Elle avait exactement le regard de quelqu'un qui cherche une étoile pâlie dans le ciel à l'aube.) Pourquoi aviez-vous besoin de faire ça ? Pourquoi ne pas travailler un peu ? Vous auriez pu trouver un petit job et gagner de quoi acheter à manger, non ? Ça me paraît vraiment plus simple que d'attaquer une boulangerie, non ?

– Mais on n'avait pas envie de travailler… poursuivis-je. Ça, c'était vraiment clair.

– Pourtant tu travailles bien maintenant ?

Je hochai la tête pour acquiescer et bus une gorgée de bière. Puis me frottai les paupières avec l'intérieur du poignet. Toutes ces boîtes de bière me donnaient envie de dormir. Une sorte de boue légère s'infiltrait dans ma conscience, venant chercher querelle à ma faim.

– Bah, les temps changent, notre état d'esprit aussi, la façon de penser évolue, dis-je. On ne retournerait pas dormir maintenant ? On se lève tôt tous les deux demain.

– Je n'ai pas sommeil, et je voudrais que tu me racontes ton attaque de boulangerie, reprit ma femme.

– C'est plutôt ennuyeux comme histoire. Décevant, en tout cas pas aussi intéressant que tu crois. Il n'y a pas vraiment d'action.

– Ça a marché ?

Renonçant au sommeil, j'arrachai l'anneau d'ouverture d'une nouvelle boîte de bière. Quand ma femme voulait entendre une histoire, il fallait qu'elle l'entende jusqu'au bout, c'était dans son caractère.

– Ça a marché, et en même temps ça n'a pas marché. Autrement dit, nous avons obtenu autant de pain que nous voulions, mais pas en le prenant de force. Je veux dire qu'avant que nous puissions voler ce pain le boulanger nous l'a donné.

– Gratuitement ?

Je secouai la tête :

– Pas exactement. C'est là que ça devient un peu compliqué. Ce boulanger était un fou de musique classique, et lorsque nous sommes arrivés il était justement en train d'écouter un album des ouvertures de Wagner dans sa boutique, et il nous a proposé une transaction : si nous écoutions ce disque avec lui jusqu'au bout, il nous laisserait prendre tout le pain que nous voulions dans sa boutique. Moi et mon ami, après nous être consultés, sommes arrivés à cette conclusion : on peut bien écouter un peu de musique, pourquoi pas ? Ce n'était pas du travail à proprement parler, et ça ne ferait de mal à personne. Alors nous avons remis nos couteaux dans nos sac, et nous nous sommes installés sur des chaises pour écouter avec le boulanger l'ouverture de *Tannhäuser* et du *Vaisseau fantôme*.

– Et après il vous a donné le pain.

– Exact. Moi et mon ami avons fourré tout le pain de la boutique dans notre sac, et nous avons eu de quoi manger pendant quatre ou cinq jours, dis-je, puis j'avalai une autre gorgée de bière.

Le sommeil faisait tanguer mon bateau comme si un tremblement de terre sous-marin avait provoqué une lame de fond.

– Bien sûr, nous avions accompli notre mission, qui était de nous procurer du pain, poursuivis-je, mais on ne pouvait pas appeler ça un acte criminel. C'était simplement du troc. Nous avions écouté du Wagner et, en échange, le boulanger nous avait donné du pain. C'était une transaction légale.

– Mais écouter du Wagner ce n'est pas travailler ! rétorqua ma femme.

– Exact, dis-je. Si, au lieu de ça, le boulanger nous avait demandé de faire la vaisselle ou d'astiquer les fenêtres, nous aurions refusé et l'aurions bel et bien attaqué pour lui voler son pain. Mais il ne nous a rien demandé de pareil, il nous a juste demandé d'écouter du Wagner avec lui. Et ça nous a plongé, mon ami et moi, dans la plus totale confusion. Parce que naturellement nous n'avions pas prévu l'intervention de Wagner dans cette histoire. C'était comme un sort jeté sur nous. Aujourd'hui, avec le recul, je suis persuadé qu'il aurait mieux valu poursuivre notre plan initial, et tout simplement l'attaquer à main armée pour lui voler son pain. Comme ça, il n'y aurait pas eu de problème.

– Il y a eu un problème ?

Je me frottai à nouveau les paupières.

– Oui. Mais pas un problème concret visible à l'œil nu. À dater de cette histoire, les choses se sont mises à changer imperceptiblement. Et une fois que les choses se mettent à changer, elles ne reviennent jamais en arrière. Finalement, je suis retourné à l'université pour terminer mes études, comme tout le monde, et j'ai préparé mon examen d'entrée dans la magistrature tout en travaillant dans une étude. Et puis je t'ai rencontrée et je me suis marié. Je n'ai plus jamais attaqué de boulangerie.

– Et ton histoire est terminée ?

– Oui, ça s'arrête là, dis-je en terminant ma bière.

Les six boîtes étaient vides maintenant. Dans le cendrier reposaient les six anneaux d'ouverture des boîtes, telles des écailles de sirène.

Naturellement, ce n'était pas vrai que rien de plus ne s'était passé. Plusieurs faits concrets s'étaient produits à la suite de cette histoire. Mais je n'avais pas envie de lui en parler.

– Et ton ami, qu'est-il devenu ? demanda ma femme.

– Je n'en sais rien. Après ça nous nous sommes fâchés pour une broutille. Je ne l'ai jamais revu, et j'ignore ce qu'il fait aujourd'hui.

Ma femme resta silencieuse un moment. Je pense qu'elle avait perçu un écho évasif dans ma réponse. Cependant elle n'insista pas sur ce point.

– Mais la cause directe de la dissolution de votre association a été l'attaque de la boulangerie, je me trompe ?

– Sans doute. Je crois que le choc que nous a causé cette histoire a eu des répercussions bien plus graves que nous ne l'aurions pensé. Après, pendant des jours, nous avons discuté du rapport entre le pain et Wagner. Nous nous demandions si nous avions fait le bon choix. Mais nous ne sommes parvenus à aucune conclusion. Pour une pensée normale, le choix était sûrement le bon : personne n'avait été blessé, tout le monde était satisfait, le boulanger – je n'ai jamais compris ses motivations exactes, en tout cas, ça lui a permis de faire de la propagande pour Wagner –, et nous, nous avons pu manger du pain tout notre content. Pourtant, je sentais qu'il y avait dans tout ça une erreur magistrale. Et l'ombre noire de cette erreur, dont le principe nous a toujours échappé, s'est étendue sur nos vies. C'est pour ça que j'ai parlé de sort tout à l'heure. Sans aucun doute, c'est une espèce de malédiction.

– Tu crois que cette malédiction a disparu aujourd'hui ? Elle ne pèse plus sur toi ni sur ton ami ?

Je pris les six anneaux dans le cendrier et confectionnai un bracelet d'aluminium.

– Je n'en sais rien. Il semble que le monde soit plein de malédictions diverses, et quand des problèmes nous tombent dessus, il est difficile de savoir à quelle malédiction ils sont dus.

– Non, ce n'est pas vrai, dit ma femme en me regardant fixement au fond des yeux. Si on réfléchit bien, on peut le savoir. Et tant que l'on ne dénoue pas cette malédiction de ses propres mains, elle nous fait souffrir jusqu'à la fin de notre vie comme une carie pas soignée. Et ce qui est valable pour toi l'est pour moi aussi.

– Pour toi ?

– Maintenant, c'est moi ton meilleur ami, non ? Par exemple cette faim que nous ressentons en ce moment, c'est ça. Jusqu'à ce qu'on se marie, jamais je n'avais ressenti une faim pareille, pas une seule fois. Tu ne trouves pas ça extraordinaire ? Je suis sûre que la malédiction qui pèse sur toi m'englobe aussi.

Je hochai la tête, défis le rond que j'avais fabriqué, remis les anneaux dans le cendrier. Avait-elle raison ou pas ? Maintenant qu'elle me le disait, ça me paraissait presque évident.

Je sentis revenir la sensation de faim, qui avait reflué jusqu'à la périphérie de ma conscience. Elle était encore plus violente que tout à l'heure, j'en avais profondément mal à la tête. Les vibrations de la moindre fibre de mon estomac étaient reliées aux tréfonds de ma tête par un câble. Quelle machinerie complexe devait être l'intérieur de mon corps !

J'observai à nouveau le volcan sous-marin. L'eau avait atteint un degré de transparence inégalé. Si on ne regardait pas avec attention, on en arrivait presque à oublier la présence de l'eau. J'avais l'impression que ce bateau flottait tout seul dans l'espace sans le moindre support liquide. Et je distinguai nettement le moindre petit caillou tout au fond de l'eau, il paraissait à portée de main.

– Cela ne fait que six mois que je vis avec toi, mais je sens en permanence la présence d'une sorte de malédiction autour de toi, dit-elle, puis, sans me quitter des yeux, elle croisa ses doigts sur la table. Évidemment, jusqu'à ce que tu me racontes ton histoire, je ne savais pas qu'il s'agissait d'une malédiction, mais maintenant j'y vois clair. Une malédiction pèse sur toi.

– Tu la ressens comment, sous quelle forme, cette malédiction ? hasardai-je.

– Un rideau plein de poussière, pas lavé depuis des années, qui pendrait du plafond, tu vois.

– Ça, ce n'est peut-être pas la malédiction, c'est peut-être tout simplement moi, fis-je en riant.

Elle ne riait pas.

– Non, non, ce n'est pas toi, je sais de quoi je parle.

– Admettons que ce soit une malédiction comme tu dis, que dois-je faire alors ?

– Attaquer à nouveau une boulangerie, dit-elle d'un ton péremptoire. Il n'y a pas d'autre moyen de te délivrer de ce sort.

– Là, maintenant, tout de suite ?

– Oui, maintenant. Pendant que tu as faim. Tu dois accomplir maintenant la tâche que tu n'as pas terminée autrefois.

– Mais tu crois qu'il y a des boulangeries ouvertes au milieu de la nuit ?

– Cherchons-en une ! dit ma femme. Tôkyô est une grande ville, je suis sûre qu'il y a au moins une boulangerie ouverte la nuit quelque part.

Ma femme et moi montâmes dans ma Corolla d'occasion, et nous mîmes à rôder dans les rues de Tôkyô à la recherche d'une boulangerie ouverte à deux heures et demie du matin. Je tenais le volant, tandis qu'elle, assise à côté de moi, jetait des deux côtés de la chaussée des regards perçants d'oiseau de proie. Un pistolet Remington automatique reposait comme un long poisson sur la banquette arrière, les balles que ma femme tenait prêtes dans la poche de son coupe-vent cliquetaient sèchement. Dans la boîte à gants, il y avait aussi deux cagoules de ski noires. Je n'avais pas la moindre idée de la raison pour laquelle ma femme avait un pistolet en sa possession, je ne savais pas davantage pourquoi elle avait des cagoules de ski. Ni elle ni moi ne pratiquions ce sport. Mais elle ne me donna pas la moindre explication, et, de mon côté, je ne lui posai pas de questions. Je me fis simplement la réflexion que la vie conjugale était un phénomène bien étrange.

Cependant, en dépit de cet équipement qu'on ne peut qualifier que de parfait, nous ne parvînmes pas à dénicher la moindre boulangerie ouverte. Je sillonnai les rues désertes de Yoyogi à Shinjuku, puis Yotsuya, Akasaka, Hirone, Aoyama, Roppongi, Daikanyama, Shibuya. Dans ce Tôkyô nocturne, nous pûmes voir déambuler toutes sortes de gens, et il y avait toutes sortes de magasins ouverts, mais pas une seule boulangerie. Personne ne faisait de pain la nuit.

En cours de route, nous croisâmes deux voitures de police. L'une était dissimulée le long d'un trottoir, l'autre nous dépassa relativement lentement. Chaque fois, je sentis la sueur dégouliner le long de mes aisselles mais ma femme ne leur accorda pas même un regard, continuant à se concentrer sur sa quête de boulangerie. Chaque fois qu'elle changeait un peu de position, les balles dans sa poche crissaient comme des cosses de sarrasin dans un oreiller japonais traditionnel.

– Laissons tomber, dis-je. Tu vois bien qu'il n'y a pas une seule boulangerie ouverte à cette heure-ci. Ça se prépare, ce genre de choses.

– Stop ! cria-t-elle soudain.

J'appuyai en hâte sur la pédale de frein.

– Ici, dit-elle d'un ton plus paisible.

Les mains toujours sur le volant, je regardai autour de moi mais ne vis pas la moindre devanture ressemblant à une boulangerie. Toutes les boutiques de la rue avaient baissé leurs rideaux de fer, les alentours étaient extrêmement calmes. Une enseigne de coiffeur flottait dans l'air froid, comme un œil de verre de travers. Deux cents mètres plus loin brillait le M de néon d'un McDonald.

– Hé, ce n'est pas une boulangerie, fis-je.

Mais ma femme ouvrit la boîte à gants sans un mot, y prit un rouleau de ruban adhésif renforcé et descendit de voiture. Elle s'accroupit devant le véhicule, coupa une longueur convenable de ruban et entreprit d'en recouvrir la plaque d'immatriculation. Le numéro fut bientôt illisible. Ensuite elle procéda de même à l'arrière. Elle avait l'air habituée. Debout à côté d'elle je la regardais faire, médusé.

– On va braquer ce McDo, dit-elle, d'un ton aussi paisible que si elle annonçait le menu de ce soir.

– Un McDonald n'est pas une boulangerie, fis-je remarquer.

– C'est *comme* une boulangerie, dit-elle avant de remonter en voiture. Dans certains cas, il faut savoir faire des concessions. En tout cas, gare-toi devant ce McDonald.

Renonçant à toute résistance, j'avançai la voiture de deux cents mètres et la garai sur le parking du McDo. Il y avait une seule voiture dans ce parking : une Bluebird rouge flambant neuve. Ma femme me tendit le revolver enveloppé dans une couverture.

– Mais je ne me suis jamais servi de ce genre de truc, et je n'ai pas envie de commencer, me défendis-je.

– Tu n'auras pas besoin de t'en servir, il suffit de le tenir à la main. Personne ne résistera, tu vas voir. Tu es prêt ? Bon. Tu fais comme je te dis. D'abord on entre tous les deux dans le McDo d'un air assuré, et dès que l'employé nous dit : « Bienvenue chez McDonald », ça sera le signal entre nous, on met les cagoules. Compris ?

– Ça, j'ai compris, mais…

– Ensuite, tu pointes le pistolet sur lui, et tu fais mettre tous les employés et les clients dans un coin. Il faut que ça aille vite, hein. Après, tu me laisses faire, je m'occupe de tout.

– Quand même…

– Combien tu crois qu'il nous faut de hamburgers ? Une trentaine, ça devrait suffire, non ?

– Peut-être, dis-je.

Puis je pris le revolver en poussant un soupir et déroulai un peu la couverture pour voir. Il était aussi lourd qu'un sac de sable et plus noir que les ténèbres de la nuit.

– Tout cela est-il vraiment nécessaire ? demandai-je.

Cette question s'adressait autant à elle qu'à moi-même.

– Indispensable, répondit-elle.

– Bienvenue chez McDonald, lança l'employée derrière le comptoir, nous adressant son plus beau sourire McDonald.

Je fus un instant décontenancé en la voyant car je n'avais pas imaginé que des femmes puissent travailler de nuit dans un McDonald, mais je me repris rapidement et enfilai ma cagoule.

L'employée nous avait regardés enfiler rapidement nos cagoules d'un air d'incompréhension totale et restait bouche bée. Comment réagir en pareille situation ne devait figurer nulle part dans le manuel de l'employé McDonald modèle. Elle était sur le point de prononcer la suite de sa formule standard « Bienvenue chez McDonald », mais ses lèvres figées ne pouvaient plus émettre un son. Malgré tout, une trace de sourire professionnel subsistait sur son visage, comme un croissant de lune dans le ciel à l'aube.

Aussi rapidement que possible, je déroulai la couverture, sortis le pistolet et le pointai sur la salle, mais en fait de clients il y avait seulement un couple à l'allure estudiantine installé devant une table en plastique, et même affalé dessus, car ils étaient profondément endormis. Sur la table s'alignaient leurs têtes et deux gobelets de milk-shake à la fraise, une vraie sculpture d'avant-garde. Ils dormaient d'un sommeil profond comme la mort, et il me sembla que je pouvais les abandonner à leur sort, car ils ne paraissaient guère en mesure de faire obstacle à nos desseins. Je dirigeai donc le canon de mon arme vers le comptoir. Il y avait trois employés en tout : la fille qui nous avait accueillis, un chef à la tête en forme d'œuf et au teint maladif, et un jeune type à l'expression indéchiffrable, sans doute un étudiant qui s'était trouvé un job en cuisine. Tous trois se rassemblèrent devant la caisse enregistreuse, contemplant le canon de mon revolver comme des touristes un puits inca. Personne ne poussa un cri, personne n'essaya de me retenir. Le revolver était si lourd que je dus le poser sur la caisse, le doigt sur la détente.

– Je vais vous donner l'argent, dit le chef d'une voix décomposée. Il n'y en a pas beaucoup parce qu'on vient relever la caisse à onze heures, mais prenez tout. Il n'y a pas de problème, on est assuré contre le vol.

– Fermez le rideau de fer et éteignez l'enseigne, ordonna ma femme.

– Attendez, dit le chef. Ça, ça m'ennuie, je n'ai pas le droit de fermer le magasin comme je veux, je serai tenu pour responsable.

Ma femme répéta son ordre.

– Il vaut mieux faire ce qu'elle vous dit, lui conseillai-je, le voyant hésiter.

Il regarda tour à tour le pistolet et le visage de ma femme, puis se décida, éteignit l'enseigne, appuya sur le bouton de commande du rideau de la porte d'entrée. Je surveillai ce qu'il faisait pour qu'il ne puisse pas mettre une alarme en marche à la place, mais apparemment il n'y avait pas de dispositif d'alarme relié au poste de police le plus proche dans les magasins de la chaîne McDonald. Personne n'avait jamais pensé qu'on pouvait braquer un commerce de hamburgers.

Le rideau se baissa à grand bruit, comme si on frappait sur un seau à coups de batte, mais ça n'empêcha pas le couple d'étudiants de continuer son somme. Cela faisait longtemps que je n'avais pas vu des gens dormir aussi profondément.

– Trente Big Mac à emporter, dit ma femme.

– Je vous donne tout l'argent que j'ai si vous voulez, mais vous ne voudriez pas aller consommer ailleurs ? demanda le chef. Ça va terriblement embrouiller la comptabilité. Je veux dire…

– Il vaut mieux faire ce qu'elle dit, répétai-je.

Les trois employés se rendirent à la cuisine et se mirent au travail. L'étudiant faisait griller les hamburgers, le chef les insérait dans un petit pain, l'employée les rangeait dans un sachet blanc, et personne ne pipait mot. Je m'adossai contre un énorme réfrigérateur, le canon de mon pistolet dirigé vers la plaque du gril. Sur le gril grésillaient des rangées de steaks hachés rose pâle, ovales comme des gouttes d'eau, je sentais le doux fumet de la viande grillée monter par tous les pores de ma peau comme une nuée d'insectes microscopiques, se mêlant à la circulation de mon sang pour atteindre les moindres recoins de mon être. Ces particules achevaient leur course rassemblées au fond du gouffre affamé qui s'ouvrait au centre de mon corps et venaient en tapisser les parois roses.

J'avais grande envie de m'emparer d'un ou deux des hamburgers enveloppés de sachets blancs dont la pile gonflait à vue d'œil à côté de moi, mais je décidai d'attendre que les trente soient prêts, n'étant pas très sûr qu'un tel acte n'aille pas à l'encontre de notre objectif. Il faisait une chaleur étouffante dans la cuisine, et je commençais à transpirer sous ma cagoule de ski.

Tout en préparant les hamburgers, les trois employés jetaient de temps en temps un coup d'œil vers le canon de mon revolver. Par moments, je me grattais les oreilles du bout de mon petit doigt gauche. Chaque fois que je suis tendu, ça ne rate pas, les oreilles me démangent. Chaque fois que je me grattais par-dessus ma cagoule, le revolver, déséquilibré par ce geste, tanguait dangereusement de haut en bas, ce qui semblait terroriser les trois employés. Il n'y avait aucun risque que le coup parte puisque je n'avais pas enlevé la sécurité, mais les trois malheureux ignoraient ce détail, et je ne voyais aucune raison de leur en parler.

Tandis que tous les trois s'activaient autour du gril sous ma surveillance, ma femme regardait de temps à autre du côté de la salle, comptait le nombre de hamburgers prêts et les entassait dans un grand sac en papier à poignées. Il y avait déjà un sac plein, contenant quinze Big Mac.

– Pourquoi faut-il que vous fassiez ça ? me demanda soudain la fille. Vous pourriez vous enfuir avec la caisse, et vous acheter tout ce que vous voulez à manger. À quoi ça vous avancera d'avaler trente Big Mac ?

Je secouai un peu la tête de côté sans lui répondre.

– Je suis vraiment désolée pour vous, mais il n'y avait pas de boulangerie ouverte, expliqua ma femme à ma place. S'il y en avait eu une ouverte, on aurait attaqué une boulangerie comme il se doit.

Je n'étais pas sûr que ce genre d'explications fournisse à la fille un indice quelconque pour mieux comprendre la situation, mais en tout cas personne ne posa plus de questions, et ils continuèrent en silence à faire griller la viande, à l'insérer dans un petit pain, à le mettre dans un sachet. Quand les trente Big Mac furent prêts, empilés dans deux grands sacs de papier, ma femme commanda deux grands gobelets de Coca et les paya comptant.

– Nous ne volons rien d'autre que du pain, expliqua-t-elle à la fille.

Celle-ci bougea la tête d'une façon assez complexe. Elle semblait hocher la tête et l'agiter pour dire non en même temps. Sans doute essayait-elle de faire ces deux gestes simultanément. Je la comprenais un peu.

Ensuite ma femme sortit de sa poche une pelote de ficelle fine pour les paquets – décidément elle avait tout ce qu'il fallait sur elle – et ficela bien proprement les employés au pilier central, comme si elle cousait des boutons. Ayant apparemment compris que tout ce qu'ils pourraient dire serait inutile, tous trois se laissèrent faire en silence. Même quand ma femme leur demanda si ça ne leur faisait pas mal, si personne ne voulait aller aux toilettes, ils restèrent muets comme des carpes. Je remballai le pistolet dans la couverture, ma femme prit un sac en papier portant le sigle McDonald dans chaque main, et nous sortîmes par un interstice au bas du rideau de fermeture. Le couple dans la salle dormait toujours profondément, pareil à des poissons des abysses, et je me demandai un instant ce qu'il aurait fallu pour les tirer d'un sommeil aussi profond.

Après avoir roulé une trentaine de minutes, nous nous arrêtâmes dans le parking d'un immeuble tranquille et mangeâmes des hamburgers à satiété, en buvant du Coca. J'envoyais six Big Mac dans le gouffre qui me tenait lieu d'estomac, ma femme cala au bout de quatre. Il nous restait vingt hamburgers sur la banquette arrière. La faim insatiable qui nous tourmentait, semblait-il, pour l'éternité s'était évanouie avec l'aube. Le premier rayon de soleil teinta de violet les murs sales de l'immeuble d'en face, faisant étinceler de façon aveuglante les lettres publicitaires géantes SONY BETA HIFI apposées sur une tour. On commença à entendre des pépiements d'oiseaux, mêlés aux crissements intermittents des pneus de camions sur l'autoroute. La radio diffusait de la country music. Nous fumâmes une cigarette à deux. Quand la cigarette fut finie, ma femme posa doucement sa tête sur mon épaule.

– Tout cela était-il vraiment nécessaire ? demandai-je alors à nouveau.

– Indispensable, dit-elle.

Puis elle poussa un seul énorme soupir et s'endormit. Son corps était doux comme celui d'un chat, et si léger.

Une fois seul, je me penchai par-dessus le bord de mon bateau et observai à nouveau le fond de la mer. Je ne voyais plus le volcan. La surface paisible de la mer réfléchissait le bleu du ciel, et les vaguelettes mollement agitées par le vent faisaient un doux clapotis contre le bord extérieur du bateau, comme les manches d'un pyjama de soie.

Je m'allongeai sur le fond du bateau, fermai les yeux et attendis que la marée montante m'emporte vers ma destination.

Le communiqué du kangourou

Bonjour, comment ça va ? Ce matin, comme j'étais en congé, je suis allé voir les kangourous au zoo à côté de chez moi. Ce n'est pas un très grand zoo, pourtant on y trouve pas mal d'espèces animales, du gorille à l'éléphant. Évidemment si vous êtes fana des lamas ou des tamanoirs, mieux vaut ne pas aller dans ce zoo. Car ici vous ne trouverez ni lama, ni tamanoir, pas plus que d'impala ou d'hyène. Il n'y a même pas de léopard. En revanche, il y a quatre kangourous.

L'un d'eux est un bébé, il est né il y a un mois. Ensuite, il y a un mâle, et deux femelles, mais je n'ai pas la moindre idée du genre de structure familiale que tout ça peut former.

Chaque fois que j'observe ces kangourous, je me demande quel effet ça peut bien faire d'être un kangourou. Pour quelle raison passent-ils leur temps à sauter avec cette allure saugrenue à travers un pays aussi mal dégrossi que l'Australie ? Et pourquoi se font-ils si facilement tuer par ces affreux bouts de bois mal façonnés qu'on appelle boomerangs, hein ?

Enfin, peu importe. Là n'est pas la question. Disons que c'est hors sujet.

Donc, pendant que je regardais ces kangourous, j'ai eu envie de vous écrire une lettre.

L'idée vous paraîtra peut-être bizarre. Quel est, me direz-vous, le rapport entre un kangourou et moi ? Pourquoi la vue d'un kangourou susciterait-elle le désir de m'écrire ? Mais ne vous tourmentez pas pour ça. Les kangourous sont les kangourous et vous, vous êtes vous. Il n'y a pas le moindre rapport digne d'être relevé entre un kangourou et vous.

Je vous explique.

Il y a une subtile gradation, divisée en trente-six stades, menant de la vue du kangourou à mon désir de vous écrire, et c'est en gravissant un à un ces paliers dans un ordre prédéterminé que je suis parvenu à l'idée de vous écrire, cela se borne à ça. Si je m'avisais de vous décrire un par un ces trente-six stades, sans doute ne comprendriez-vous pas très bien et, à vrai dire, je ne m'en souviens pas avec précision. Il y en a trente-six, voilà tout !

Si je m'étais trompé dans l'ordre, ne serait-ce qu'une fois, je n'en serais pas venu à l'idée de vous écrire. Peut-être que je me serais retrouvé dans l'Antarctique à califourchon sur une baleine, ou peut-être que j'aurais mis le feu au bureau de tabac du coin, allez savoir. Cependant, guidé par la convergence de ces trente-six coïncidences, j'en suis venu à communiquer ainsi avec vous.

Ne trouvez-vous pas cela étrange ?

Je commencerai donc par me présenter.

J'ai vingt-six ans, je travaille dans le département de contrôle des marchandises d'un grand magasin. Ce qui est – vous l'imaginerez sans peine – un travail terriblement fastidieux. D'abord je dois vérifier la marchandise achetée en gros par le département du réassort.

Cette première tâche est destinée à éviter toute collusion entre le département d'achat et les grossistes, mais, en fait, ce contrôle n'est pas aussi sévère que vous pourriez l'imaginer d'après le contexte. Depuis toujours, les grands magasins vendent toutes sortes de marchandises, allant du coupe-ongles au bateau à moteur, et le stock de marchandises subit chaque jour des variations importantes. Il serait impossible de les contrôler soigneusement une à une, même si les journées comptaient soixante-quatre heures et si nous avions huit doigts à chaque main. Notre société elle-même n'exige pas de nous d'être efficaces à ce point-là. Par conséquent, on se borne à tirer sur quelques boucles de chaussures, à grignoter quelques gâteaux à titre d'échantillon. Et voilà pour ce qui est du contrôle des marchandises.

Par voie de conséquence donc, notre tâche principale consiste à répondre aux réclamations des clients, autrement dit à examiner et à traiter les plaintes une par une. Nous les analysons, examinons la cause, adressons une réclamation soit au fabricant, soit au département de réassort. Par exemple, une cliente se plaint que deux paires de collants à peine achetées filent coup sur coup ou qu'un ours mécanique s'est arrêté de fonctionner simplement après être tombé d'une table, ou qu'une robe de chambre a rétréci d'un quart après son premier passage en machine, ce genre de réclamations.

Vous ne le savez sans doute pas : nous recevons un nombre incalculable de réclamations, c'est à en être écœuré. Personnellement, je traite uniquement les réclamations ayant trait directement aux marchandises, mais un grand magasin reçoit toutes sortes de plaintes. Nous sommes quatre à travailler dans mon service, mais on peut dire que nous sommes poursuivis sans répit du matin au soir par les réclamations des clients. Les réclamations me suivent littéralement comme un chien affamé. Certaines paraissent justifiées, d'autres complètement déraisonnables. Et pour certaines, il est difficile de juger de leur bien-fondé.

Par souci de commodité, nous divisons les plaintes en trois catégories : A, B et C. Au milieu du bureau, il y a trois grandes boîtes étiquetées A, B et C, dans lesquelles nous mettons les lettres. Nous appelons cette tâche « Évaluation du degré de rationalité ». C'est une plaisanterie entre collègues, naturellement. Ne faites pas attention.

Je vais néanmoins vous expliquer en quoi consistent ces trois degrés.

A : Plainte justifiée. Nous sommes obligés d'assumer la responsabilité. Nous allons rendre visite au client en lui apportant des gâteaux et remplaçons la marchandise défectueuse.

B : Notre responsabilité morale, commerciale ou légale n'est pas engagée mais, afin d'éviter de porter atteinte à l'image de notre grand magasin, nous prenons les mesures appropriées pour éviter des ennuis inutiles.

C : La responsabilité incombe clairement au client, nous lui expliquons les circonstances de notre refus et lui demandons de retirer sa plainte.

Nous avons donc examiné très sérieusement votre réclamation mais sommes finalement parvenus à la conclusion que le caractère de votre plainte nous obligeait à la classer dans la catégorie C. Pour quelle raison ? Soyez attentive, je vous explique.

Nous ne pouvons échanger : 1) un disque acheté il y a plus d'une semaine ; 2) dont vous ne possédez pas le reçu ; 3) contre une autre marchandise. *Vous ne trouverez personne pour accepter un échange pareil.*

Comprenez-vous bien ce que je veux dire ?

Cela met un terme à mes explications concernant les raisons de notre refus d'honorer votre plainte.

Votre réclamation a donc été traitée.

Cependant, si l'on s'écarte d'un point de vue strictement professionnel – à vrai dire, je m'en éloigne sans cesse –, je compatis du fond du cœur à l'objet de votre réclamation – le fait que vous ayez par erreur acheté une symphonie de Brahms à la place d'une symphonie de Mahler. Je suis sincère. C'est la raison pour laquelle je ne vous envoie pas l'avis administratif habituel en pareil cas, mais ce message en quelque sorte plus intime.

Pour être franc, toute la semaine, j'ai tenté plusieurs fois de vous écrire. « Veuillez accepter toutes nos excuses mais d'un point de vue strictement commercial nous ne pouvons échanger votre disque, cependant quelque chose dans votre lettre de réclamation m'a personnellement profondément ému, et bla bla bla et bla bla bla… », ce genre de lettre, voyez. Mais je n'ai pas réussi à l'écrire. Non pas que je sois peu doué pour écrire des lettres. En fait, ça peut paraître prétentieux, mais j'avoue que j'ai un certain don. Cependant, les mots appropriés pour vous écrire ne me venaient pas à l'esprit. Les phrases qui me venaient étaient justes, mais elles ne transmettaient pas vraiment ce que je ressentais. Plusieurs fois, j'ai déchiré la lettre que j'avais écrite, cachetée et même parfois timbrée.

Pour finir, j'ai décidé de ne pas vous répondre. Après tout, il vaut mieux ne rien écrire du tout qu'écrire une lettre imparfaite. Ne croyez-vous pas ? C'est ma conviction. Un message imparfait, c'est comme un horaire de train bourré d'erreurs. Il vaut mieux que ça n'existe pas.

Mais ce matin, devant l'enclos des kangourous, avec la convergence de ces trente-six coïncidences, j'ai eu une révélation soudaine. La Grande Imperfection.

Qu'est-ce que la Grande Imperfection, me demanderez-vous peut-être – vous me le demanderez sûrement, n'est-ce pas ? La Grande Imperfection, pour l'exprimer simplement, c'est le fait que quelqu'un pardonne effectivement à quelqu'un d'autre. Moi je pardonne aux kangourous, les kangourous vous pardonnent, vous me pardonnez – pour vous donner un exemple.

Naturellement, ce genre de cycle ne peut pas se perpétuer à l'infini, et, à un moment donné, les kangourous n'auront peut-être plus envie de vous pardonner. Mais ne leur en veuillez pas pour autant. Ce n'est pas de leur faute, ni de la vôtre. Ni de la mienne d'ailleurs. Les kangourous aussi ont leurs problèmes, une vie compliquée. Qui oserait reprocher quelque chose aux kangourous ? Saisir l'instant, voilà tout ce que je peux faire. Saisir l'instant et en prendre une photo-souvenir.

Au premier plan, à partir de la gauche, vous, les kangourous, moi, quelque chose comme ça, voyez.

J'ai donc renoncé à écrire. Les formules stéréotypées d'un simple avis administratif ne conviennent pas. Et je ne peux plus faire confiance aux mots. Par exemple, j'écris le mot « hasard », mais ce qu'évoquera ce mot pour vous sera complètement différent de ce qu'il évoquera pour moi – il pourrait même s'agir de notions complètement opposées. Cela n'est-il pas complètement injuste ? Je me pose la question. Que moi j'aie enlevé jusqu'à mon pantalon, alors que vous avez à peine défait trois boutons de votre chemisier, cela n'est-il pas injuste ? Je n'aime pas l'injustice. Bien entendu, le monde lui-même est injuste. En tout cas, je me refuse à y rajouter sciemment encore plus d'injustice. Telle est ma position fondamentale.

Voilà pourquoi j'ai finalement décidé de vous envoyer un message enregistré sur cassette.

(Les huit premières mesures, sifflées, de la Marche du colonel Bogey.)

Essai : est-ce que vous m'entendez ?

J'ignore comment vous réagirez en recevant cette lettre – je veux dire cette cassette. Honnêtement, je n'en ai pas la moindre idée. Peut-être serez-vous désagréablement surprise, voire choquée. Cela sort de l'ordinaire, c'est le moins qu'on puisse dire, cela peut même paraître franchement idiot, qu'un employé du service de contrôle des marchandises d'un grand magasin réponde à une lettre de réclamation d'une cliente en lui envoyant une cassette enregistrée – contenant, qui plus est, un message personnel. Et si jamais cette cassette vous choquait ou vous mettait en colère au point que vous décidiez de l'envoyer à mon supérieur, cela me mettrait au sein de la société dans une position extrêmement délicate.

Mais si tel est votre désir, faites-le. Je ne vous en voudrai pas, je ne vous détesterai pas.

Est-ce bien clair, nous sommes en position d'égalité à cent pour cent. Autrement dit, j'ai le droit de vous écrire, et vous avez le droit de menacer ma situation. Cela vous paraît-il juste ? J'assume l'entière responsabilité de mon acte. Je ne fais cela ni pour vous harceler ni pour vous faire une blague.

Ah oui, j'avais oublié de vous le dire : j'ai intitulé cette lettre « le communiqué du kangourou ».

Chaque chose doit avoir un nom, n'est-ce pas ?

Et puis cela vous permettra, si par hasard vous tenez un journal intime, d'y noter simplement : « aujourd'hui, reçu "le communiqué du kangourou" », au lieu de devoir recourir à une longue périphrase telle que : « Aujourd'hui, reçu une cassette enregistrée envoyée par un employé du service de contrôle des marchandises d'un grand magasin en réponse à ma lettre de réclamation. » Ne trouvez-vous pas que le communiqué du kangourou est un nom gracieux ? N'avez-vous pas l'impression d'entendre bondir un kangourou, accourant vers vous depuis l'autre côté de la pampa, avec dans sa poche une lettre à vous destinée ?

Toc toc toc (bruit de coups sur une table).

Je frappe. Toc toc toc... Vous saisissez ? Je frappe à la porte de votre maison.

Si vous n'avez pas envie de m'ouvrir la porte, cela ne me dérange pas. Je suis sincère. Cela ne me fait absolument rien. Si vous ne voulez pas en entendre davantage, arrêtez la cassette ici, jetez-la à la poubelle. Assis devant l'entrée de votre maison, je veux simplement parler tout seul un petit moment. Je n'ai aucun moyen de savoir si vous écoutez ou non, et du fait que je ne le sache pas, cela ne revient-il pas au même, que vous soyez en train d'écouter ou non cette cassette ? Ha ha ha ! Voilà la preuve que nous sommes à égalité. La situation est juste. J'ai le droit de m'exprimer. Vous avez le droit de ne pas m'écouter.

Bon. Alors, allons-y, hein. J'ai frappé à la porte, et je vous ai prévenue que vous aviez le droit de ne pas ouvrir.

Mais l'imperfection, c'est quelque chose de terrible. Je n'aurais jamais cru que ce soit si pénible de parler devant un micro sans manuscrit à la main, sans plan préparé. C'est comme d'être debout au milieu du désert et d'arroser le sable avec un gobelet d'eau. On ne voit rien, tout reste amorphe.

C'est pourquoi en ce moment, je m'adresse uniquement à l'aiguille du mètre VU. Vous connaissez le mètre VU, n'est-ce pas ? Ces petites aiguilles sensibles qui bougent en fonction de l'intensité du son ? Je ne sais pas ce que signifient ces lettres V et U, mais en tout cas, elles sont l'unique chose au monde qui manifeste la moindre réaction à ce que je suis en train de dire. Un couple plutôt strict, ce V et ce U, si vous voulez mon avis. Pas de V sans le U et pas de U sans le V. Un monde agréable. Ils se moquent éperdument de ce que je peux penser, dire, et à qui. Tout ce qui les intéresse, c'est la force avec laquelle ma voix fait vibrer l'air. Pour eux, l'air vibre donc je suis.

Vous ne trouvez pas ça chouette ?

Les regarder m'encourage à continuer à parler, quitte à dire n'importe quoi. Ils s'en moquent bien si ce que je dis est imparfait. Tout ce qu'ils me demandent c'est de faire vibrer l'air. Ça n'a pas de sens. La vibration de l'air, c'est tout.

Pfff !

Ça me rappelle un film triste que j'ai vu l'autre jour. L'histoire d'un comédien dont les blagues ne faisaient jamais rire personne. Vous voyez le tableau ? Personne, mais vraiment personne, ne riait.

C'est étrange.

La même blague, quand une personne la raconte, tout le monde se roule par terre de rire, et quand c'est quelqu'un d'autre ce n'est plus drôle du tout. Vous ne trouvez pas ça étrange ? J'ai réfléchi à la question, et il me semble que la différence entre les deux conteurs, c'est de naissance. Comme le bout des trompes d'Eustache un peu plus recourbé chez un individu que chez un autre, ce genre de choses. Quelquefois je me dis : que je serais heureux si j'avais ce talent ! Il m'arrive de penser à quelque chose de drôle et d'être mort de rire, tout seul, mais si je m'avise de le raconter à quelqu'un, ça tombe complètement à plat. J'ai l'impression d'être devenu le marchand de sable égyptien.

Vous connaissez le marchand de sable égyptien ?

Hum, eh bien, le marchand de sable égyptien était né prince. Ça se passait à l'époque des pyramides, des sphinx, tout ça. Comme il était très laid – vraiment laid à faire peur – le roi ordonna de l'abandonner au fin fond de la jungle. Finalement, il fut recueilli et élevé par des loups, ou des singes, je ne sais plus, ça arrive souvent dans les contes. Et puis, je ne sais comment, il est devenu marchand de sable. Le marchand de sable, vous savez, qui transforme en sable tout ce qu'il touche. Le vent devient un tourbillon de sable, le ruisseau qui gazouille se transforme en dune de sable, la plaine en désert. Vous avez déjà entendu parler de l'histoire du marchand de sable égyptien ? Non, n'est-ce pas ? Normal, je viens de l'inventer. Ha ha ha !

En tout cas, quand je m'adresse à vous comme ça, j'ai l'impression d'être devenu le marchand de sable égyptien. Tout ce que je touche se transforme en sable, en sable, en sable…

Je parle un peu trop de moi. Mais à la réflexion, je n'y peux rien. Je ne sais rien de vous. Votre adresse, votre nom, et c'est tout. Quel âge vous avez, combien vous gagnez par mois, la forme de votre nez, si vous êtes grosse ou mince, mariée ou non, je n'ai pas la moindre idée de tout cela. Ce n'est pas un problème. Au contraire, ça me convient parfaitement. Je préfère que les choses soient simples, réduites à leur plus simple expression, à un niveau métaphysique, pour ainsi dire.

J'ai votre lettre.

Cela me suffit.

Pardonnez cette comparaison audacieuse, mais cette lettre me permet d'appréhender la totalité de votre être comme un zoologiste qui ramasse des crottes d'éléphant dans la jungle et tire de leur observation des déductions sur le régime alimentaire de ces animaux, leur mode de comportement, leur poids, leur vie sexuelle. Évidemment, cela ne m'apprendra pas à quoi vous ressemblez physiquement, ni quel parfum vous utilisez, ce sont là des détails triviaux. L'essence de l'être – voilà ce dont il s'agit.

Votre lettre était vraiment charmante. Les phrases, la ponctuation, la façon d'écrire, d'aller à la ligne, la rhétorique, tout était parfait. Je n'ai pas dit sublime, non, parfait, tout simplement. Pas un mot à changer.

J'en lis cinq cents par mois, voyez-vous, et franchement, jamais une lettre de réclamation ne m'avait ému à ce point. J'ai emporté votre lettre chez moi en cachette, je l'ai lue et relue. Ensuite je l'ai entièrement analysée. Comme c'est une lettre assez courte, la chose a été aisée. Grâce à cette analyse, j'ai compris beaucoup de choses. Tout d'abord, vous utilisez trop de virgules : une moyenne de 6,36 virgules pour un seul point, ne trouvez-vous pas cela un peu exagéré ? Et ce n'est pas tout : vos virgules sont mal réparties dans la phrase.

Ne prenez pas ces remarques pour une critique. Je suis ému, simplement.

Ému, comprenez-vous ?

Il ne s'agit pas seulement de la ponctuation. L'ensemble de votre lettre – jusqu'au moindre petit pâté d'encre – m'a secoué, a provoqué un choc en moi.

Pourquoi cela ?

Finalement, je pense que c'est parce que vous ne parlez pas de vous dans cette lettre. Naturellement il y a une histoire. Une jeune fille – ou une femme – achète un disque par erreur. Il lui semble bien que les morceaux enregistrés ne sont pas ceux qu'elle souhaitait écouter, cependant elle met exactement une semaine à s'apercevoir de sa méprise. La vendeuse refuse de lui échanger le disque. Elle écrit donc une lettre de réclamation. Voilà toute l'histoire.

Pourtant, pour la comprendre, j'ai dû lire jusqu'à trois fois votre lettre. Pourquoi ? Parce que votre réclamation était fondamentalement différente de celles que nous recevons d'habitude. Il y a une façon standard d'écrire une lettre de réclamation. Elles peuvent être arrogantes, méprisantes, raisonneuses. Mais quel que soit le ton employé, on peut sentir derrière la réclamation la présence d'un être de chair et d'os. Autour de cet axe central qu'est la personne qui les écrit prennent forme diverses lettres de réclamation. Je dis la vérité. J'ai lu toutes les formes possibles et imaginables de lettres de réclamation. Je suis une autorité en matière de réclamations. Mais la vôtre, à mes yeux, n'est même pas une lettre de réclamation. Parce que, entre votre réclamation et vous, il n'y a pas le moindre lien visible. Quelque chose comme un cœur sans artères, ou un vélo sans chaîne.

Sincèrement, vous m'avez donné du mal. Le but de votre lettre était-il une plainte, une confession, une déclaration ou encore une thèse, je n'en avais pas la moindre idée. Votre lettre m'a fait penser à une photo de presse représentant un massacre de masse, sans commentaires, sans article, simplement la photo. Des cadavres étendus dans les rues inconnues d'un pays inconnu.

Que demandez-vous exactement ? Votre lettre est aussi compliquée qu'une toile d'araignée et ne contient pas le moindre indice sur la façon de l'appréhender. C'est magnifique.

Bang bang bang… Ça c'est le massacre de masse.

Essayons de simplifier un peu les choses. Non, de les simplifier beaucoup.

Ce que je veux vous dire, c'est que votre lettre m'excite *sexuellement*.

Oui, c'est cela. Sexuellement.

J'aimerais vous parler de sexe.

Toc toc toc.

Je frappe de nouveau à la porte.

Si cela ne vous intéresse pas, arrêtez la cassette. Je vais me taire une dizaine de secondes. Ensuite je recommencerai à parler tout seul face à l'audiomètre. Donc, pendant ces dix secondes de pause, vous pouvez arrêter la cassette et la jeter à la poubelle ou l'envoyer au grand magasin, au choix. D'accord ?

(Dix secondes de silence.)

Allons-y. Imaginez une patte avant courte terminée par cinq doigts, une patte arrière étonnamment longue avec quatre doigts seulement, le quatrième étant protubérant, tandis que le deuxième et le troisième, tout petits, sont collés l'un à l'autre.

C'était une description de pattes de kangourou. Ha ha ha !

Revenons au sexe.

Depuis que j'ai apporté votre lettre chez moi, je ne pense qu'à coucher avec vous. Quand je m'endors vous êtes à côté de moi, quand je me réveille vous êtes là aussi. Quand j'ouvre les yeux, j'imagine que vous êtes déjà levée et je vous entends remonter la fermeture Éclair de votre robe. Pendant ce temps – à propos, laissez-moi vous dire une chose, en tant qu'employé au service de contrôle des marchandises d'un grand magasin : rien ne se détériore plus facilement que la fermeture Éclair d'une robe –, moi je garde les yeux fermés en faisant semblant de dormir. Je ne peux donc pas vous voir. Vous traversez la chambre et disparaissez dans la salle de bains. Alors seulement j'ouvre les yeux. Je prends mon petit déjeuner puis je vais au bureau.

La nuit, dans le noir – je baisse les stores pour qu'il fasse le plus noir possible –, je ne vois pas votre visage naturellement. Je ne connais pas votre âge, ni votre poids, je ne sais rien de vous. Je ne peux donc pas toucher votre corps. Mais cela ne fait rien.

À vrai dire, cela n'a pas d'importance que je fasse l'amour avec vous ou non.

Non, c'est faux.

Laissez-moi réfléchir un peu.

OK, voilà ce qu'il en est. Je voudrais coucher avec vous. Mais si on ne couche pas ensemble, ce n'est pas grave. Je veux, comme je vous l'ai dit tout à l'heure, rester dans une position juste. Je ne veux forcer personne à quoi que ce soit, et je ne veux pas être forcé non plus. Je sens votre présence à côté de moi, votre ponctuation tourbillonne autour de moi, m'enveloppe, et cela me suffit.

Me comprendrez-vous ?

De temps en temps, l'idée même d'individualité m'est très pénible. Commencer à y penser suffit à me donner l'impression que mon corps se désagrège.

Par exemple, je prends le métro. Dans le métro, il y a des dizaines d'individus. Fondamentalement parlant, ce sont de simples « passagers » qui se transportent d'Aoyama-Itchôme à Akasaka-Mitsuke, mais de temps à autre il arrive que l'existence d'un de ces passagers m'interpelle. Je me demande : mais qui est cette personne, pourquoi emprunte-t-elle en ce moment la ligne de Ginza. Et alors là je ne peux plus m'arrêter. Cet employé de bureau, là, comme il a les tempes dégarnies ! Et cette fille, elle a les poils des jambes trop épais, elle doit se les raser une fois par semaine, et le jeune homme assis en face de moi, pourquoi a-t-il une cravate dont la couleur lui va si mal ? Ensuite je me mets à trembler de tous mes membres et je n'ai plus qu'une envie : descendre de ce compartiment en courant. L'autre jour – vous allez rire – j'étais à deux doigts d'appuyer sur le bouton d'arrêt d'urgence, à côté de la porte.

Mais ne vous mettez surtout pas à croire, parce que je vous raconte ça, que je suis du type hypersensible ou nerveux. Je ne suis pas si sensible que ça, et pas plus nerveux que la moyenne. Je suis un employé de bureau extrêmement banal, du genre que vous croisez partout. Je travaille au département de contrôle des marchandises d'un grand magasin, et je traite les lettres de réclamation.

N'allez pas croire non plus que j'aie un quelconque problème sexuel. Je suis extrêmement normal, presque trop, de ce point de vue-là. J'ai une petite amie, une fille que je fréquente depuis un peu plus d'un an et avec qui je couche deux fois par semaine. Cette relation semble nous satisfaire tous les deux. Toutefois je m'efforce de ne pas trop réfléchir à son sujet. Je n'ai pas l'intention de me marier. Mais enfin, si j'envisageais le mariage, je songerais sérieusement à elle, à tous les détails de sa personnalité, quoique je n'aie aucune certitude que ça marcherait entre nous si je l'épousais. C'est vrai, non, comment vivre avec une fille dont la forme des ongles ou l'alignement des dents ne vous revient pas ?

Laissez-moi vous parler un peu plus de moi.

Cette fois je ne frappe pas.

Si vous m'avez écouté jusque-là, vous m'écouterez bien jusqu'au bout.

Attendez un peu. Je m'allume une cigarette.

(Bruit de papier froissé.)

Jamais je n'ai parlé aussi longuement, ni aussi franchement, de moi-même. C'est la première fois. Parce que j'estime n'avoir pas suffisamment à dire pour m'adresser ainsi aux gens, et puis, même si je leur parlais, il me semble que ça n'intéresserait personne.

Alors pourquoi est-ce que je vous parle ainsi maintenant ?

Parce que, comme je vous l'ai dit précédemment, je vise maintenant à la Grande Imperfection.

Et qu'est-ce qui a fait surgir cette idée de la Grande Imperfection ?

Votre lettre et quatre kangourous.

Ah, les kangourous.

Les kangourous sont des animaux fascinants, on peut les observer des heures sans se lasser. En ce sens, ils ressemblent à votre lettre. Et à quoi pensent-ils, les kangourous, hein ? Ils sautillent dans leur enclos toute la journée, creusent de temps en temps des trous dans le sol. Et que font-ils une fois qu'ils ont creusé ces trous, me direz-vous ? Eh bien, rien du tout, ils creusent des trous. Ha ha ha !

Les kangourous n'ont qu'un seul petit par portée. C'est pourquoi les femelles sont à nouveau enceintes immédiatement après avoir mis bas. Sans cela, il serait difficile de maintenir la population kangourou au même niveau. Autrement dit, les kangourous femelles passent la plupart de leur vie à être enceintes ou à élever des petits. Quand elles ne sont pas enceintes elles s'occupent de leur petit et quand elles ne s'occupent pas de leur petit, elles en attendent un autre. C'est pourquoi l'on peut dire que les kangourous ne vivent que pour perpétuer l'espèce. Sans l'existence des kangourous, ils ne se perpétueraient pas, et sans ce but de la perpétuation de l'espèce, les kangourous n'existeraient pas.

Voilà qui est étrange.

Excusez cette digression.

Je vais donc vous parler un peu plus de moi-même. En réalité, je suis vraiment insatisfait d'être moi-même. Je ne parle pas de mon physique, de mes talents, ni de ma situation, non, je parle du fait d'être moi-même, tout simplement. Ça me paraît vraiment injuste.

N'allez pas croire pour autant que j'aie une quelconque tendance à l'insatisfaction. Je ne me suis jamais plaint de mon lieu de travail, de mon salaire, de choses de ce genre. Mon travail est certes fastidieux, mais la plupart des métiers le sont. L'argent, ce n'est pas un gros problème.

Parlons clairement.

Je voudrais avoir le don d'ubiquité. Voilà mon seul et unique souhait. Je ne désire rien d'autre.

Seulement l'individualité, qui fait que chacun de nous est uniquement soi-même, entrave la réalisation de mon souhait. Ne trouvez-vous pas qu'il s'agit là d'une réalité extrêmement désagréable ? Ne trouvez-vous pas que c'est une pression irrationnelle qui pèse sur nous ? Mon souhait n'a pourtant rien d'extravagant. Je ne veux pas être le maître du monde, devenir un artiste de génie, me mettre à voler. Non, tout ce que je demande c'est de pouvoir me trouver à deux endroits en même temps. Vous comprenez ? Pas trois, ni quatre, non, *deux seulement*. Écouter un orchestre dans une salle de concerts, et en même temps faire du roller-skate. Être employé au service de contrôle des marchandises d'un grand magasin, et en même temps être un hamburger chez McDonald. Je veux coucher avec ma petite amie et coucher avec vous en même temps. Je veux être une existence individuelle et en même temps un principe général.

Je vais fumer une autre cigarette.

Pfff.

Franchement, je suis un peu fatigué. Je n'ai pas l'habitude de parler comme ça – parler aussi franchement de moi-même.

Je voudrais mettre une dernière chose au point : je n'éprouve pas de désir sexuel envers vous, femme individuellement différenciée. Comme je viens de vous le dire, le fait que je sois simplement moi-même et rien d'autre suscite chez moi une légère irritation. Il m'est extrêmement désagréable d'être une individualité séparée. Je ne peux pas supporter les nombres impairs. C'est pourquoi je n'ai aucune envie de coucher avec vous en tant qu'autre individualité séparée.

En revanche, si vous pouviez être divisée en deux, et moi de même, et que nous puissions coucher ensemble tous les quatre, alors cela me semblerait très plaisant. Ne croyez-vous pas ? De cette façon, nous serions en mesure de nous dire franchement un tas de choses les uns sur les autres.

Ne m'envoyez pas de réponse. Si par hasard vous teniez vraiment à m'écrire, faites-le sous forme de lettre de réclamation adressée à ma société.

Meilleures salutations.

(Bruit de bouton.)

Je viens d'écouter ce que j'ai enregistré jusqu'à maintenant. Franchement, je suis très insatisfait du résultat. Je me sens dans le même état qu'un dresseur d'aquarium qui aurait causé la mort de son otarie par erreur. C'est pourquoi j'ai longtemps hésité pour savoir si je devais ou non vous envoyer cette cassette.

Maintenant que j'ai décidé de l'envoyer, je suis toujours aussi tourmenté.

Mais, après tout, j'aspire à l'imperfection. Ou encore, je me suis libéré de la nécessité de la perfection. Peut-être ne connaîtrai-je plus jamais ce sentiment. C'est pourquoi je veux suivre joyeusement mes aspirations pour cette fois. Mon imperfection, je la partage avec vous et quatre kangourous.

(Bruit de bouton.)

À propos de ma rencontre avec la fille cent pour cent parfaite par un beau matin d'avril

Par une belle matinée d'avril, j'ai croisé la fille cent pour cent parfaite dans une ruelle passante du quartier de Harajuku. À franchement parler, elle n'était pas si jolie que ça. Elle n'attirait pas spécialement l'attention. Elle n'était pas habillée à la dernière mode. Sur la nuque, ses cheveux étaient encore tout froissés par le sommeil, et elle n'était même pas dans sa prime jeunesse. Elle devait avoir pas loin de trente ans. On ne pouvait plus l'appeler une « fille » à strictement parler, c'était presque une « dame ». Et pourtant, cinquante mètres avant de la croiser, je savais déjà. Je savais qu'elle était la fille cent pour cent parfaite pour moi. Dès l'instant où j'ai aperçu sa silhouette, mon cœur s'est mis à vibrer comme s'il y avait un tremblement de terre, ma bouche s'est desséchée comme si elle était pleine de sable.

D'accord, chacun a son type de fille. Certains aiment les filles aux chevilles fines, d'autres les filles aux grands yeux, d'autres n'aiment que celles qui ont de jolies mains, d'autres encore, pour je ne sais quelle raison, celles qui mangent très lentement. Moi aussi, naturellement, j'ai des préférences. Au restaurant, par exemple, il m'arrive d'être fasciné par la forme du nez d'une fille assise à la table voisine.

Seulement, personne ne peut ranger la fille cent pour cent parfaite dans une catégorie. Je n'arrive absolument pas à me souvenir de la forme de son nez. Je ne sais même pas si elle avait un nez. Je me souviens seulement que ce n'était pas une beauté. Étrange.

J'ai dit à quelqu'un :

– Hier j'ai croisé la fille cent pour cent parfaite.

– Pfff, dis donc. Elle était belle ?

– Euh, pas tellement.

– C'était ton genre alors ?

– Je n'arrive pas à me souvenir. Je ne me rappelle pas la forme de ses yeux, ni si elle avait des gros ou des petits seins, je ne me rappelle rien.

– Bizarre, dis donc.

– Bizarre, hein ?

– Et alors ? a dit mon interlocuteur d'un air las. Tu as fait quelque chose, tu lui as parlé, tu l'as suivie ?

– Non, je l'ai juste croisée.

Elle marchait d'est en ouest, et moi d'ouest en est. C'était un agréable matin d'avril.

J'aurais aimé discuter avec elle, ne serait-ce qu'une demi-heure. Je lui aurais posé des questions sur elle, je lui aurais parlé de moi. Et puis surtout, j'aurais aimé lui parler des aléas du destin qui nous avait conduits à nous croiser dans une ruelle de Harajuku par un beau matin d'avril 1981. Au cœur de pareille rencontre palpitait sûrement un doux secret, une machinerie ancienne datant d'une époque où le monde vivait en paix.

Après avoir bavardé un moment, nous aurions déjeuné ensemble, puis nous serions allés voir un film de Woody Allen, ensuite nous aurions bu quelques cocktails au bar d'un hôtel. Avec un peu de chance, j'aurais peut-être même couché avec elle.

Diverses possibilités frappent à la porte de mon cœur.

Nous n'étions plus séparés que par une quinzaine de mètres.

Bon, de quelle façon allais-je l'aborder ?

– Bonjour, vous n'auriez pas une petite demi-heure à me consacrer, pour discuter ?

Ridicule. Ça fait représentant en assurances.

– Excusez-moi, vous ne connaîtriez pas une laverie automatique dans le coin ?

Presque aussi ridicule. Je ne portais même pas de sac de linge sale. Qui croirait à une telle plaisanterie ?

Il valait peut-être mieux y aller franco de jeu :

– Bonjour. Vous êtes la fille cent pour cent parfaite pour moi.

Non, ça ne marcherait pas. Elle ne me croirait pas. Et même si elle me croyait, elle n'aurait peut-être pas envie de parler avec moi. Elle me répondrait : je suis peut-être la fille cent pour cent parfaite pour vous, mais vous, vous n'êtes pas le garçon cent pour cent parfait pour moi, désolée. Ça avait pas mal de chances d'arriver, ça. Et si elle me répondait une chose pareille, je crois bien que j'aurais été totalement décontenancé. Je ne me serais jamais relevé du choc. J'ai trente-deux ans, ça doit être ça, vieillir.

Nous nous sommes croisés à hauteur d'un magasin de fleurs. J'ai senti une petite masse d'air tiède effleurer ma peau. L'asphalte du trottoir était fraîchement aspergé d'eau, il y avait un parfum de roses. Impossible de lui adresser la parole. Elle portait un pull blanc et tenait dans la main gauche une enveloppe blanche pas encore timbrée. Elle avait écrit une lettre à quelqu'un. Comme elle avait l'air terriblement ensommeillé, je me suis dit qu'elle avait peut-être passé la nuit à l'écrire, cette lettre. Peut-être que cette enveloppe blanche contenait tous ses secrets.

Je me suis retourné au bout de quelques pas, elle avait déjà disparu dans la foule.

Maintenant, évidemment, je sais bien ce que j'aurais dû lui dire pour l'aborder. Mais comme de toute façon ça aurait fait un trop long discours, je n'aurais sans doute pas pu tout lui dire. Mes idées manquent toujours de réalisme.

En tout cas, mon histoire aurait commencé par « Il était une fois » et se serait terminée par « Vous ne trouvez pas ça triste ? ».

Il était une fois, dans un certain pays, un jeune homme de dix-huit ans et une jeune fille de seize ans. Il n'était pas spécialement beau, et elle non plus. C'étaient juste deux jeunes gens solitaires comme il y en a tant. Mais chacun d'eux était persuadé qu'existaient quelque part, elle le jeune homme, lui la jeune fille cent pour cent parfaits qui leur étaient destinés. Ils croyaient aux miracles, et le miracle advint.

Un jour tous deux se rencontrèrent au coin d'une rue.

– Ah, quelle surprise ! Ça fait longtemps que je te cherchais ! Tu ne me croiras peut-être pas, mais tu es la fille cent pour cent parfaite pour moi, dit le jeune homme à la jeune fille.

Et la jeune fille répondit :

– Et toi le garçon cent pour cent parfait pour moi, tu es exactement tel que je t'avais imaginé, j'ai l'impression de vivre un rêve.

Tous deux s'assirent sur un banc dans un parc, se prirent par la main et se mirent à parler, parler, sans se lasser. Ils n'étaient plus seuls au monde. Ils avaient trouvé leur moitié cent pour cent parfaite. C'était vraiment merveilleux. Un miracle cosmique.

Mais un doute, un léger doute, traversa leur cœur à tous deux. Ils se demandèrent si un rêve pouvait se réaliser si facilement. Le jeune homme profita d'une pause dans leur conversation pour proposer ceci :

– Mettons-nous à l'épreuve. Si nous sommes vraiment cent pour cent parfaits l'un pour l'autre, un jour, quelque part, nous nous rencontrerons à nouveau et nous saurons que nous sommes vraiment faits l'un pour l'autre. Alors nous nous marierons aussitôt. D'accord ?

– D'accord, fit la jeune fille.

Et ils se séparèrent. L'un partit vers l'est, l'autre vers l'ouest.

Cette épreuve, cependant, était absolument inutile. Ils n'auraient jamais dû l'entreprendre, car ils étaient vraiment cent pour cent parfaits l'un pour l'autre, et leur rencontre avait été un vrai miracle. Mais ils étaient trop jeunes pour le comprendre, et les vagues indifférentes du destin les ballottèrent à leur gré.

Un hiver, chacun de leur côté, ils furent victimes d'une vilaine grippe qui courait et passèrent plusieurs semaines entre la vie et la mort, à l'issue desquelles ils guérirent. Mais ils avaient perdu tous leurs souvenirs du passé. Quelle étrange chose ! Quand ils se réveillèrent leur tête était aussi vide que le compte d'épargne de D. H. Lawrence dans sa jeunesse. Mais c'étaient des jeunes gens vraiment patients et courageux, et grâce à leurs efforts ils parvinrent à retrouver la connaissance et les sentiments qui leur permirent de reprendre leur place au sein de la société. Ah, Seigneur, c'étaient vraiment des jeunes gens bien méritants ! Ils arrivaient de nouveau à prendre le métro et à changer de ligne, à envoyer une lettre en express, et ils firent même l'expérience d'amours parfaits à soixante-quinze, parfois même quatre-vingt-cinq pour cent.

Le jeune homme parvint ainsi à l'âge de trente-deux ans, la jeune fille à celui de vingt-huit. Le temps passait avec une étonnante rapidité. Et puis, un jour, par un beau matin d'avril, le jeune homme traversa d'est en ouest une ruelle de Harajuku, pour aller boire un café matinal, et la jeune fille emprunta le même chemin, mais d'ouest en est, pour aller mettre une lettre urgente à la poste. Ils se croisèrent en pleine rue. Leurs souvenirs perdus répandirent une légère lueur dans leurs cœurs, leur poitrine palpita. Et ils surent.

Il sut qu'elle était la fille cent pour cent parfaite pour lui, elle sut qu'il était le garçon cent pour cent parfait pour elle.

Mais la lumière dans leur cœur brillait trop faiblement, leurs pensées n'étaient pas aussi claires que quatorze ans plus tôt. Ils se croisèrent sans un mot et disparurent dans la foule, chacun de leur côté. À jamais.

Vous ne trouvez pas cette histoire triste ?

Voilà ce que j'aurais dû lui dire.

Sommeil

1

Voilà dix-sept nuits que je ne dors plus.

Attention, je ne parle pas d'insomnie. L'insomnie, j'ai une idée de ce que c'est. J'en ai fait une sorte à l'époque où j'étais à l'université. Je dis « une sorte » parce que je n'ai pas la certitude que les symptômes correspondaient exactement à ce qu'on appelle communément « insomnie ». Si j'étais allée consulter dans un hôpital, j'aurais sans doute au moins appris si c'était de l'insomnie ou pas. Mais il me semblait inutile d'aller à l'hôpital. Je n'avais aucune raison fondée de croire ça, une intuition, c'est tout. Je ne suis même pas allée voir un médecin. Et je n'en ai même pas parlé à ma famille ou à mes amis. De toute façon, ils m'auraient dit d'aller à l'hôpital.

Cette « sorte d'insomnie » avait duré tout un mois. Pendant ce mois-là, je n'ai pas passé une seule nuit de sommeil normale. Il suffisait que je me mette au lit avec l'idée de dormir pour qu'instantanément, comme par un réflexe conditionné, je me sente complètement réveillée. Plus je m'efforçais de m'endormir, moins j'y parvenais. Je me sentais au contraire de plus en plus réveillée. J'essayai toutes les méthodes possibles mais rien n'y fit, pas même les somnifères ni l'alcool.

Vers l'aube enfin, je sentais un assoupissement me gagner. Ce n'était cependant pas un véritable sommeil. À peine le bout de mes doigts effleurait-il le bord du sommeil que déjà je me réveillais. Je commençais à somnoler, mais je sentais ma conscience complètement éveillée me surveiller de la pièce voisine, à peine séparée de moi par une mince paroi. Mon corps physique flottait vaguement dans la clarté de l'aube, et juste à côté je sentais le regard insistant et la respiration de ma conscience. Mon corps voulait dormir, ma conscience voulait rester éveillée.

Je passais la journée entière dans un état de semi-somnolence. J'avais la tête vague, embrumée. Je n'arrivais plus à évaluer la distance qui me séparait des objets autour de moi, ni leur volume ou leur texture. Cette somnolence me submergeait, à intervalles réguliers, comme une vague. Sur la banquette du métro, à ma table de travail, pendant les cours ou le dîner, je m'assoupissais à mon insu. Ma conscience s'éloignait de mon corps. Le monde se mettait à vaciller sans bruit. Tout s'écroulait autour de moi. Je laissais tomber bruyamment à terre mon stylo, ma fourchette, mon sac à main. J'aurais voulu m'endormir profondément. Mais non. L'état de veille était toujours présent. Je sentais son ombre glacée au-dessus de moi. C'était ma propre ombre. Étrange, pensais-je au milieu de ma torpeur. Je suis à l'intérieur de mon ombre. Je marchais en somnolant, mangeais en somnolant, parlais en somnolant. Mais bizarrement personne de mon entourage ne s'apercevait de l'état limite dans lequel je me trouvais. En un mois, je perdis six kilos. Mais ni ma famille ni mes amis n'y prêtèrent attention. Je vivais en dormant.

Oui, je dormais littéralement debout. Mon corps avait perdu toute sensation, tel un cadavre de noyé. Tout était émoussé, trouble. Mon existence même, les circonstances de ma vie n'avaient pas plus de réalité pour moi qu'une hallucination. Je pensais que s'il soufflait un vent assez fort mon corps serait emporté jusqu'au bout du monde. À l'autre bout de la terre, dans un lieu totalement inconnu de moi. Et mon corps resterait à jamais séparé de ma conscience. J'aurais voulu m'agripper solidement à quelque chose pour empêcher ça. Mais j'avais beau regarder autour de moi, je ne voyais pas la moindre branche à laquelle me retenir.

Et la nuit venue, je me réveillais complètement. Juste avant de me réveiller ainsi, j'étais vidée de mes forces. Une puissante force me maintenait enfermée dans cet état d'éveil. Cette force était si puissante que je ne pouvais rien faire pour lui résister, sinon rester éveillée jusqu'au matin. Je restais éveillée dans les ténèbres de la nuit. Je n'arrivais même pas à penser. J'entendais mon réveil égrener les heures, je regardais, immobile, les ténèbres s'approfondir, puis le jour se lever.

Mais un jour, cela prit fin. Sans le moindre signe précurseur, sans la moindre cause extérieure, cet état cessa brusquement. Un matin, à la table du petit déjeuner, je sentis le sommeil m'envahir comme un évanouissement. Je me levai sans un mot. Il me semble que quelque chose tomba de la table, que quelqu'un me parla. Mais je ne me rappelle rien. Je regagnai ma chambre en chancelant, me fourrai sous les couvertures sans même me changer et m'endormis aussitôt. Je dormis vingt-sept heures de suite. Ma mère, inquiète, vint me secouer plusieurs fois, me tapoter la joue. Mais je ne me réveillai pas. Je dormis comme une masse vingt-sept heures durant. Et quand je me réveillai enfin, j'étais de nouveau comme avant. Enfin, peut-être.

Qu'est-ce qui avait causé cette insomnie soudaine, pourquoi avait-elle guéri si brusquement, je n'en avais pas la moindre idée. Un gros nuage noir poussé par le vent était soudain venu couvrir le ciel. Ce nuage noir contenait tout un tas de choses funestes et inconnues de moi. D'où venait-il, vers où repartait-il, nul n'aurait pu le dire. En tout cas, il était venu, m'avait recouverte puis était reparti.

Mais mon manque de sommeil actuel n'a rien à voir avec tout ça. C'est complètement différent. *Je ne peux pas dormir, tout simplement.* Pas même un petit somme. À part cela, je suis tout à fait dans mon état normal. Je n'ai pas sommeil, ma conscience reste parfaitement claire. Plus claire que d'habitude, pourrais-je même dire. Aucun symptôme physique particulier non plus. J'ai de l'appétit. Je ne suis pas fatiguée. Du point de vue de la réalité quotidienne, il n'y a rien d'anormal. Simplement, je ne dors plus.

Ni mon mari ni mon fils ne se rendent compte que je ne dors pas. Je ne leur ai rien dit. Si j'en parle, ils me diront sans doute d'aller à l'hôpital. Et je sais que cela ne servira à rien. C'est comme pour mon insomnie d'autrefois. Je sais que je suis la seule à pouvoir traiter ça.

Ils ne sont donc pas au courant. En apparence, ma vie continue à se dérouler sans changement. Paisiblement, régulièrement. Après le départ de mon mari et de mon fils, chaque matin, je prends la voiture et vais faire des courses. Mon mari est dentiste, il a, à dix minutes de voiture à peine de notre résidence, un cabinet qu'il partage avec un de ses anciens camarades d'université. Cela leur permet d'employer une assistante à deux. Si l'un d'eux a trop de rendez-vous, il peut passer ses clients à l'autre. Comme ils sont très compétents tous les deux, le cabinet est plutôt florissant, pour un cabinet qui a démarré il y a cinq ans sans le moindre appui extérieur. Ça marche même tellement bien que mon mari a trop de travail.

– Personnellement, j'aurais aimé mener une vie plus tranquille, dit mon mari, mais je ne peux pas me plaindre.

Oui, dis-je, on ne peut pas se plaindre, c'est sûr. Pour ouvrir le cabinet, nous avons dû faire un emprunt à la banque beaucoup plus important que nous ne l'avions d'abord pensé. Un cabinet de dentiste nécessite de gros investissements en matériel. Et la concurrence est féroce. Les patients ne se bousculent pas à la porte dès le lendemain de l'ouverture. On a vu pas mal de cabinets dentistes faire faillite par manque de clientèle.

Quand nous avons ouvert le cabinet, nous étions jeunes, pauvres et avions un enfant en bas âge. Personne ne savait si nous arriverions à nous en sortir dans ce monde sans pitié. Mais cinq ans plus tard, on s'en sortait. On ne pouvait pas se plaindre. Il nous restait à peu près les deux tiers de l'emprunt à rembourser.

– Je me demande si ce n'est pas parce que tu es bel homme que tu as tant de clients, disais-je.

C'était ma plaisanterie favorite. Parce que en réalité il n'était pas beau du tout. Il avait plutôt un drôle de visage. Aujourd'hui encore, il m'arrive de me demander pourquoi j'ai choisi un mari avec un visage si étrange. Alors que j'avais un boy-friend qui était si mignon…

Je ne sais pas comment décrire l'étrangeté de son visage. Il n'est pas beau, mais pas d'une laideur repoussante non plus. Franchement, le seul qualificatif qui convienne est « étrange ». Ou peut-être « insaisissable ». Mais ce n'est pas seulement ça. Il doit y avoir quelque part un élément important expliquant pourquoi son visage a des traits si indéfinissables. Si j'arrivais à saisir cet élément-là, je saisirais tout le caractère d'étrangeté de son visage, il me semble. Mais je n'y arrive pas. J'ai essayé de faire son portrait un jour, mais ça n'a pas marché. Je suis restée le stylo en l'air, incapable de savoir à quoi ressemblait mon mari. J'en étais moi-même abasourdie. Je vivais avec lui depuis si longtemps ! Et pourtant, j'étais incapable de me rappeler les traits de son visage. Évidemment en le voyant je le reconnaîtrais tout de suite. Et je peux évoquer son visage mentalement, mais quand j'essaie de le dessiner je m'aperçois que je ne sais rien. C'est comme de se heurter à un mur invisible. Je n'en revenais pas. J'arrivais seulement à me souvenir qu'il avait un visage étrange.

De temps en temps, cela m'inquiète.

Pourtant il attire la sympathie, ce qui, cela va sans dire, est primordial dans ce genre de métier. Je suis sûre que même s'il avait choisi une autre branche professionnelle il aurait réussi. Il a un effet apaisant sur la plupart des gens qui parlent avec lui. Avant lui, je n'avais jamais rencontré personne comme ça. Mes amies l'adorent. Moi aussi naturellement je l'aime bien. Je crois même que je l'aime tout court. Mais pour être franche je ne peux pas dire qu'il me « plaise » spécialement.

En tout cas, il a le don de savoir rire spontanément comme un enfant. Généralement les hommes adultes sont incapables de rire comme ça. Et puis, mais c'est normal vu son métier, me direz-vous, il a de très belles dents.

– Ce n'est pas de ma faute si je suis aussi beau, dit-il, toujours souriant, en réponse à ma plaisanterie.

Il répond invariablement ça. C'est une plaisanterie idiote qui ne fait rire que nous. Mais c'est une façon pour nous de reconnaître la réalité. Nous nous en sommes sortis, nous avons réussi à survivre dans ce monde sans pitié. C'est un petit rituel qui a son importance entre nous deux.

Tous les matins, à huit heures et quart, il monte dans sa Bluebird et quitte le parking de l'immeuble, notre fils assis à côté de lui. L'école primaire se trouve dans une rue juste en face du cabinet. Je lui dis : « Fais bien attention à toi », et il me répond : « Pas de problème. » Nous utilisons toujours les mêmes mots. Mais je ne peux pas m'empêcher de dire ça. Fais bien attention à toi, hein. Et il ne peut pas s'empêcher de me répondre : pas de problème. Il place une cassette de Haydn ou Mozart dans l'autoradio et démarre en chantonnant la mélodie. Ils agitent la main tous les deux pour me dire au revoir et s'en vont. C'est curieux à quel point leur façon d'agiter la main se ressemble. Ils penchent la tête suivant un angle identique, tournent vers moi deux paumes semblables, font de petits gestes de gauche à droite, comme s'ils répondaient aux injonctions d'un chorégraphe.

Moi, j'ai une Honda Civic pour mon usage personnel. Une amie me l'a vendue il y a deux ans pour trois fois rien. Le pare-chocs est un peu enfoncé, et c'est un vieux modèle, la carrosserie est rouillée par endroits, elle doit avoir au moins cent cinquante mille kilomètres. Et de temps en temps, une ou deux fois par mois, le moteur se met à tousser de manière vraiment inquiétante. J'ai beau mettre le contact, elle refuse de démarrer. Après avoir essayé de l'amadouer pendant une dizaine de minutes, elle finit par démarrer avec un vrombissement plein de santé. Bah, on n'y peut rien, me dis-je alors. Tout le monde a le droit d'avoir une saute d'humeur une ou deux fois par mois, et il arrive que tout ne marche pas comme on le voudrait. Le monde est fait comme ça. Mon mari appelle ma voiture « ton âne poussif ». Mais ça m'est bien égal : c'est *ma* voiture.

Je monte donc dans ma Civic et m'en vais faire les courses au supermarché. Après les courses, je fais le ménage et la lessive, puis je prépare le déjeuner. Le matin je m'active autant que je peux, si possible, je fais même mes préparatifs pour le dîner. Comme ça, il me reste tout l'après-midi pour moi.

Mon mari revient déjeuner à midi. Il n'aime pas manger dehors. « C'est bondé partout, on mange mal, après mes vêtements empestent le tabac », dit-il. Même si ça lui prend un peu plus de temps de faire l'aller-retour, il préfère rentrer déjeuner. Je ne lui cuisine pas des plats bien compliqués. S'il y a des restes de la veille, je les fais réchauffer au micro-ondes, sinon je fais des nouilles de sarrasin. Ce n'est donc pas le repas de midi qui me donne du travail en plus. Et puis, moi aussi, naturellement, plutôt que de déjeuner seule, je préfère déjeuner avec mon mari.

Tout au début, quand le cabinet venait d'ouvrir, il avait souvent un trou dans ses rendez-vous en début d'après-midi, et nous avions l'habitude de passer un moment au lit après déjeuner. C'était très agréable de faire l'amour à ces moments-là. Tout était calme alentour, la lumière douce de l'après-midi inondait la chambre. Nous étions bien plus jeunes que maintenant, nous étions heureux.

Nous sommes encore heureux ensemble, naturellement. Il n'y a pas le moindre problème à l'horizon. J'aime mon mari. Je lui fais confiance. Je crois. Et je pense que c'est réciproque. Tout de même, avec le temps, les choses se sont un peu altérées, et cela on n'y peut rien. Et puis maintenant, ses après-midi sont pleins de rendez-vous. À la fin du repas, il va se brosser les dents à la salle de bains et se dépêche de remonter dans sa voiture pour retourner au cabinet. Des milliers, des dizaines de milliers de dents malades l'attendent. Mais nous savons tous les deux qu'on ne peut pas trop en demander.

Après son départ, je prends une serviette et un maillot de bain et je vais faire un tour en voiture au club de sport du quartier. Je nage une demi-heure. Je m'entraîne assez dur. Ce n'est pas que j'aime spécialement nager. Je nage seulement pour ne pas prendre de poids. J'ai toujours aimé ma silhouette. À parler franchement, je n'ai jamais aimé mon visage. Je ne pense pas être spécialement vilaine, cependant mon visage ne me plaît pas. Tandis que mon corps, si. J'aime bien le regarder nu dans le miroir. J'aime ses contours doux, sa vitalité pleine d'équilibre. Il me semble qu'il y a quelque chose d'extrêmement précieux pour moi dans ce corps. Je ne sais pas ce que c'est. Mais je sais que je ne veux pas le perdre.

J'ai trente ans. Tous ceux qui ont déjà eu trente ans me comprendront, ce n'est pas parce qu'on atteint cet âge que c'est la fin du monde. Je ne pense pas que ce soit spécialement gai de vieillir, mais il faut avouer que cela facilite certaines choses. C'est une question de philosophie. Une chose est sûre : quand une femme arrive à trente ans, si elle aime son corps et veut garder la même ligne encore longtemps, elle a intérêt à se mettre à faire des efforts. C'est ma mère qui m'a appris ça. Autrefois ma mère était une femme mince et belle. Ce n'est plus le cas, malheureusement. Et moi je ne tiens pas à devenir comme elle.

Après la séance de natation, j'occupe le reste de l'après-midi à des activités différentes selon les jours. Il m'arrive de flâner dans les rues au hasard en faisant du lèche-vitrines, ou sinon de rentrer à la maison et de m'installer sur le canapé avec un livre, ou alors j'écoute la radio, parfois je me mets simplement à somnoler. Bientôt mon fils rentre de l'école. Je le fais changer de vêtements, je lui donne son goûter. Après le goûter, il sort jouer avec ses amis. Il est encore au cours élémentaire, il ne va pas au cours de rattrapage du soir, et je ne lui fais pas faire non plus d'activités extra-scolaires. Laissons-je jouer, dit mon mari. Laissons-le grandir naturellement en s'amusant. Au moment où il sort jouer, je lui dis : « Fais attention à toi, hein », et il me répond : « Pas de problème. » Comme mon mari.

Ensuite je commence à préparer le dîner. Mon fils remonte toujours à six heures. Puis il regarde des dessins animés à la télé. Lorsque mon mari n'a pas de rendez-vous trop tardifs, il rentre à la maison vers sept heures. Il ne boit pas d'alcool et n'est pas très sociable, ce qui fait qu'il ne s'attarde jamais en route et rentre directement à la maison une fois son travail terminé. Pendant le repas, chacun raconte sa journée. Mais c'est mon fils qui parle le plus. C'est normal, pour lui chaque événement de la journée est plein de la fraîcheur et du mystère de la nouveauté. Il nous les raconte donc tous, et mon mari et moi lui expliquons ce que nous pensons de ceci ou cela. Après le repas notre fils s'amuse seul un moment, il regarde la télé, lit un livre, ou parfois fait des jeux de société avec son père. Quand il a des devoirs, il s'enferme seul dans sa chambre. À huit heures et demie, il va se coucher. Je le borde, lui caresse les cheveux en lui souhaitant bonne nuit, puis j'éteins la lumière.

Alors, nous nous retrouvons seuls face à face, mon mari et moi.

Il s'installe sur le canapé pour lire le journal, me parle un peu de ses patients ou commente tel ou tel article du jour. Ensuite nous écoutons du Haydn ou du Mozart. Je ne déteste pas la musique, mais je suis incapable de faire la différence entre Haydn et Mozart. Les deux sonnent exactement pareil à mon oreille. « Ce n'est pas important de comprendre la différence, quand c'est beau, c'est beau, et ça suffit », dit mon mari, et je lui réponds : « C'est comme pour toi ! » « Oui, comme pour moi », fait-il, avec un grand sourire. L'air ravi.

Voilà à quoi ressemble ma vie. Je veux dire à quoi ressemblait ma vie avant que j'arrête de dormir. En résumé, chaque jour était la répétition exacte de la veille. Je tenais une espèce de journal intime très succinct, et chaque fois que je laissais passer deux ou trois jours sans écrire, plus moyen de me rappeler de quel jour dataient mes notes précédentes. J'aurais pu intervertir sans aucun inconvénient la veille et l'avant-veille. De temps en temps, je me demandais : mais quel genre de vie est-ce là ? Je n'en ressentais pas vraiment le vide, je m'étonnais seulement de ne pas pouvoir distinguer la veille du lendemain. Simplement parce que j'étais complètement accaparée, englobée par cette vie-là. Parce que le vent effaçait les traces de mes pas avant même que j'aie pu les voir. Dans ces moments-là, j'allais à la salle de bains et je me regardais dans la glace. Je fixais mon visage pendant une quinzaine de minutes. La tête vide, sans penser à rien. Je regardais mon visage, comme un simple objet. Et mon visage se séparait peu à peu de moi. Il devenait une pure chose, qui existait là, en même temps que moi. C'est ça, la réalité, me disais-je alors. Les traces de pas qu'on laisse, tout ça, qui s'en soucie ? Moi aussi je coexiste comme ça avec la réalité, et c'est ça le plus important.

Mais maintenant, je ne dors plus. Et depuis que je ne dors plus, j'ai cessé d'écrire mon journal.

2

Je me rappelle nettement la première nuit où je n'ai pas dormi. J'avais fait un cauchemar, un rêve sombre et glauque, dont j'ai oublié le contenu précis mais qui m'a laissé une impression sinistre. Je me suis réveillée brusquement, en sursaut, comme si quelque chose m'avait arrachée au sommeil à l'instant le plus dangereux, le plus effrayant du rêve, au point de non-retour. Je suis restée pantelante un bon moment après mon réveil. Je ne pouvais plus bouger, mes bras et mes jambes étaient comme paralysés. J'entendais ma respiration résonner désagréablement comme si j'étais allongée, seule, au fond d'une grotte.

C'est un cauchemar, me suis-je dit. Et puis, j'ai attendu patiemment, allongée sur le dos, que ma respiration se calme. Mon cœur battait violemment, mes poumons se gonflaient et se vidaient comme un soufflet pour envoyer rapidement du sang vers mon cœur, marquant le passage du temps. Quelle heure peut-il bien être, me demandai-je soudain. Je voulus regarder le réveil à mon chevet, mais je ne pouvais pas tourner la tête. À ce moment, il me sembla distinguer une ombre noire à mes pieds, vaguement visible dans la pénombre. Je retins mon souffle, sentant tout l'intérieur de mon corps, cœur et poumons compris, s'arrêter de fonctionner un instant. Je concentrai mon regard sur cette ombre.

Elle cessa soudain d'être vague, comme si elle n'attendait que mon regard pour se matérialiser, et prit des contours extraordinairement précis, une forme réelle se coula à l'intérieur, avec tous ses détails. Un vieillard maigre, vêtu de vêtements noirs ajustés, se tenait debout en silence au pied de mon lit. Il avait des cheveux gris, coupés court, des joues creuses, et me fixait de son regard perçant. Il avait des yeux immenses, dans lesquels je distinguai nettement un réseau de vaisseaux rouges. Quant à son visage, il était complètement inexpressif. Il ne m'adressa pas un mot. Il semblait aussi vide qu'un trou sans fond.

Ce n'est pas un rêve, me dis-je. J'étais réveillée maintenant, et pas vaguement, non, aussi réveillée que si l'on m'avait pincée. Ce n'était pas un rêve. C'était la réalité. J'essayai de bouger. Je devais réveiller mon mari, allumer la lumière. Mais j'eus beau tenter de rassembler mes forces, il me fut impossible de bouger même un seul doigt. Je commençai à avoir peur. Un frisson d'horreur s'éleva sans bruit des insondables tréfonds de la mémoire originelle, me glaça jusqu'à la racine même de mon être. Je voulus crier. Pas un son ne sortit de ma bouche. Même ma langue ne m'obéissait plus. Tout ce que je pouvais faire, c'était regarder fixement ce vieillard en face de moi.

Il tenait quelque chose à la main, un objet oblong qui répandait une lueur blanche. Je regardai fixement l'objet, la forme commença à se préciser : c'était une carafe. Une carafe ancienne de porcelaine blanche. Au bout d'un moment, il la souleva en l'air et se mit à verser de l'eau sur mes pieds. Mais je ne pouvais pas sentir le contact de l'eau. Je voyais qu'il y avait de l'eau sur mes pieds, je l'entendais couler et je ne sentais rien.

Le vieillard continuait à verser de l'eau, mais, chose étrange, le contenu de la carafe ne diminuait pas pour autant. Je commençais à me demander si mes pieds n'allaient pas se mettre à pourrir ou à fondre, noyés sous toute cette eau. À cette pensée, je commençai à sentir la patience m'abandonner.

Fermant les yeux, je me mis à hurler de toutes mes forces.

Mais aucun son ne sortit de ma bouche. L'air ne vibrait plus sous ma langue, et mon cri se répercuta sans bruit à l'intérieur de moi-même. Ce hurlement muet parcourut tout mon corps, mon cœur s'arrêta de battre, tout devint blanc dans ma tête. Ce cri pénétrant jusqu'au tréfonds de mes cellules tua quelque chose en moi, le fit fondre. Telle l'éclair aveuglant d'une bombe, cette vibration à vide calcina jusqu'à la racine tous les éléments de mon existence *d'avant*.

Quand je rouvris les yeux, le vieillard n'était plus là. Ni la carafe. Je regardai mes jambes. Plus une trace de toute cette eau déversée sur mon lit. Les couvertures étaient sèches. En revanche, mon corps était trempé de sueur. Une effrayante quantité de sueur. Je ne pouvais pas croire que mon corps ait contenu à lui seul autant de sueur. C'était pourtant ma propre transpiration.

Je bougeai mes doigts un à un, pliai un bras. Ensuite je remuai les pieds. Agitai une cheville, pliai les genoux. J'arrivais à mouvoir chaque partie de mon corps, même si ce n'était pas aussi facile que d'habitude. Après avoir ainsi soigneusement vérifié que tout mon corps fonctionnait à nouveau, je me soulevai doucement et fis du regard le tour de la pièce, éclairée par la faible lumière des réverbères de la rue, jusqu'au moindre recoin. Je ne vis pas trace du vieillard.

À mon chevet, le réveil indiquait minuit et demi. Comme je m'étais couchée peu avant onze heures, j'avais à peine dormi une heure et demie. Dans le lit voisin, mon mari, profondément endormi, était comme assommé, je ne l'entendais même pas respirer. Une fois qu'il dormait, rien ne pouvait le réveiller.

Je quittai mon lit, allai à la salle de bains, enlevai ma chemise de nuit trempée de sueur, la jetai dans la machine à laver, pris une douche. Ensuite je choisis un pyjama propre dans le tiroir de la commode, l'enfilai, puis allumai le lampadaire du salon, m'assis sur le canapé et me servis un verre. Je ne bois pratiquement jamais. Ce n'est pas que j'aie une incompatibilité physique avec l'alcool, comme mon mari, autrefois je buvais même pas mal, mais depuis mon mariage j'ai complètement cessé. Tout juste si je bois une gorgée de cognac quand je n'arrive vraiment pas à dormir. Mais ce soir-là, pour calmer mes nerfs durement éprouvés, il fallait que je boive un verre.

Il y avait une bouteille de Rémy Martin sur une étagère. Le seul alcool qui se trouve à la maison. Un cadeau de quelqu'un. J'ai oublié de qui, cela fait si longtemps que cette bouteille est là. Elle était un peu poussiéreuse. Naturellement, il n'y a pas de verre à cognac à la maison, je me le servis donc dans un verre ordinaire et le bus lentement, savourant chaque gorgée.

Je tremblais encore un peu, mais ma peur s'était amoindrie.

J'avais peut-être été ensorcelée. Cela ne m'était jamais arrivé, mais j'avais entendu parler de ce genre de choses par une amie d'université qui en avait fait l'expérience. Elle m'avait dit : on voit la scène si nettement qu'on ne peut penser qu'il s'agisse d'un rêve. « Même maintenant, je suis sûre que ce n'était pas un rêve », avait-elle ajouté. Moi non plus, je n'avais pas l'impression d'avoir rêvé. Pourtant, c'était un rêve. Un rêve qui ressemblait étrangement à la réalité.

Cependant, même si la peur m'avait quittée, je tremblais toujours. Des ondes continuaient à courir à la surface de ma peau, clairement visibles, comme les secousses subsidiaires d'un tremblement de terre. C'est à cause de ce cri, me dis-je. Ce cri resté à l'intérieur de moi me faisait encore trembler.

Je fermai les yeux, avalai une autre gorgée de cognac. Je sentis le liquide chaud descendre de ma gorge dans mon estomac. C'était une sensation extrêmement concrète.

Soudain je m'inquiétai pour mon fils. En pensant à lui, mon cœur se remit à battre de toutes ses forces. Je me levai, courus à sa chambre. Il dormait profondément, une main posée au coin des lèvres, l'autre ouverte sur le côté. Apparemment son sommeil était paisible, tout comme celui de mon mari. J'arrangeai son lit, le bordai. Qu'est-ce qui avait bien pu troubler ainsi mon sommeil ? Je l'ignorais, mais, vraisemblablement, cela n'avait dérangé que moi. Mon mari et mon fils ne s'étaient rendu compte de rien.

Je revins au salon, tournai en rond un moment. Je n'avais absolument pas sommeil.

Si je buvais un autre verre de cognac ? me dis-je. J'avais vraiment envie de boire davantage, cela me réchaufferait, me calmerait les nerfs. Je voulais sentir à nouveau ce goût puissant se répandre dans ma bouche. Mais après avoir hésité un moment, je décidai de ne pas boire. Je ne voulais pas garder de trace de mon ivresse jusqu'au lendemain matin. Je refermai le placard, rinçai le verre dans l'évier. Puis je sortis des fraises du réfrigérateur et les mangeai.

Je m'aperçus soudain que je ne tremblais plus.

Qui pouvait bien être ce vieillard vêtu de noir ? Je ne l'avais jamais vu auparavant. Il était bizarrement vêtu. On aurait dit un vêtement de sport ajusté, et en même temps des vêtements d'autrefois. Jamais je n'en avais vu de pareils. Et ses yeux. Des yeux striés de rouge, qui ne cillaient pas. Qui était-il ? Et pourquoi me versait-il de l'eau sur les pieds ? Pourquoi faire une chose pareille ?

Je ne comprenais pas. Je n'avais pas le moindre indice.

Quand mon amie avait fait ce rêve éveillé, elle dormait dans la maison de son fiancé. Dans son sommeil, un homme d'une cinquantaine d'années au visage sévère était apparu et lui avait ordonné brutalement de s'en aller. Pendant tout ce temps, elle était restée pétrifiée dans son lit, incapable de bouger. Soudain elle s'était sentie inondée de sueur. Ce personnage était à n'en pas douter le fantôme du père de son fiancé. C'était lui qui voulait la chasser de la maison. Le lendemain matin, elle avait demandé à son fiancé de lui montrer une photo de son père, mais il ne ressemblait pas du tout à son apparition. Elle s'était alors dit que cela était dû à la tension qu'elle ressentait en dormant chez son fiancé.

Mais moi je n'ai pas la moindre tension. Et je suis chez moi. Il n'y a pas la moindre chose qui puisse me paraître menaçante ici. Pourquoi devrais-je être paralysée par un sort justement ici et maintenant ?

Je secouai la tête. Arrêtons de réfléchir. C'était un rêve éveillé, voilà tout. J'avais dû accumuler de la fatigue sans m'en rendre compte. Le tennis d'avant-hier, sans doute. J'en avais fait un peu trop longtemps, sur l'invitation d'une amie rencontrée au club de sport, après ma séance de natation. Après avoir dégusté mes fraises, je m'allongeai sur le canapé et fermai les yeux pour essayer de dormir.

Je n'avais absolument pas sommeil.

Allons bon ! Vraiment pas, mais vraiment pas sommeil.

Et si je lisais un livre pour m'endormir ? Je suis allée dans la chambre, ai choisi un livre sur une étagère. J'avais allumé la lumière pour chercher, mon mari n'a même pas tressailli. Je me suis décidée pour *Anna Karénine*. J'avais envie de lire un long roman russe. J'avais déjà lu *Anna Karénine* une fois, il y avait longtemps, lorsque j'étais au lycée si je me souviens bien. Mais je ne me rappelais pratiquement pas l'intrigue. Je me souvenais de la première phrase, et de la fin, quand l'héroïne se jette sous un train. « Il n'y a qu'une sorte de famille heureuse, mais aucune famille malheureuse ne ressemble à une autre. » Quelque chose comme ça. En tout cas, il y avait au début une scène annonçant le suicide final de l'héroïne. Et puis la scène du champ de courses, peut-être ? Ou alors était-ce dans un autre roman ?

Je me rassis sur le canapé, ouvris le livre. Cela faisait combien d'années que je ne m'étais pas assise sagement comme ça pour lire un roman ? Naturellement, il m'arrivait d'ouvrir un livre de temps en temps et de lire une demi-heure ou une heure, l'après-midi. Mais on ne pouvait pas vraiment appeler ça de la lecture. J'ouvrais le livre et tout de suite après me mettais à penser à autre chose. À mon fils, aux courses à faire, au réfrigérateur qui ne marchait pas bien, à ce que j'allais mettre pour le mariage de ma cousine, à mon père qui s'était fait opérer un mois plus tôt, tout un tas de choses me venaient à l'esprit et prenaient de plus en plus d'importance, m'entraînant dans toutes sortes de directions. Et tout à coup je m'apercevais que les aiguilles avaient tourné et que mon livre était toujours ouvert à la même page.

C'est comme ça qu'en un rien de temps je me suis habituée à vivre sans livres. En y réfléchissant, c'est très étrange. Depuis l'enfance, la lecture avait toujours été au centre de ma vie. Déjà, à l'école primaire, je dévorais tous les livres de la bibliothèque, tout mon argent de poche passait dans l'achat de livres. J'avais cinq frères et sœurs et j'étais juste au milieu, mes parents travaillaient tous les deux et étaient des gens très occupés, personne ne faisait attention à moi. C'est pourquoi je passais tout mon temps à lire seule dans mon coin. Dès qu'il y avait un concours de lecture ou d'écriture, je me présentais, et en général je gagnais, ce qui me permettait d'avoir des bons d'achat pour d'autres livres. Une fois à l'université, je choisis d'étudier la littérature anglaise. Là aussi, j'avais de bons résultats. Ma thèse de fin d'études sur Katherine Mansfield avait obtenu la meilleure note, et mes professeurs m'encourageaient à passer mon doctorat. Mais à cette époque j'avais déjà envie d'entrer dans la vie active. Finalement, je n'étais pas quelqu'un de très porté sur les études, et je le savais. J'aimais lire, c'est tout. Et même si j'avais voulu pousser les études plus loin, ma famille n'avait pas vraiment les moyens de m'entretenir jusqu'au doctorat. Ils n'étaient pas pauvres, mais j'avais encore deux sœurs cadettes. Il fallait donc que je quitte l'université, et ma famille, pour voler de mes propres ailes. Il fallait que je me mette à vivre littéralement à la sueur de mon front.

Quand avais-je lu un livre en entier pour la dernière fois ? Et duquel s'agissait-il ? J'avais beau réfléchir, je ne me rappelais pas le titre. Comment la vie pouvait-elle changer ainsi du tout au tout ? Où était passé l'ancien moi qui dévorait les livres comme une possédée ? Que représentaient pour moi cette époque-là et cette frénésie de lecture presque anormale ?

Ce soir-là, pourtant, je parvins à concentrer toute mon attention sur *Anna Karénine*. Je tournais les pages, captivée, sans penser à rien d'autre. Je lus d'une traite jusqu'au passage de la première rencontre entre Vronski et Anna Karénine à la gare de Moscou. Puis j'insérai un marque-page dans le livre, sortis à nouveau la bouteille de cognac et m'en servis un autre verre.

Je ne m'en étais pas aperçue autrefois en le lisant mais, à la réflexion, quel étrange roman ! L'héroïne n'apparaissait pas avant la page cent seize. Les lecteurs du dix-neuvième siècle trouvaient-ils cela normal ? Je réfléchis un moment à la question. Les lecteurs supportaient-ils patiemment l'interminable description de la vie d'un ennuyeux personnage secondaire, Oblonsky, en attendant l'entrée en scène de la belle héroïne ? Peut-être. Peut-être que les gens de cette époque avaient tout le temps devant eux. En tout cas, ceux qui appartenaient à la classe sociale qui lisait des romans.

En regardant le réveil, je m'aperçus qu'il était trois heures du matin. Trois heures ? ! Je n'avais toujours pas sommeil.

Bon, qu'est-ce que je fais maintenant ?

Je n'ai pas du tout *sommeil. Je pourrais continuer à lire. J'ai vraiment envie de lire la suite. Pourtant il faut que je dorme.*

Je me remémorai la période où l'insomnie me tourmentait. Ce temps où je passais mes journées dans un brouillard cotonneux. Je ne voulais plus que ça m'arrive. À l'époque, j'étais étudiante, je pouvais m'en sortir, même en vivant dans cet état. Mais plus maintenant. Maintenant, j'étais une épouse, une mère. J'avais des responsabilités. Il fallait que je prépare les repas de mon mari, que je m'occupe de mon fils…

Mais j'aurais beau me mettre au lit, je n'arriverais pas à fermer l'œil. Je le savais. Je secouai la tête. Rien à faire. *Je n'ai pas du tout, du tout sommeil, et j'ai envie de connaître la suite du roman.* Je poussai un soupir, jetai un coup d'œil au livre sur la table.

Finalement je lus *Anna Karénine* jusqu'aux premières lueurs du jour. Anna et Vronski se regardent longuement au bal, tombent passionnément amoureux l'un de l'autre. Anna assiste à la chute de cheval de son amant au champ de courses (il y avait donc bien une scène qui se passait dans un champ de courses !). Affolée, elle confesse son infidélité à son mari. Je montais à cheval avec Vronski, sautais les obstacles, entendais les cris d'encouragement de la foule. J'étais au milieu des spectateurs, je voyais la chute de mes yeux. Quand le jour commença à blanchir la fenêtre, je reposai le livre, allai à la cuisine, me fis un café. Je ne pouvais plus penser à rien, à cause des scènes du roman qui me restaient dans la tête et d'une faim violente qui venait de m'assaillir. Ma conscience vivait une chose, quelque part, et mon corps une autre, ailleurs. Je coupai du pain, le tartinai de beurre et de moutarde, me fis un sandwich au fromage que je mangeai aussitôt, debout devant l'évier. C'était vraiment rare chez moi d'avoir faim à ce point-là. C'était une faim vraiment violente, douloureuse presque. J'avais encore faim après mon sandwich, si bien que je m'en préparai un autre, le dévorai, puis me fis une autre tasse de café.

3

Je ne soufflai mot à mon mari ni de mon rêve ni de mon insomnie. Je n'avais pas spécialement l'intention de lui cacher ce qui s'était passé, mais je ne voyais pas de raison de lui en parler exprès. Cela ne m'aurait avancé à rien, et puis, à la réflexion, ce n'était pas une affaire d'État, passer une nuit blanche. Ça arrivait à tout le monde.

Comme d'habitude, je préparai un café pour mon mari, un lait chaud pour mon fils. Mon mari mangea des toasts, mon fils des *corn flakes*. Mon mari parcourut le journal, mon fils chantonna une chanson apprise depuis peu. Puis tous deux montèrent dans la Bluebird et s'en allèrent. « Fais bien attention à toi », dis-je. « Pas de problème », répondit mon mari. Lui et mon fils agitèrent la main pour me dire au revoir. Comme d'habitude.

Après leur départ, je m'assis sur le canapé et réfléchis à ce que j'allais faire. Que devais-je faire ? Qu'avais-je donc à faire ? J'allai à la cuisine, ouvris le réfrigérateur, inspectai le contenu. Bon, ça ne devrait poser aucun problème si je ne faisais pas de courses aujourd'hui. Il y avait du pain, du lait, des œufs, de la viande dans le congélateur. Des légumes. Tout ce qu'il fallait pour tenir jusqu'au lendemain midi.

Je devais passer à la banque, mais ce n'était pas urgent, je n'avais pas besoin d'y aller absolument le jour même. Ça pouvait attendre le lendemain sans problème.

Je me mis donc à lire la suite d'*Anna Karénine*. Je m'apercevais en le relisant que je n'avais gardé aucun souvenir de ce roman. Je ne me rappelais ni des personnages, ni des scènes. Il me semblait que je lisais ce livre pour la première fois. C'était étrange. Ça avait pourtant dû me toucher à l'époque où je l'avais lu, mais rien ne m'en était resté. Toutes ces émotions qui étaient montées en moi et m'avaient fait trembler s'étaient évaporées en un rien de temps, sans laisser la moindre trace. Et l'énorme quantité de temps que je passais à cette époque à lire des livres, qu'est-ce que cela représentait pour moi ? J'interrompis ma lecture un moment pour réfléchir à ça. Je ne comprenais pas bien moi-même, et mes pensées m'entraînèrent rapidement si loin que je ne savais plus à quoi je réfléchissais. Je m'aperçus que j'étais en train de regarder par la fenêtre, l'œil vaguement fixé sur les arbres. Je secouai la tête et repris mon livre.

Vers le milieu du premier tome, je découvris des miettes de chocolat coincées dans la reliure. Du chocolat tout sec et émietté, à moitié collé sur les pages. J'avais dû lire ce livre en mangeant du chocolat lorsque j'étais au lycée. J'aimais lire en mangeant alors. Tiens, depuis mon mariage je n'avais pas touché un morceau de chocolat. Mon mari n'aime pas que je mange des gâteaux, des douceurs. Je n'en donne pas non plus à mon fils. Si bien qu'il n'y a jamais rien de sucré à la maison.

La vue de ces miettes de chocolat vieilles de plus de dix ans, à la couleur ternie, me donna une envie folle d'en manger. Je voulais lire *Anna Karénine* en mangeant du chocolat, comme autrefois. Je sentais dans chaque cellule de mon corps une soif intense de chocolat.

J'enfilai un cardigan, pris l'ascenseur, descendis en bas de l'immeuble. J'allai jusqu'à la pâtisserie la plus proche, achetai deux tablettes de chocolat au lait qui avaient l'air excessivement sucrées. À peine sortie du magasin, je déchirai l'emballage et entamai une tablette en marchant. Le parfum du chocolat au lait m'emplissait la bouche. Je sentais nettement ce goût sucré pénétrer directement jusqu'au moindre recoin de mon corps. Dans l'ascenseur, je mis un deuxième carré dans ma bouche. Un parfum de chocolat emplit l'ascenseur.

Assise sur le canapé, je lus la suite d'*Anna Karénine*. Je n'avais pas du tout sommeil et ne me sentais pas fatiguée. J'aurais pu continuer à lire des heures et des heures. J'avalai tout rond la première tablette de chocolat, ouvris l'emballage de la deuxième mais n'en mangeai que la moitié. Quand j'en fus environ aux deux tiers du premier tome, je regardai ma montre : onze heures quarante.

Onze heures quarante ?

Mon mari n'allait pas tarder à rentrer. Je refermai le livre en hâte, me dirigeai vers la cuisine, mis de l'eau dans une casserole, allumai le gaz. Puis je coupai un oignon en lamelles et commençai à faire bouillir des nouilles de sarrasin. Pendant que l'eau bouillait, je mis des algues *wakame* déshydratées à gonfler dans de l'eau, les mélangeai à du vinaigre. Je sortis un bloc de *tofu* du réfrigérateur, préparai un plat de *tofu* froid. Ensuite j'allai à la salle de bains et me lavai les dents pour effacer l'odeur du chocolat.

Mon mari revint au moment où l'eau commençait à bouillir. Il avait fini de travailler plus tôt que prévu, dit-il. Nous nous mîmes à table. Tout en mangeant ses nouilles, mon mari me parla du nouvel équipement dentaire qu'il voulait introduire au cabinet, une machine capable d'enlever la plaque dentaire bien mieux qu'aucune ne pouvait le faire jusqu'à présent. Plus rapidement aussi. Comme d'habitude, c'est assez onéreux, mais je pense pouvoir rentrer dans mes frais assez rapidement avec une machine comme ça. De plus en plus de gens viennent chez le dentiste uniquement pour se faire enlever la plaque dentaire. Qu'en penses-tu ? me demanda-t-il. Je n'avais aucune envie de penser à ces histoires de plaque dentaire, encore moins d'en entendre parler pendant le repas, ou d'y réfléchir sérieusement. Moi, je pensais à une course d'obstacles. Pas à la plaque dentaire.

Mais je ne pouvais pas m'en tirer comme ça. Mon mari était très sérieux. Je lui demandai combien coûtait cet appareil, fis semblant de réfléchir. Puis je lui dis que s'il en avait besoin, ce serait une bonne idée de l'acheter. Ce sera une dépense utile, mon chéri. On ne va pas utiliser cet argent pour s'amuser, de toute façon.

Tu as raison, dit mon mari. On ne va pas utiliser cet argent pour s'amuser, répéta-t-il. Puis il se tut et termina ses nouilles en silence.

Un couple d'oiseaux chantait, perché sur une branche en contrebas de nos fenêtres. Je les regardai un moment sans vraiment les voir. Je n'avais pas sommeil. Vraiment pas sommeil, et je me demandais pourquoi.

Pendant que je débarrassais la table, mon mari s'installa sur le canapé pour lire le journal. *Anna Karénine* était posé à côté de lui, mais il n'y prêta pas la moindre attention. Que je lise des romans ou non, cela ne l'intéressait pas.

Quand j'eus fini la vaisselle, il m'annonça :

– J'ai une surprise aujourd'hui. Devine ce que c'est ?

– Je ne sais pas, répondis-je.

– Mon premier client de l'après-midi a annulé son rendez-vous, je suis libre jusqu'à une heure et demie.

Puis il me fit un grand sourire.

Je réfléchis un peu, ne voyant pas où était la bonne surprise.

Je compris que c'était une invitation à faire l'amour lorsqu'il se leva et voulut m'entraîner dans la chambre. Mais je n'en avais pas la moindre envie. Je ne voyais absolument pas pourquoi il aurait fallu faire ça. Moi, ce que je voulais c'était retourner à mon roman le plus rapidement possible. M'allonger sur le canapé, et manger du chocolat en tournant les pages d'*Anna Karénine*. Je n'avais pas cessé de penser à Vronski pendant que je faisais la vaisselle. Je me demandais comment Tolstoï s'y prenait pour contrôler si habilement ses personnages. Ses descriptions étaient merveilleusement précises. Et c'est exactement cette précision qui les empêchait de trouver le salut. Et ce salut, justement...

Je fermai les yeux, appuyai les doigts sur mes tempes.

– En fait, j'ai un peu mal à la tête depuis ce matin, dis-je, excuse-moi, je suis vraiment désolée.

Je souffrais de migraines de temps en temps, si bien que mon mari prit aussitôt ce prétexte pour argent comptant.

– Arrête-toi alors, va t'allonger et te reposer, répondit-il.

– Ce n'est pas si terrible, dis-je.

Jusqu'à une heure passée, il resta sur le canapé, à lire tranquillement le journal en écoutant de la musique. Puis il me parla à nouveau de l'équipement du cabinet.

– Même en achetant les machines les plus modernes, en deux ou trois ans, elles sont déjà dépassées, il faut en changer sans arrêt, et les seuls à tirer profit de tout ça, ce sont les fabricants de matériel dentaire, m'expliqua-t-il.

J'approuvai de temps à autre d'un mot, sans vraiment écouter.

Quand il fut reparti travailler, je repliai son journal, arrangeai les coussins du canapé en tapant un peu dessus. Puis je m'adossai au rebord de la fenêtre et fis le tour de la pièce du regard. Je ne comprenais vraiment pas. Pourquoi n'avais-je pas sommeil ? J'avais passé quelques nuits blanches autrefois. Cependant jamais je n'étais restée aussi longtemps sans dormir. Normalement, j'aurais dû succomber au sommeil depuis longtemps, et même si par hasard je n'avais pas pu récupérer dans la matinée, à l'heure qu'il était j'aurais dû être morte de fatigue. Mais je n'avais pas du tout sommeil, et mon esprit était parfaitement clair.

J'allai à la cuisine, me fis réchauffer du café, le bus en réfléchissant à la suite du programme. Bien entendu, je voulais continuer à lire *Anna Karénine*. Mais en même temps j'avais aussi envie d'aller à la piscine comme d'habitude pour ma séance de natation. J'hésitai un moment et finalement décidai d'aller nager. Je ne saurais pas bien l'expliquer : c'était comme si je voulais expulser quelque chose de mon corps en faisant de l'exercice. Expulser. Mais expulser quoi ? Je réfléchis un moment. Oui, expulser quoi ?

Je ne sais pas.

Mais ce quelque chose flottait doucement à l'intérieur de mon corps, comme une sorte de possibilité. J'aurais voulu lui donner un nom, mais rien ne me venait à l'esprit. J'ai toujours du mal à trouver les mots. Et Tolstoï, aurait-il trouvé les mots exacts pour expliquer ce phénomène ?

Toujours est-il que je glissai mon maillot de bain dans mon sac, montai dans ma Civic et me rendis au club de sport. Il n'y avait personne de ma connaissance à la piscine. Seuls un jeune homme et une quadragénaire nageaient dans le bassin, tandis que le maître nageur surveillait la surface de l'eau avec un air d'ennui profond.

Je mis mon maillot de bain, mes lunettes de natation, nageai une demi-heure, comme toujours. Cette fois, ces trente minutes ne me suffirent pas. Je nageai encore un quart d'heure. Pour finir, je fis deux longueurs en crawlant de toutes mes forces. J'étais essoufflée mais je me sentais toujours aussi pleine d'énergie. Quand je sortis de l'eau, les deux nageurs me regardaient d'un drôle d'air.

Il me restait encore un peu de temps avant trois heures, aussi passai-je à la banque en voiture. Je faillis m'arrêter également au supermarché pour faire quelques courses puis, finalement, j'abandonnai l'idée et rentrai à la maison. Je me mis à lire la suite d'*Anna Karénine*, en mangeant le reste du chocolat. Lorsque mon fils rentra de l'école à quatre heures, je lui fis boire un jus de fruit, lui donnai de la pâte de fruit que j'avais fabriquée moi-même. Ensuite, je commençai à préparer le dîner. Je sortis la viande du congélateur, la mis à décongeler, coupai des légumes pour les faire sauter. Je fis une soupe au *miso*, fis cuire du riz. J'accomplis toutes ces tâches rapidement et mécaniquement.

Ensuite je repris *Anna Karénine*.

Je n'avais toujours pas sommeil.

4

À dix heures j'allai me coucher en même temps que mon mari. Puis je fis semblant de m'endormir. Lui, il s'endormit tout de suite. À peine la lampe de chevet éteinte, il s'endormit quasi instantanément. On aurait dit que le commutateur de la lampe agissait sur lui comme un signal.

Merveilleux, pensai-je. C'est rare les gens comme ça. Il y a sûrement beaucoup plus de gens qui souffrent d'insomnie que de gens comme lui. C'était le cas de mon père. Il se plaignait toujours de ne pas dormir. Il avait du mal à s'endormir et en plus se réveillait au moindre petit bruit.

Mais pas mon mari. Une fois endormi, rien ne le réveillait avant le matin. Aux débuts de notre mariage, ça m'amusait, et j'avais fait diverses expériences pour essayer de découvrir ce qui pourrait bien le réveiller. Je lui versais de l'eau sur la figure, lui chatouillais le nez avec une brosse, rien n'y faisait. Si je continuais suffisamment longtemps, il finissait par pousser un gémissement de désagrément, et c'était tout. Il ne rêvait même pas. En tout cas, il ne se souvenait d'aucun de ses rêves. Évidemment, il n'avait jamais fait de rêve éveillé comme moi. Il dormait aussi profondément qu'une tortue enfouie dans la vase, et voilà.

Magnifique. Je restai allongée une dizaine de minutes à côté de lui et me levai. J'allai au salon, allumai le lampadaire, me versai un verre de cognac. Puis je m'assis sur le canapé et me mis à lire en savourant mon cognac gorgée après gorgée. Je me rappelai le chocolat que j'avais caché dans la contre-porte et m'en gavai. Et ainsi jusqu'au matin. Quand l'aube arriva, je refermai mon livre et me fis du café. Ensuite je me préparai un sandwich et le mangeai.

Tous les jours la même chose recommença.

Je m'acquittais rapidement des tâches ménagères puis passais le reste de la matinée à lire. Un peu avant midi, je m'arrêtais pour préparer le déjeuner de mon mari. Lorsqu'il repartait travailler vers une heure, j'allais à la piscine en voiture. Depuis que je ne dormais plus, il fallait que je nage au moins une heure entière par jour. Trente minutes d'exercice ne me suffisaient pas. Pendant que je nageais, je me concentrais uniquement là-dessus. Je ne pensais à rien d'autre qu'à bouger efficacement mon corps, à inspirer et expirer régulièrement. Même quand je rencontrais des gens que je connaissais, je ne leur parlais pratiquement pas. Je me contentais de les saluer rapidement. Si on m'invitait, je prétextais quelque chose d'urgent à faire pour m'esquiver. Je n'avais envie de fréquenter personne. Je n'avais pas de temps à perdre en bavardages inutiles. Après avoir nagé tout mon soûl, je n'avais qu'une hâte : rentrer chez moi et lire.

Par devoir, je faisais les courses, le ménage, préparais à manger, tenais compagnie à mon fils. Par devoir, je faisais l'amour avec mon mari. Quand on est habitué, ce n'est pas bien compliqué. C'est même plutôt simple. Il suffit de couper toute connexion entre mental et physique. Pendant que mon corps s'agitait de son côté, mon esprit flottait dans un espace réservé à lui seul. Je rangeais la maison sans penser à rien. Je donnais à goûter à mon fils, parlais avec mon mari.

Depuis que je ne dormais plus, je me rendais compte à quel point la réalité est simple, à quel point il est facile de la faire fonctionner. C'est la réalité, sans plus. Le ménage, c'est seulement le ménage. C'est comme de faire fonctionner une machine toute simple, une fois qu'on a compris l'ordre des opérations pour la mettre en marche, il ne s'agit plus que de répéter les mêmes gestes : appuyer sur ce bouton, tirer cette manette. Ajuster le thermostat, fermer le couvercle, régler la minuterie.

De temps en temps, naturellement, il y avait un léger changement dans la routine habituelle. La mère de mon mari vint nous rendre visite, nous dînâmes avec elle. Un dimanche, nous allâmes au parc, mon mari, mon fils et moi. Un autre jour, mon fils eut une diarrhée terrible.

Mais ces petits incidents n'ébranlaient pas les fondements de mon existence. Ils passaient à côté de moi, comme un vent qui souffle sans bruit. Je parlais de choses et d'autres avec ma belle-mère, faisais à dîner pour quatre, je prenais une photo devant la fosse aux ours, mettais une bouillotte sur le ventre de mon fils et lui donnais des médicaments.

Personne n'avait remarqué le changement qui s'était opéré en moi. Personne ne s'aperçut que je ne dormais plus la nuit, que je lisais pendant des heures, que j'avais l'esprit ailleurs, à des centaines d'années, des milliers de kilomètres d'ici, même si dans la réalité j'accomplissais mes tâches par devoir, mécaniquement, sans la moindre affection ni émotion. Cela n'affectait en rien mes relations avec ma belle-mère, mon mari, mon fils. Ou plutôt si, ils paraissaient plus à l'aise qu'avant avec moi.

Une semaine s'écoula ainsi.

Quand j'entamai ma deuxième semaine d'éveil ininterrompu, une légère angoisse me saisit. C'était tout de même un état anormal. Tout le monde dort, les gens qui ne dorment pas, c'est du jamais vu. J'avais lu un jour quelque part qu'empêcher les gens de dormir était une forme de torture, utilisée notamment par les nazis. Ils enfermaient leur victime dans une cellule aux lampes perpétuellement allumées et au vacarme incessant, pour l'empêcher de sombrer dans le sommeil. À ce régime, les gens devenaient fous et mouraient rapidement.

Je n'arrivais pas à me souvenir combien de temps mettait un homme privé de sommeil à devenir fou. Trois ou quatre jours, peut-être ? Moi cela faisait plus d'une semaine que je ne dormais pas. C'était trop long, beaucoup trop long. Pourtant, mon corps ne donnait aucun signe d'affaiblissement, au contraire, je me portais plutôt mieux qu'avant.

Un jour, après avoir pris une douche, je me regardai toute nue dans le miroir et fus étonnée de me découvrir une silhouette éclatante de vitalité. J'eus beau scruter mon corps dans le miroir de la tête aux pieds, je ne vis pas le moindre excédent de graisse, pas la moindre ride. Naturellement, j'avais perdu mon corps de jeune fille mais ma peau était beaucoup plus lumineuse qu'autrefois, éclatante. Je me pinçai la peau du ventre pour voir. Elle était ferme et merveilleusement élastique.

Et puis je m'aperçus que j'étais beaucoup plus jolie que je ne pensais. J'avais l'air très jeune. Si je prétendais avoir vingt-quatre ans, on me croirait sans doute. J'avais la peau lisse, les yeux brillants, les lèvres humides. Même l'ombre au creux de mes pommettes (détail que je détestais par-dessus tout en moi) avait disparu. Je restai assise une demi-heure devant le miroir, fascinée par mon reflet. Je m'observai sous différents angles, objectivement. Aucun doute, j'étais vraiment jolie.

Que m'était-il donc arrivé ?

Je songeai même à aller voir un médecin. J'avais un médecin de famille qui s'occupait de moi depuis l'enfance, je me sentais proche de lui, mais, en imaginant sa réaction, je me sentis déprimée. Me croirait-il seulement ? Si je lui disais que je ne dormais pas depuis plus d'une semaine, il commencerait par se demander si j'étais saine d'esprit. Ou alors il cataloguerait ça comme une névrose due à l'insomnie. Ou bien il me croirait vraiment, et dans ce cas m'enverrait dans un grand hôpital faire toute une série d'examens.

Et ça donnerait quoi ?

Je serais enfermée, puis trimballée ici et là pour faire des expériences. Ils me feraient des scanners, des électroencéphalogrammes, des analyses d'urine, de sang, des tests psychologiques et je ne sais quoi encore.

Jamais je ne supporterais ça. Tout ce que je voulais, c'était qu'on me laisse tranquille dans mon coin pour lire mes romans. Et nager une heure par jour. Mais pardessus tout, je voulais garder ma liberté. Tels étaient mes souhaits les plus profonds. Je n'avais aucune envie d'aller à l'hôpital. D'ailleurs, même si j'acceptais d'y aller, qu'est-ce qu'ils y comprendraient en fin de compte ? Ils me feraient des montagnes d'examens, échafauderaient des montagnes de théories. Je n'avais pas la moindre envie de me retrouver enfermée dans ce genre d'endroit.

Un après-midi, j'allai à la bibliothèque et lus des livres sur le sommeil. Il n'y en avait pas beaucoup et ils ne donnaient guère de renseignements intéressants. Finalement, tout revenait à une chose : le sommeil, c'est le repos. C'est comme couper le moteur d'une voiture. Si on fait marcher un moteur sans jamais l'arrêter, il ne tarde pas à se dégrader. Les mouvements du moteur produisent de l'énergie, et cette énergie accumulée fatigue la machine même qui la produit. C'est pourquoi il faut qu'elle se repose pour se refroidir. *Cool down*. On coupe le moteur. Le sommeil, c'est pareil. Dans le cas des humains, c'est le physique et le mental qui se reposent tous les deux. Quand le corps est allongé, les muscles se reposent, et en même temps les yeux se ferment et le flux des pensées s'arrête. Le trop-plein d'énergie produit par les pensées est ensuite éliminé naturellement à travers les rêves.

Dans un livre, pourtant, j'ai découvert une théorie intéressante. Les êtres humains sont incapables d'échapper à des tendances personnelles déterminées, affirmait l'auteur, et c'est valable pour les mouvements physiques comme pour l'activité mentale. Les êtres humains construisent et renforcent leurs propres tendances mentales et comportementales au cours de leur vie sans même s'en rendre compte, et sauf extraordinaire, ces tendances une fois installées ne s'effacent plus. Autrement dit, les gens vivent enfermés dans la prison de leurs tendances. Et le sommeil, poursuivait l'auteur, a un rôle de régulateur sur ces tendances, il a pour but de les harmoniser pour éviter un déséquilibre, comme avec un talon de chaussure qui ne s'userait que d'un côté. Le sommeil est un régulateur thérapeutique. Au cours du sommeil, les muscles utilisés dans la journée se délassent naturellement, les circuits de pensées survoltés s'apaisent, la décharge énergétique est facilitée. Ainsi les gens se refroidissent – *cool down* – comme un moteur, et cela est programmé dans tout organisme humain, personne ne peut y échapper. Si jamais on s'écartait de ce schéma, disait l'auteur, les fondements mêmes de l'existence seraient menacés.

Tendances ?

Ce mot me faisait penser aux tâches ménagères. Les diverses tâches ménagères que j'accomplissais mécaniquement, sans le moindre état d'âme. La cuisine, les courses, la lessive, l'éducation de mon fils, tout cela n'était rien d'autre que des tendances. J'aurais pu m'acquitter au moins de ces tâches-là les yeux fermés. Parce que ça n'était rien d'autre que des tendances. Appuyer sur un bouton, tirer une manette. Il suffisait de faire ça et la réalité poursuivait son cours. Répéter toujours les mêmes gestes : une tendance, sans plus. J'étais usée par mes tendances, comme un talon de chaussure usé d'un seul côté, et j'avais besoin de sommeil chaque jour pour me réparer, refroidir mon moteur.

C'était donc ça ?

Je relus attentivement le passage. Puis je hochai la tête. Oui, ça devait être ça.

Ma vie, alors, qu'était-ce donc ? Être usée par mes tendances, puis dormir pour me réparer ? Ma vie n'était donc que la répétition de cela ? Ça ne menait nulle part.

Assise devant ma table dans la bibliothèque, je secouai la tête toute seule.

Je n'ai pas besoin de sommeil, me dis-je. Même si ça devait me rendre folle, même si ça devait menacer « les fondements mêmes de mon existence », tant pis, je ne voulais pas dormir. Ça m'est égal. Je refuse d'être usée par mes tendances. Je ne veux pas d'un sommeil intervenant régulièrement juste pour restaurer l'énergie que mes tendances ont consommée. Je n'en ai pas besoin. Même si mon corps physique ne peut s'empêcher d'être usé par ces tendances, mon esprit, lui, m'appartient. Je veux le garder uniquement pour moi. Je refuse de le céder à quiconque. Je ne veux pas qu'on me soigne. Je ne veux pas dormir.

Je quittai la bibliothèque armée de cette nouvelle résolution.

5

Ainsi, ne pas dormir ne me faisait plus peur. Je n'avais rien à craindre. Il fallait voir les choses positivement : ma vie prenait une nouvelle dimension, en fait. De dix heures du soir à six heures du matin, mon temps n'appartenait qu'à moi. Jusque-là, j'avais passé un temps équivalent à un tiers de mes journées à dormir – ils appelaient ça un « acte réparateur destiné à refroidir le moteur ». Mais maintenant tout ce temps m'appartenait. À moi et à personne d'autre. Rien qu'à moi. Et je pouvais l'utiliser comme je l'entendais. Personne ne viendrait me déranger. C'était un agrandissement de ma vie. Ma vie s'était agrandie d'un tiers.

Vous me direz sans doute que c'est une anomalie biologique, et vous aurez raison. Peut-être qu'un jour prochain je devrai payer ma dette, pour avoir continué si longtemps à me comporter anormalement, biologiquement parlant. Je devrai peut-être rendre cette partie supplémentaire de ma vie – autrement dit ce que j'avais pris par avance. C'est une hypothèse sans fondement, mais rien ne permet de la réfuter non plus, et moi-même je sens là une certaine logique. Autrement dit, peut-être qu'en fin de compte le temps qui nous est imparti et le temps que nous empruntons en plus s'équilibrent.

Mais, à franchement parler, ça m'était bien égal. Même si je devais mourir plus jeune à cause de ça, ça ne me faisait ni chaud ni froid. Les hypothèses pouvaient suivre leur cours. Il n'en restait pas moins qu'en ce moment j'agrandissais ma vie. Et c'était merveilleux. Enfin, il se passait quelque chose, je me sentais vivre. Je ne m'usais pas. En tout cas, il existait une partie de moi qui ne se consumait pas. Et c'est pour ça que je me sentais réellement vivre. Je trouve qu'une existence humaine, même si elle dure très longtemps, n'a aucun sens si l'on n'a pas le sentiment de vivre. Maintenant je m'en rends compte clairement.

Après avoir vérifié que mon mari était bien endormi, je me rendais au salon, m'asseyais sur le canapé, buvais un verre de cognac et ouvrais un livre. La première semaine, je relus *Anna Karénine* trois fois de suite. Plus je le lisais, plus je faisais de nouvelles découvertes. Ce long roman était plein d'énigmes et de nouveautés. Comme une série de boîtes, chaque monde en contenait un autre plus petit, et ainsi à l'infini. Et tous ensemble ces mondes formaient un univers entier, et cet univers était là, attendant d'être découvert par le lecteur. Autrefois je n'en avais saisi qu'une infime partie. Mais aujourd'hui mon regard pénétrait clairement au travers, je voyais ce que Tolstoï avait voulu dire, ce qu'il voulait faire comprendre aux lecteurs, avec quelle efficacité il avait cristallisé son message sous forme d'un roman, et en quoi ce roman dépassait finalement l'écrivain lui-même. Je distinguais tout cela.

Je pouvais consacrer mon attention à un livre aussi longtemps que je voulais, je ne me fatiguais jamais. Après avoir lu plusieurs fois de suite *Anna Karénine*, je passai à Dostoïevski. Je pouvais lire autant de livres que je voulais en y mettant toute ma concentration, sans la moindre fatigue. Je comprenais sans effort les passages les plus ardus. Et je ressentais des émotions profondes.

C'était mon vrai moi qui se révélait. En arrêtant de dormir, j'avais élargi ma conscience. Ce qui est important, c'est la force d'attention, me disais-je. Les gens qui n'ont aucune puissance de concentration auront beau écarquiller les yeux, ils ne verront rien.

Bientôt, je n'eus plus de cognac à boire. J'avais bu presque une bouteille entière. J'allai dans un grand magasin et achetai une autre bouteille identique, du Rémy Martin. J'en profitai pour prendre aussi une bouteille de vin rouge. Et un verre à cognac en cristal, de grande qualité. Et aussi des biscuits au chocolat.

De temps en temps, lire me mettait dans un état de surexcitation fébrile. À ces moments-là, j'interrompais ma lecture et m'agitais dans la pièce en tous sens. Je faisais des mouvements de gymnastique, ou je me contentais d'arpenter la pièce. Quand l'envie m'en prenait il m'arrivait aussi de partir pour une promenade nocturne. Je me rhabillais, sortais la voiture du parking et me baladais dans le quartier au hasard. Il m'arrivait d'entrer dans un restaurant ouvert la nuit pour boire un café, mais cela m'était pénible de voir des gens, et en général je préférais rester dans la voiture. Il m'arrivait aussi de me garer dans un endroit qui me paraissait suffisamment sûr et de rester à réfléchir dans le noir. Parfois j'allais jusqu'au port, et je restais un moment à regarder les bateaux.

Une fois seulement, un policier s'approcha de la voiture pour me poser des questions. Il était deux heures du matin, j'étais garée sous un réverbère près de la jetée et regardais les lumières des bateaux tout en écoutant de la musique. Le policier frappa à la vitre, je la baissai, il était jeune, beau et très poli. Je lui expliquai que je faisais de l'insomnie. Il me demanda mon permis de conduire, j'obtempérai. Il examina mes papiers un moment puis me dit qu'il y avait eu un meurtre le mois précédent dans le coin, un couple agressé par trois jeunes voyous, ils avaient tué l'homme et violé la femme. Je me rappelais avoir entendu parler de ça aux actualités. Je hochai la tête. « Il vaut mieux ne pas traîner par ici la nuit si vous n'avez rien de particulier à y faire, madame », dit-il. « Merci, je m'en vais », répondis-je. Il me tendit mon permis, et je démarrai.

Mais ce fut la seule fois où quelqu'un m'adressa la parole. Je rôdais généralement une heure ou deux en ville sans être dérangée par personne. Ensuite je rangeais la voiture au garage. À côté de la Bluebird blanche de mon mari, assoupie dans les ténèbres. Puis je tendais l'oreille au bruit du moteur qui refroidissait. Quand le bruit cessait, je sortais de la voiture, remontais à l'appartement.

En rentrant je me dirigeais droit vers la chambre, pour vérifier que mon mari dormait bien. Il dormait toujours profondément. Ensuite j'allais voir dans la chambre de mon fils : lui aussi dormait profondément. Tous deux ne savaient rien. Ils croyaient que le monde allait comme par le passé, inchangé. Mais il n'en était rien. Le monde changeait rapidement, à leur insu. Et de façon irréversible.

Une nuit, je vins contempler longuement le visage de mon mari endormi. Entendant un bruit de chute dans la chambre, je m'y étais précipitée : le réveil était tombé par terre, il avait dû bouger un bras dans son sommeil et le faire tomber. Mais il continuait à dormir comme si de rien n'était. Rien ne le réveillerait donc jamais ? Je ramassai le réveil, le reposai à son chevet. Puis je croisai les bras et restai à le regarder. Cela faisait vraiment longtemps que je ne l'avais pas regardé dormir. Combien d'années ?

Au début de notre mariage, cela m'arrivait souvent. Cela me donnait un sentiment de paix, de soulagement. Tant qu'il dormirait paisiblement ainsi, je me sentirais protégée, me semblait-il. C'est pourquoi, autrefois, je passais beaucoup de temps à le regarder dormir.

Mais un jour, je ne sais plus quand, j'avais cessé de le faire. J'essayai de me rappeler quand. C'était sans doute au moment de cette dispute avec sa mère lors de la naissance de notre fils. Ma belle-mère était attachée à la religion, et elle voulait que le nom de mon fils soit choisi par un prêtre. J'ai oublié de quel nom il s'agissait, mais je n'avais aucune envie de me voir imposer un nom. Je m'étais disputée violemment avec ma belle-mère à ce propos. Mon mari n'avait rien dit. Il était à côté de nous et s'était contenté de nous regarder sans intervenir.

C'est à ce moment-là que j'avais perdu le sentiment qu'il me protégeait. Il ne m'avait absolument pas soutenue, et cela m'avait mise dans une rage folle. Évidemment, c'était une vieille histoire, depuis je m'étais réconciliée avec ma belle-mère. J'avais choisi librement le nom de mon fils et m'étais également réconciliée tout de suite avec mon mari.

Pourtant, je crois bien que c'est à partir de ce moment-là que j'ai arrêté de le regarder dormir.

Maintenant, debout à côté de lui, je le regardais. Il dormait aussi profondément que d'habitude. Un de ses pieds nus émergeait de sous la couette, plié selon un angle bizarre. On aurait dit que ce gros pied mou appartenait à quelqu'un d'autre. Sa grande bouche était entrouverte, la lèvre inférieure pendante, et de temps à autre un frémissement parcourait ses narines. Il avait de grosses poches sous les yeux, qui lui donnaient un air vulgaire. Sa façon de fermer les yeux me sembla aussi pleine de vulgarité. Il avait des paupières épaisses, comme si une couche de peau fanée lui couvrait les yeux. Je lui trouvais l'air complètement idiot. Il dormait comme s'il était mort. Qu'il est laid quand il dort, pensai-je. C'était vraiment affreux. Ce n'est pas possible, il n'était pas comme ça autrefois, me dis-je. Lorsqu'on s'était mariés ses traits devaient être plus fermes, son visage plus éclatant. Il dormait tout aussi profondément, mais pas avec cette tête de débauché.

J'essayai de me rappeler son visage d'autrefois, quand je le regardais dormir. Mais en dépit de tous mes efforts, je n'y parvins pas. Il ne pouvait avoir eu un visage aussi laid, c'était impossible. Ou bien essayais-je seulement de m'en persuader ? Peut-être qu'il avait la même tête qu'aujourd'hui. C'était seulement ma projection sentimentale qui me faisait le voir autrement. C'est ce que m'aurait dit ma mère. C'était sa spécialité, ce genre de raisonnement, elle me disait toujours : la folle passion, ça dure deux ans, trois au plus. « C'est seulement parce que tu étais amoureuse de lui que tu le trouvais si mignon endormi », voilà ce qu'elle me dirait maintenant.

Mais moi je savais qu'il n'en était rien. Mon mari n'était pas si laid autrefois, j'en étais sûre. Ses traits avaient perdu leur fermeté. Il avait vieilli, bien sûr, et puis il était fatigué. Usé. Et à l'avenir, c'était certain, il allait devenir encore plus laid. Et moi je devrais supporter sa laideur.

Je poussai un soupir. Un énorme soupir qui, évidemment, ne fit même pas tressaillir mon mari. Ce n'était pas un soupir qui allait le réveiller, ça non !

Je quittai la chambre, retournai au salon. Je bus un verre de cognac, lus un peu. Mais quelque chose me tracassait. Je posai le livre, allai dans la chambre de mon fils. Je laissai la porte ouverte et le regardai dormir à la lumière du couloir. Il dormait aussi profondément que son père. Comme d'habitude. Je regardai longuement son visage lisse d'enfant. Naturellement, il était très différent de mon mari, ce n'était encore qu'un enfant. Sa peau était éclatante, il n'y avait pas la moindre trace de vulgarité en lui.

Pourtant quelque chose me pinçait le cœur. C'était la première fois que je ressentais cela vis-à-vis de mon fils. Debout à côté de son lit, les bras croisés, je me mis à réfléchir. Je l'aimais, bien sûr. Je l'aimais énormément. Pourtant quelque chose en lui m'irritait, à n'en pas douter.

Je secouai la tête.

Je fermai longuement les yeux. Puis les rouvris et regardai à nouveau mon fils. Et je compris ce qui m'irritait : c'était sa ressemblance avec son père. Et avec ma belle-mère. Une sorte d'entêtement, d'autosatisfaction héréditaire – une espèce d'arrogance propre à ma belle-famille, et que je détestais. Mon mari était gentil avec moi, sans aucun doute. Il était tendre, attentionné. Il ne me trompait pas, travaillait beaucoup. Il était sérieux, aimable avec tout le monde. Toutes mes amies me chantaient en chœur ses louanges. Rien à dire, il était parfait. Mais ce qui m'irritait c'était justement cette perfection. Dans cette totale absence de défaut, il y a une étrange rigidité qui ne laisse aucune place à l'imagination. Et c'est cela qui me gêne.

Et mon fils dort avec la même expression que mon mari sur le visage.

Je secouai encore la tête. Finalement lui aussi est un étranger, pensai-je. Il va grandir, sans comprendre ce que moi, sa mère, je ressens.

J'aimais mon fils, il n'y avait pas le moindre doute. Mais j'avais le pressentiment que dans le futur je ne l'aimerais plus aussi intensément. Cette pensée n'était pas très maternelle. Sans doute que les mères normales ne pensaient pas cela. Mais je le savais. Le jour viendrait où je mépriserais mon fils. Je le pensais sincèrement, en regardant le visage de mon enfant endormi.

Cette pensée m'attrista. Je fermai la porte de la chambre, éteignis la lumière du couloir. Je me rassis sur le canapé du salon, rouvris mon livre puis le refermai au bout de quelques pages. Je regardai ma montre : il était presque trois heures.

Je me demandai depuis combien de nuits je n'avais pas dormi. La première fois, c'était la nuit de mardi, deux semaines en arrière. Voilà donc dix-sept jours aujourd'hui. C'est ma dix-septième nuit consécutive sans dormir, et je n'ai pas sommeil ! Dix-sept jours, et dix-sept nuits. C'est très long. Je ne me rappelle même plus ce qu'est la sensation de dormir.

Je fermai les yeux pour voir. Essayai de me rappeler la sensation du sommeil. Mais il n'y avait rien d'autre que les ténèbres éveillées. Les ténèbres éveillées. Cela m'évoquait la mort.

Et si je mourais ?

S'il m'arrivait de mourir maintenant, qu'aurait été ma vie ?

Évidemment, je n'avais pas la moindre idée de ce qu'était ma vie.

Et la mort alors, qu'était-ce ?

Jusque-là, je voyais le sommeil comme une sorte de préfiguration de la mort. J'imaginais la mort comme un phénomène dans la ligne de prolongation du sommeil. Autrement dit, la mort était un sommeil, encore plus profond et dénué de conscience que l'endormissement ordinaire – le repos éternel, le *black-out*. C'est ainsi que je voyais les choses.

Mais si ce n'était pas comme ça ?

La mort était peut-être un état complètement différent du sommeil ? – C'était peut-être des ténèbres éveillées et sans fin comme celles que je contemplais en ce moment derrière mes paupières closes. La mort, c'était peut-être rester éternellement éveillé dans les ténèbres ?

Non, ce serait trop affreux. Si la mort n'était pas un état de repos, quel salut espérer dans cette vie imparfaite et éreintante ? Mais finalement, personne ne savait ce qu'était la mort. Qui donc l'avait vraiment vue ? Personne. Seuls les morts connaissent la mort. Les vivants ignorent ce qu'est la mort. Ils ne font que deviner. Simples supputations. Ce n'est même pas logique de penser que la mort soit un repos. On ne sait pas tant qu'on n'est pas mort. *Ça peut être n'importe quoi d'autre que le repos.*

À cette idée, une violente terreur m'assaillit. Un frisson glacé me parcourut l'échine. Je me raidis, les yeux toujours fermés. Je ne pouvais plus les rouvrir. Je regardai fixement les épaisses ténèbres qui se dressaient devant moi, des ténèbres profondes et sans aucun espoir de salut, comme l'univers même. J'étais seule. Je me concentrai pour élargir ma conscience. Il me semblait que si je voulais je pourrais voir jusqu'au fond de ces ténèbres. Mais il était trop tôt.

Si jamais la mort c'était ça, que devais-je faire ? Si la mort c'était rester éveillé pour l'éternité, les yeux fixés sur les ténèbres ?

J'ouvris enfin les yeux et avalai d'un trait le reste de mon verre de cognac.

6

J'enlevai mon pyjama, enfilai mon jean, une parka par-dessus mon tee-shirt. Puis je nouai mes cheveux en une queue-de-cheval que je fourrai dans le col de ma parka, enfonçai sur ma tête la casquette de base-ball de mon mari. Je me regardai dans la glace : j'avais l'air d'un garçon. Parfait. Je mis mes baskets et descendis au garage.

Je montai dans ma Civic, tournai la clé de contact, fis ronfler le moteur un moment, tendis l'oreille au bruit. Toujours le même, rien d'anormal. Les deux mains sur le volant, je pris plusieurs inspirations profondes. Je passai en seconde et quittai la résidence. La voiture me paraissait plus légère que d'habitude à conduire. Comme si elle glissait sur l'eau. Je changeai précautionneusement de vitesse, quittai la ville, pris l'autoroute menant vers Yokohama.

Il était trois heures du matin, mais la circulation était encore intense. D'énormes semi-remorques roulant vers l'est faisaient vibrer la chaussée.

Eux non plus ne dorment pas. Ils dorment le jour, roulent la nuit, pour augmenter leur rendement. Moi aussi j'aurais pu travailler de nuit, puisque je n'ai pas besoin de dormir.

Ce n'était certainement pas naturel, d'un point de vue biologique. Mais qui connaît vraiment la nature ? On décide de ce qui est naturel d'un point de vue biologique par déduction, expérimentalement. Et moi j'étais sur un point situé au-delà des déductions. Supposons que je sois un échantillon en avance sur l'évolution : une femme qui ne dort pas. Une femme à la conscience élargie.

Ça me fit sourire.

Un exemple de bond en avant dans l'évolution humaine.

Je conduisis jusqu'au port, tout en écoutant la radio. J'avais envie d'écouter de la musique classique, mais pas une seule station n'en diffusait au milieu de la nuit. Partout il n'y avait qu'une soupe rock japonaise, des chansons d'amour poisseuses. Ne trouvant rien d'autre, j'écoutai tout de même. Cela me donna le sentiment d'être tout d'un coup très loin, ailleurs. Très loin de Haydn et Mozart.

Je m'arrêtai sur un grand parking aux places délimitées par des bandes blanches. Je choisis l'endroit le plus éclairé, sous un réverbère. Il n'y avait qu'une voiture garée sur le parking. Le genre de voiture qu'aiment bien les jeunes : un coupé blanc à deux portes. Un vieux modèle. Sans doute des amoureux. Ils n'ont peut-être pas assez d'argent pour aller à l'hôtel et sont en train de faire l'amour dans la voiture. J'enfonçai profondément ma casquette sur ma tête, pour éviter les ennuis et dissimuler que j'étais une femme, vérifiai que mes portières étaient bien fermées à clé.

Tandis que je regardais vaguement le paysage alentour, je me rappelai être allée un soir faire un tour en voiture avec mon petit ami quand j'étais en première année d'université. Nous avions poussé le flirt assez loin, il n'en pouvait plus et voulait absolument me faire l'amour, mais je refusai. Je me remémorai la scène, les deux mains posées sur le volant, tout en prêtant l'oreille à la musique de la radio. Mais je ne me rappelais pas bien le visage du garçon, comme si ça remontait à un passé très lointain.

Depuis que je ne dors plus, mes souvenirs s'éloignent de moi à une vitesse croissante. C'est très étrange. Chaque nouvelle nuit qui passe, il me semble que le moi du temps où je dormais n'était pas mon véritable moi, que mes souvenirs de cette époque ne sont pas de vrais souvenirs. Les gens peuvent donc changer à ce point, me disais-je, sans que leur entourage se rende compte de rien. Je suis la seule à savoir que j'ai changé. Même si j'expliquais ce qui m'arrive aux autres, ils ne comprendraient pas. Ils ne me croiraient pas. Même s'ils me croyaient, de toute façon, ils ne pourraient pas comprendre exactement ce que je ressens. Ils me verraient sans doute uniquement comme quelqu'un qui menace leur petit monde de déductions.

Mais moi, j'ai *réellement* changé.

Je ne sais pas combien de temps je suis restée sans bouger dans ma voiture, les yeux fermés, les mains posées sur le volant, à regarder les ténèbres éveillées.

Tout à coup, j'ai senti une présence près du véhicule. J'ai ouvert les yeux, regardé autour de moi. Une ombre rôde, là, dehors. Essaie d'ouvrir la portière. Heureusement, elle est fermée à clé. Je me rends compte alors qu'il y a deux ombres obscures, une de chaque côté de la voiture. Une à gauche, une à droite. Je ne distingue pas leurs visages, ni leurs vêtements. Je vois juste deux ombres noires, debout à côté de ma voiture.

Coincée entre ces deux ombres, ma Civic a l'air minuscule. On dirait une petite boîte à gâteaux. Je la sens ballotter de gauche à droite. Quelqu'un frappe du poing sur la vitre droite. Je sais que ce n'est pas un policier cette fois. Un policier ne frapperait pas de cette façon. Il ne secouerait pas la voiture. Je retiens mon souffle. Que faire ? J'ai l'esprit confus. La sueur coule sous mes aisselles. Il faut que je démarre, vite. La clé, tourner la clé. Je tends la main, saisis la clé, la tourne vers la droite. Le contact grince.

Mais le moteur ne démarre pas.

Mes doigts tremblent. Je ferme les yeux, tourne à nouveau la clé. Ça ne marche pas. J'entends juste un grincement, comme si des ongles griffaient un énorme mur. Le moteur tousse, tousse, sans démarrer. Les deux hommes continuent à secouer ma voiture. Ils la secouent de plus en plus fort. Je crois qu'ils essaient de la retourner.

Quelque chose ne tourne pas rond. Si je réfléchis calmement, ça va s'arranger. Réfléchis, réfléchis. Calme-toi, réfléchis. Lentement. Quelque chose ne tourne pas rond.

Quelque chose ne tourne pas rond.

Mais je ne sais pas quoi. Les ténèbres épaisses se resserrent sur mon esprit. Je ne peux plus aller nulle part. Mes mains tremblent sans arrêt. J'enlève la clé, j'essaie de la remettre. Mes doigts tremblent, je n'arrive pas à l'insérer dans la fente. J'essaie encore et encore, et soudain la clé tombe par terre. Je me penche pour la ramasser. Je n'y arrive pas. À cause des secousses qui agitent la voiture. Au moment où je me penche à nouveau ma tête heurte violemment le volant.

J'abandonne. Je m'enfonce dans mon siège, les deux mains sur le visage, et je pleure. Je ne peux rien faire d'autre. Mes larmes coulent, coulent. Je suis seule, enfermée dans cette petite boîte, et je ne peux plus aller nulle part. C'est l'heure la plus sombre de la nuit, dehors les deux hommes continuent à secouer ma voiture dans tous les sens. Dans un instant, ils vont la retourner.

La chute de l'Empire romain, la révolte indienne de 1881, l'invasion de la Pologne par Hitler, et le monde des vents violents

1

La chute de l'Empire romain

Dans l'après-midi de dimanche, je me suis aperçu que le vent faisait rage. À deux heures sept de l'après-midi pour être exact.

À ce moment-là, comme d'habitude – c'est-à-dire comme tous les dimanches après-midi –, j'étais assis à la table de la cuisine et je rédigeais mon journal intime de la semaine en écoutant une musique parfaitement inoffensive.

Au cours de la semaine, je note brièvement chaque jour les événements marquants, et le dimanche venu, je rédige tout cela dans mon journal en phrases normales.

J'avais fini d'écrire tout ce qui s'était passé jusqu'au mardi, quand je me suis aperçu qu'un vent violent soufflait derrière ma fenêtre. Je me suis arrêté d'écrire, j'ai remis le capuchon de mon stylo, suis sorti sur la véranda pour rentrer le linge. Les chemises claquaient au vent avec un bruit sec, comme des queues de comètes prêtes à briser les amarres.

Apparemment le vent s'était levé sans que je m'en aperçoive. Lorsque j'avais mis le linge à sécher sur la véranda dans la matinée – à dix heures quarante-huit pour être exact –, il n'y avait pas un souffle d'air. J'avais un souvenir de cet instant aussi précis et solide qu'un couvercle sur une Cocotte-Minute. Je me rappelle m'être fait cette remarque : « Ce n'est même pas la peine de mettre des pinces à linge. »

Il n'y avait pas le moindre souffle d'air.

Après avoir plié et empilé soigneusement le linge, j'ai fait le tour de l'appartement en fermant toutes les fenêtres. Quand ça a été fini, on n'entendait presque plus siffler le vent. Par la fenêtre, je voyais les arbres – des marronniers et des cèdres de l'Himalaya – se tortiller silencieusement dans la tempête, tels des chiens en proie à d'insupportables démangeaisons, tandis que des lambeaux de nuages filaient en hâte dans le ciel, pareils à des agents secrets au regard mauvais. Sur la véranda de l'appartement d'en face, deux ou trois chemises enroulées autour de la corde à linge en nylon s'y agrippaient comme des orphelins abandonnés.

C'est une véritable tempête ! me suis-je dit.

Mais j'ai eu beau scruter le bulletin météo du journal sous tous les angles, je n'y ai pas vu le moindre typhon annoncé. La probabilité de chute de pluie était de zéro pour cent. À en croire la météo, ce dimanche promettait d'être aussi paisible que l'Empire romain à son apogée.

J'ai poussé un léger soupir, un soupir d'intensité trente pour cent environ, ai replié le journal et me suis mis à ranger le linge dans le placard. Ensuite je me suis fait un café, toujours en écoutant de la musique inoffensive, et je me suis remis à rédiger mon journal en buvant mon café.

Jeudi, j'avais couché avec ma petite amie. Elle adorait faire l'amour avec un bandeau sur les yeux. C'est pourquoi elle se baladait toujours avec, dans son petit sac, un de ces bandeaux en tissu qu'on vous donne dans les avions long-courriers.

Moi, ce n'est pas vraiment mon truc, mais elle est si mignonne avec son bandeau sur les yeux que je ne fais aucune objection à sa petite manie. On est humains, on a tous nos petites bizarreries, n'est-ce pas ?

En gros, c'est ce que j'ai écrit à la page du jeudi. Ma politique en matière de journal intime, c'est quatre-vingts pour cent de fait, et vingt pour cent de remarques personnelles.

Vendredi, j'avais rencontré un vieil ami dans une librairie de Ginza. Il portait une cravate aux motifs vraiment bizarres : d'innombrables numéros de téléphone sur un fond de rayures...

J'en étais là quand le téléphone a sonné.

2

La révolte indienne de 1881

Quand le téléphone s'est mis à sonner, ma montre indiquait deux heures trente-six. Je me suis dit : c'est sûrement elle – je veux dire ma petite amie au bandeau sur les yeux. Elle devait venir me voir aujourd'hui, et en plus elle a pour habitude de téléphoner avant d'arriver. Elle avait dit qu'elle ferait les courses pour le dîner. Nous avions décidé de préparer des huîtres en casserole.

Toujours est-il que le téléphone a sonné à deux heures trente-six. Mon réveil était posé juste à côté du téléphone, et comme je le regarde toujours quand le téléphone sonne, je suis parfaitement sûr de ce que j'avance.

Mais lorsque j'ai décroché, tout ce que j'ai entendu, c'est un épouvantable bruit de tempête.

Un vent furieux – Wououououh – sifflait dans le combiné, on aurait dit les Indiens sur le sentier de la guerre lors de la révolte indienne de 1881. Quand ils ont brûlé des cabanes de pionniers, coupé les lignes télégraphiques et violé Candice Bergen.

– Allô ? ai-je dit pour voir, mais ma voix a été aussitôt emportée dans la folle tourmente de l'histoire.

– ALLÔ !

Cette fois j'avais hurlé… pour un résultat identique.

En tendant l'oreille, il m'a semblé entendre faiblement entre les rafales une vague voix de femme. Mais c'était peut-être une illusion. Le vent était vraiment trop fort. Et puis trop de bisons avaient déjà mordu la poussière.

J'ai gardé le combiné collé contre mon oreille un moment sans rien dire. Tellement collé que je commençais à avoir l'impression que je ne pourrais plus jamais l'enlever. Finalement, au bout de dix ou vingt secondes, la communication a été brusquement interrompue, tel le fil d'une vie tranché par une crise cardiaque, et il n'est plus resté qu'un silence vide et sans chaleur, comme des sous-vêtements trop javellisés.

3

L'invasion de la Pologne par Hitler

Allons bon ! me suis-je dit en soupirant. Puis je me suis remis à la rédaction de mon journal. Il me semblait préférable de me dépêcher de terminer.

Samedi, donc, c'était l'invasion de la Pologne par les divisions blindées de Hitler. Une pluie de bombes sur Varsovie… Non, je me trompe. Ce n'est pas ça. L'invasion de la Pologne, c'était le 1er septembre 1939. Pas hier. Hier, je suis entré dans un cinéma et j'ai vu *Le Choix de Sophie* avec Meryl Streep. L'invasion de la Pologne n'est qu'un des événements qui figurent dans le film.

Dans ce film, Meryl Streep divorce de Dustin Hoffman, mais elle rencontre Robert De Niro dans un train de banlieue, c'est un quadragénaire ingénieur des Travaux publics, et elle se remarie avec lui. Pas mal, comme film.

Sur les deux sièges voisins, il y avait un couple de lycéens ; ils n'arrêtaient pas de se toucher mutuellement le ventre. Ce n'est pas mal, un ventre de lycéen. Moi aussi, autrefois, j'en ai eu un.

4

Et le monde des vents violents

Quand j'ai eu fini de rédiger mon journal de la semaine, je me suis installé devant l'étagère à disques pour en choisir un convenant à cet après-midi de dimanche venteux. Finalement, j'ai opté pour un concerto pour violoncelle de Chostakovitch, suivi d'un disque de Sly and the Family Stone, ce qui me paraissait un choix des plus judicieux pour un après-midi venteux.

De temps en temps, des objets passaient en volant

devant ma fenêtre. Une chemise blanche a filé d'est en ouest, agitant les manches comme un magicien en train de préparer une potion aux radicelles, suivie par une enseigne de fer-blanc longue et plate, cambrant en arrière son échine fragile, tel un amateur de sodomie en pleine action.

Pendant que je regardais le paysage par la fenêtre en écoutant le concerto pour violoncelle de Chostakovitch, le téléphone a sonné de nouveau. Le réveil à côté du téléphone indiquait trois heures quarante-huit.

M'attendant à un fracas de tempête pareil à un atterrissage de Boeing 747, j'ai soulevé le combiné, mais cette fois il n'y avait pas le moindre bruit de vent.

– Allô ! a fait une voix de femme.

– Allô, ai-je répondu en écho.

– Je pensais passer te voir maintenant avec les huîtres, ça ne te dérange pas ?

C'était ma petite amie. Elle allait arriver avec des huîtres et un bandeau noir dans son sac.

– Pas du tout. Mais…

– Tu as un fait-tout chez toi ?

– Oui, ai-je dit, mais qu'est-ce qui se passe ? Je n'entends pas de bruit de vent.

– Non, il n'y a plus de vent ici, à Nakano le vent est tombé depuis trois heures vingt-cinq, il ne devrait pas tarder à s'arrêter de souffler chez toi aussi.

– Peut-être, oui, ai-je dit, puis j'ai raccroché, j'ai sorti une casserole en fonte du placard de la cuisine et l'ai lavée dans l'évier.

Conformément à ses prédictions, le vent s'est arrêté net à quatre heures moins cinq. J'ai ouvert la fenêtre et regardé au-dehors. Juste sous ma fenêtre un grand chien noir reniflait le sol avec ardeur. Il a poursuivi cette activité durant quinze ou vingt minutes sans se lasser. Je ne saisissais pas très bien pourquoi ce chien devait absolument renifler sous mes fenêtres, mais bon.

Cela mis à part, l'apparence et l'organisation du monde semblaient ne pas avoir changé d'un iota pendant cet intermède venteux. Les cèdres de l'Himalaya et les marronniers se tenaient à nouveau droits et silencieux sur le terrain vague comme si rien ne s'était passé. La lessive pendait toute raide sur sa corde en nylon, et un corbeau perché au sommet d'un poteau télégraphique secouait des ailes aussi rutilantes qu'une carte de crédit.

Pendant ce temps, ma petite amie était arrivée, et elle s'était mise à préparer les huîtres en casserole. Elle lavait les huîtres, debout dans la cuisine, coupait vivement du chou chinois en fines lamelles, alignait des petits carrés de *tofu*, préparait le bouillon où faire cuire le tout.

Je lui ai demandé si elle n'avait pas essayé de m'appeler à deux heures trente-six.

– Si, je t'ai appelé, a-t-elle dit en rinçant le riz dans une passoire placée sous le robinet.

– Je n'ai rien entendu.

– Ah oui, le vent était très fort à ce moment-là, a-t-elle dit, comme s'il s'agissait d'un détail insignifiant.

J'ai sorti une bière du réfrigérateur, me suis assis sur le bord de la table et l'ai bue.

– Mais à ton avis, pourquoi le vent s'est-il mis à souffler en tempête comme ça, pour s'arrêter aussi brusquement ? ai-je demandé à tout hasard.

– Ça, je n'en sais rien, a-t-elle dit. (Elle me tournait le dos, occupée à décortiquer des crevettes avec ses ongles.) Il y a plein de choses qu'on ignore sur le vent. Tout comme il y a plein de choses qu'on ignore sur l'Antiquité, le cancer, le fond des océans, l'univers ou le sexe.

– Hum, ai-je dit.

Ça ne répondait pas à ma question. Sentant que je ne pouvais espérer aucun éclaircissement d'une conversation avec elle, j'ai laissé tomber et me suis mis à la regarder confectionner le plat.

– Je peux te toucher le ventre ? lui ai-je demandé.

Elle m'a répondu :

– Tout à l'heure.

En attendant que le repas soit prêt, j'ai pris quelques notes sur les événements marquants de la journée, en prévision de la rédaction de mon journal dimanche prochain.

Voici ce que j'ai noté :

1. Chute de l'Empire romain
2. Révolte indienne de 1881
3. Invasion de la Pologne par Hitler

Comme ça, je suis sûr de me rappeler avec précision ce qui s'est passé aujourd'hui, même dans une semaine. Le respect scrupuleux de ce procédé me permet de tenir mon journal depuis vingt-deux ans, sans manquer une seule journée. Chaque acte significatif a son procédé particulier. Que le vent fasse rage ou non, c'est comme ça que je vis.

Les *Lederhosen*

Un été, il y a de cela quelques années, l'idée m'a pris d'écrire les esquisses de romans qui sont rassemblées dans ce livre. Jusque-là, il ne m'était jamais venu à l'esprit de m'atteler à ce genre d'exercice, et si elle ne m'avait pas raconté cette histoire – et si elle ne m'avait pas demandé si je pensais que cette histoire pourrait fournir matière à une intrigue de roman – ce livre n'aurait sans doute jamais vu le jour. En ce sens, c'est elle qui a mis le feu aux poudres.

Enfin, disons qu'elle a gratté une allumette, mais ensuite, le feu a mis pas mal de temps avant de se propager jusqu'à moi. Il faut dire que les mèches de mise à feu sont extrêmement longues chez moi, parfois même si longues qu'elles dépassent la durée de vie moyenne de mes propres émotions et de mes propres modèles d'action. Si bien que très fréquemment, au moment où le feu arrive enfin à prendre, l'histoire n'a plus le moindre sens pour moi. Toutefois, dans ce cas précis, l'ignition a eu lieu dans des délais raisonnables, si bien que je me suis mis à écrire ce que vous allez lire.

Je tiens cette histoire d'une ancienne camarade de classe de ma femme. Elle et ma femme n'étaient pas particulièrement intimes à l'école, mais, après s'être retrouvées par hasard à trente ans passés, elles sont devenues les meilleures amies du monde. La chose la plus étrange qui puisse exister pour un mari, c'est certainement les amies de sa femme, cependant j'ai tout de même éprouvé pour elle un élan immédiat de sympathie, dès notre première rencontre. Elle est plutôt grande pour une femme, elle a pratiquement la même taille et la même carrure que moi. Elle est professeur d'orgue électronique de son métier ; elle partage la plupart de ses heures de loisir entre la natation, le tennis et le ski, si bien qu'elle est très musclée et toujours bronzée. C'est une passionnée de sport à un point qui frise l'obsession. Dès qu'elle a un jour de congé, elle se lève à l'aube pour aller courir puis va faire quelques longueurs dans une piscine chauffée, après quoi elle consacre deux ou trois heures au tennis l'après-midi, pour finir par un cours d'aérobic. Moi aussi j'aime bien le sport en général, mais, en quantité ou en qualité, je suis loin de l'égaler.

Enfin, elle a beau être une obsédée du sport, elle n'est ni maniaque, ni agressive pour le reste. Au contraire, fondamentalement, elle est de caractère plutôt doux et n'est pas du genre à exercer un chantage émotionnel sur son entourage. Simplement, son corps (et probablement aussi l'esprit attaché à ce corps) exige des activités violentes et incessantes, une vie d'étoile filante.

Je ne sais pas si ceci explique cela, en tout cas, elle est célibataire. Naturellement – et à ce propos je précise qu'elle a beau être un peu trop grande, c'est une fort jolie femme –, elle a eu des histoires d'amour, et même des demandes en mariage qu'elle a parfois été tentée d'accepter, mais, chaque fois qu'une relation est arrivée au niveau de la proposition de mariage, un obstacle imprévu est survenu, mettant fin aux projets avant toute concrétisation.

– Elle n'a pas de chance, dit ma femme.

Et j'acquiesce :

– Oui, ça doit être ça.

Pourtant je ne partage pas entièrement l'opinion de ma femme là-dessus. Je ne nie pas que le facteur chance contrôle une partie de nos vies. Peut-être même qu'il les assombrit, y projetant des taches d'ombre. Cependant, si quelque chose comme la volonté existe chez quelqu'un – et si cette volonté est suffisamment forte pour lui permettre de courir vingt kilomètres ou d'en faire trois à la nage –, la plupart des ennuis doivent pouvoir être surmontés en utilisant les échelles dont on dispose. Et moi, j'imagine plutôt que si elle ne s'est jamais mariée, c'est que, au fond de son cœur, elle n'y est pas disposée. Autrement dit, le mariage n'entre pas dans la sphère d'énergie de sa comète, du moins pas entièrement.

Elle vivait donc ainsi, donnant des cours d'orgue électronique. consacrant tout son temps libre au sport, et vivant des histoires d'amour vouées à l'échec.

Elle habitait seule dans un appartement en location, depuis le divorce de ses parents, qui datait de sa deuxième année d'université.

– Ma mère a laissé tomber mon père, me dit-elle un jour, pour une histoire de short.

– De short ? ! répétai-je, plutôt surpris.

– Une drôle d'histoire, fit-elle, ce n'est pas passionnant, je n'en ai jamais tellement parlé, mais comme toi tu es écrivain, ça te servira peut-être un jour à quelque chose. Tu veux que je te raconte ?

Je lui dis que je brûlais d'envie de connaître cette histoire.

C'était un dimanche après-midi. Il pleuvait, ma femme était sortie faire des courses, et son amie était apparue avec deux heures d'avance sur leur rendez-vous.

– Désolée, avait-elle déclaré en arrivant. J'ai annulé le tennis à cause de la pluie, et ça m'a laissé du temps en plus. Comme je m'ennuyais toute seule à la maison, je me suis dit que je pouvais venir un peu plus tôt ici, je ne dérange pas ?

Je répondis que non. Je n'avais pas trop envie de travailler ce jour-là, et j'étais seul, le chat sur les genoux, à regarder des vidéos. Je la fis entrer, lui servis un café. Puis nous regardâmes les vingt dernières minutes des *Dents de la mer* en buvant nos cafés. L'un comme l'autre, nous avions déjà vu le film, si bien que nous n'étions pas particulièrement attentifs à ce qui se passait sur l'écran. Nous regardions parce qu'il fallait bien regarder quelque chose.

Quand le mot « fin » apparut sur l'écran, ma femme n'était toujours pas rentrée, et je me mis à bavarder un peu avec son amie en attendant. Nous parlâmes de requins, de mer, de natation. Ma femme ne revenait toujours pas. Comme je l'ai déjà dit, cette fille ne m'était pas du tout antipathique, mais au bout d'une heure de conversation seul à seule, force fut de constater que nous manquions d'intérêts communs. Après tout, c'était l'amie de ma femme, pas la mienne.

Au bout d'un moment passé à ne rien faire, j'étais en train de songer à remettre un film dans le magnétoscope lorsqu'elle s'était mise à me parler à brûle-pourpoint du divorce de ses parents. Je ne comprenais pas très bien comment elle avait pu amener le sujet sur le tapis sans aucune transition (je ne voyais vraiment aucun lien entre la natation et le divorce de ses parents). Mais il devait sûrement y avoir une raison.

– À vrai dire, ça ne s'appelle pas exactement un short, continua-t-elle, c'étaient des *Lederhosen*. Tu sais ce que c'est ?

– Ces shorts en cuir que les Allemands aiment porter ? Avec des bretelles ?

– Oui. Mon père en voulait une paire comme cadeau. Mon père est assez grand pour un homme de sa génération, il pensait que ce genre de short devait bien lui aller, vu son physique. C'est pour ça qu'il en voulait. À mon avis, les *Lederhosen* ne vont absolument pas aux Japonais mais enfin, chacun ses goûts.

Pour revenir au déroulement de l'histoire, je lui demandai dans quelles circonstances et à qui son père avait demandé ce pantalon comme cadeau.

– Ah, excuse-moi, je suis incapable de raconter une histoire dans l'ordre. N'hésite pas à me poser des questions pendant mon récit, si quelque chose t'échappe.

– D'accord, répondis-je.

– La sœur cadette de ma mère vivait en Allemagne à cette époque, et elle avait invité ma mère à aller la voir là-bas. Ma mère ne parlait pas un mot d'allemand et n'avait jamais mis les pieds hors du Japon, mais elle avait longtemps été professeur d'anglais et avait toujours eu envie de voyager. En plus, elle n'avait pas vu ma tante depuis longtemps. Elle demanda donc à mon père s'il ne voulait pas prendre dix jours de congé pour l'accompagner en Allemagne, mais mon père était débordé de travail, et finalement elle dut partir seule.

– C'est à ce moment-là que ton père lui a demandé de lui ramener des *Lederhosen* ?

– Exactement. Maman lui a demandé ce qu'il voulait comme cadeau de là-bas.

D'après elle, ses parents s'entendaient plutôt bien à cette époque. En tout cas, elle ne les entendait jamais se disputer en hurlant en pleine nuit, elle ne voyait jamais son père se fâcher et disparaître plusieurs jours de la maison, ou ce genre de scènes auxquelles elle avait assisté plus jeune, à l'époque où son père avait une maîtresse.

– Il avait plutôt bon caractère, il était travailleur, ce n'était pas un homme à traîner avec des femmes.

Elle parlait de lui d'un ton détaché, comme s'il s'agissait d'un étranger. J'en venais à me demander si son père n'était pas mort, mais non, il était vivant et en bonne santé, m'assura-t-elle.

– Mais, à cette époque, il était déjà assez âgé, ce genre de problèmes entre eux avait disparu, on aurait pu penser qu'ils pourraient continuer à vivre comme ça en bonne harmonie. En fait, les choses ne se passèrent pas aussi bien. Ma mère prolongea sans prévenir son séjour en Allemagne, qui devait être initialement de dix jours, et elle y resta un mois et demi. Puis, une fois de retour au Japon, elle s'arrêta à Osaka chez une autre de ses sœurs et ne revint jamais à la maison.

Ni elle, sa propre fille, ni son père, ne comprirent exactement les raisons qui la poussaient à agir ainsi. Lors des précédents orages conjugaux, elle s'était toujours montrée d'une patience si exemplaire que sa fille se demandait parfois si elle ne manquait pas totalement d'imagination. Elle faisait passer sa famille avant tout et adorait sa fille. Si bien qu'il fut impossible à sa fille et à son époux de comprendre ce qui se passait quand elle cessa soudain de donner de ses nouvelles et ne rentra pas à la maison. Elle et son père téléphonèrent à plusieurs reprises chez la tante d'Osaka, mais sa mère ne répondit pratiquement jamais au téléphone et, le peu de fois où elle le fit, ne leur donna aucune explication franche.

C'est seulement à la mi-septembre, deux mois après son retour au Japon, que sa mère fit savoir clairement ses intentions. Elle appela un jour à la maison et annonça sans ambages à son époux : « Je t'ai envoyé les documents nécessaires pour les formalités de divorce, je voudrais que tu les signes et me les renvoies. »

– Mon père lui demanda pour quel motif elle demandait le divorce et elle répondit aussitôt : « Parce que je n'ai plus la moindre espèce d'affection pour toi. »

– Ne restait-il pas la moindre possibilité d'essayer d'arranger les choses ?

– Pas la moindre. Les négociations et les discussions se poursuivirent par téléphone pendant deux ou trois mois, mais ma mère ne céda pas d'un pouce, et finalement mon père abandonna la partie et accepta le divorce. Il était en position de faiblesse à cause de tous les antécédents à ses torts, et il était de toute façon d'un caractère à renoncer facilement. Je crois que j'en ai ressenti un assez grand choc. Mais pas seulement parce qu'ils divorçaient. J'avais déjà envisagé la possibilité qu'ils divorcent un jour, et j'y étais préparée psychologiquement. Cela ne me troublait pas à ce point-là. Ce qui me gênait, c'est qu'elle abandonnait non seulement mon père, mais moi avec. Ça me troublait et me blessait profondément. Tu comprends ?

Je hochai la tête.

– Jusque-là, j'avais toujours pris le parti de ma mère, et je pensais qu'elle me faisait confiance. Pourtant elle me rejetait comme un déchet bon pour la poubelle, en même temps que mon père, sans un mot d'explication. C'était un coup terrible pour moi et j'ai longtemps été incapable de lui pardonner. Je lui ai écrit plusieurs fois, j'ai exigé des explications, mais elle n'a jamais voulu me parler de tout ça, et elle ne m'a même pas dit une seule fois qu'elle voulait me revoir.

Elle avait revu sa mère seulement trois ans plus tard, à l'occasion de l'enterrement d'un parent. Elle avait fini l'université, gagnait sa vie comme professeur d'orgue électronique, et sa mère travaillait de nouveau, elle donnait des cours d'anglais à des classes de rattrapage.

Après l'enterrement, sa mère se tourna vers elle et lui avoua : « Tu sais, si je ne t'ai rien dit, c'est parce que je ne savais pas comment t'en parler. Je ne comprenais pas très bien moi-même où nous allions, ton père et moi, mais tout a commencé à cause de cette histoire de short.

– De short ? » avait-elle répété, aussi stupéfaite que moi au commencement de son récit.

Elle s'était toujours dit qu'elle ne reparlerait jamais à sa mère, mais la curiosité l'emporta finalement sur le ressentiment. Elle et sa mère, en vêtements de deuil, se rendirent dans un café voisin, et, en buvant du thé glacé, elle écouta l'histoire du short.

Le magasin spécialisé en *Lederhosen* se trouvait dans une petite ville à environ une heure de train de Hambourg. C'était sa tante qui avait donné l'adresse à sa mère.

« Tous les Allemands disent que ce magasin est le meilleur pour acheter des *Lederhosen*. La fabrication est parfaite et les prix sont corrects », avait-elle dit.

Aussi ma mère avait-elle pris le train toute seule pour aller dans cette ville acheter un short en cuir pour son mari. Dans le compartiment où elle s'installa se trouvait une Allemande d'âge moyen, et toutes deux se mirent à bavarder en anglais. Quand elle expliqua qu'elle allait acheter un short en cuir à ramener à son mari, la dame lui demanda dans quelle boutique elle comptait aller, et quand elle cita le nom de la fameuse boutique, la dame approuva et se mit à renchérir sur la qualité extraordinaire des articles de ce magasin, le meilleur qui soit, sans erreur possible, ce qui la conforta dans son opinion.

C'était un magnifique après-midi de début d'été. La rivière qui traversait la ville gazouillait agréablement, et sur les berges des herbes verdoyantes ployaient sous le vent. Les vieilles rues pavées formaient de douces courbes sinueuses à l'infini, il y avait des chats partout. Elle entra dans le premier petit café qu'elle aperçut, dans une charmante rue tranquille, et mangea, en guise de déjeuner, un gâteau au fromage blanc accompagné d'un café. Quand elle eut fini son café, elle caressa un moment le chat de la maison, et le propriétaire des lieux s'approcha pour lui demander où elle comptait se rendre ensuite. Lorsqu'elle lui dit qu'elle allait faire l'emplette d'une paire de *Lederhosen*, le propriétaire du café prit une feuille de papier et lui traça un plan. « Merci beaucoup », dit-elle.

C'est merveilleux de voyager seule, se disait-elle en marchant le long des rues pavées. À la réflexion, c'était la première fois, en cinquante-cinq ans de vie, qu'elle voyageait seule. Pendant ce voyage en Allemagne, pas une seule fois elle n'avait ressenti la peur, la solitude ou l'ennui. Tous les paysages étaient nouveaux, tous les gens qu'elle rencontrait étaient aimables. Et chacune des expériences diverses faites au cours de ce voyage avait réveillé en elle des émotions depuis longtemps enfouies. Elle avait laissé à l'autre bout du monde tout ce qu'elle avait jusqu'ici considéré comme primordial dans sa vie – son mari, sa fille, son foyer – et elle n'avait plus besoin d'y accorder une seule pensée.

Elle trouva facilement le spécialiste des *Lederhosen* : une petite boutique ancienne sans enseigne voyante, sans vitrine, annoncée simplement par une rangée de shorts en cuir alignés derrière la fenêtre et visibles de l'extérieur. Elle poussa la porte et entra.

Deux vieillards travaillaient dans le magasin. Ils prenaient des mesures sur un coupon de tissu en chuchotant entre eux et les notaient sur un carnet. Il devait y avoir un atelier dans le fond de la boutique, séparé du reste par un rideau, car on entendait le ronron régulier d'une machine à coudre.

« Vous désirez, madame ? demanda le plus grand des vieillards en allemand en se levant.

– Je voudrais acheter des *Lederhosen*, répondit-elle en anglais.

– C'est pour vous ? répliqua le vieillard en anglais, avec un fort accent.

– Non, non, je veux en ramener en cadeau à mon mari, au Japon.

– Hum, fit le vieillard, puis il ajouta après avoir réfléchi un instant : donc, votre mari n'est pas ici en ce moment ?

– Naturellement, puisqu'il est au Japon, répondit-elle.

– Dans ce cas, cela pose un problème, dit le vieillard en choisissant ses mots avec soin. Nous ne pouvons vendre un article à un client inexistant.

– Mon mari existe, rétorqua-t-elle.

– Naturellement, votre mari existe, naturellement, reprit en hâte le vieillard. Excusez mon mauvais anglais. Ce que je veux dire, c'est, euh, si votre mari n'est pas ici, nous ne pouvons vous vendre un pantalon pour lui.

– Pourquoi ? demanda sa mère en pleine confusion.

– C'est le principe de la maison. *Prinzip*. Nous faisons faire un essayage au client, ensuite nous faisons les corrections nécessaires, alors seulement nous lui vendons. Depuis plus de cent ans, nous faisons du commerce ainsi. C'est ce principe qui nous vaut la confiance de notre clientèle.

– Mais je suis venue exprès de Hambourg pour vous acheter ce pantalon, j'ai pris une demi-journée de mon temps rien que pour ça !

– Je suis désolé, madame, répondit le vieillard d'un air sincèrement désolé. Mais nous ne pouvons faire aucune exception. Dans ce monde plein d'incertitude, rien n'est aussi facile à détruire qu'une confiance chèrement acquise. »

Elle soupira, resta un moment debout dans l'embrasure de la porte. Elle faisait travailler son cerveau à toute vitesse pour trouver une issue à la situation. Pendant ce temps, le grand vieillard expliquait en allemand à son collègue de plus petite taille ce qui se passait, et ce dernier approuvait de temps à autre en hochant la tête : *« Ja, ja. »* Malgré leur différence de taille, les expressions de leurs deux visages se ressemblaient étrangement.

« Écoutez, proposa-t-elle alors, si nous faisions comme ça : je trouve quelqu'un de la même taille que mon mari, je vous l'amène, vous faites les essayages sur lui, et vous me vendez le pantalon, à moi. »

Le plus grand des deux vieillards la regardait, sidéré.

« Mais, madame, c'est contraire au règlement. Ce n'est pas cette personne qui portera le pantalon, c'est votre mari, nous le savons puisque vous nous l'avez dit, et donc il est impossible de faire ce que vous nous proposez là.

– Faites comme si vous ne le saviez pas. Vendez le pantalon à cette personne, et moi je le lui rachèterai, ainsi votre principe ne sera pas altéré. N'est-ce pas ? Réfléchissez, je vous en prie. Je ne reviendrai probablement jamais en Allemagne. Et si je ne profite pas de cette occasion d'acheter des *Lederhosen*, je ne pourrai plus jamais en acheter de ma vie.

– Hum », fit le vieillard, puis il réfléchit un moment et se mit à expliquer à nouveau la situation en allemand à son frère.

Quand il avait fini de parler, ce dernier lui répondait d'un seul mot. Cet échange dura un moment, et finalement le plus grand des deux hommes se tourna à nouveau vers elle :

« Très bien, c'est d'accord, madame. Exceptionnellement – vraiment exceptionnellement –, nous ferons semblant de ne rien savoir. Il n'y a pas tant de Japonais qui viennent exprès du Japon nous acheter des *Lederhosen*, et nous autres, Allemands, nous avons de la présence d'esprit. Veuillez trouver une personne de la taille de votre mari. C'est ce que dit mon frère aîné.

– Merci beaucoup, dit-elle, puis elle se tourna vers le frère aîné et lui dit :

– *Das is so nett von ihnen !*[1] »

Elle – je parle cette fois non de la mère mais de la fille, qui me racontait l'histoire – posa ses mains l'une sur l'autre sur la table et soupira. Je bus le reste de mon café froid. Il pleuvait toujours, ma femme n'était toujours pas là. Je n'avais aucune idée du sens dans lequel l'histoire allait se développer maintenant.

– Eh bien, demandai-je, soucieux d'entendre rapidement la conclusion de son récit. Ta mère a-t-elle finalement trouvé quelqu'un de la même taille que son mari ?

– Oui, dit-elle, d'un air inexpressif, elle l'a trouvé. Elle s'est assise sur un banc et a regardé passer les gens. Elle a vu passer un homme exactement de la taille de mon père et qui avait l'air plutôt gentil, et elle l'a

1. C'est si aimable à vous ! *[NdT]*

entraîné vers la boutique sans lui demander son avis – en fait, c'est surtout parce qu'il ne comprenait pas un mot d'anglais.

– Une femme pleine de détermination, commentai-je.

– Je ne sais pas. Au Japon, elle est plutôt discrète et sensée, dit-elle en soupirant à nouveau. En tout cas, elle a demandé au vieillard de la boutique d'expliquer les circonstances à son compatriote, qui a accepté volontiers de servir de modèle. Il a enfilé un short en cuir, et l'autre a fait des retouches, posant des épingles ici et là. Pendant tout ce temps, les deux boutiquiers et le modèle improvisé échangeaient des plaisanteries en allemand. Ça a duré une trentaine de minutes : au bout de ce laps de temps, le short était prêt, et Maman avait décidé de divorcer.

– Je ne comprends pas très bien, fis-je. Il s'est passé quelque chose au cours de cette demi-heure ?

– Non, rien. Juste ces trois Allemands qui rigolaient ensemble.

– Alors comment ta mère a-t-elle pu décider de divorcer précisément à ce moment-là ?

– Elle m'a dit qu'elle ne savait pas très bien elle-même. Elle était dans un état de confusion profonde. Tout ce qu'elle sait, c'est que c'est pendant cette demi-heure, en regardant cet homme essayer le pantalon destiné à son mari, qu'elle a senti remonter du fond de son être tout le ressentiment insupportable qu'elle éprouvait envers mon père. Elle n'y pouvait rien. Cet homme – l'Allemand qui servait de modèle –, abstraction faite de ses traits et de la couleur de sa peau, était bâti exactement comme mon père. La forme des jambes, du ventre, les cheveux clairsemés. Et pendant qu'il essayait ce pantalon d'un air tout heureux, il riait et son ventre tremblotait. En regardant cet homme, ma mère a senti se cristalliser des pensées qui existaient à l'état latent en elle. Elle s'est rendu compte pour la première fois à quel point elle haïssait mon père.

Même après que ma femme fut rentrée de ses courses et se fut mise à bavarder avec son amie, je continuai à ruminer cette histoire de *Lederhosen*. Le soir, nous avons dîné ensemble tous les trois et bu quelques verres ; moi, je pensais toujours à cette histoire. J'ai attendu que ma femme se soit éclipsée à la cuisine pour poser cette question à son amie :

– Mais toi, tu ne détestes pas ta mère ?

– Non, je ne la déteste plus. Je ne peux pas dire que je sois intime avec elle, mais en tout cas, je ne la déteste pas.

– C'est parce qu'elle t'a raconté l'histoire des *Lederhosen* ?

– Oui, je crois que c'est ça. Une fois qu'elle m'a eu raconté cette histoire, je ne pouvais plus la détester. Je ne peux pas bien expliquer pourquoi, mais c'est sans doute parce que nous sommes des femmes toutes les deux.

J'ai hoché la tête d'un air entendu.

– Mais si jamais – en mettant à part cette histoire de *Lederhosen* –, si jamais c'était juste une femme qui, au cours d'un voyage à l'étranger, s'était trouvée elle-même, pourrais-tu pardonner à ta mère de t'avoir abandonnée ?

– Jamais, répondit-elle sans l'ombre d'une hésitation. Jamais. Le point crucial de cette histoire, c'est les *Lederhosen*.

– C'est bien ce que je pensais, ai-je répondu.

Les granges brûlées

Je l'avais rencontrée au mariage d'une vague relation, et nous étions devenus amis. C'était il y a trois ans. Nous avions une différence d'âge assez importante. Elle avait vingt ans à l'époque, et moi trente et un, mais ce n'était pas un problème. J'avais mille autres raisons de me faire du souci, et pour être franc je n'avais même pas le temps de réfléchir à une question de différence d'âge. Quant à elle, dès le départ, elle avait fait abstraction de ça. Elle avait également fait abstraction du fait que j'étais marié. Elle semblait honnêtement persuadée que l'âge, la situation de famille ou les revenus de quelqu'un occupaient dans l'ordre des priorités à peu près la même place que sa pointure, sa voix ou la forme de ses ongles. Autrement dit, le genre de choses qui n'a aucune chance de changer, quelle que soit la dose de réflexion qu'on y accorde. Quand on y pense, elle n'avait pas tort.

Elle apprenait l'art de la pantomime auprès d'un professeur célèbre, qui s'appelait je ne sais plus comment, et, pour gagner sa vie, posait pour des photos publicitaires. Mais en fait elle n'en tirait que des revenus vraiment minimes parce que ce travail l'agaçait au plus haut point et qu'elle passait son temps à refuser les propositions de son agent. Généralement, l'aide sympathique d'un certain nombre de *boy-friends* qui l'entouraient suppléait à ce qui lui manquait pour vivre. Enfin, je ne pourrais pas l'affirmer, c'est ce que j'imaginais de sa vie à partir des bribes de confidences qu'elle me faisait.

Je n'essaie pas d'insinuer qu'elle couchait avec des hommes pour de l'argent. Peut-être que de temps en temps c'en était assez proche, mais même si cela arrivait, ce n'était pas un problème essentiel. La question essentielle était certainement bien plus simple que ça pour elle. Et c'était d'ailleurs cette simplicité innocente et naturelle qui attirait une certaine sorte d'hommes vers elle. Des hommes qui avaient à peine posé les yeux sur cette simplicité qu'ils se mettaient aussitôt à y appliquer des émotions complexes qui en fait n'appartenaient qu'à eux. Je ne sais pas bien comment l'expliquer mais je crois que c'est comme ça que ça fonctionnait. Elle vivait soutenue par cette simplicité, elle le reconnaissait d'ailleurs elle-même.

Naturellement, ce genre de choses ne pouvait durer éternellement. Si ça avait duré pour toujours, cela aurait voulu dire que l'ordre de l'univers était bouleversé. Cela ne peut arriver que dans un lieu déterminé, à un moment déterminé. Comme de peler des mandarines.

Justement, « peler des mandarines », voilà ce dont je vais vous parler.

La première fois que je l'ai rencontrée, elle m'a dit : « J'apprends la pantomime. »

« Ah ? » j'ai dit. Je n'étais pas particulièrement étonné, les filles jeunes font toutes quelque chose d'original ces temps-ci. Et elle n'avait pas l'air du style à se consacrer sérieusement à affiner ses talents.

Alors elle m'a montré comment elle pelait les mandarines. Peler des mandarines, littéralement. À sa gauche, elle avait un compotier en verre plein de mandarines, et à sa droite un plat où elle mettait les épluchures – enfin, c'était le décor imaginaire, parce que en fait il n'y avait rien du tout à côté d'elle. Elle prenait une de ces mandarines imaginaires dans une main, la pelait tranquillement, plaçait les tranches une par une dans sa bouche, recrachait les pépins, les mettait dans l'écorce et déposait le tout dans le plat de droite. Et elle répétait cette série de gestes plusieurs fois. Expliqué comme ça avec des mots, ça n'a pas l'air bien impressionnant, mais en réalité, tandis que je la regardais faire ça dix ou vingt minutes – pendant qu'on parlait de choses et d'autres accoudés au bar, elle continuait sa démonstration presque inconsciemment –, le sentiment de réalité de tout ce qui m'entourait s'évanouissait peu à peu. Cela faisait vraiment une drôle d'impression. On dit qu'autrefois, au moment du procès d'Eichmann en Israël, certains étaient d'avis que la sentence la plus appropriée serait de l'enfermer dans une cellule dont on retirerait l'air petit à petit. Je ne connais pas les détails de la façon dont il est mort en fin de compte mais en la regardant peler ces mandarines, cette histoire m'était revenue à l'esprit.

– On dirait que tu es douée, dis donc.

– Non, c'est facile, tu sais, pas besoin d'être doué. Ce qu'il faut, ce n'est pas imaginer qu'on tient une mandarine, mais plutôt oublier qu'il n'y en a pas, tu saisis ? C'est tout.

– C'est zen, ton truc.

C'est à ce moment précis qu'elle a commencé à me plaire.

On ne se voyait pas très fréquemment. Une fois par mois, deux au plus. Je l'appelais et je l'invitais quelque part. On allait dîner, puis boire un verre dans un bar. On parlait d'un tas de choses. J'écoutais ce qu'elle me racontait, et elle écoutait aussi ce que je lui disais. Nous n'avions pas beaucoup de sujets de conversation en commun, mais cela n'avait aucune importance. Nous étions amis, en quelque sorte. Évidemment, c'est moi qui payais toutes les additions. Il arrivait aussi que ce soit elle qui m'appelle, seulement quand elle était fauchée et qu'elle avait vraiment faim. Dans ces cas-là, elle se gavait d'une façon incroyable.

Lorsque j'étais avec elle, j'arrivais vraiment à me relaxer. J'oubliais totalement le travail que je n'avais aucune envie de faire, les problèmes stupides qui de toute façon ne trouveraient jamais de solution, les idées insensées que professaient des gens insensés. Elle avait cette capacité, je ne sais pas pourquoi. Ce qu'elle disait n'avait pas un sens véritablement profond. Il m'arrivait même de me contenter d'acquiescer de temps en temps en ne l'écoutant pratiquement pas. Mais je me sentais bien en lui prêtant ainsi distraitement l'oreille, comme quand on regarde des nuages filer à l'horizon d'un œil distrait.

Moi aussi je lui parlais beaucoup. Je lui confiais honnêtement mes pensées, autant à propos de mes histoires personnelles que de théories générales. Peut-être faisait-elle comme moi de temps en temps et se contentait-elle de hocher la tête sans vraiment écouter ? Même si c'était le cas, ça ne me dérangeait pas. Ce que je recherchais auprès d'elle, c'était une certaine sensation, pas la compréhension ni la sympathie.

Il y a deux ans, au printemps, son père est mort d'une maladie de cœur, et elle a hérité d'une coquette petite somme. En tout cas, c'est ce qu'elle m'a dit à l'époque. Elle m'a dit aussi qu'elle voulait aller en Afrique du Nord avec cet argent. Je ne comprenais pas très bien ce qu'elle voulait aller faire là-bas, mais comme je connaissais une fille qui travaillait à l'ambassade d'Algérie à Tôkyô, je la lui ai présentée. Et c'est ainsi qu'elle est partie en Algérie. Je l'ai même accompagnée à l'aéroport. Elle avait juste un sac marin élimé plein de vêtements. Vue de loin, pendant qu'elle passait le contrôle des bagages, elle avait davantage l'air de quelqu'un qui revient d'Afrique du Nord, que de quelqu'un qui s'y rend.

– Tu es sûre que tu reviendras au Japon ? lui ai-je demandé en plaisantant.

– Évidemment, je reviendrai, a-t-elle dit.

Au bout de trois mois, elle était de retour. Elle avait maigri de trois kilos, était toute bronzée. Et un nouveau petit ami l'accompagnait. Ils s'étaient rencontrés dans un restaurant d'Alger. Ils étaient tout de suite devenus amis, parce qu'il n'y a pas beaucoup de Japonais en Algérie, puis amants. À ma connaissance, c'était son premier petit ami officiel.

Il avait dans les vingt-cinq ans, était grand, bien bâti, et parlait poliment. Le visage un peu pauvre en expressions, peut-être, mais plutôt bel homme, et pas antipathique. Il avait de grandes mains, et de longs doigts.

Si vous vous demandez comment je peux le décrire avec tant de précision, eh bien, c'est que j'étais allé les chercher tous les deux à l'aéroport. J'avais reçu un télégramme de Beyrouth, avec seulement une date et un numéro de vol. Apparemment, elle voulait que je vienne la chercher. À l'arrivée de l'avion – qui avait quatre heures de retard pour cause de mauvais temps, j'avais eu le temps de lire trois magazines en entier en attendant dans la cafétéria –, je les vis passer la porte de contrôle des douanes bras dessus bras dessous tous les deux. Ils avaient tout l'air d'un gentil couple de jeunes mariés. Elle me présenta son ami. Nous nous serrâmes la main, presque machinalement. Il avait cette poignée de main ferme, caractéristique des Japonais qui ont longtemps vécu à l'étranger. Ensuite nous allâmes au restaurant, elle voulait absolument manger un bol de riz avec des beignets de *tempura* par-dessus, et c'est ce qu'elle fit, pendant que lui et moi nous buvions une bière.

– Je travaille dans l'import-export, me dit-il, sans autre précision, et je ne pus déterminer si c'était parce qu'il n'avait pas envie de parler travail ou parce qu'il s'en abstenait par crainte de m'ennuyer.

Pour être franc, je n'avais pas spécialement envie d'entendre parler d'import-export, aussi je ne lui posai aucune question. Comme nous n'avions rien de spécial à nous dire, la conversation passa de la sécurité dans les rues de Beyrouth au service des eaux à Tunis. Il semblait bien connaître toute la zone allant de l'Afrique du Nord au Moyen-Orient.

Quand elle eut fini son riz et ses beignets, elle bâilla à se décrocher la mâchoire et annonça qu'elle avait sommeil. On aurait dit qu'elle allait s'endormir sur place. J'ai omis jusqu'ici de mentionner ce trait de son caractère, mais elle avait l'habitude de s'endormir n'importe où. Son ami dit qu'il la déposerait chez elle en taxi, et je déclarai que j'allais rentrer chez moi en train parce que c'était plus rapide. Je me demandais pourquoi j'avais fait tout ce chemin pour venir la chercher à l'aéroport.

– Heureux d'avoir fait votre connaissance, dit-il comme s'il s'excusait.

– Moi de même, répondis-je.

Après cela, je le revis un certain nombre de fois. Quand je la rencontrais par hasard quelque part, il était toujours à côté d'elle. Quand j'avais rendez-vous avec elle, c'est lui qui l'amenait en voiture jusqu'au lieu de rendez-vous, dans sa voiture de sport argentée, à la carrosserie impeccable. Je ne saurais pas donner d'explications détaillées parce que je n'y connais rien en voitures, mais c'était le genre d'automobile qu'on peut voir dans les vieux films de Federico Fellini en noir et blanc. Pas le genre de voiture que possède un employé de bureau ordinaire.

– Il doit être très riche, hasardai-je un jour devant elle.

– Oui, répondit-elle d'un air complètement dépourvu d'intérêt pour la question. Sûrement.

– On gagne tant que ça dans l'import-export ?

– L'import-export ?

– C'est lui qui me l'a dit, qu'il était dans l'import-export.

– Ah, peut-être… Mais je ne sais pas. Il n'a pas vraiment l'air de travailler, tu vois. Enfin, il rencontre souvent des gens, ou il leur téléphone…

Je me dis : c'est la réplique exacte de Gatsby le Magnifique. Un jeune homme mystérieux, qui a de l'argent, mais on ne sait pas exactement ce qu'il fait.

*

Un dimanche après-midi d'octobre, elle me téléphona. Ma femme était partie le matin rendre visite à des parents à elle, et j'étais seul à la maison. Il faisait beau, c'était un dimanche agréable, j'étais en train de manger une pomme dans le jardin en regardant le camphrier. C'était la septième pomme que je mangeais depuis le matin. Ça m'arrive, d'avoir une envie maladive de pommes. Ou alors, ce genre de comportement est peut-être une prémonition que quelque chose va arriver.

– Je ne suis pas très loin de chez toi, on peut venir te voir tous les deux ? demanda-t-elle.

– Tous les deux ? répétai-je.

– Lui et moi, dit-elle.

– Ah. Oui, bien sûr.

– Bon, alors on sera là dans une demi-heure, dit-elle avant de raccrocher.

Je restai un moment assis dans le canapé sans rien faire, puis j'allai prendre une douche et me raser. Je me séchai, me nettoyai les oreilles. J'hésitai sur l'opportunité de mettre un peu d'ordre dans la maison, mais finalement j'abandonnai l'idée. Je n'avais pas assez de temps pour bien ranger, et si je ne pouvais pas tout bien ranger, il me semblait préférable de ne rien ranger du tout. Le salon était plein de livres, revues, lettres, disques, stylos et pulls disséminés un peu partout, mais ça ne donnait pas une impression de désordre pour autant. Quand je viens de finir un travail, j'ai envie de ne rien faire. Je me rassis dans le canapé, regardai le camphrier du jardin, mangeai une autre pomme.

Ils arrivèrent à deux heures passées. J'entendis la voiture de sport s'arrêter devant la maison. Je sortis dans l'entrée, reconnus la carrosserie argentée au bord de la route. Elle passa la tête par la fenêtre et agita la main pour me dire bonjour. J'indiquai à son ami la place de parking à l'arrière du jardin.

– Nous voilà ! fit-elle avec un grand sourire.

Elle portait une minijupe vert olive et un chemisier tout fin, qui laissait voir ses seins.

Lui, il avait un blazer bleu marine. Il me faisait une impression un peu différente que lors de notre première rencontre, mais c'était peut-être simplement sa barbe de deux jours. Même avec une barbe de deux jours, il n'avait pas l'air négligé le moins du monde, cela ajoutait juste une touche d'ombre à ses traits. En descendant de voiture, il ôta ses lunettes de soleil, les mit dans la poche poitrine de son blazer.

– Excusez-nous de vous déranger un jour de congé, dit-il.

– Ça ne me dérange pas. J'ai tous les jours l'impression d'être en congé, et puis je commençais justement à m'ennuyer.

– On a amené le déjeuner, dit-elle, en sortant un grand sac blanc du coffre de la voiture.

– Déjeuner ?

– Oh, pas grand-chose, mais comme on arrive un dimanche sans prévenir, je me suis dit que ce serait mieux d'apporter quelque chose à manger, dit-elle.

– Merci, c'est gentil, je n'arrête pas de manger des pommes depuis ce matin.

Je les fis entrer dans la maison, j'étalai les victuailles sur la table. C'était un vrai festin : des sandwichs au rosbif, de la salade, du saumon fumé, de la glace aux myrtilles, le tout en quantités impressionnantes. Pendant qu'elle installait tout cela sur des plats, je sortis du vin blanc du réfrigérateur, le débouchai. C'était la fête.

– Mangeons, je suis morte de faim, dit-elle, affamée comme d'habitude.

Nous attaquâmes les sandwichs, le saumon, la salade. Quand la bouteille de vin fut vide, je sortis de la bière du réfrigérateur. Chez moi, le réfrigérateur est toujours plein de bière fraîche. J'ai des amis qui ont une petite société et me font profiter de leurs tickets cadeaux offerts par les marques de bière.

Il avait beau boire, cela ne se voyait pas sur son visage. Moi aussi je tiens bien la boisson, et même elle se joignit à nous et vida quelques bières. Finalement, en moins d'une heure, la table était couverte de boîtes de bière vides. C'était impressionnant. Elle choisit quelques disques sur mes étagères, les mit sur le sélecteur automatique. Elle avait choisi en premier *Airegin* de Miles Davis.

– Les sélecteurs automatiques Gallard comme ça sont devenus rares, dit-il.

Je lui expliquai que j'étais un fanatique des stéréo à sélecteur automatique, et que c'était assez compliqué de trouver des Gallard de bonne qualité. Il écoutait poliment en acquiesçant de temps à autre.

Nous parlâmes de matériel stéréo, puis la conversation retomba. Après un moment de silence, il proposa :

– J'ai de l'herbe, ça vous dit de fumer ?

J'hésitai un peu. J'avais arrêté de fumer des cigarettes à peine un mois auparavant et je me demandais quel effet ça aurait de fumer de la marijuana si peu de temps après avoir abandonné le tabac. Mais, finalement, je décidai de fumer quand même. Il tira du fond du sac à provisions un petit paquet de feuilles noirâtres enveloppées d'aluminium, roula un joint, colla le papier avec sa langue, l'alluma avec son briquet, tira plusieurs bouffées et, après avoir vérifié qu'il était bien allumé sur toute la surface, me le tendit. C'était de l'herbe de très bonne qualité. Nous tirâmes chacun notre tour sur le joint en silence pendant un moment. Le disque de Miles Davis était terminé, et des valses de Strauss l'avaient remplacé. Éclectique, comme choix musical. Mais pourquoi pas ? Ce n'était pas si mal.

Une fois le joint terminé, elle annonça qu'elle avait sommeil. C'était à cause du manque de sommeil, des trois bières et du joint, dit-elle. C'est vrai qu'elle avait facilement sommeil. Je l'accompagnai au premier étage, la mis au lit. Elle me demanda de lui prêter un tee-shirt, Je lui en tendis un, et en quelques secondes, elle était en sous-vêtements, enfilait le tee-shirt par-dessus et s'allongeait. Quand je lui demandai si elle n'avait pas froid, elle dormait déjà comme une masse, en respirant régulièrement. Je secouai la tête et redescendis.

Dans le salon, son petit ami était en train de rouler un autre joint. Costaud, ce type. Moi, si j'avais eu le choix, je me serais glissé sous les draps avec elle pour piquer un petit roupillon. Mais ce n'était pas possible. Alors nous avons fumé le deuxième joint. Les valses de Strauss n'étaient pas finies. Je ne sais pas pourquoi, ça me refaisait penser à une pièce de théâtre dans laquelle j'avais joué autrefois avec le club artistique de l'école primaire. Je tenais le rôle d'un vieux marchand gantier auquel un bébé renard venait acheter une paire de gants, mais il n'avait pas assez d'argent pour payer.

« Vous ne pouvez pas acheter de gants avec ça », disais-je.

J'avais le mauvais rôle dans l'histoire.

« Mais Maman a très froid. Elle a les pattes gercées. S'il vous plaît, disait le renardeau.

– Impossible. Revenez quand vous aurez économisé un peu plus d'argent. Alors… »

– De temps en temps, je brûle des granges, dit-il.

– Pardon ?

J'étais un peu dans la lune, et je crus avoir mal entendu.

– De temps en temps, je brûle des granges, répéta-t-il.

Je le regardai.

Il suivait du bout d'un ongle le motif de son briquet. Puis il aspira une grande bouffée de chanvre indien, la garda dans les poumons une dizaine de secondes, la recracha lentement. La fumée sortit de sa bouche et se mit à flotter dans l'espace, pareille à un ectoplasme. Il me passa le joint.

– C'est de la bonne, hein ? fit-il.

Je hochai la tête.

– Je l'ai ramenée d'Inde. J'ai pris la meilleure qualité. Quand on fume ça, ça fait remonter plein de souvenirs, c'est bizarre. Des lumières, des odeurs, ce genre de choses. Des souvenirs d'une qualité… (Il s'interrompit un moment, claqua légèrement des doigts plusieurs fois comme s'il cherchait le mot exact.) … totalement différente, tu ne trouves pas ?

Je dis que si, je trouvais. Je venais juste de me rappeler l'odeur de la peinture du décor en carton derrière moi, et l'agitation sur la scène du club artistique de l'école.

– Raconte-moi cette histoire de granges, dis-je.

Il me regarda. Comme d'habitude, son visage était complètement inexpressif.

– Je peux te raconter ? demanda-t-il.

– Évidemment.

– C'est simple comme truc. J'arrose d'essence et je lance une allumette enflammée. Ça fait « poum », et terminé. Ça ne met même pas un quart d'heure à brûler complètement.

– Mais, commençai-je, puis je m'arrêtai. (Les mots justes ne me venaient pas.) Quel est l'intérêt de brûler des granges ?

– C'est bizarre de faire ça ?

– Je n'en sais rien. Toi tu brûles des granges, et moi non. Il y a cette différence incontestable entre nous, et avant de dire lequel de nous deux a un comportement bizarre, j'aimerais bien préciser en quoi consiste notre différence. Et puis c'est toi qui as commencé à parler des granges brûlées, pas moi.

– C'est vrai, dit-il. Tout à fait exact. Au fait, tu as des disques de Ravi Shankar ?

Je lui dis que je n'en avais pas.

Il prit un air absent pendant un moment. Sa conscience semblait ramollie comme de la pâte à modeler, ou peut-être était-ce la mienne.

– Je brûle à peu près une grange tous les deux mois, dit-il, puis il claqua à nouveau les doigts. Il me semble que c'est le rythme idéal. Pour moi, je veux dire.

Je hochai vaguement la tête. Rythme ?

– À propos, ce sont des granges à toi que tu brûles ?

Il me regardait avec la tête du type qui n'a rien compris.

– Pourquoi faudrait-il que je brûle mes propres granges ? Qu'est-ce qui te fait penser que je possède autant de granges ?

– Cela veut donc dire, fis-je, que tu brûles les granges d'autrui ?

– Mais oui. Évidemment. Les granges d'autrui. Autrement dit, c'est un acte criminel. Un acte criminel, de toute évidence illégal, tout comme fumer un pétard comme on vient de le faire toi et moi.

Je me taisais, les bras sur l'accoudoir de mon fauteuil.

– Donc, je mets le feu par pur caprice à des granges appartenant à autrui. Naturellement, je les choisis de sorte que l'incendie ne puisse pas se propager ailleurs. Parce que je ne suis pas un pyromane, attention. Moi, tout ce que je veux, c'est brûler des granges, pas provoquer des incendies.

Je hochai la tête, éteignis le mégot du joint.

– Pourtant, si tu te fais arrêter tu auras des ennuis. C'est un acte de pyromanie, et, si tu es reconnu coupable, tu écoperas peut-être d'une peine de prison sans sursis.

– Je ne serai pas arrêté, dit-il sans se démonter. Je verse de l'essence, je gratte une allumette et je m'enfuis tout de suite. Après je regarde de loin tranquillement à la jumelle. Je ne me ferai pas prendre. En tout premier lieu parce que la police ne se déplace même pas pour une insignifiante petite grange.

Il avait sûrement raison. Et personne n'irait imaginer qu'un jeune homme distingué comme lui se baladant dans une voiture de marque étrangère s'amusait à brûler des granges.

– Et elle, elle est au courant ? demandai-je en pointant un doigt vers l'escalier menant au premier.

– Elle ne sait rien. À vrai dire, je n'ai jamais parlé de ça à personne à part toi. Ce n'est pas le genre de choses qu'on peut raconter à n'importe qui.

– Pourquoi moi alors ?

Il étendit sa main gauche, se caressa la joue. Sa barbe naissante crissa sous ses doigts. On aurait dit des insectes se déplaçant sur une mince feuille de papier tendu.

– Toi, tu écris des romans, et je me suis dit que tu devais t'intéresser aux modes de comportement des autres. Et aussi, tu vois, pour moi, un écrivain, c'est quelqu'un qui, avant de porter un jugement sur une conduite ou un événement donné, va l'apprécier purement et simplement dans l'intégralité de sa forme. L'accepter, disons, si apprécier n'est pas le mot juste. Voilà pourquoi je t'ai raconté ça à toi. J'avais envie de te le raconter, voilà.

J'opinai. Mais, honnêtement, je ne comprenais pas très bien comment je pouvais accepter dans l'intégralité de sa forme ce qu'il venait de me dire.

– C'est peut-être bizarre de dire ça comme ça, mais… (il avait étendu ses deux mains sous ses yeux et les joignait lentement en parlant) il me semble que le monde est plein de granges qui n'attendent qu'une chose : que je les incendie. Des granges isolées construites au bord de la mer, des granges en plein milieu des champs… Plein de granges, quoi. En moins d'un quart d'heure, elles se réduisent en cendres, en beauté. Comme si elles n'avaient jamais existé. Ça ne fait souffrir personne. Simplement, elles disparaissent. Poum ! Fini !

– Mais c'est toi qui les juges inutiles !

– Je ne juge rien. Elles *attendent* d'être incendiées, c'est tout. Je le reconnais. Tu comprends ? Je reconnais ce qui est là, c'est tout. Comme la pluie. La pluie tombe. La rivière monte, et il y a des choses qui sont emportées par le courant. Est-ce que la pluie juge ? Il ne faut pas croire pour autant que j'ai une propension à l'immoralité, attention. Je crois avoir ma propre morale. C'est une force extraordinairement importante pour l'existence humaine. Sans moralité, l'être humain n'existe pas. Je crois que la moralité, c'est ce qui équilibre l'existence simultanée.

– L'existence simultanée ?

– Oui, je suis ici, et je suis ailleurs. Je suis à Tôkyô, et à Tunis en même temps. C'est moi qui châtie, et c'est moi qui pardonne. C'est un exemple, hein. Il y a cet équilibre, et sans cet équilibre, nous ne pourrions pas vivre. C'est comme une épingle de sûreté. Si cette épingle s'ouvrait, je crois que nous tomberions littéralement en morceaux, c'est justement grâce à ça que nous pouvons exister simultanément.

– Tu es en train de dire que brûler les granges est quelque chose de l'ordre de la moralité ?

– Pas exactement. C'est un acte qui permet de maintenir la moralité. Oublions cette histoire de moralité, ça vaut mieux. Ce n'est pas l'essentiel ici. Ce que je veux dire, c'est qu'il y a plein de granges dans le monde, d'accord ? Il y a des granges pour moi, des granges pour toi. C'est vrai. Je suis allé à peu près partout dans le monde. J'ai fait toutes sortes d'expériences. J'ai failli mourir plusieurs fois. Je ne me vante pas, hein. Mais laissons tomber, va. D'habitude, je suis plutôt taciturne, et quand j'ai fumé de l'herbe je parle trop.

Nous restâmes silencieux un moment, hébétés, comme sous l'effet de la sécheresse. Je ne savais pas quoi dire, ou comment le dire. Il me semblait être assis dans un train et regarder défiler toutes sortes de paysages étranges. Mon corps était dans un tel état de relaxation que je n'arrivais pas à distinguer ce que faisaient les parties en détail, mais je pouvais sentir très nettement son existence, globalement, de façon conceptuelle. On pouvait appeler ça existence simultanée, à coup sûr. Il y avait moi qui pensais, et moi qui observais ce moi en train de penser. Le temps se déclinait sur différents rythmes extrêmement précis.

– Tu veux une bière ? demandai-je un peu plus tard.

– Oui, je veux bien, merci beaucoup.

Je rapportai de la cuisine quatre bières et un camembert. Nous bûmes deux bières chacun en mangeant du fromage.

– Quand as-tu brûlé une grange pour la dernière fois ? demandai-je par curiosité.

– Voyons… (Il réfléchit un peu en agitant légèrement sa boîte de bière vide.) C'était en été, vers la fin août.

– Et la prochaine fois, c'est pour quand ?

– Je ne sais pas. Je ne me fais pas un programme précis, avec des marques sur un calendrier. Je vais en incendier une quand l'envie m'en prend.

– Mais ce n'est pas parce que tu as envie de brûler une grange qu'il s'en présente instantanément une qui te convient, non ?

– Non, évidemment, dit-il tranquillement. C'est pourquoi je choisis d'avance celles qui sont appropriées.

– Tu te prépares un stock.

– En quelque sorte.

– Je peux te poser encore une question ?

– Mais je t'en prie.

– As-tu déjà décidé quelle était la prochaine grange que tu allais incendier ?

Un pli se forma entre ses deux yeux. Puis il aspira bruyamment une bouffée d'air par le nez.

– Oui, j'ai déjà décidé.

Je bus le reste de ma bière à petites gorgées sans rien dire.

– C'est une belle grange, cela fait longtemps que je n'en avais pas vu une qui vaille autant la peine d'être brûlée. En fait, je suis venu en reconnaissance aujourd'hui.

– Ce qui veut dire qu'elle est près d'ici ?

– Tout près, répondit-il.

La conversation sur les granges en resta là.

À cinq heures, il réveilla sa petite amie et s'excusa de m'avoir rendu ainsi visite sans me prévenir. Malgré toute la bière qu'il avait ingurgitée, il restait parfaitement maître de lui. Il sortit sa voiture de sport de la place de parking derrière la maison.

– Je surveillerai, pour la grange, dis-je en guise d'au revoir.

– Oui, fit-il, en tout cas, c'est tout près d'ici.

– Attendez, c'est quoi cette histoire de grange ? demanda-t-elle.

– Ça doit rester entre hommes, dit-il.

– Tiens donc ! fit-elle.

Puis ils disparurent tous les deux.

Je retournai au salon, m'allongeai sur le canapé. La table était pleine de déchets divers. Je ramassai mon duffle-coat qui était tombé par terre, me le mis sur la tête et m'endormis profondément. Quand je me réveillai, il faisait noir. Il était sept heures.

Des ténèbres bleutées et une odeur légèrement irritante de marijuana avaient pris possession du salon. L'obscurité semblait étrangement déséquilibrée. Toujours allongé sur le canapé, j'essayai en vain de me rappeler la suite de la pièce de théâtre que j'avais jouée à l'école primaire. Le renardeau avait-il pu se procurer des gants pour sa mère finalement ?

Je me levai, ouvris la fenêtre pour aérer la pièce, allai à la cuisine et me fis un café.

*

Le lendemain, j'allai dans une librairie et j'y achetai un plan de mon quartier. Un plan au vingt-millième où la moindre petite ruelle était représentée. Ensuite, j'arpentai tout le quartier, armé de mon plan, et marquai d'une croix les endroits où je voyais des granges. J'inspectai quatre kilomètres carrés, trois jours durant. Comme j'habite en grande banlieue, il reste pas mal de fermes autour de chez moi, et par conséquent il y a aussi pas mal de granges. J'en comptai seize en tout.

Celle qu'il voulait incendier devait être une de ces seize-là. D'après ses propres termes elle était « tout près », j'étais donc persuadé que le lieu de son prochain méfait ne pouvait se trouver au-delà du périmètre que j'avais exploré.

Je vérifiai donc soigneusement l'état de chacune de ces granges, l'une après l'autre. J'écartai d'abord celles qui se trouvaient trop près d'une maison d'habitation, ou à côté d'une serre en plastique. J'écartai ensuite celles qui contenaient des outils de jardinage, ou des engrais, bref celles qui semblaient utilisées. J'étais sûr qu'il ne voulait brûler ni outils ni engrais.

Finalement il resta cinq granges. Cinq granges « incendiables ». Ou encore cinq granges que l'on pouvait incendier sans soulever d'objection. Cinq granges qui brûleraient et seraient réduites en cendres en un quart d'heure et que, sans doute, personne ne regretterait. Mais j'étais incapable de décider laquelle il avait bien pu choisir parmi les cinq. Après, c'était une question de goût. Pourtant, j'avais terriblement envie de savoir laquelle il avait sélectionnée.

J'ouvris mon plan et y effaçai toutes les croix à l'exception des cinq granges retenues. À l'aide d'une équerre, d'un rapporteur et d'un compas, j'établis le trajet le plus court pour faire le tour des granges à partir de chez moi et revenir. C'était assez compliqué, parce que les routes serpentaient parfois au pied d'une colline ou le long d'une rivière. Je refis le calcul plusieurs fois et arrivai à un trajet de sept kilomètres, pratiquement sans risque d'erreur. Le lendemain à six heures du matin, j'enfilai un jogging et des baskets et fis le parcours au pas de course. Comme de toute façon je faisais six kilomètres de course à pied tous les matins, cela ne me tuerait pas de rajouter un kilomètre. Le paysage n'était pas vilain, il y avait deux passages à niveau en chemin, mais il était rare d'être retardé par ça.

En sortant de la maison, je commençai par contourner le campus universitaire près de chez moi, courus ensuite trois kilomètres sur le sentier pédestre désert longeant la rivière. À mi-chemin se trouvait la première grange. Ensuite, je traversai un bois. La pente montait légèrement. Là se trouvait une autre grange, à proximité d'une écurie de champ de courses. Le feu risquait d'effrayer les chevaux, à part ça, il n'y avait pas de réel obstacle.

La troisième et la quatrième grange se ressemblaient comme deux affreuses vieilles jumelles. Elles étaient à peine à deux cents mètres l'une de l'autre. Vieilles et sales toutes les deux. À tel point qu'il me semblait que, s'il en brûlait une, il aurait dû supprimer l'autre en même temps. La dernière grange se dressait pas loin du passage à niveau. Au kilomètre six environ. Une grange complètement abandonnée, face au passage à niveau, avec une pancarte publicitaire en fer-blanc pour Coca-Cola clouée dessus. Cet édifice – je ne suis pas sûr qu'on puisse vraiment appeler ça un édifice – était presque écroulé. Cette grange-là avait à n'en pas douter, pour utiliser son expression, l'air « d'attendre qu'on vienne l'incendier ».

Je m'arrêtai un moment devant cette dernière grange, pris quelques profondes inspirations puis traversai le passage à niveau et rentrai chez moi. Il m'avait fallu trente et une minutes trente secondes pour courir cette distance. Une fois rentré, je me douchai et je pris mon petit déjeuner. Puis je m'allongeai sur le canapé, écoutai un disque ; ensuite, je me mis au travail.

Pendant un mois et demi, je courus ainsi tous les matins sur ce trajet. Mais aucune grange ne fut incendiée.

De temps en temps, je me demandais si avec son histoire il n'avait pas voulu essayer de m'inciter, moi, à brûler une grange. En d'autres termes, l'image d'une grange brûlée était grâce à lui ancrée dans mon esprit, et elle y prenait tous les jours davantage d'importance, comme un pneu de vélo qu'on regonfle avec une pompe. J'avoue que, parfois, je me disais : au lieu d'attendre sans rien faire qu'il brûle une grange, est-ce que ça n'irait pas plus vite de gratter moi-même une allumette ? Après tout, ce n'était jamais que de vieilles granges inutiles.

Sans doute que je pensais trop. Dans la réalité, jamais je n'irai incendier une grange. L'image d'une grange brûlée aurait beau enfler, enfler dans ma tête, ce n'était pas mon genre d'aller incendier une grange pour de bon. Ce n'était pas moi qui brûlais les granges, c'était lui. Il avait peut-être changé d'idée et trouvé une autre grange ailleurs. Ou alors il avait un emploi du temps trop chargé pour brûler une grange en ce moment. Je n'avais aucune nouvelle d'*elle* non plus.

Décembre arriva. L'automne tirait à sa fin. Lors de mes courses matinales, l'air était d'un froid perçant, et les granges immuables, avec leurs toits couverts de gelée blanche. Dans le bois glacé résonnaient de grands battements d'ailes. Le monde continuait à tourner sans le moindre changement en vue.

*

Je l'ai revu seulement en décembre, l'an dernier. C'était peu avant Noël, des chants de Noël étaient diffusés partout. J'étais allé en ville acheter divers cadeaux destinés à diverses personnes. Je marchais du côté de Nogizaka, quand j'ai remarqué sa voiture. Pas d'erreur, c'était bien sa voiture de sport argentée, avec une plaque d'immatriculation de Shinagawa, et une petite égratignure à côté du phare gauche. Elle était garée dans le parking d'un café. Elle n'était plus aussi étincelante que la dernière fois que je l'avais vue, le gris argent de la carrosserie me parut un peu terne. Mais c'était peut-être une illusion de ma part. C'est vrai que j'ai tendance à déformer mes souvenirs à ma convenance. Je pénétrai dans le café sans l'ombre d'une hésitation.

Il faisait sombre dans l'établissement où flottait un puissant arôme de café. Les conversations étaient feutrées, l'atmosphère paisible, sur fond de musique baroque. Je le reconnus tout de suite. Assis tout seul près d'une fenêtre, il buvait un café crème. Il régnait une telle chaleur dans le café que ses lunettes étaient blanches de buée, pourtant il avait gardé son manteau de cachemire noir, et même son écharpe.

J'hésitai un peu à l'aborder. Finalement je me décidai, en évitant simplement de lui dire que j'avais vu sa voiture dehors. J'étais entré par hasard dans ce café et l'y avais rencontré par hasard.

– Je peux m'asseoir ? demandai-je.

– Naturellement, je t'en prie, dit-il.

Nous parlâmes de choses et d'autres. La conversation ne décollait pas vraiment. Nous n'avions déjà pas tellement d'intérêts communs au départ, et il paraissait préoccupé. Cependant, ma présence à côté de lui n'avait pas du tout l'air de le déranger. Il me parla du port de Tunis. Des langoustes qu'on peut y pêcher. Visiblement, il ne parlait pas parce qu'il se sentait obligé de soutenir la conversation mais semblait sincèrement passionné par la pêche à la langouste. Cela n'empêcha pas la conversation de se tarir en cours de route, comme un mince filet d'eau aspiré par le sable.

Il leva la main pour appeler le garçon, commanda un deuxième café au lait.

– À propos, tu en es où avec la grange ? demandai-je résolument.

Un léger sourire apparut au coin de ses lèvres.

– Ah, tu te rappelles cette histoire, fit-il. (Il sortit un mouchoir de sa poche, s'essuya les lèvres et le remit dans sa poche.) Je l'ai incendiée bien sûr. J'ai bel et bien tenu ma promesse.

– Près de chez moi ?

– Oui, juste à côté.

– Mais quand ?

– Une dizaine de jours après être venu te rendre visite.

Je lui racontai comment j'avais marqué toutes les granges du quartier et avais été faire du jogging tous les jours devant.

– Alors cela n'aurait pas dû m'échapper, tu comprends, dis-je.

– Tu es drôlement organisé, rétorqua-t-il, visiblement amusé. Organisé et logique. Mais ça t'a tout de même échappé. Ça arrive : quand quelque chose est trop près, on ne le voit pas.

– Je ne te suis pas très bien.

Il rectifia son nœud de cravate, regarda sa montre.

– C'était trop près, dit-il. Excuse-moi, je dois y aller. On pourra reparler tranquillement de tout ça une autre fois, tu veux bien ? Excuse-moi, mais sinon je vais faire attendre quelqu'un.

Je n'avais aucune raison de le retarder davantage. Il se leva, mit ses cigarettes et son briquet dans sa poche.

– Au fait, tu l'as revue, depuis ? demanda-t-il.

– Non, et toi ?

– Moi non plus. Je n'arrive pas à la joindre. Elle n'est jamais chez elle, son téléphone ne marche pas, elle ne va plus à son cours de pantomime.

– Elle a dû partir sur un coup de tête. Elle a déjà fait ça plusieurs fois.

Debout, les deux mains dans les poches, il regardait fixement le dessus de la table.

– Sans un sou, depuis un mois et demi ? Elle n'est pas tellement douée pour se débrouiller toute seule.

Il claqua des doigts plusieurs fois à l'intérieur de sa poche.

– Je le sais bien, moi, qu'elle n'a pas un sou. Et elle n'a pas de vrais amis non plus. Un carnet d'adresses bien rempli, ça oui, mais ce ne sont que des noms. Elle n'a pas un seul ami sur qui compter, en fait. Non, toi, tout de même, elle te faisait confiance. Je ne te dis pas ça par politesse, hein. Je crois que tu étais quelqu'un de spécial pour elle. J'étais même un peu jaloux, tu vois. C'est vrai. Pourtant, je n'ai pratiquement jamais été jaloux de qui que ce soit. (Il poussa un léger soupir, regarda à nouveau sa montre.) Bon, allez, j'y vais. On se reverra un de ces jours.

Je hochai la tête. Mais je n'arrivais pas à parler. C'est toujours comme ça. Quand j'ai ce type en face de moi, je n'arrive plus à m'exprimer.

Après ça, j'ai essayé à maintes reprises de lui téléphoner, à elle : son téléphone était coupé pour retard de paiement. Un peu inquiet, je suis allé jusque chez elle pour voir. Son appartement était fermé, sa boîte aux lettres remplie de courrier. Je n'ai vu de concierge nulle part, si bien que je n'ai même pas pu vérifier si elle habitait toujours là ou non. J'ai déchiré une page de carnet, sur laquelle j'ai inscrit : « Donne-moi de tes nouvelles », j'ai noté mon nom dessus et l'ai mise dans sa boîte à lettres. Mais je n'ai pas reçu de nouvelles pour autant.

Quand je suis retourné à cet appartement, il y avait

une nouvelle plaque avec le nom d'un nouvel occupant. J'ai frappé pour voir, personne n'a répondu. Et je n'ai pas plus trouvé de concierge que la fois précédente.

Alors j'ai renoncé à la chercher. Cela fait près d'un an maintenant.

Elle a complètement disparu.

Tous les matins, je continue à passer devant les cinq granges en faisant mon jogging. Il n'y en a toujours pas une seule d'incendiée. Je n'ai jamais entendu parler d'une grange brûlée dans le coin. Le mois de décembre est de nouveau là, les oiseaux migrateurs passent au-dessus de ma tête. Et moi, je vieillis.

La nuit, dans le noir, je pense parfois aux granges brûlées.

Le monstre vert

Mon mari était parti travailler comme d'habitude. Assise seule près de la fenêtre, désœuvrée, je regardais le jardin entre les rideaux. Je n'avais aucune raison particulière de contempler le jardin, mais je n'avais rien de mieux à faire. Et je me disais que, tôt ou tard, à force de regarder dehors, il me viendrait une idée. Ce que je regardais surtout, c'était le chêne. C'était mon arbre préféré. C'est moi qui l'avais planté, toute petite, et je l'avais regardé pousser. Je pensais à lui comme à un vieil ami, et je lui parlais tout le temps dans ma tête.

Ce jour-là aussi, j'étais sans doute en train de parler au chêne, je ne sais plus de quoi au juste. Et je ne sais pas non plus depuis combien de temps j'étais assise là. Le temps file si vite, lorsque je regarde le jardin comme ça. La nuit était tombée sans que je m'en rende compte. Je devais être assise depuis longtemps devant la fenêtre quand, tout à coup, j'ai entendu ce bruit. Un drôle de son feutré, une sorte de frottement lointain. J'ai cru d'abord que ça venait de l'intérieur de moi, du plus profond, un avertissement venu du sombre cocon que mon corps tisse à l'intérieur. J'ai retenu mon souffle pour écouter. Pas de doute, petit à petit, le bruit se rapprochait. Qu'est-ce que ça pouvait bien être ? Je n'en avais pas la moindre idée. Mais cela me donnait la chair de poule.

Au pied du chêne, la terre s'est mise à gonfler, à se soulever, comme sous la pression d'un liquide lourd, épais. J'ai retenu mon souffle à nouveau. Le monticule de terre s'est fendu, et j'ai vu apparaître une paire de griffes aiguisées. Les yeux fixés sur ces griffes, j'ai serré les poings. Je me suis dit : il va arriver quelque chose, ce n'est que le début. Les griffes grattaient violemment le sol, et bientôt la fissure est devenue un trou, d'où a émergé un petit animal vert, au corps couvert d'écailles vertes et luisantes.

À peine sorti du trou, il s'est ébroué pour se débarrasser des mottes de terre accrochées à lui. Il avait un drôle de nez tout allongé, dont le vert devenait plus foncé vers le bout. Le bout de cette trompe était effilé et pointu, évoquant un fouet, mais il avait des yeux humains. Un frisson m'a parcourue à la vue de ces yeux, qui exprimaient des émotions, tout comme les vôtres ou les miens.

Sans hésiter, lentement, délibérément, l'animal s'est approché de la porte d'entrée et a commencé à frapper dessus avec le bout pointu de sa trompe. Le bruit sec a retenti dans toute la maison. Je me suis dirigée sur la pointe des pieds jusqu'à la pièce du fond, espérant que l'animal ne découvrirait pas ma présence. Je ne pouvais même pas hurler. Notre maison est isolée, et mon mari rentre tard le soir du bureau. Je ne pouvais pas m'enfuir par la porte de derrière, puisque notre maison ne compte qu'une seule porte, justement celle sur laquelle l'horrible créature était en train de s'acharner. Je respirais aussi doucement que possible, essayant d'effacer toute trace de ma présence, espérant que cette chose finirait par renoncer et s'en aller. Mais elle ne renonçait pas. J'entendais sa trompe alternativement taper sur la porte et farfouiller du côté de la serrure. Le monstre sembla n'avoir aucun mal à faire sauter le cadenas, et la porte s'ouvrit en grinçant. Je vis sa trompe se faufiler dans l'entrebâillement, puis s'immobiliser. Il resta ainsi un long moment, comme un serpent au museau dressé, essayant de humer l'atmosphère de la maison. Si j'avais su ce qui allait se passer, je serais restée près de la porte pour lui trancher le nez dès qu'il serait apparu, me dis-je. La cuisine était pleine de couteaux aiguisés. Cette pensée avait à peine traversé mon esprit que la créature passait le seuil en ricanant, comme si elle avait lu dans les pensées. Puis elle se mit à parler, sans bégayer mais en répétant certains mots, comme si elle venait juste de les apprendre. Cela n'aurait servi à rien, à rien, dit le monstre. Telle une queue de lézard, ma trompe repousse, toujours plus solide, toujours plus longue. Vous auriez obtenu le résultat opposé, opposé. Puis il roula ses yeux un moment, on aurait dit deux étranges toupies.

Oh non, me dis-je. Il lit dans mes pensées ! Je déteste l'idée que quelqu'un sache ce que je pense, spécialement quand il s'agit d'un horrible et insondable petit monstre comme celui-ci. Je sentis une sueur froide m'envahir tout entière. Qu'est-ce que cette créature allait me faire ? Me dévorer ? M'entraîner dans les profondeurs de la terre avec elle ? Au moins, elle n'est pas horrible au point que je ne puisse supporter sa vue, c'est déjà une bonne chose, me dis-je en l'observant. Des petites pattes roses et maigres, terminées par de longues griffes, émergeaient de la carapace d'écailles vertes qui recouvrait son corps. À force de les regarder, j'en arrivais presque à les trouver mignonnes. Et je me rendais compte aussi que cette créature ne me voulait aucun mal.

Bien sûr que non, dit-il en secouant la tête. À chaque mouvement, ses écailles s'entrechoquaient. Au bruit, on aurait dit que quelqu'un poussait une table couverte de tasses à café empilées. Quelle horrible pensée, madame. Bien sûr que non, non, non, non, je ne vais pas vous manger. Je ne vous veux aucun mal, aucun mal. J'avais donc raison : il devinait mes pensées.

Madame, madame, ne voyez-vous pas ? Je suis venu de tout au fond, tout au fond de la terre, pour vous faire une déclaration, une déclaration. J'ai dû ramper jusqu'ici, c'était affreux, affreux, affreux. J'ai dû creuser, creuser. Regardez, mes griffes sont tout abîmées maintenant. Jamais je n'aurais pu faire tout ça pour vous nuire, jamais. Je vous aime. Je vous aime tant que je ne pouvais plus supporter de rester sous terre. Alors j'ai rampé jusqu'à vous. Ils ont tous essayé de m'en empêcher, mais je ne pouvais plus supporter de vivre là-dessous. Pensez au courage qu'il m'a fallu, pensez ! Et j'aurais fait tout ça pour rien, si jamais vous pensiez que c'était grossier et prétentieux de la part d'un monstre comme moi de vous faire une déclaration d'amour !

Mais c'est vraiment grossier et prétentieux, me suis-je dit. Comment une affreuse créature comme toi ose-t-elle venir me demander de l'aimer ?

À peine cette pensée m'eut-elle traversé l'esprit que le petit monstre prit un air désespéré. Ses écailles virèrent au violet, comme pour exprimer ses sentiments. Tout son corps parut se ratatiner. Je croisai les bras, observant ces changements s'opérer sous mes yeux. Peut-être que ce genre de phénomène arrivait chaque fois que ses émotions changeaient. Peut-être que cet aspect extérieur hideux dissimulait un cœur aussi tendre et vulnérable qu'un morceau de guimauve. Je compris que s'il en était ainsi, je pouvais gagner. Je devais essayer. Tu es un repoussant petit monstre, hurlai-je en esprit, si fort que je sentis l'écho vibrer dans mon cœur. Tu es un repoussant petit monstre ! Ses écailles foncèrent encore un peu, ses yeux commencèrent à lui sortir de la tête comme s'ils aspiraient toute la haine que je leur envoyais. Ils devinrent protubérants, sortant de sa figure comme des figues mûres à point près d'éclater, et des larmes pareilles à du jus rouge se mirent à dégouliner jusque sur le sol.

Le petit monstre vert ne me faisait plus peur. Je me peignis en esprit toutes les tortures que j'aimerais lui infliger. Je l'attachai à une lourde chaise avec des fils de fer épais et lui arrachai une à une toutes ses écailles à la racine à la pince à épiler, je chauffai à blanc la pointe d'un couteau aiguisé et je découpai des entailles profondes dans la chair tendre et rose de ses jarrets. Je frappai encore et encore à coups de fer à souder ses yeux protubérants comme des figues. À chaque nouvelle torture que j'imaginais, le monstre faisait des bonds, se tordait et gémissait comme si je lui infligeais réellement ces douleurs atroces. Ses yeux pleuraient des larmes colorées, et le liquide coulait doucement par terre, une vapeur grise au parfum de roses s'échappait de ses oreilles. Ses yeux me lançaient d'horripilants regards de reproche. Madame, je vous en prie, je vous en supplie, n'ayez pas de pensées aussi abominables envers moi, criait-il, je n'ai aucune mauvaise intention, je ne vous ferai jamais le moindre mal. Tout ce que je ressens pour vous est de l'amour, de l'amour ! Mais je refusais d'écouter. Je lui répondais en esprit : ne sois pas ridicule. Tu as rampé jusque dans mon jardin, tu as ouvert ma porte sans autorisation, tu es entré chez moi par effraction. Je ne t'ai jamais invité ici. J'ai le droit de penser ce que je veux. Et c'est exactement ce que je continuais à faire. Je dirigeais des pensées de plus en plus épouvantables vers la créature. Je découpais et torturais sa chair à l'aide de toutes les machines auxquelles je pouvais penser, je passais en revue toutes les méthodes possibles pour torturer un être vivant et le faire se tordre de douleur. Tiens, regarde, affreux petit monstre, tu n'as pas idée de ce qu'est une femme. Il n'y a pas de fin à ce que je peux t'infliger. Mais bientôt les contours de l'animal commencèrent à se brouiller, sa trompe verte se rétrécit jusqu'à n'être pas plus grosse qu'un asticot. Il se tordait sur le sol, essayait d'ouvrir la bouche pour parler, faisant tous ses efforts pour entrouvrir les lèvres, afin de me délivrer je ne sais quel ultime message, me transmettre quelque ancienne sagesse, une donnée primordiale dont il avait omis de me faire part. Cependant, avant qu'il y parvienne, sa bouche fut saisie par une douloureuse immobilité, puis elle se brouilla et disparut. Le monstre vert n'était plus qu'une pâle ombre vespérale. Demeuraient seulement, suspendus dans les airs, ses yeux protubérants et mornes. Ça ne te sert à rien, dis-je. Tu peux me regarder autant que tu veux, mais tu ne peux plus rien dire. Tu ne peux plus rien faire. Ton existence est finie, terminée, tu es rayé de la carte. Bientôt je vis ses yeux se dissoudre eux aussi dans le vide. Les ténèbres de la nuit emplirent la pièce.

Family Affair

Ce genre d'exemples abonde certainement partout, mais, c'est un fait, depuis le début, le fiancé de ma sœur me déplaisait. Et même, plus les jours passaient, plus je concevais des doutes importants sur ma sœur : comment avait-elle pu décider d'épouser un tel homme ? Pour être franc, je crois bien que j'étais déçu.

Ou alors c'est peut-être seulement la preuve de mon étroitesse d'esprit.

En tout cas, c'est ce que pensait ma sœur. Nous n'abordions pas ouvertement le sujet, mais elle savait très bien que je n'aimais pas son fiancé, et ça avait l'air de l'agacer.

– Tu as une vision des choses trop limitée, m'avait-elle dit.

En fait, c'est à propos de spaghettis qu'elle m'avait dit ça. Elle me faisait remarquer que j'avais une vision des spaghettis trop limitée.

Mais évidemment, ce n'était pas vraiment ça qu'elle remettait en question. Au-delà des spaghettis, je pouvais voir se profiler la silhouette de son fiancé, et je savais que c'était ça qui lui posait problème. Les spaghettis faisaient office de substitut dans notre querelle.

Tout avait commencé ce dimanche midi où elle m'avait proposé d'aller manger des spaghettis avec elle.

– Bonne idée, lui dis-je, parce que j'avais justement envie de manger des spaghettis.

Et nous voilà partis pour un petit restaurant italien ouvert récemment juste en face de la gare. Je commandai des spaghettis aux aubergines et à l'ail, et elle des spaghettis au basilic. Je bus de la bière en attendant le plat. Jusque-là il n'y avait pas de problème. C'était un dimanche de mai, et il faisait un temps magnifique.

Le problème commença avec l'arrivée des spaghettis qui avaient un goût, le mot n'est pas trop fort, désastreux. Les pâtes étaient farineuses en surface et dures à l'intérieur, quant au beurre, même un chien n'aurait pas voulu le lécher. J'abandonnai à la moitié de mon assiette et demandai à la serveuse d'enlever le tout de la table.

Ma sœur me jetait un coup d'œil de temps en temps et, de son côté, avalait les spaghettis lentement en prenant tout son temps, jusqu'au dernier. Pendant ce temps, je buvais ma deuxième bière en regardant par la fenêtre.

– Dis, tu n'as pas besoin de faire un cinéma pareil pour laisser ton plat, me dit ma sœur une fois que la serveuse eut débarrassé son assiette.

– Infect, dis-je simplement.

– Ce n'était pas infect au point d'en laisser la moitié. tu aurais pu te forcer un peu.

– Je mange quand je veux, comme je veux. C'est mon estomac, pas le tien, ma vieille.

– Ne m'appelle pas ma vieille, s'il te plaît. J'ai l'impression d'être une vraie mémé quand tu me dis ça.

– C'est mon estomac, pas le tien, ma chère, rectifiai-je.

Depuis qu'elle avait eu vingt ans, elle s'entraînait à m'habituer à ne plus lui donner ces petits noms amicaux. Je ne voyais pas très bien ce que ça changeait, mais bon.

– C'est un nouveau restaurant. Le cuisinier ne doit pas avoir beaucoup d'expérience. Tu pourrais être un peu indulgent tout de même, dit-elle en buvant le café – ou plutôt la lavasse – qu'on venait de lui amener.

– Peut-être, mais je pense que c'est une preuve de discernement de laisser une nourriture immangeable dans son assiette.

– Depuis quand es-tu si intelligent ? demanda-t-elle.

– Qu'est-ce que tu as à me chercher des histoires ? Tu as tes règles ou quoi ?

– Ah, ne sois pas grossier, s'il te plaît. Tu n'as pas à me parler comme ça.

– Excuse-moi, ne fais pas attention, c'est juste parce que je te connais tellement bien, j'étais là quand tu as eu tes premières règles. Tu étais même allée voir un médecin avec Maman, parce qu'elle s'inquiétait que tu ne les aies pas encore.

– Si tu ne te tais pas, je te lance mon sac à la figure.

Je me rendis compte qu'elle était vraiment en colère et me tus.

– En général, tu as une vision des choses trop limitée, dit-elle en ajoutant de la crème à son café (il était mauvais, pas de doute). Tu juges tout en ne t'attachant qu'aux défauts, tu n'essaies même pas de voir les côtés positifs. Si quelque chose ne correspond pas aux standards que tu t'es fixés, tu n'essaies même pas de le voir vraiment. Et quand je te regarde agir comme ça, ça m'agace profondément.

– Mais c'est ma vie, pas la tienne, rétorquai-je.

– En faisant ça, tu blesses les autres, tu les déranges, comme quand tu te masturbes, c'est pareil.

– Masturbe ? dis-je, surpris. De quoi tu parles, là ?

– Quand tu étais au lycée, tu te masturbais et tu salissais les draps. Je le sais, hein. C'était pas facile à nettoyer. Te masturber sans salir les draps, ça ne te serait pas venu à l'idée, non ? C'est ça que j'appelle déranger les autres.

– Message reçu. Je ferai attention ; à ça en tout cas. J'ai peut-être l'air de me répéter, mais ma vie, c'est ma vie, et j'ai le droit d'aimer certaines choses et d'en détester d'autres. Tu n'y peux rien.

– Mais tu fais du mal aux autres. Pourquoi ne fais-tu pas un petit effort ? Pourquoi n'essaies-tu pas de regarder l'aspect positif des choses ? Pourquoi ne supportes-tu pas en silence, au moins ? Pourquoi refuses-tu de grandir ?

– Mais je grandis, dis-je, un peu vexé, je supporte en silence, et je vois l'aspect positif des choses. Je ne regarde pas le même endroit que toi, c'est tout.

– C'est ça que j'appelle ton arrogance. C'est pour ça qu'à vingt-sept ans tu n'as pas encore de petite amie.

– J'en ai une.

– Pour coucher, c'est tout. J'ai pas raison ? Ça t'amuse de changer de partenaire au lit tous les ans ? Ça n'a aucun sens une relation sans compréhension, sans affection et sans compassion mutuelles. C'est de la masturbation, c'est tout.

– Je ne change pas de partenaire tous les ans, dis-je sans conviction.

– C'est tout comme, poursuivit ma sœur. Si tu essayais un peu de penser sérieusement, de vivre sérieusement ? Si tu devenais un peu adulte ?

Cela mit un terme à notre conversation. Après ça, j'eus beau essayer de discuter avec elle, elle ne me répondit pratiquement pas.

Je ne comprenais pas très bien comment elle en était

arrivée à me voir comme ça. Jusqu'à l'année dernière encore, elle riait avec moi de mon style de vie d'une insouciance affirmée, et même, si je ne me trompe, elle m'admirait pour ça. C'est depuis qu'elle avait rencontré son fiancé qu'elle s'était mise à me critiquer.

C'est injuste, me disais-je. Cela faisait vingt-trois ans qu'on se connaissait. Nous étions un frère et une sœur très liés, qui parlions franchement de tout un tas de choses, et nous ne nous disputions presque jamais. Elle savait que je me masturbais, et moi je connaissais la date de ses premières règles. Elle savait quand j'avais acheté des préservatifs pour la première fois (j'avais dix-sept ans), et moi je savais quand elle avait acheté ses premiers dessous en dentelle (elle avait dix-neuf ans).

Il m'était arrivé de sortir avec des amies à elle (sans coucher avec, évidemment), et elle était sortie avec des amis à moi (sans coucher avec, je crois). Nous avions été élevés comme ça. Et en l'espace d'une année, cette relation amicale s'était complètement transformée. À cette idée, je me sentais de plus en plus en colère.

Laissant là ma sœur qui voulait regarder les chaussures dans la vitrine du grand magasin près de la gare, je rentrai seul à l'appartement. J'essayai de téléphoner à ma petite amie, mais elle n'était pas là. Normal. Il n'y a pas de raison que ça marche quand vous essayez d'appeler une fille un dimanche à deux heures de l'après-midi pour lui proposer un rendez-vous. Je reposai le combiné, feuilletai mon carnet d'adresses et composai le numéro d'une autre fille. Une étudiante que j'avais rencontrée dans une discothèque, je ne sais plus où. Elle était chez elle.

– Je t'invite à boire un verre, dis-je.

– À deux heures de l'après-midi ? fit-elle d'un ton pas plus intéressé que ça.

– L'heure n'est pas un problème, pendant qu'on boira le soleil finira par se coucher, répondis-je. En fait, je connais un bar qui convient parfaitement pour regarder le coucher du soleil. Si on n'y va pas dès trois heures de l'après-midi, il n'y a plus de place.

– Ce que tu peux être snob ! rétorqua-t-elle.

Mais elle accepta de sortir avec moi. Par gentillesse sûrement. Je l'emmenai donc en voiture en longeant le littoral jusqu'à un peu après Yokohama, jusqu'à un bar au bord de la mer comme promis. Je bus quatre I. W. Harper *on the rocks*, et elle deux daiquiris à la banane (si, si, *à la banane* !) puis nous regardâmes le soleil se coucher.

– Tu pourras conduire après avoir bu autant ? demanda-t-elle d'un air inquiet.

– Pas de souci, répondis-je. Pour l'alcool, je suis hors pair !

– Hors pair ?

– Je deviens normal au bout de quatre verres. Alors ne t'inquiète pas, tout va bien.

– Bon, alors.

Ensuite nous allâmes dîner à Yokohama, puis je l'embrassai dans la voiture. Je lui proposai d'aller à l'hôtel, mais elle me dit que c'était impossible.

– Je ne peux pas, j'ai mis un tampon.

– Tu n'auras qu'à l'enlever.

– Ne plaisante pas avec ça, c'est mon deuxième jour.

Allons bon, me suis-je dit. Quelle journée ! J'aurais mieux fait de prendre rendez-vous dès le début avec ma petite amie, si j'avais su. En fait, j'avais gardé tout ce dimanche libre pour pouvoir passer du temps avec ma petite sœur, chose que nous n'avions pas faite depuis longtemps. Et voilà où j'en étais.

– Je suis désolée, mais c'est vrai, disait la fille.

– Ça ne fait rien, va. Ne t'en fais pas pour ça. Ce n'est pas de ta faute. C'est de la mienne.

– C'est de ta faute si j'ai mes règles ? demanda-t-elle, l'air complètement abasourdie.

– Mais non, je parle de la tournure des événements aujourd'hui.

C'était évident, non ? Pourquoi aurait-ce été de ma faute qu'une inconnue rencontrée je ne sais où ait ses règles ? Je vous demande un peu.

Je la raccompagnai chez elle en voiture. En chemin, mon levier de vitesse se mit à cliqueter bizarrement. Je poussai un soupir, il était temps que j'amène ma voiture au garage pour la faire réviser. Quand quelque chose ne va pas, cela entraîne tout le reste dans la mauvaise direction, par réaction en chaîne.

– Je pourrai t'inviter à nouveau un de ces jours ? demandai-je.

– Au bar ou à l'hôtel ?

– Les deux, dis-je gaiement. Ce sont les deux côtés de la même médaille. Tu sais, c'est comme la brosse à dents et le dentifrice.

– Bon, je réfléchirai.

– C'est ça, ça empêche de devenir gâteux, de réfléchir.

– Et chez toi ? Je ne pourrais pas venir te voir ?

– Pas question. J'habite avec ma sœur. On a passé un accord : je n'amène pas de femmes, elle n'amène pas d'hommes.

– Tu es sûr que c'est ta sœur ?

– Sûr. La prochaine fois, je te montrerai une copie du bail.

Elle éclata de rire.

Je la regardai disparaître dans l'entrée de son immeuble, puis je redémarrai et rentrai chez moi, en écoutant attentivement le bruit du levier de vitesse.

L'appartement était tout sombre. J'ouvris la porte, allumai la lumière, appelai ma sœur. Elle n'était pas là. Où pouvait-elle bien être à dix heures du soir ? Je cherchai le journal du soir, ne le trouvai pas. C'est vrai, c'était dimanche.

Je pris une bière dans le frigo, l'apportai au salon avec un verre, allumai la chaîne stéréo, mis sur le plateau un nouveau disque de Herbie Hancock. Puis j'attendis en buvant ma bière que la musique se déclenche. Mais je pouvais toujours attendre. Comme il ne se passait rien, je me rappelai tout à coup que la chaîne était en panne depuis trois jours. Le signal *ON* s'allumait, mais aucun son ne sortait.

Et je ne pouvais pas non plus regarder la télé. Parce que j'avais un récepteur télé équipé d'un système qui devait passer par la stéréo pour que le son marche.

Comme je n'avais pas le choix, je m'installai avec ma bière devant l'écran de télé muet, pour regarder un vieux film de guerre. Ça se passait sur le front d'Afrique du Nord, on voyait arriver les tanks des troupes de Rommel. Des canons muets tiraient des obus muets, les mitraillettes des balles silencieuses et les soldats tombaient morts sans un bruit.

Et allez donc, me dis-je en poussant mon seizième soupir de la journée – il me semble bien que c'était le seizième.

*

Je vivais avec ma sœur depuis cinq ans. On avait emménagé au printemps. À l'époque elle avait dix-huit ans, moi vingt-deux. Je venais de finir l'université et de commencer à travailler, et elle, elle venait de terminer le lycée. Mes parents avaient accepté qu'elle aille faire ses études universitaires à Tôkyô à condition qu'elle habite avec moi, et elle avait dit que ça ne la dérangeait pas. Moi aussi j'étais d'accord. Mes parents avaient loué pour nous un grand appartement avec deux chambres séparées, et je devais payer la moitié du loyer.

Comme je l'ai déjà dit plus haut, ma sœur et moi on s'entendait bien. Ça ne posait vraiment aucun problème de partager un appartement avec elle. Je travaillais au département publicité d'un fabricant de matériel électrique, je partais relativement tard le matin, rentrais tard le soir. Ma sœur partait tôt pour l'université et revenait en fin d'après-midi. Quand je me réveillais elle était déjà partie, et quand je rentrais, souvent, elle dormait déjà. En plus je passais la plupart de mes samedis et de mes dimanches à sortir avec des filles, ce qui fait que j'avais tout juste l'occasion de parler vraiment avec elle une ou deux fois par semaine. Mais finalement c'était sans doute mieux comme ça. Nous n'avions même pas le temps de nous disputer, et nous ne faisions pas de commentaires sur nos vies privées réciproques.

J'imagine que, pendant ce temps, elle faisait ses propres expériences de la vie, mais je ne m'en mêlais absolument pas. Je ne lui disais rien. Ça ne me regardait pas, avec qui elle couchait, elle était majeure maintenant.

Une fois pourtant, il m'arriva de lui tenir la main pendant deux heures, de une à trois heures du matin. En rentrant du travail, je la trouvai en train de pleurer, assise à la table de la cuisine. Je supposai aussitôt que si elle pleurait dans la cuisine, c'était parce qu'elle attendait que je vienne la consoler. Si elle avait voulu qu'on la laisse tranquille, elle serait allée pleurer dans son lit, non ? Je suis peut-être un type égoïste et étroit d'esprit, mais je comprends au moins ça.

C'est pourquoi je restai assis près d'elle et lui tins la main. C'était la première fois que je lui tenais la main depuis l'école primaire, quand nous allions à la chasse aux libellules. Sa main était plus grande que dans mon souvenir, mais c'était normal après tout.

Finalement, elle pleura deux heures sans rien dire, dans cette position. J'étais admiratif devant la quantité de larmes qu'elle avait en stock. Moi, si j'avais pleuré deux heures, cela m'aurait complètement desséché.

À trois heures du matin, je décidai d'arrêter là la séance, parce que je commençais à me sentir fatigué. Parvenu à ce point, en tant que frère aîné, je me devais de dire quelque chose. Je ne suis pas très bon dans ce genre de rôle, mais je n'avais pas le choix.

– Écoute, je ne veux pas me mêler de ta vie, commençai-je, c'est ta vie à toi, tu peux vivre comme tu l'entends.

Elle hocha la tête.

– Mais si j'ai un conseil à te donner, il y a une chose que tu dois absolument éviter, c'est de mettre des préservatifs dans ton sac à main. On te prendrait pour une pute.

En entendant ça, elle avait saisi le carnet de téléphone posé sur la table et me l'avait lancé à la figure de toutes ses forces.

– Qui t'a permis de regarder dans mon sac ! hurla-t-elle.

Dès qu'elle était en colère, il fallait qu'elle lance quelque chose. Afin de ne pas l'énerver encore plus, je me gardai bien de lui dire qu'en fait je n'avais jamais fouillé dans son sac.

En tout cas, cela arrêta ses larmes, et moi je pus enfin aller me coucher.

Quand ma sœur eut terminé l'université et commencé à travailler dans une agence de voyages, nous ne changeâmes rien à ce mode de vie. Elle avait des horaires de travail réguliers, de neuf heures à cinq heures, et moi j'avais une vie de plus en plus déréglée. J'allais travailler aux alentours de midi, lisais le journal dans mon bureau, allais déjeuner, et commençais à travailler sérieusement aux environs de deux heures. Je prenais mes rendez-vous avec les agents publicitaires en fin d'après-midi, de façon à aller boire un verre après avec eux, et je rentrais tous les soirs à minuit passé.

Les vacances d'été de sa première année à l'agence de voyages, ma sœur partit en voyage organisé (avec une réduction sur les tarifs évidemment) sur la côte Ouest des États-Unis avec une amie ; là, elle devint assez intime avec un jeune ingénieur en informatique âgé d'un an de plus qu'elle, qui faisait partie du groupe. À son retour au Japon, elle continua à le voir souvent. Ça arrive fréquemment, ce genre d'histoires, mais pour moi c'était un vrai cauchemar. Je déteste les voyages organisés, et rien que l'idée de rencontrer quelqu'un dans des circonstances pareilles me fait vomir.

Pourtant, depuis qu'elle fréquentait ce jeune informaticien, ma sœur semblait plus gaie. Elle faisait le ménage et s'occupait sérieusement de sa garde-robe. Avant, elle était plutôt du genre chemise, jean délavé et tennis, en toutes circonstances. Avec ce nouveau souci d'élégance, le meuble à chaussures était maintenant rempli de chaussures à elle, et l'appartement plein de cintres en fil de fer du pressing. Elle lavait et repassait soigneusement ses vêtements (jusque-là, elle se contentait d'empiler des tas de linge sale dans la salle de bains), faisait la cuisine, la vaisselle et le ménage. Autant que je pouvais me le rappeler c'étaient des signes dangereux.

Quand une femme commence à avoir ce genre de symptômes, l'homme n'a plus qu'une alternative : fuir en vitesse ou se marier.

Ensuite, elle me montra deux photos de l'ingénieur en informatique. C'était bien la première fois qu'elle me montrait la photo d'un homme. Ça aussi c'était grave, comme symptôme.

La première photo avait été prise au Fisherman's Wharf à San Francisco. Ma sœur souriait largement, debout à côté de son informaticien, souriant également, devant un espadon.

– Super, l'espadon, dis-je.

– Arrête de plaisanter. Je suis sérieuse.

– Qu'est-ce que je dois dire alors ?

– Ne dis rien. C'est lui.

Je repris la photo en main et regardai le type. S'il existe un visage que je peux détester du premier coup d'œil, c'était le sien. En plus, il ressemblait comme deux gouttes d'eau à un type que je détestais, au club de sport du lycée. Exactement le même genre. Pas vilain, mais complètement creux, et de type obsessionnel. Avec en plus une mémoire d'éléphant, se rappelant pour toujours les choses les plus ennuyeuses. De la mémoire, pour suppléer au manque d'intelligence.

– Tu as couché combien de fois avec lui ?

– Ne dis pas de bêtises, dit-elle mais elle avait rougi. Arrête de juger le monde selon tes standards à toi. Tout le monde n'est pas comme toi, figure-toi.

La deuxième photo avait été prise au Japon. Cette fois l'informaticien était seul, appuyé à une grosse moto, vêtu d'une combinaison de cuir. Son casque était posé sur le siège. Il avait exactement la même expression que sur la photo de San Francisco. Il n'avait peut-être pas d'autre expression à son répertoire.

– Il aime les motos, dit ma sœur.

– Ça se voit, répondis-je. Je ne vois pas pourquoi quelqu'un qui n'aime pas les motos porterait une combinaison de cuir.

Si je l'avais dit, elle m'aurait encore taxé d'égoïste à l'esprit étroit, mais je n'aime pas les fous de moto. Trop frimeurs, prétentieux. Je gardai néanmoins cette opinion pour moi.

– Bon, dis-je.

– Quoi, bon ? fit-elle.

– Je veux dire bon, qu'est-ce que tout cela annonce ?

– Je n'en sais rien. On va peut-être se marier.

– Il t'a demandée en mariage ?

– Eh bien, euh, fit-elle, je ne lui ai pas encore donné de réponse.

– Pfff, fis-je.

– Pour être franche, je viens à peine dc trouver un emploi, et je voudrais vivre un peu toute seule, profiter de la vie, quoi. Pas de façon aussi radicale que toi, mais…

– Eh bien, ça me paraît très sain comme attitude, admis-je.

– Mais en même temps c'est quelqu'un de bien, je pense que ce serait une bonne idée de l'épouser. Tout ça dcmande réflexion.

J'examinai à nouveau les photos posées sur la table. Nous voilà bien, pensai-je.

Ça, c'était un peu avant Noël. Peu après le Nouvel An, ma mère téléphona un matin à neuf heures. J'étais en train de me brosser les dents en écoutant Bruce Springsteen chanter *Born in the USA*.

Ma mère me demanda si je connaissais le garçon que fréquentait ma sœur.

Je répondis que non.

Ma mère me dit que ma sœur avait écrit à la maison, en disant qu'elle voulait venir le leur présenter dans deux semaines.

– Elle doit vouloir l'épouser, dis-je.

– C'est pour ça que je te demande à quoi il ressemble, précisa ma mère. Je voudrais en savoir un peu plus sur lui avant de le rencontrer.

– Mais je ne l'ai jamais vu. Il a un an de plus qu'elle et il est ingénieur en informatique. Il travaille chez IBM ou un truc comme ça. Un nom en trois lettres. Ça peut être NEC ou NTT aussi. J'ai vu une photo de lui, il n'est pas mal. Pas mon genre, mais enfin ce n'est pas moi qui l'épouse.

– Quelle université a-t-il fait ? De quel genre de milieu est-il ?

– Je n'en sais rien, moi ! criai-je.

– Tu ne veux pas le rencontrer et lui poser quelques questions ?

– Ça non par exemple ! Je suis occupé, figure-toi. Tu n'as qu'à lui poser ces questions toi-même dans deux semaines.

Mais finalement, je rencontrai quand même l'ingénieur en informatique. Le dimanche suivant, il devait présenter officiellement ma sœur à ses parents, et elle voulait que je l'accompagne. Je ne pouvais pas refuser. Je mis une chemise blanche et une cravate, ma veste la plus discrète, et me rendis dans la famille de l'ingénieur, à Meguro. Une maison plutôt belle, au cœur d'un quartier de maisons traditionnelles. Devant le garage, il y avait la Honda 500 que j'avais vue sur la photo.

– Pas mal, cet espadon, dis-je.

– Écoute, s'il te plaît, évite tes blagues stupides, OK ? Juste aujourd'hui, d'accord ?

– D'accord.

Ses parents étaient fantastiques, des gens très convenables – même un peu trop convenables à mon goût. Son père était cadre supérieur dans une compagnie pétrolière. Comme notre père à nous possédait une chaîne de stations-service à Shizuoka, ce n'était pas une union si incohérente. Sa mère nous apporta du thé et des tasses sur un plateau très élégant.

Je les saluai comme il convient, tendis ma carte de visite au père, qui me donna aussi la sienne. En fait, mes parents auraient aimé venir eux-mêmes, malheureusement aujourd'hui ils avaient un empêchement, je les représentais donc, mais ils espéraient vivement pouvoir faire à leur tour leur connaissance un jour prochain, expliquai-je fort civilement.

– Nous avons beaucoup entendu parler de vous par notre fils, nous sommes si heureux de vous rencontrer enfin, mademoiselle. Vous êtes ravissante, notre fils ne vous mérite pas, vous venez d'une excellente famille, semble-t-il, et nous n'avons aucune objection à vos projets d'avenir, déclara le père de l'ingénieur.

J'imaginais qu'il avait déjà dû se renseigner. Ce qu'il ne pouvait pas savoir, c'est qu'elle avait eu ses règles à seize ans et qu'elle était affligée d'une constipation chronique.

Ces formalités officielles se terminèrent sans la moindre anicroche ; ensuite, le père me versa du cognac, un excellent cognac je dois dire, et nous nous mîmes à discuter de nos métiers respectifs. À intervalles réguliers, ma sœur me donnait discrètement un coup de pied dans les tibias du bout de sa pantoufle, pour me rappeler de ne pas trop boire.

Pendant ce temps l'informaticien resta assis tout raide à côté de son père, en silence, l'air tendu. On comprenait du premier coup d'œil que sous ce toit il était sous l'autorité paternelle et s'y pliait totalement. Je n'y croyais pas ! Il portait un pull aux motifs les plus étranges que j'aie jamais vus, et en dessous une chemise qui n'allait pas du tout avec. Pourquoi ne s'était-elle pas trouvé un type un peu plus raffiné que ça ?

La conversation retomba un peu aux alentours de quatre heures, et nous prîmes congé. L'ingénieur nous raccompagna jusqu'à la gare.

– Vous ne voulez pas aller boire un thé quelque part ? proposa-t-il en chemin.

Je n'avais aucune envie de boire un thé, et encore moins d'être assis dans un café à côté de ce type au pull bizarre, mais il aurait été impoli de refuser et nous entrâmes donc dans le café le plus proche.

Lui et ma sœur prirent un café, moi je commandai une bière mais comme il n'y en avait pas, je bus aussi du café.

– Merci beaucoup pour aujourd'hui, je suis content que vous soyez venu aussi, cela m'a aidé, me dit-il poliment.

– Non, c'est tout naturel, répondis-je calmement.

Je n'avais même plus la force de faire une blague.

– Elle m'a beaucoup parlé de son frère aîné, je vous considère aussi comme le mien maintenant, m'assura-t-il.

Frère aîné ? Je me grattai l'oreille du bout de ma cuillère puis la remis dans la soucoupe. Ma sœur me donna un coup de pied, mais l'ingénieur en informatique ne s'en aperçut absolument pas. Peut-être qu'on n'avait pas encore inventé de façon de plaisanter en langage binaire.

– Vous avez l'air de vous entendre tellement bien, je vous envie, dit-il.

– Nous nous donnons des coups de pied dans les tibias quand nous sommes contents, assurai-je.

L'ingénieur eut l'air de ne pas comprendre.

– Il plaisante, dit ma sœur d'un air las, il aime bien blaguer.

– Oui, je blaguais, renchéris-je. Nous partageons les tâches à la maison : elle fait le ménage, moi les plaisanteries.

En entendant cela, l'ingénieur – officiellement il s'appelait Noboru Watanabe – parut soulagé et se mit à rire.

– J'envie votre gaieté. Moi aussi j'aimerais une famille comme ça. La gaieté, il n'y a rien de tel.

– Tu entends, dis-je à ma sœur, La gaieté, il n'y a rien de tel. Laisse-toi aller un peu.

– Encore faut-il que les plaisanteries soient drôles, asséna-t-elle.

– Si possible, nous aimerions nous marier à l'automne, dit Noboru Watanabe.

– L'automne, c'est idéal pour les mariages, glissai-je. Vous pourrez inviter les ours et les écureuils.

L'informaticien se mit à rire, mais pas ma sœur. Elle commençait à être vraiment en colère. Je me levai en prétextant que j'avais à faire et les laissai.

Une fois rentré à la maison, j'appelai ma mère et lui fis un compte rendu de la journée.

– Il n'est pas mal, finalement, dis-je en me grattant l'oreille.

– Qu'est-ce que tu veux dire par « pas mal » ? demanda-t-elle.

– Je veux dire « sérieux », il est plus sérieux que moi.

– Mais toi tu n'es pas sérieux du tout !

– Merci, ça me fait plaisir, dis-je en regardant le plafond.

– Et il a fait quelle université ?

– Université ? Oh, écoute, tu n'as qu'à lui demander toi-même !

Et je raccrochai.

Puis je sortis une bière du réfrigérateur et la bus, avec un sentiment de lassitude.

*

Le lendemain de notre dispute au sujet des spaghettis, je me réveillai à huit heures et demie. Il faisait un temps magnifique comme la veille, sans un nuage. Ah, on dirait que ça va être la suite d'hier, pensai-je. La vie continuait après la mi-temps de la nuit.

Je jetai mes sous-vêtements et mon pyjama trempés de sueur dans le panier de linge sale, pris une douche, me rasai. Ce faisant, je pensais à cette fille d'hier que je n'avais pas pu avoir, il s'en était pourtant fallu d'un cheveu. Bah, tant pis. C'était un cas de force majeure, moi j'avais fait de mon mieux. J'aurais plein d'autres occasions. Peut-être que dimanche prochain, ça marcherait.

Je fis griller deux toasts dans la cuisine, réchauffai le café. Ensuite, je voulus écouter la radio, me rappelai à temps que la stéréo était en panne et laissai tomber l'idée. Je grignotai mes toasts en parcourant la page des livres dans mon quotidien. Cette rubrique ne présentait pas un seul ouvrage que j'eus envie de lire. Il y était question d'un roman sur « la vie sexuelle d'un vieux juif mêlant les fantasmes et la réalité », d'une étude historique du traitement de la schizophrénie, d'une étude complète de la catastrophe de la mine de cuivre Ashio au début du siècle, et le reste à l'avenant. Plutôt que de lire des livres pareils, je préférerais encore coucher avec une fille capitaine d'une équipe de basket-ball. Ce serait plus amusant. J'étais sûr que ce journal choisissait ses livres uniquement pour dégoûter ses lecteurs de les lire.

En reposant le journal sur la table après avoir mangé un de mes toasts croustillants, je m'aperçus qu'il y avait un petit message coincé sous le pot de confiture. Ma sœur, avec son écriture d'élève d'école primaire, m'annonçait qu'elle avait invité Noboru Watanabe à dîner ici dimanche prochain et qu'elle comptait sur moi aussi.

Je terminai mon déjeuner, époussetai les miettes de toast sur ma chemise, mis la vaisselle dans l'évier puis appelai ma sœur à l'agence de voyages où elle travaillait. Elle me répondit en ces termes : je suis très occupée, je ne peux pas te parler maintenant, je te rappelle dans dix minutes.

Le téléphone sonna vingt minutes plus tard. Pendant ce temps, j'avais fait quarante-trois pompes, m'étais coupé vingt ongles (en comptant ceux des mains et ceux des pieds), avais sélectionné une chemise, une cravate, une veste et un pantalon. Puis je m'étais brossé les dents, coiffé, et j'avais bâillé deux fois.

– Tu as lu mon message ? demanda ma sœur.

– Oui, et justement, je suis navré mais dimanche soir j'ai un rendez-vous prévu de longue date et je ne suis pas libre. Si tu m'avais prévenu un peu plus tôt, j'aurais pu me décommander mais là non, c'est dommage, vraiment.

– En voilà une excuse ! Ton rendez-vous, c'est encore avec une de ces filles dont tu ne te rappelles même pas le nom, pour l'emmener je ne sais où faire Dieu sait quoi, non ? dit-elle d'un ton glacial. Tu ne peux pas changer ton rendez-vous pour samedi ?

– Samedi, je dois passer la journée au studio à préparer une pub pour une couverture chauffante. Je suis pas mal occupé ces temps-ci.

– Tu n'as qu'à annuler ton rendez-vous alors.

– On va me demander des frais d'annulation, dis-je. J'en suis à une étape assez délicate avec cette fille, tu vois.

– Et moi, ce n'est pas délicat peut-être ?

– Ce n'est pas ce que je veux dire, dis-je en comparant la chemise et la cravate que j'avais posées sur le dos d'une chaise. Mais on n'avait pas passé un accord consistant à ne pas se mêler de nos vies privées respectives ? Toi tu dînes avec ton fiancé, et moi je sors avec ma petite amie, et ça va comme ça, non ?

– Non, ça ne va pas. Ça fait longtemps que tu ne l'as pas vu, non ? Tu l'as rencontré une seule fois, et ça fait quatre mois de ça. Ça ne se fait pas. Tu as eu plusieurs occasions de le voir et chaque fois tu t'es défilé. Tu ne trouves pas ça grossier de ta part ? C'est le fiancé de ta sœur, quand même. Dîner une fois avec lui, ce serait trop te demander ?

Ma sœur n'avait pas entièrement tort, aussi je me taisais. J'étais tout naturellement sur une pente me poussant à éviter toute occasion de revoir Noboru Watanabe. J'avais beau réfléchir, je ne voyais pas beaucoup de sujets de conversation communs avec lui, et je trouvais fatigant de faire des blagues avec traduction simultanée.

– S'il te plaît, juste une fois, sois gentil. Si tu viens dimanche, je te promets de ne pas me mêler de ta vie sexuelle jusqu'à la fin de l'été.

– Ma vie sexuelle est extrêmement fragile, je ne suis pas sûr qu'elle passe l'été.

– En tout cas, tu seras là dimanche, hein ?

– Si je ne peux pas faire autrement, dis-je, résigné.

– Je crois qu'il va nous réparer la chaîne. Il est très doué pour ce genre de choses.

– Il est habile de ses mains, c'est ça ?

– Tu as vraiment l'esprit mal tourné ! lança ma sœur avant de raccrocher.

Je mis ma chemise et ma cravate et partis au bureau.

Il fit beau toute la semaine. Chaque jour semblait être la continuation du précédent. Le mercredi soir, je téléphonai à ma petite amie pour lui dire que j'avais beaucoup de travail et ne pourrais sans doute pas la voir ce week-end. Cela faisait trois semaines que je ne l'avais pas vue, et naturellement elle était de mauvaise humeur. Dans la foulée, je composai le numéro de la fille de dimanche dernier. Elle n'était pas là. Elle n'était pas là non plus le jeudi, ni le vendredi.

Le dimanche matin, je fus réveillé par ma sœur qui me secouait.

– Je dois laver les drap, alors ne reste pas au lit toute la matinée, fit-elle, puis elle arracha les draps de lit et la taie d'oreiller et me fit enlever mon pyjama.

Comme je n'avais nulle part où aller, je me réfugiai sous la douche, me rasai. Elle ressemble de plus en plus à Maman, me dis-je, les femmes sont vraiment comme les saumons : quoi qu'il arrive, elles finissent toutes par remonter le courant jusqu'au même point.

En sortant de la salle de bains, j'enfilai un short et un tee-shirt aux lettres délavées puis bus un jus d'orange en bâillant interminablement. Il me restait un peu d'alcool de la veille dans le sang. Je n'eus même pas le courage d'ouvrir le journal. Il y avait un paquet de crackers sur la table et j'en grignotai deux ou trois en guise de petit déjeuner.

Ma sœur avait fourré les draps dans la machine à laver, et pendant que celle-ci tournait, elle nettoya ma chambre et la sienne. Ensuite elle se mit à passer une serpillière, avec du produit nettoyant dessus, sur le sol et les murs du salon et de la cuisine. J'étais allongé sur le canapé du salon et je regardais des photos de nus dans *Hustler*, un magazine envoyé par un ami vivant aux États-Unis qui avait échappé à la censure des douanes. Quand je pense qu'il y a un seul mot pour dire « sexe de femme » alors qu'il y a tant de variétés, de formes et de tailles ! C'est aussi varié que la taille ou le quotient intellectuel.

– Dis donc, si tu allais faire les courses au lieu de traînasser ? dit ma sœur en me tendant un papier tout griffonné de partout. Et puis ne laisse pas traîner ce genre de lecture s'il te plaît. C'est quelqu'un de convenable, *lui*.

Je reposai *Hustler* sur la table et regardai fixement la liste des courses. Tomates, laitue, céleri, vinaigrette, saumon fumé, moutarde, oignons, bouillon Kub, pommes de terre, persil, trois steaks…

– Des steaks ? dis-je. J'en ai mangé hier. Je n'aime pas les steaks, je préférerai des croquettes.

– Tu as peut-être mangé du steak hier, et alors ? Pas nous. Arrête de te montrer égoïste comme ça. On n'invite pas exprès quelqu'un à dîner pour lui servir des croquettes de pommes de terre, non ?

– Moi, si une fille m'invitait chez elle et me faisait des croquettes, je trouverais ça touchant. Des croquettes avec un petits tas de salade de chou finement émincé à côté, et une soupe de *miso* aux coques en accompagnement… Ça c'est la vie !

– En tout cas, aujourd'hui ce sera des steaks, point final. La prochaine fois je te ferai des croquettes à t'en faire éclater la panse, alors aujourd'hui patiente gentiment sans faire de caprices et mange ton steak, s'il te plaît.

– D'accord, d'accord, dis-je avec emphase. Tu sais, je parle beaucoup, mais finalement je suis plutôt du genre gentil et compréhensif.

J'allai au supermarché voisin, achetai tout ce qu'il y avait sur la liste, passai chez le marchand de vins où je fis l'acquisition d'une bouteille de Chablis à quatre mille cinq cents yens, mon petit présent personnel pour les jeunes fiancés. Quelle charmante attention de ma part, tout de même.

À mon retour, je trouvai bien pliés sur mon lit un polo Ralph Lauren bleu et un pantalon de coton beige impeccablement lavé et repassé.

– Change-toi, fit ma sœur.

Et allez donc, pensai-je. Mais je me changeai sans rien dire. J'aurais eu beau protester, ça ne m'aurait pas rendu mon bon vieux dimanche paisible, crasseux et plein de chaleur.

Noboru Watanabe arriva à trois heures. En moto, naturellement, avec le zéphyr. Je reconnus à au moins cinq cents mètres le bruit funeste de sa Honda 500 centimètres cubes. Je passai la tête par-dessus le balcon et le vis se garer à côté de l'entrée de notre immeuble, enlever son casque. Dieu merci, à part son casque avec un autocollant marqué STP dessus, aujourd'hui il était presque habillé normalement. Une chemise à carreaux trop amidonnée, un pantalon blanc large, des mocassins bruns à boucle. Sa ceinture et ses chaussures n'étaient pas coordonnées mais passons.

– Voilà ton ami du Fisherman's Warf, dis-je à ma sœur, occupée à peler des pommes de terre dans l'évier de la cuisine.

– Ah, tu veux bien t'occuper de lui ? Il faut que je prépare le dîner.

– Ça ne me dit trop rien. Je ne sais pas de quoi lui

parler. Moi, je prépare le dîner, et toi, tu lui fais la conversation.

– Ne dis pas de bêtises. Ça ne se fait pas, voyons. C'est toi qui parles avec lui.

La sonnette retentit, j'ouvris la porte : là, devant moi, se tenait Noboru Watanabe en personne. Je le fis entrer dans la salle à manger. Il avait apporté un assortiment de glaces de chez Thirty One Ice Cream, mais comme le congélateur était petit et en plus plein de surgelés, j'eus le plus grand mal à leur trouver une place. De quoi il se mêlait, ce Noboru Watanabe ? Pourquoi, entre tout, avait-il choisi de nous apporter des glaces ?

Je lui demandai s'il voulait une bière. Il n'en voulait pas.

– Je ne supporte pas l'alcool, dit-il. Je me sens mal même après un verre de bière.

– Moi, quand j'étais étudiant, j'ai parié un jour avec des amis que je boirais une bassine entière de bière.

– Et qu'est-ce que ça a donné ? demanda Noboru Watanabe.

– Pendant deux jours, j'ai pissé de la bière. Et en plus, j'avais de ces rots, c'était…

– Dis donc, si tu montrais tout de suite la stéréo à Noboru ? dit ma sœur en posant deux verres de jus d'orange sur la table, comme si elle craignait que la conversation ne s'égare.

– Volontiers, dit-il.

– Il paraît que tu es habile de tes mains ?

– Tout à fait, répondit-il hardiment. J'ai toujours aimé monter des modèles miniatures ou des radios. C'était moi qui réparais tout à la maison. Qu'est-ce qu'elle a cette chaîne ?

– Il n'y a pas de son, dis-je.

Je mis la stéréo sur *ON* et posai un disque sur le plateau pour lui faire la démonstration.

Assis devant la chaîne comme une mangouste devant un serpent, il essaya tous les boutons.

– Ça vient de l'ampli. Mais ce n'est pas intérieur.

– À quoi tu le vois ?

– La méthode inductive, dit-il.

Méthode inductive, tu parles !

Il enleva la prise électrique de l'ampli, défit tous les fils de connexion électrique, les examina soigneusement un par un. Pendant ce temps, j'avais sorti une boîte de Budweiser du réfrigérateur et la buvais tout seul.

– Ça doit être agréable de boire de l'alcool, dit-il en farfouillant dans la prise avec un tournevis électrique.

– Je ne sais pas, ça fait tellement longtemps que je bois que je ne peux pas en parler. Je n'ai pas de comparaison.

– Moi aussi, je m'entraîne un peu.

– Tu t'entraînes à boire de l'alcool ?

– Oui. Ça paraît bizarre ?

– Pas du tout. Tu peux commencer avec un peu de vin blanc. Tu mets du vin blanc et des glaçons dans un grand verre, tu coupes avec du Perrier et une tranche de citron. Moi c'est ce que je bois à la place du jus de fruit.

– J'essaierai, dit-il. Ah, voilà, c'est bien ce que je pensais.

– Quoi ?

– C'est le fil de connexion de l'ampli. Les deux fiches sont enlevées à droite et à gauche. Cette prise a une structure assez faible, il y a du jeu. Ce n'est pas de la très bonne qualité. Vous n'avez pas déplacé cet ampli récemment ?

– Si, je crois que je l'ai bougé l'autre jour en faisant le ménage, dit ma sœur.

– C'est sûrement ça.

– Dis donc, c'est du matériel qui vient de ta boîte ça, me dit ma sœur. Ce n'est pas bien de mettre des prises aussi peu solides.

– Ce n'est pas moi qui les fabrique, hein. Moi je fais la pub, c'est tout, dis-je faiblement.

– C'est facile à réparer avec un fer à souder, fit Noboru Watanabe. Vous en avez un ici ?

– Non, répondis-je.

Pourquoi aurais-je un truc pareil chez moi ?

– Bon, alors je prends ma moto et je vais en acheter un tout de suite. C'est pratique d'en avoir un chez soi.

– Oui, dis-je d'une voix sans force. Mais où y a-t-il une quincaillerie dans le coin ?

– Je suis passé devant tout à l'heure, dit Noboru Watanabe.

Je passai à nouveau la tête par-dessus le balcon pour le regarder enfiler son casque, enfourcher sa moto et s'éloigner.

– Il est gentil, non ? dit ma sœur.

– Attendrissant, répondis-je.

*

La réparation de la prise s'acheva à cinq heures. Il dit qu'il aimerait écouter de la musique de variété, et ma sœur mit un disque de Julio Iglesias. *Julio Iglesias !* Depuis quand avait-on de la soupe pareille à la maison ?

– Quel genre de musique aimes-tu ? me demanda Noboru Watanabe.

– J'adore ce genre de trucs, dis-je, désespéré. Et aussi Bruce Springsteen, Jeff Beck, les Doors.

– Jamais entendu parler. Ça ressemble à Julio Iglesias ?

– On peut dire ça, en gros.

Ensuite il nous parla du nouveau système informatique que son équipe était en train de mettre au point. C'était un système qui, en cas d'accident de train, programmait instantanément un diagramme permettant au train de retourner à la gare de dépôt avec l'efficacité maximale, et ça avait effectivement l'air très pratique, mais pour moi c'était à peu près aussi compréhensible que la conjugaison des verbes en finnois. Pendant qu'il nous expliquait tout cela avec passion, je pensais, en hochant la tête aux moments opportuns, aux filles avec qui je passerais mon prochain jour de congé, dans quel bar on irait, dans quel restaurant, ce qu'on ferait ensuite. Je devais aimer ce genre de choses de naissance. Il y en a qui aiment les modèles miniatures et les diagrammes ferroviaires, moi, j'aimais aller dans des bars avec des filles et coucher avec elles ensuite, ça ne se commande pas, ça tient à une fatalité qui dépasse notre portée de compréhension.

J'en étais à ma quatrième bière quand le repas fut enfin prêt. Au menu, il y avait du saumon fumé sauce vichyssoise, des steaks, de la salade et des pommes de terre sautées. Les talents culinaires de ma sœur n'étaient plus à prouver. J'ouvris la bouteille de Chablis et la bus tout seul.

– Pourquoi as-tu choisi de faire carrière chez un fabricant de matériel électrique ? En parlant avec toi, j'ai eu l'impression que tu n'aimais pas tellement l'électricité, dit Noboru Watanabe en découpant son steak.

– En gros, tu vois, il ne s'intéresse à rien de ce qui est utile à la société, intervint ma sœur. C'est pour ça qu'il a pris le premier poste qu'il a trouvé, son travail, ça lui est bien égal. Il est juste entré là-dedans parce qu'il avait eu un piston, c'est tout.

– Je confirme, affirmai-je haut et fort.

– Tout ce qu'il a en tête, c'est de s'amuser. Penser à quelque chose sérieusement, ou essayer de s'améliorer, c'est zéro pour lui.

– Une vraie cigale un jour d'été, dis-je.

– Et ce qui l'amuse le plus, c'est de mépriser les gens qui prennent la vie au sérieux.

– Alors là je m'insurge ! intervins-je. Les autres, ce n'est pas mon problème. Je brûle mes calories en accord avec ma propre philosophie, c'est tout. Ce que font les autres ne me concerne pas. Je ne les méprise pas. Je suis peut-être complètement nul, mais en tout cas, je ne fais de tort à personne, je ne me mêle pas des affaires des autres.

– Tu n'es pas nul du tout, dit Noboru Watanabe presque machinalement.

Il était bien élevé, sans doute.

– Merci, fis-je en levant mon verre. Je bois à la santé des fiancés. Désolé de boire tout seul.

– Nous envisageons le mois d'octobre pour la cérémonie, précisa Noboru Watanabe. Trop tard pour inviter les ours et les écureuils, mais…

– Ce n'est pas grave, dis-je. (Allons bon, voilà qu'il faisait des plaisanteries maintenant !) Et où irez-vous en voyage de noces ? Vous aurez sûrement une réduction ?

– Hawaï, répondit succinctement ma sœur.

Ensuite nous parlâmes aviation. Je venais justement de lire un livre sur la tragédie de la catastrophe aérienne dans les Andes, et j'en profitai pour en parler.

– Pour pouvoir manger leurs copains, ils faisaient cuire la viande au soleil sur des débris d'avion en aluminium.

– Dis donc, tu es vraiment obligé de raconter ces histoires de mauvais goût pendant le repas ? dit ma sœur en posant sa fourchette et en me regardant fixement. C'est de ça que tu parles à table avec les filles que tu dragues ?

– Tu n'as jamais songé à te marier ? intervint Noboru Watanabe.

On aurait dit un invité essayant de rétablir l'ambiance chez un couple qui se dispute.

– Je n'ai pas eu l'occasion, dis-je en mettant une frite dans ma bouche. Je devais m'occuper de ma petite sœur, et puis il y eut ces longues années de guerre, et puis…

– De guerre ? répéta Noboru Watanabe d'un air surpris. Quelle guerre ?

– C'est une de ses blagues idiotes, dit ma sœur en versant la vinaigrette sur la salade.

– Oui, c'est une blague idiote, répétai-je, mais c'est vrai que je n'ai jamais eu l'occasion de me marier. J'ai l'esprit étroit, et en plus je ne lave pas mes chaussettes, alors je n'ai pas eu la chance de rencontrer une gentille et jolie fille qui accepte de partager ma vie. Pas comme toi.

– Quel était exactement le problème avec tes chaussettes ? demanda Noboru Watanabe.

– Ça aussi c'est une blague, expliqua ma sœur d'un ton las. Ses chaussettes, c'est moi qui les lui lave tous les jours.

Noboru Watanabe hocha la tête et sourit pendant environ une seconde. Je me promis de le faire sourire trois secondes la prochaine fois.

– Mais elle, elle a bien partagé ta vie, non ? dit-il en désignant ma sœur.

– Normal, c'est ma sœur.

– C'est parce que tu faisais tout ce que tu voulais et que moi je ne disais rien, affirma ma sœur. Mais ça, ce n'est pas la *vraie* vie. La *vraie* vie *adulte*. Une vraie vie, c'est une confrontation permanente entre deux personnes. Ça n'empêche pas que j'ai apprécié ces cinq années de vie commune avec toi. C'était la liberté, la facilité. Mais depuis quelque temps, je me rends compte que ce n'est pas ça, la vraie vie. Comment dire, je n'ai pas le sentiment de vivre réellement. Tu ne penses qu'à toi, tout le temps, et dès que quelqu'un essaie d'avoir une conversation sérieuse avec toi, tu le tournes en dérision.

– C'est seulement par timidité.

– Non, c'est de l'arrogance.

– Je suis un timide arrogant, expliquai-je à Noboru Watanabe en me servant un autre verre de vin, et je ramène les trains au dépôt après les accidents avec une arrogante timidité.

– Il me semble que je comprends ce que tu veux dire, dit Noboru Watanabe en hochant la tête. Mais une fois que tu seras seul, je veux dire, quand nous serons mariés, tu auras peut-être envie de te marier toi aussi, non ?

– Peut-être.

– Vraiment ? fit ma sœur. Si tu penses vraiment ça, je pourrais te présenter une amie à moi, une fille vraiment bien.

– On verra à ce moment-là. Pour l'instant, c'est trop risqué.

*

Après le dîner, nous passâmes au salon pour boire le café. Ma sœur avait mis un disque de Willie Nelson, cette fois. Heureusement, c'était un tout petit peu mieux que Julio Iglesias.

– À vrai dire, moi aussi, je pensais rester célibataire jusqu'à trente ans à peu près, me confia Noboru Watanabe pendant que ma sœur faisait la vaisselle dans la cuisine. Mais quand je l'ai rencontrée, j'ai vraiment eu envie de me marier.

– C'est une fille bien, dis-je. Un peu trop têtue, et constipée aussi, mais tu ne peux pas te tromper en la choisissant.

– Pourtant le mariage me fait un peu peur.

– Si tu regardes seulement les aspects positifs, tu n'as pas à avoir peur. S'il se passe quelque chose de négatif, il faut y réfléchir à nouveau à ce moment-là.

– Tu as peut-être raison.

– C'est toujours facile de conseiller les autres, dis-je.

Puis j'allai voir ma sœur dans la cuisine et lui annonçai que je sortais faire un tour.

– Je ne rentrerai pas avant au moins dix heures, alors prenez votre temps tous les deux. Tu as changé les draps, non ?

– Ce que tu as l'esprit mal tourné ! rétorqua-t-elle d'un ton résigné, mais elle n'essaya pas de me retenir.

Je retournai voir Noboru Watanabe, lui dis que j'avais à faire dans le voisinage et rentrerais peut-être tard.

– J'ai été content de discuter un peu avec toi, c'était très agréable, dit Noboru Watanabe. J'espère que tu viendras souvent nous voir quand nous serons mariés.

– Merci, dis-je, mettant temporairement un frein à mon imagination.

– Tu ne prends pas ta voiture au moins ? Avec tout ce que tu as bu aujourd'hui ! lança ma sœur au moment où je sortais.

– Non, je vais marcher.

Il était près de huit heures lorsque j'entrai dans un bar du quartier. Je m'installai au comptoir et commandai un J. W. Harper *on the rocks*. À la télé, il y avait un match de base-ball Giants contre Yakourte. Mais le son était coupé, et on entendait un disque de Cindy Lauper. Les lanceurs étaient Nishimototo et Obana, et les Yakourte gagnaient à trois contre deux. Ce n'était pas mal, la télé sans le son.

Je bus trois whiskies en regardant le match. À neuf heures, le match se termina à égalité, trois contre trois, et quelqu'un éteignit la télé. Il y avait là une fille d'une vingtaine d'années, séparée de moi par un tabouret vide, qui avait regardé le match aussi, et je me mis à parler base-ball avec elle. C'était une fan des Giants, et elle me demanda pour quelle équipe j'étais.

– Aucune, répondis-je. Ce que j'aime c'est regarder le match, c'est tout.

– Mais qu'est-ce que ça a d'amusant, si vous ne pouvez pas vous enthousiasmer pour une équipe ou une autre ?

– Pas besoin de s'enthousiasmer pour ce que font les autres.

Je bus encore deux whiskies et je lui offris deux daiquiris. Elle avait fait les Beaux-Arts, était spécialisée en design commercial, et nous parlâmes de l'art dans la publicité. À dix heures, nous quittâmes le bar pour un autre établissement avec des sièges plus confortables. Là je bus encore un whisky et elle un *grasshopper*. Elle était pas mal soûle, et moi aussi, évidemment. À onze heures, je la raccompagnai chez elle, elle m'invita à entrer, et nous fîmes l'amour, comme si c'était tout naturel. C'était comme d'offrir un coussin et une tasse de thé à un invité.

– Éteins la lumière, dit-elle, et je l'éteignis.

De la fenêtre, on voyait un grand panneau publicitaire Nikon, et on entendait la télé de l'appartement voisin, c'était les nouvelles sportives, on parlait du match de base-ball. Il faisait noir, j'étais pas mal soûl, si bien que je ne savais pas très bien moi-même ce que je faisais. On ne pouvait pas vraiment appeler ça du sexe. J'agitai un peu mon pénis et j'éjaculai, c'est tout.

Dès que cet acte convenablement abrégé fut achevé, elle s'endormit comme une masse, comme si elle n'avait attendu que ça, moi je me rhabillai sans même penser à m'essuyer et sortis. Ce ne fut pas une mince affaire de retrouver mon slip, mon pantalon et mon polo dans le noir au milieu d'un tas de vêtements de fille.

En sortant, l'ivresse me traversa violemment, comme un camion de transport traversant l'obscurité de la nuit. C'était une sensation horrible. Mon corps grinçait comme l'homme en fer-blanc dans *Le Magicien d'Oz*. Je bus un jus de fruit acheté dans un distributeur automatique pour faire passer mon ivresse, mais dès que je l'eus terminé, je me mis à vomir tout le contenu de mon estomac sur le trottoir. Des résidus de steak, le saumon fumé, la laitue et les tomates.

Allons bon ! Cela faisait combien d'années que je n'avais pas été soûl à en vomir ? Qu'est-ce que j'avais ces temps-ci ? Mon comportement était une incessante répétition, mais il semblait que ça empirait à chaque répétition.

Ensuite, sans transition, je me mis à penser à Noboru Watanabe et au fer à souder qu'il m'avait acheté.

« C'est pratique d'en avoir un chez soi », avait-il dit.

Quelle idée pleine de bon sens, pensai-je en m'essuyant la bouche. Grâce à toi, mon vieux, j'ai un fer à souder à la maison maintenant. Mais du coup, j'ai l'impression de ne plus être chez moi, justement.

C'était sans doute parce que j'étais étroit d'esprit.

*

Quand j'arrivai à la maison, il était minuit passé. Évidemment, la moto n'était plus près de l'entrée. Je pris l'ascenseur jusqu'au troisième, ouvris la porte et entrai. Il y avait un petit tube de néon allumé au-dessus de l'évier de la cuisine, sinon tout était éteint. Sans doute qu'elle en avait eu assez de mon attitude et était allée se coucher. Je la comprenais.

Je me versai un verre de jus d'orange, le bus d'un coup, pris une douche pour enlever la désagréable odeur de sueur qui me collait à la peau, me brossai les dents. Je me regardai dans la glace en sortant de la salle de bains et me trouvai affreux à faire peur, même à moi. La même tête que les ivrognes quadragénaires que je croisais de temps en temps dans le dernier métro. Sale, la peau rêche, les yeux caves, le cheveu terne.

Je secouai la tête, éteignis la lumière de la salle de bains, me mis une serviette autour de la taille et retournai à la cuisine où je bus de l'eau au robinet. Allez, ça ira mieux demain. Et si ça ne va pas, j'y repenserai demain. *« Obladi oblada, life goes on… »* Allez, la vie continue.

– Tu es rentré tard, fit la voix de ma sœur dans le noir.

Elle était assise sur le canapé du salon et buvait une bière.

– J'ai bu quelques verres.

– Tu bois trop.

– Je sais, dis-je, puis je pris une bière dans le réfrigérateur et m'assis en face d'elle.

Nous restâmes silencieux un moment, inclinant de temps en temps nos boîtes de bière vers nos lèvres. Le vent agitait les feuilles dans les jardinières posées sur le balcon, et au-delà on apercevait la lune à son demi-quartier.

– Je te le dis comme ça, mais on ne l'a pas fait, dit ma sœur.

– Pas fait *quoi* ?

– Tout. Quelque chose me gênait, j'ai pas pu.

– Heiiin ?

Les nuits de demi-lune, je perds la faculté de parler.

– Tu ne me demandes pas ce qui me gênait ? dit ma sœur.

– Qu'est-ce qui te gênait ?

– Cet appartement, voilà ce qui me gênait. Non, ici, je ne peux pas, vraiment.

– Hmm.

– Qu'est-ce qui t'arrive ? Tu ne te sens pas bien ?

– Je suis fatigué. Même à moi, ça m'arrive.

Ma sœur m'observait en silence dans l'obscurité. Après avoir avalé ma dernière goutte de bière, j'appuyai ma nuque sur le dossier et fermai les yeux.

– Dis donc, c'est à cause de moi que tu es fatigué ?

– Mais non, répondis-je, les yeux toujours fermés.

– Tu es trop fatigué pour parler ? demanda-t-elle d'une petite voix.

Je me redressai et la regardai. Puis je secouai la tête.

– Dis, est-ce que je t'ai dit des choses affreuses aujourd'hui ? À propos de toi, ou de ta vie ?…

– Non, répondis-je.

– Vraiment ?

– Tu n'as dit que des choses justes. Alors tu n'as pas à t'en faire. Mais pourquoi tu te dis ça tout d'un coup ?

– Depuis le départ de Noboru, je suis restée là à t'attendre, et tout d'un coup j'ai pensé à ça. Je me demandais si je n'en avais pas un peu trop dit.

Je sortis deux bières du frigo, allumai la chaîne stéréo et mis, pas très fort, le Richie Beirarch Trio. C'est un disque que je mets toujours quand je rentre soûl au milieu de la nuit.

– Je suis un peu confus, c'est sûr, dis-je. Par rapport à une sorte de changement dans ma vie. C'est comme un changement de pression atmosphérique. Et puis j'ai quelques bonnes raisons d'être dans une confusion totale.

Elle hocha la tête.

– J'ai été dure avec toi ?

– Tout le monde est dur avec tout le monde. Mais si tu as été dure avec moi volontairement, tu as bien choisi ta cible, alors ne t'inquiète pas.

– De temps en temps, j'ai horriblement peur de l'avenir, dit-elle.

– Regarde les aspects positifs, pense aux bons côtés. S'il se passe quelque chose de négatif, il faut y réfléchir à nouveau à ce moment-là.

Je lui sortais la même réplique qu'à Noboru Watanabe.

– Mais est-ce que ça marchera si bien que ça ?

– Si ça ne marche pas, tu y réfléchiras à ce moment-là.

Elle gloussa de rire.

– Tu as toujours été bizarre.

– Dis, je peux te poser une question ? demandai-je en ouvrant une autre boîte de bière.

– Vas-y.

– Avant lui, tu as couché avec combien de types ?

Elle hésita un peu puis montra deux doigts.

– L'un était du même âge que toi, l'autre plus vieux, c'est ça ?

– Comment tu le sais ?

– C'est toujours comme ça, dis-je en avalant une gorgée de bière. Je n'ai pas dragué autant de filles pour rien, ça m'a appris des choses.

– Je suis dans la norme, alors ?

– Disons que tu es saine.

– Et toi, tu as couché avec combien de filles ?

– Vingt-six. J'ai essayé de les compter l'autre jour. Je m'en rappelle vingt-six. Il y en a peut-être encore une dizaine dont je ne me rappelle pas. Je ne tiens pas de journal intime.

– Pourquoi couches-tu avec autant de filles ?

– Je n'en sais rien, répondis-je sincèrement. Il faudrait que je m'arrête un jour, mais je n'en ai pas encore eu l'occasion.

Nous restâmes silencieux un moment, réfléchissant chacun de notre côté. J'entendis un bruit de pot d'échappement de moto au loin. Mais ça ne pouvait pas être Noboru Watanabe. Pas à une heure du matin.

– Dis donc, comment tu le trouves ? demanda ma sœur.

– Noboru Watanabe ?

– Oui.

– Il est pas mal. Ce n'est pas mon genre, et il a un drôle de goût vestimentaire, répondis-je sincèrement après avoir réfléchi un instant. Mais c'est bien d'avoir au moins un type comme ça dans une famille.

– Je trouve aussi. Tu vois, toi, je t'aime bien, mais si tous les hommes étaient comme toi, le monde deviendrait sans doute un endroit invivable, non ?

– Peut-être.

Nous bûmes le reste de nos bières puis regagnâmes chacun notre chambre. Les draps étaient frais et propres, sans un pli. Je m'allongeai dessus et regardai la lune entre les rideaux. Je me demandais où on allait. Mais j'étais trop fatigué pour y réfléchir profondément. Je fermai les yeux, et le filet sombre et silencieux du sommeil se referma sur moi.

La fenêtre

Ce 1er mars,

Chère ...,

J'espère que vous allez bien.

La température s'adoucit de jour en jour, les rayons du soleil se font enfin printaniers.

Grand merci pour votre lettre, reçue avec joie l'autre jour. J'ai beaucoup aimé le passage sur le rapport entre le steak et la noix muscade, on sent là tout l'arôme de la vie. J'ai eu l'impression d'avoir sous les yeux une cuisine avec ses parfums chaleureux, d'entendre le bruit du couteau hachant les oignons. Un seul passage comme celui-ci suffit à rendre une lettre vivante. La lecture de la vôtre a suscité en moi une irrésistible envie de manger un steak, et le soir même je suis allé en commander un dans un restaurant du voisinage. En fait, ce restaurant proposait huit sortes différentes de hamburgers. À la texane, à la californienne, à l'hawaïenne, à la japonaise, etc. « À la texane » désignait un steak particulièrement énorme, sans plus. Gageons que les Texans seraient fort étonnés d'entendre ça. « À l'hawaïenne » signifie garni d'une tranche d'ananas. « À la californienne », je ne sais plus. Quant au hamburger « à la japonaise », il était recouvert de radis noir râpé. L'endroit était décoré avec élégance, les serveuses, toutes plutôt mignonnes, portaient des minijupes.

Cependant je n'étais pas venu dans cet établissement pour en étudier la décoration intérieure, ni pour regarder les jambes des serveuses. Non, j'étais venu manger un steak, un bon steak tout simple, pas « à la ceci » ou « à la cela ».

C'est d'ailleurs ce que je m'empressai de dire à la serveuse. « Je veux juste un hamburger normal. – Désolée, monsieur, mais ici nous n'avons que des hamburgers à la ceci ou à la cela. »

Évidemment je n'avais aucune raison de lui faire des reproches. Ce n'était pas elle qui rédigeait les menus, et ce n'était pas par plaisir qu'elle portait un uniforme qui dévoilait le haut de ses cuisses chaque fois qu'elle débarrassait une table. Aussi commandai-je un hamburger à la hawaïenne en lui faisant un grand sourire. Vous n'aurez qu'à enlever la tranche d'ananas, me conseilla-t-elle aimablement.

On vit vraiment dans un drôle de monde. Tout ce que je veux, c'est un bon steak ordinaire, mais par moments un désir aussi simple devient impossible à réaliser sinon sous la forme d'un steak à la hawaïenne sans ananas.

À propos, le vôtre, il était normal, non ? Lire votre lettre m'a donné envie de manger un hamburger tout ce qu'il y a de plus ordinaire.

En comparaison, le passage sur les distributeurs automatiques de billets de chemin de fer me paraît un peu superficiel. Votre vision des choses est intéressante, mais la scène manque de vie pour le lecteur. N'essayez pas d'analyser trop finement, écrire, finalement, c'est se contenter de ce qui est.

Je vous attribue pour cette nouvelle lettre une note globale de 70. Votre style s'améliore peu à peu. Soyez persévérante, et ne vous impatientez pas. Je me réjouis à l'avance de recevoir votre prochain courrier. J'espère que le printemps ne tardera plus.

P.-S. : Merci beaucoup pour la boîte de gâteaux. Ils étaient délicieux. Cependant la règle de notre société interdisant les envois personnels en dehors des lettres, je vous saurai gré d'éviter désormais ce genre d'aimables attentions.

Merci tout de même.

*

Je gardai ce job pendant un an. J'avais vingt-deux ans à l'époque.

Lié par contrat à une absurde petite société du nom de Pen Society située à Iidabashi, j'étais payé deux mille yens par lettre, et j'en recevais une trentaine par mois. Celle que vous venez de lire est un bon exemple de la façon dont je répondais.

« Vous aussi, vous pouvez écrire des lettres captivantes », telle était la devise de la société. Moyennant un abonnement mensuel, les nouveaux adhérents pouvaient envoyer quatre lettres par mois à Pen Society, et nous, les correcteurs chevronnés, ou *pen master*, étions chargés de renvoyer des corrections assorties de réflexions et de conseils divers, comme ceux de la lettre citée plus haut. J'étais étudiant en littérature, et c'est après avoir lu une petite annonce de recrutement sur un panneau de la fac que je m'étais présenté à un entretien d'embauche. Pour différentes raisons, je venais de décider de prendre une année sabbatique dans mes études universitaires. Mes parents m'avaient informé qu'en conséquence ils diminueraient dès l'année suivante le montant de l'aide qu'ils m'envoyaient. Brusquement, je me trouvais confronté au problème crucial de gagner ma vie. J'eus donc une entrevue avec mes futurs employeurs, on me fit rédiger quelques phrases, et une semaine plus tard, j'étais embauché. Ensuite, pendant une semaine, des entraîneurs me formèrent aux différentes techniques de correction, de conseils à nos adhérents, et à diverses choses, pas particulièrement difficiles d'ailleurs.

Les adhérents femmes se voyaient attribuer un *pen master* homme et vice versa. J'étais responsable de vingt-quatre membres de la Pen Society, dont l'âge variait entre quatorze et cinquante-trois ans, mais en moyenne ces femmes avaient entre vingt-cinq et trente-cinq ans. C'est-à-dire que la majorité étaient plus âgées que moi. Le premier mois, je nageai dans la plus totale confusion. En effet, la plupart de mes clientes, déjà rompues à l'art épistolaire, écrivaient bien mieux que moi. De mon côté, je n'avais encore pratiquement jamais écrit de lettre digne de ce nom de ma vie. Ce mois d'essai s'écoula tant bien que mal, non sans sueurs froides de ma part, car j'étais persuadé que les adhérentes qui m'étaient confiées n'allaient pas tarder à exiger un autre *pen master*, ce qui était leur droit le plus absolu d'après les statuts de la Pen Society.

Pourtant, à l'issue de ce premier mois, pas une voix ne s'était élevée pour manifester une quelconque insatisfaction quant à mes talents épistolaires. Au contraire, ainsi que je l'appris de mes collègues, ma cote de faveur était au plus haut. Au bout des trois mois suivants, je commençais à me persuader que le style des adhérentes s'améliorait grâce à mes conseils. C'était étrange. Elles semblaient me faire profondément confiance en tant que « professeur ». Lorsque je m'en rendis compte, cela m'encouragea à développer plus longuement et avec davantage de facilité mes critiques de style.

Cela me semble évident quand j'y repense aujourd'hui, mais en fait toutes ces femmes se sentaient très seules. Tout ce qu'elles voulaient au fond, c'était écrire à quelqu'un. Et qui plus est – à l'époque, je n'arrivais pas à croire pareille chose possible – elles ne trouvaient personne à qui s'adresser. Les lettres d'admiration à un animateur de radio, ce n'était pas leur genre. Ce qu'elles voulaient, c'était une relation personnelle. Serait-ce sous forme de corrections et de critiques.

Je passai donc ainsi le début de ma vingtaine, évoluant comme une otarie unijambiste au milieu de ce harem de lettres chaleureuses.

Les membres de la société m'envoyaient des lettres vraiment très diverses. Il y en avait d'ennuyeuses, de drôles, de tristes. C'était il y a pas mal de temps et, malheureusement, je n'étais autorisé à garder aucune de ces lettres (le règlement exigeait que nous les rendions toutes à la société), si bien que je ne peux me rappeler concrètement leur contenu, mais elles débordaient de vie, elles étaient bourrées de descriptions des plus menus faits de leurs existences, aussi bien que d'événements importants. Pourtant, les messages que ces femmes m'adressaient semblaient étrangement irréels à l'étudiant de vingt et un ou vingt-deux ans que j'étais alors. La plupart du temps, leurs lettres me semblaient complètement dénuées de réalité, dans d'autres cas, complètement absurdes. Ce n'était pas seulement mon manque d'expérience de la vie qui me faisait ressentir les choses ainsi. Je le comprends mieux aujourd'hui : la plupart du temps, quand on écrit, la réalité des choses ne se transmet pas mais se construit. C'est de là que naît le sens. Bien entendu, j'ignorais cela alors, et ces femmes l'ignoraient aussi. C'est l'une des raisons pour lesquelles tout ce qu'elles décrivaient dans leurs lettres avait à mes yeux une étrange platitude.

Le jour où je décidai de quitter ce poste, toutes les adhérentes que je guidais m'exprimèrent leurs regrets. Moi aussi, en un sens, bien qu'à franchement parler je fusse un peu écœuré de cette tâche consistant à rédiger sans cesse du courrier, j'avais des regrets, il me semblait que je n'aurais plus jamais l'occasion de voir autant de gens se dévoiler devant moi avec une telle sincérité.

*

En tout cas, pour en revenir aux hamburgers, j'eus l'occasion d'en déguster un bien réel préparé par les soins de mon élève (celle qui m'avait envoyé ma première lettre à corriger).

Elle avait trente-deux ans, pas d'enfant, et un mari qui travaillait pour l'une des plus célèbres grandes compagnies japonaises. Dans ma dernière lettre, je lui avais annoncé mon départ à la fin du mois, à mon grand regret, et, en réponse, elle m'avait invité à déjeuner. Elle me préparerait un hamburger tout ce qu'il y a de plus ordinaire, m'écrivait-elle. C'était parfaitement contraire au règlement de la société, mais je résolus, sans l'ombre d'une hésitation, d'accepter. Rien ne saurait faire obstacle à la curiosité d'un jeune homme de vingt-deux ans.

Son immeuble était situé face à la ligne Odakyû. Un appartement bien rangé, convenant parfaitement à un couple sans enfant. Les meubles, l'éclairage, ses vêtements, rien n'était vraiment de qualité supérieure mais tout témoignait d'un goût certain. Je lui trouvai l'air bien plus jeune que son âge, elle s'étonna de me voir plus jeune que ce à quoi elle s'attendait. Elle m'avait toujours cru plus âgé qu'elle. À la Pen Society, nous avions une règle de base : un *pen master* ne devait jamais révéler son âge.

Nous nous étonnâmes donc chacun notre tour, ce qui eut pour effet de briser rapidement la glace. Comme deux passagers qui auraient raté le même train, rapprochés par les circonstances, nous mangeâmes des hamburgers, bûmes du café. À propos de train, on voyait distinctement la ligne de chemin de fer par la fenêtre de son appartement, situé au deuxième étage. Ce jour-là, il faisait très beau, et sur les balcons des appartements voisins, on pouvait voir des matelas mis à aérer, des chemises en train de sécher. De temps en temps, on entendait quelqu'un taper sur un matelas. Aujourd'hui encore, je me souviens de ce son. C'était un bruit étrangement proche.

Le hamburger était un délice, l'assaisonnement parfait, la viande juteuse à souhait sous sa croûte grillée à point, la sauce idéale. « Sincèrement, lui dis-je, je ne pourrais affirmer que c'est le meilleur hamburger que j'aie mangé de ma vie, mais cela faisait vraiment très, très longtemps que je n'en avais pas savouré un pareil. » Elle fut ravie du compliment.

Après le café, nous nous mîmes à parler un peu de nos vies respectives tout en écoutant un disque de Burt Bacharah. En fait, j'étais trop jeune pour avoir grand-chose à raconter, et ce fut surtout elle qui parla. Quand elle était étudiante, me dit-elle, elle voulait devenir écrivain. Elle adorait Françoise Sagan, dont elle me parla longuement. Elle aimait particulièrement *Aimez-*

vous Brahms ?. Moi non plus, je ne détestais pas Sagan. En tout cas, je ne la trouvais pas aussi ordinaire que certains le prétendaient. Il n'y a pas de loi obligeant tous les romanciers à écrire comme Henry Miller ou Jean Genet.

– Mais moi je suis incapable d'écrire, affirma-t-elle.

– Il n'est pas trop tard, dis-je.

– Non, je le sais, je sais que j'en suis incapable, d'ailleurs c'est vous qui me l'avez appris, fit-elle en riant. Je m'en suis rendu compte en vous écrivant toutes ces lettres. Je n'ai pas cette force en moi.

Je rougis en l'écoutant. Cela ne m'arrive plus maintenant, mais à vingt ans, je rougissais facilement.

– Pourtant, il y a beaucoup de sincérité dans ce que vous écrivez, dis-je.

Elle ne répondit rien, elle avait un léger sourire au coin des lèvres. Un tout petit sourire.

– En tout cas, votre lettre m'a drôlement donné envie de manger un hamburger.

– Vous deviez avoir faim à ce moment-là, dit-elle doucement.

Oui, peut-être bien.

Un train passa sous la fenêtre en pétaradant.

Quand ma montre indiqua cinq heures, je lui dis que j'allais prendre congé.

– Vous avez sûrement à faire, vous devez sans doute préparer le dîner de votre mari avant son retour ?

– Il rentre toujours très tard, dit-elle, la joue appuyée sur sa main. Il ne sera pas là avant minuit.

– Il doit être très occupé.

– Oui, dit-elle, puis il y eut un instant de silence.

– Je crois vous en avoir parlé dans une de mes lettres,

mais j'ai du mal à communiquer avec mon mari, vous savez. Il ne me comprend pas. Quand je discute avec lui, j'ai souvent l'impression de parler une langue étrangère.

Je ne savais pas trop quoi répondre. Je ne comprenais pas, à l'époque, comment on peut continuer à vivre avec quelqu'un qui ne comprend pas ce qu'on ressent.

– Mais ce n'est pas grave, dit-elle doucement, et effectivement, d'après sa voix, cela ne semblait pas grave. Merci d'avoir correspondu avec moi si longtemps. J'en ai été très heureuse. Personnellement, vous écrire toutes ces lettres m'a beaucoup aidée, dit-elle.

– Moi aussi, cela m'a fait plaisir, répondis-je, mais à vrai dire, je ne me rappelais plus très bien quel genre de lettres elle m'avait écrites, ni ce qu'elle y exprimait.

Elle resta un moment silencieuse, le regard fixé sur la pendule murale. Comme si elle vérifiait la façon dont le temps s'écoulait.

– Qu'avez-vous l'intention de faire après vos études ? demanda-t-elle.

Je répondis que je n'étais pas encore très décidé. Je ne savais pas bien ce que je voulais faire. Elle sourit à nouveau.

– À mon avis, vous devriez faire quelque chose en rapport avec l'écriture. Les lettres que vous m'écriviez pour formuler vos critiques étaient merveilleuses. Je les attendais toujours avec impatience. Vraiment. Ce n'est pas de la flatterie. Vous les écriviez peut-être simplement pour vous acquitter d'un travail, mais moi, dans ces lettres, j'ai senti une sensibilité vraie. Je les ai toutes gardées ; de temps en temps, je les sors pour les relire.

– Merci, dis-je. Et merci aussi pour le hamburger.

*

Dix ans se sont écoulés depuis cette histoire, mais chaque fois que je passe en train à proximité de son immeuble, sur la ligne Odakyû, je me rappelle ce hamburger croustillant. Je regarde les immeubles qui longent la ligne, et je me demande quelle fenêtre était la sienne. Je me rappelle le paysage que l'on voyait par sa fenêtre, et j'essaie de retrouver de quel côté il se situait. Mais je n'y arrive pas.

Peut-être qu'elle n'habite plus là. Mais si jamais elle y est toujours, je l'imagine seule derrière sa fenêtre, en train d'écouter éternellement ce disque de Burt Bacharah.

Je me demande si j'aurais dû coucher avec elle alors.

C'est le sujet de ce texte, en fait.

J'ignore la réponse. Même aujourd'hui, je ne sais toujours pas. Après toutes ces années, toutes ces expériences accumulées, il reste tant de choses que j'ignore. Simplement, depuis la fenêtre du train, je lève le regard vers ce qui me semble être la fenêtre de son appartement. Il y a des jours où n'importe quelle fenêtre de cet immeuble pourrait être la sienne, et d'autres fois, pas une seule ne ressemble à la sienne. Cet immeuble a bien trop de fenêtres, de toute façon.

TV People

1. C'est un dimanche soir que les TV People arrivèrent chez moi.

On était au printemps. Enfin, peut-être bien. En tout cas, une saison ni vraiment chaude ni vraiment froide. Du reste, pour être franc, la saison n'a pas grande importance ici. L'important, c'est que ça se passait un dimanche soir.

Je n'aime pas les dimanches soir. Ou plus exactement, c'est tout ce qui va avec, tout ce qui colle inévitablement à ces dimanches soir, que je n'aime pas. Invariablement, les maux de tête commencent. Plus ou moins intenses selon les moments, mais douloureux. Des deux côtés de mes tempes, une masse de chair molle et blanche d'un centimètre, un centimètre et demi, semble bizarrement hissée depuis le fond. On dirait qu'un fil invisible part du centre de cette chair et que quelqu'un, à l'autre bout, tire doucement le fil vers lui. On ne peut pas dire que ça fasse vraiment très mal. Cela devrait sans doute mais, curieusement, non. Comme si de longues aiguilles étaient enfoncées dans une zone profondément anesthésiée.

Puis j'entends un bruit. Ou, plutôt qu'un bruit, quelque chose comme le grincement d'un épais silence au milieu des ténèbres. KKROUUZSHAAATL

KKROUUZSHAAAAATL KKKKROUUZMOUMOU-MOUS. Voilà ce que j'entends. Ce sont les tout premiers signes. D'abord les maux de tête. Puis, en même temps, ma vue commence à se distordre légèrement. Comme des vagues qui se mêlent confusément, des pressentiments entraînent des souvenirs, qui charrient à leur tour des pressentiments. Une lune blanche, affûtée comme une lame de rasoir neuve, flotte dans le ciel, les racines du doute s'infiltrent dans les profondeurs obscures de la terre. Les gens dans le corridor extérieur marchent bruyamment, exprès pour m'agacer. Et j'entends ce KAALSPAMK DAB KAALSPAMK DABKK KAALS-PAMK KUB.

Voilà pourquoi les TV People ont choisi un dimanche soir pour venir chez moi. Comme de mélancoliques pensées, ou la pluie qui tombe en secret et sans bruit, ils s'insinuèrent furtivement dans la pénombre de cette heure.

2. Et d'abord, à quoi ressemblent-ils, ces TV People ?

Leur taille est sensiblement inférieure à la vôtre ou la mienne. À vrai dire, leur petitesse ne saute pas aux yeux. Leur taille est seulement *sensiblement* plus petite. De vingt à trente pour cent, disons. Et cela pour chaque partie de leur corps, uniformément. Il serait donc plus exact, sur le plan de la formulation, de dire non pas « petits », mais « de taille réduite ».

S'il vous arrivait d'apercevoir des TV People, vous ne remarqueriez peut-être pas d'emblée leur petite taille. Mais ils vous laisseraient probablement comme une étrange impression. Irais-je jusqu'à dire : un certain malaise ? Vous vous diriez sûrement qu'il y a là quelque chose d'incongru. Puis vous les considéreriez à nouveau. Au premier coup d'œil, pourtant, tout est naturel, et ça l'est donc d'autant moins : car la petitesse des TV People diffère totalement de celle des enfants ou des nains. La petitesse d'un enfant ou d'un nain, nous la percevons en effet, mais cette connaissance sensible provient généralement d'un défaut d'équilibre dans les proportions de leur corps. Certes ils sont petits, cependant tout chez eux ne l'est pas uniformément. Par exemple, leurs mains sont petites tandis que leur tête est grosse. Normal. Mais la petitesse des TV People n'a rien à voir avec ça. Dans leur cas, tout est petit de façon si mécanique, si régulière, qu'on les croirait fabriqués par réduction à la photocopieuse. Si le coefficient de réduction est de 0,7, ce pour la taille, il est aussi de 0,7 pour la carrure, et il en va de même pour les pieds, pour la grosseur de la tête, des oreilles, ou la longueur des doigts. Comme d'exacts modèles réduits en matière plastique, simplement un peu plus petits que la réalité.

Ou bien encore comme des sujets représentés en perspective. Des êtres qui paraissent lointains alors qu'ils sont là sous votre nez. Comme dans une peinture en trompe-l'œil dont la surface plane apparaît gauchie, ondulée. La main n'atteint jamais ce qui semble pouvoir l'être. Elle rejoint ce qui semble ne pas pouvoir l'être.

C'est ça, les TV People
C'est ça, les TV People
C'est ça, les TV People
C'est ça, les TV People

3. En tout, ils étaient trois.

Ils n'ont pas frappé. Ils n'ont pas sonné non plus. Ils n'ont même pas dit bonjour. Ils sont simplement entrés dans la pièce, sans faire de bruit. Je n'avais pas entendu leur pas. L'un ouvrit la porte, les deux autres portaient le poste de télévision. Il n'était pas spécialement gros. Un Sony couleur d'un modèle très courant. Je pensais avoir fermé la porte à clé, mais je n'en étais pas certain. Ou bien j'avais oublié de verrouiller, c'est possible. À l'époque je ne faisais pas très attention à cette question de clé ; je ne pouvais donc avoir de certitude là-dessus. Il me semblait pourtant bien l'avoir fermée.

Quand ils entrèrent, j'étais vautré sur le divan et je rêvassais en regardant le plafond. J'étais seul à la maison. Cet après-midi-là, ma femme devait retrouver des amies de lycée qui se réunissaient pour bavarder puis aller dîner ensemble au restaurant.

« Tu pourras préparer ton repas ? m'avait-elle lancé avant de sortir. Il y a des légumes et des surgelés dans le frigo. Tu pourras te débrouiller avec ça, quand même, non ? Pense juste à rentrer le linge avant la nuit, d'accord ?

– Oui, oui », répondis-je.

Aucun problème. Le dîner, pas de problème. Le linge, pas de problème non plus. Des détails, on allait régler ça vite fait : SARIUPPPKRUUUTS !

« Tu as dit quelque chose ? avait-elle demandé.

– Non, rien », avais-je répondu.

Puis, l'après-midi, j'étais resté allongé sur le canapé à rêvasser en regardant le plafond. Je n'avais rien d'autre à faire. Je lus un peu d'un livre – un nouveau roman de Garcia Marquez. J'écoutai un peu de musique. Je bus un peu de bière. Mais je ne parvenais à me concentrer sur aucune de ces activités. J'ai même envisagé d'aller m'allonger sur le lit pour dormir. Mais j'étais tout autant incapable de concentrer mes efforts pour dormir. Je restai donc vautré sur le divan à rêvasser en regardant le plafond.

Mes dimanches après-midi se passent ainsi, je finis par faire *un peu à la fois* de toutes sortes de choses. Quoi que j'entreprenne, je m'arrête à mi-chemin. Je suis incapable de me mettre vraiment à quelque chose de façon satisfaisante. Le matin, j'ai le sentiment que tout va bien marcher. Aujourd'hui, je lirai tel livre, j'écouterai tel disque, je répondrai à telle lettre. Aujourd'hui, je rangerai enfin mes tiroirs de bureau, je m'occuperai des courses à faire et, pour une fois, je laverai la voiture. Mais bientôt la pendule indique deux heures, puis trois, peu à peu le soir se rapproche et tout est fichu. Alors je finis invariablement sur le canapé, désemparé. Le bruit de la pendule résonne dans mes oreilles. Il érode peu à peu, comme des gouttes de pluie, les choses alentour. TALPP KK SHAAS TALPP KK SHAAS. Tout le dimanche après-midi s'amenuise avec un coefficient de réduction qui diminue petit à petit. Exactement comme les TV People.

4. Dès le début, les TV People ignorèrent totalement ma présence. Ils se comportaient tous trois comme si je n'existais pas. Ils ouvrirent la porte et transportèrent le récepteur de télévision dans la pièce. Deux d'entre eux le posèrent sur le buffet, le troisième brancha la prise. Sur le buffet, il y avait une pendule et une pile de magazines. La pendule est un cadeau offert par des amis à l'occasion de notre mariage. Elle est énorme, lourde. Énorme et lourde comme le temps lui-même. Et énormément bruyante. TALPP KK SHAAS TALPP KK SHAAS. Cela résonne dans toute la pièce. Les TV People la soulevèrent pour la déposer à terre. Je me fis la réflexion que ma femme n'allait sûrement pas être contente. Elle a horreur qu'on déplace les choses sans

sa permission. Un objet qui n'est pas à sa place, ça la met d'humeur exécrable. Pour ne rien arranger, je vais fatalement me prendre les pieds, en pleine nuit, dans cette pendule qui traîne par terre. Je me réveille systématiquement à deux heures du matin, je vais aux toilettes, et comme je suis à moitié endormi, chaque fois je trébuche ou me cogne dans quelque chose.

Les TV People prirent ensuite les magazines, qu'ils déposèrent sur la table. C'étaient ceux de ma femme (je ne lis quasiment pas de magazines. Je ne lis que des livres. En ce qui me concerne, tous les magazines du monde *sans exception* peuvent faire faillite et disparaître) : *Elle*, *Marie-Claire*, *Le Magazine du foyer* et autres revues de ce genre. Ils étaient bien proprement mis en pile sur le buffet. Ma femme n'aime pas non plus qu'on touche à ses magazines. Qu'on modifie l'ordre de la pile, c'est déjà toute une histoire. J'évite donc soigneusement d'y toucher. Je ne me hasarde pas même à les feuilleter. Mais les TV People, eux, ne se gênèrent pas le moins du monde et déplacèrent petit à petit tous les exemplaires. De toute évidence, ils ne manifestaient aucun respect à leur égard. Ils voulaient seulement les mettre ailleurs pour dégager le buffet. La pile de magazines se retrouva sens dessus dessous : *Marie-Claire* au- dessus de *Croissant* et *Le Magazine du foyer* en dessous de *An An*. Erreur ! Pour comble de malheur, ils firent tomber à terre, pêle-mêle, des repères que ma femme y avait insérés. Elle les avait placés aux pages contenant des informations qu'elle jugeait utiles. J'ignorais la nature de ces renseignements, et leur degré d'importance. Peut-être avaient-ils un rapport avec son travail ? Peut-être était-ce personnel ? Toujours est-il qu'ils constituaient pour ma femme des informations capitales. Une chose était sûre, elle allait sacrément rouspéter, pensai-je. « Ça ne m'arrive pas si souvent de retrouver des amies et de bien m'amuser, et quand je rentre, il faut toujours que l'appartement soit sens dessus dessous… », et ainsi de suite. Je pouvais me représenter d'avance la scène, intégralement. Aïe, aïe ! me dis-je en hochant la tête.

5. En tout cas, il n'y avait maintenant plus rien sur le buffet. Les TV People y déposèrent alors le poste. Ils le branchèrent sur la prise et mirent le contact. Il y eut un grésillement et l'écran prit une couleur blanche. Ils attendirent un moment en le regardant sans qu'aucune image n'apparaisse. À l'aide de la télécommande, ils passèrent chaque chaîne en revue, l'une après l'autre. Mais quelle que soit la chaîne, l'écran restait parfaitement blanc. Ça pouvait provenir de l'antenne qui n'était pas raccordée, pensai-je. Il devait bien exister quelque part dans la pièce une prise d'antenne. Quand nous avons emménagé dans cet immeuble, il me semble avoir entendu le concierge nous fournir des explications sur le sujet. Vous n'aurez qu'à vous raccorder à l'antenne ici, avait-il dit. Mais où, impossible de m'en souvenir. Comme nous n'avons pas la télévision dans l'appartement, j'ai totalement oublié ce genre de choses.

La réception des programmes ne paraissait nullement préoccuper les TV People. Ils n'avaient pas même esquissé le geste de rechercher la prise d'antenne. L'écran avait beau demeurer blanc et aucune image n'apparaître, ils n'en tenaient aucun compte. Leur mission semblait devoir se borner à actionner la touche de mise en marche pour allumer l'écran.

Le récepteur était parfaitement neuf. Il n'était pas

dans sa boîte, non, mais cela se comprenait au premier coup d'œil. Un sachet de plastique contenant le mode d'emploi et la garantie était collé à l'aide d'une bande adhésive sur le côté de l'appareil. Le câble de raccord luisait, lisse et brillant comme un poisson fraîchement pêché.

Les trois TV People regardaient l'écran blanc en se plaçant en différents points de la pièce, comme pour en vérifier la qualité. L'un d'eux vint à mes côtés pour constater l'effet produit depuis l'endroit où j'étais assis. La télévision était posée de manière à me faire face, exactement. La distance aussi était idéale. Le résultat parut les satisfaire. Quelque chose dans l'air semblait indiquer qu'on approchait du terme des opérations. L'un des TV People – celui qui était venu près de moi vérifier l'écran – reposa la télécommande sur la table.

Pendant tout ce temps, ils n'avaient soufflé mot. Ils semblaient agir en suivant scrupuleusement le plan prévu. Ils n'avaient donc nul besoin de parler. Chacun d'eux s'acquittait de la tâche qui lui avait été fixée, avec précision et efficacité. Ils étaient habiles. Et vifs. Le temps nécessaire aux opérations fut bref. Pour finir, l'un des TV People prit en main la pendule qu'ils avaient abandonnée à terre, se mit quelque temps en quête d'un endroit adéquat pour la poser et, n'en ayant finalement pas trouvé, renonça et la posa de nouveau par terre. TALPP KK SHAAS TALPP KK SHAAS. Sur le sol, la pendule continuait de découper le temps gravement. L'appartement où je vis est plutôt étroit. Avec mes livres et tous les documents que ma femme accumule, il n'y a quasiment plus où mettre le pied. Je lâchai un soupir. Inévitablement, un jour ou l'autre, j'allais trébucher sur cette pendule. Aucun doute là-dessus. J'allais nécessairement buter dedans. J'étais prêt à le parier.

Les TV People portaient tous trois une veste bleu foncé. Je ne sais pas très bien quel genre de veste, mais d'un tissu lisse, me sembla-t-il. Ils portaient aussi des blue-jeans et des chaussures de tennis blanches. Vêtements et chaussures étaient, proportionnellement, d'échelle réduite. À force de les regarder, j'en vins peu à peu à me demander si ce n'était pas mon échelle à moi qui était fausse. J'avais la sensation d'avoir chaussé des verres de lunette très épais et d'être assis dans le sens inverse de la marche dans un bolide de parc d'attractions. Le paysage reculait, tout déformé. Les lunettes me faisaient prendre conscience de ce que l'équilibre du monde, où j'avais inconsciemment posé mon corps jusqu'à présent, n'avait aucun caractère absolu. Voilà le genre d'impression que les TV People provoquent chez ceux qui les observent.

Au bout du compte, ils n'avaient pas proféré la moindre parole. Après avoir inspecté une nouvelle une fois l'écran et s'être assurés qu'il n'y avait aucun problème, ils l'éteignirent à l'aide de la télécommande. Le blanc se retira doucement et le petit grésillement disparut. L'écran était redevenu comme avant, d'un gris tirant sur le noir, sans expression. Derrière la fenêtre, il commençait à faire sombre. J'entendis une voix appeler. Dans le corridor extérieur, quelqu'un marchait sans se presser. En faisant du bruit exprès, comme d'habitude. KAALSPAMK KAALSPAMK DARB KAALSPAK DIIIK, faisaient les chaussures. Bref, un dimanche soir.

Les TV People promenèrent leurs regards tout autour de la pièce comme pour l'inspecter encore une fois, puis ils ouvrirent la porte et sortirent. Tout comme au début, ils ne m'accordèrent pas la moindre attention. Ils se comportaient très exactement comme si je n'existais pas.

6. De l'arrivée des TV People jusqu'à leur départ, je n'avais pas fait le plus petit geste. Je n'avais pas prononcé la plus petite parole. J'étais resté comme ça, allongé sur le canapé, à les regarder opérer. Vous direz peut-être que ce n'est pas normal. Trois personnes que vous ne connaissez pas débarquent chez vous à l'improviste et installent tranquillement un poste de télévision pendant que vous observez la scène sans rien dire : c'est plutôt curieux comme histoire, non ?

Mais je n'avais effectivement rien dit. Je n'avais fait que suivre avec attention le déroulement des événements, en silence. Sans doute à cause de l'ignorance foncière où ils me reléguaient. À ma place, qui sait si vous n'auriez pas agi de même ? Ce n'est pas pour essayer de me justifier mais quand, sous vos yeux, de parfaits étrangers ignorent aussi radicalement votre existence, on en vient doucement soi-même à perdre toute certitude. Machinalement, je regardai mes mains, et j'eus comme la sensation de voir au travers. C'était une sorte de sentiment d'impuissance. Un envoûtement. Mon corps, ma présence perdaient peu à peu de leur densité. Bientôt je ne fus plus capable du moindre mouvement. Je ne fus plus capable de la moindre parole. Je ne savais plus qu'observer attentivement les trois TV People venus déposer dans ma pièce une télévision avant de s'en aller. Je ne parvenais pas bien à ouvrir la bouche. Je redoutais d'entendre le son de ma voix.

Les TV People repartirent, et je fus seul de nouveau. La perception de mon être revint. Mes mains redevinrent mes mains. Je découvris alors que le crépuscule était maintenant tout à fait englouti dans les ténèbres. J'allumai les lumières. Puis je fermai les yeux. Il y avait bel et bien une télévision. TALPP KK SHAAS TALPP KK SHAAS. La pendule continuait de découper le temps.

7. Le plus étrange est que ma femme ne fit pas la plus discrète allusion à l'apparition d'une télévision dans la pièce. Elle ne manifesta aucune réaction. Néant, zéro. Exactement comme si elle ne s'était tout simplement aperçue de rien. Ce qui est vraiment bizarre, car, comme je l'ai déjà dit, ma femme est d'un caractère hautement susceptible sur le chapitre des positions et dispositions des meubles et objets. Qu'en son absence on déplace ou modifie quelque chose dans la pièce, si peu que ce soit, elle le repère immédiatement. Elle a l'œil pour ça. Aussitôt elle fronce le sourcil et rétablit l'ordre précédent. Moi, c'est différent. Qu'un numéro du *Magazine du foyer* se retrouve au-dessous d'un *An An*, ou un stylo en plein milieu des crayons me paraît sans gravité. Je crois bien que je ne m'en rendrais même pas compte. Vivre à sa façon, je crois que ça m'éreinterait. Mais c'est son problème, pas le mien. Je ne fais donc aucun commentaire. Je la laisse agir à son gré. Je suis du genre à voir les choses comme ça. Ce n'est pas son cas : parfois, elle entre dans de terribles colères. Mon apathie, dit-elle, ne lui est plus supportable. À quoi je rétorque que, pour ma part, il m'arrive de ne plus être capable d'endurer l'apathie de la loi de la gravitation, du nombre π ou de $E=mc^2$. C'est la pure vérité ! Ce genre de remarque la fait taire aussitôt. Peut-être prend-elle ça comme une offense personnelle, mais il ne s'agit pourtant pas de ça. Je n'ai nullement l'intention de l'offenser. Ma bouche articule ce que je ressens, tout bonnement.

Comme d'habitude, lorsqu'elle fut de retour ce soir-là, elle parcourut la pièce des yeux. J'avais soigneusement préparé mon explication. Des TV People étaient venus et avaient tout mis en désordre. Lui donner des éclaircissements sur les TV People serait extrêmement difficile. Peut-être ne me croirait-elle pas. J'avais cependant l'intention de tout lui raconter scrupuleusement.

Mais elle n'avait rien dit. Elle s'était contentée de promener son regard tout autour. Sur le buffet, il y avait le poste de télévision. Les magazines étaient posés sur la table dans un ordre différent. La pendule gisait sur le sol. Mais elle n'avait rien dit. En conséquence, je n'avais pas davantage fourni d'explications.

– Tu as dîné ? me lança-t-elle tout en commençant à retirer sa robe.

Je lui répondis que je n'avais pas mangé.

– Pourquoi ça ?

– J'avais pas tellement faim, dis-je.

À moitié dévêtue, elle marqua une pause et médita ce que je venais de dire. Elle me dévisagea attentivement durant un moment. Comme si elle hésitait à dire quelque chose. De son bruit pesant, la pendule morcelait le silence. TALPP KK SHAAS TALPP KK SHAAS. Je m'efforçais de ne pas entendre ce bruit. J'essayais de ne pas le faire entrer dans mes oreilles. Mais il était si pesant, si énorme, que je ne pouvais lui résister. Il s'insinuait contre mon gré dans mes tympans. Elle aussi semblait prêter l'oreille en direction du bruit. Puis elle secoua la tête.

– Je fais un petit quelque chose à manger ? dit-elle.

– Si tu veux, répondis-je.

En fait, je n'avais pas particulièrement envie de dîner, mais s'il y avait quelque chose à se mettre sous la dent, pourquoi pas.

Elle enfila une tenue plus confortable et, tout en préparant dans la cuisine un *zôsui*[1] et une omelette, me raconta ses retrouvailles avec ses amies. Qui avait fait quoi, qui avait dit quoi, qui avait changé de coupe de cheveux et que ça la rajeunissait tellement, qui avait rompu avec son petit ami, etc. Je les connais plus ou moins, ses amies. Aussi j'opinais de temps à autre tout en sirotant une bière. Mais en fait je n'écoutais que très distraitement. Je ne pensais qu'aux TV People. Pourquoi donc ne réagissait-elle pas à l'arrivée de cette télévision ? N'avait-elle rien remarqué ? Mince, alors ! Une télé surgit tout d'un coup et elle ne s'en aperçoit pas ? Allons donc ! Mais alors, pourquoi n'en disait-elle rien ? C'était vraiment bizarre. Anormal même. Il devait y avoir une erreur quelque part, mais comment la corriger ? Je n'en avais pas la moindre idée. Quand le *zôsui* fut prêt, je m'assis à la table de la cuisine pour manger. J'avalai aussi un peu d'omelette et des prunes en saumure.

Quand j'eus terminé, ma femme débarrassa. Je pris encore de la bière. Elle en but un peu elle aussi. Je levai machinalement les yeux, et mon regard rencontra le buffet. Le poste de télévision y était toujours. Il n'était pas sous tension. La télécommande était posée sur la table. Je me levai de ma chaise, pris la télécommande et mis sur *ON*, pour voir. L'écran vira brusquement au blanc et un grésillement se fit entendre. Il n'y avait toujours aucune image. Seule une lumière blanche flottait sur le tube cathodique. Je pressai la touche du volume, ce qui ne fit qu'augmenter le bruit de parasites. Vingt secondes, trente secondes, je laissai aller mes yeux sur cette lumière puis je mis sur *OFF*. Le son et la lumière

1. Soupe de riz dans laquelle entrent divers ingrédients. *[NdT]*

disparurent en un instant. Pendant ce temps, ma femme s'était assise sur le tapis et feuilletait un numéro de *Elle*. Que la télévision ait été allumée puis éteinte l'avait laissée parfaitement indifférente. Comme si elle n'avait rien remarqué.

Je posai la télécommande sur la table et revins m'asseoir sur le canapé. J'avais l'intention de poursuivre la lecture de ce long roman de Garcia Marquez. Après le dîner, je prends toujours un livre. Parfois je m'arrête au bout de trente minutes, parfois je lis pendant deux heures. En tout cas, je lis tous les jours. Mais ce jour-là, je ne venais même pas à bout d'une demi-page. J'avais beau essayer de me concentrer sur un livre ou sur un autre, chaque fois mon attention revenait au poste de télévision. Je levais les yeux sans le vouloir et, immanquablement, je le voyais. L'écran avait été placé de manière à me faire face, très exactement.

8. Quand je me réveillai à deux heures du matin, la télévision était toujours là. Je m'étais levé en espérant qu'elle n'y serait plus. Mais elle était pile à la même place. J'allai aux toilettes, puis m'assis sur le canapé, posai mes pieds sur la table. Je pris la télécommande, essayant une fois encore de mettre sur *ON*. Rien de neuf. Les mêmes choses se répétaient. La lumière blanche, les parasites. Rien d'autre. Je restai un moment à regarder, appuyai sur *OFF*, la lumière disparut et les parasites aussi.

Je retournai me coucher et essayai de dormir. J'avais vraiment sommeil. Pourtant je ne parvenais pas à m'endormir. À peine mes yeux se fermaient-ils que la silhouette des TV People émergeait. Les TV People transportant le récepteur, les TV People enlevant la pendule, les TV People déplaçant les magazines sur la table, les TV People branchant le câble sur la prise, les TV People en train d'examiner la qualité de l'image, les TV People ouvrant la porte et quittant la pièce en silence. Ils étaient restés à l'intérieur de mon crâne. Ils y marchaient en rond. Je me relevai, allai à la cuisine me servir un double Brandy dans une tasse à café prise sur l'égouttoir et l'avalai. Puis je m'allongeai à nouveau sur le canapé, ouvris une page de Marquez. Décidément, les phrases ne parvenaient pas jusqu'à ma tête. Je ne comprenais strictement rien à ce qui était écrit.

J'en pris mon parti, laissai tomber Garcia Marquez pour un numéro de *Elle*. On a bien le droit de lire *Elle* de temps à autre. Mais je n'y trouvai rien qui pût retenir mon attention. Il n'y en avait que pour les nouvelles coiffures, le chic du chemisier de soie blanc, les restaurants où déguster un succulent ragoût de bœuf, comment s'habiller à l'opéra et autres articles de ce style. Tout cela ne m'intéressait absolument pas. J'abandonnai *Elle*. Puis, à nouveau, je regardai le dessus du buffet.

Au bout du compte je restai éveillé, sans rien faire, jusqu'au matin. À six heures, je mis de l'eau à bouillir, me préparai un café et l'ingurgitai. Comme je n'avais rien d'autre à faire en attendant que ma femme se lève, je me mis à confectionner des sandwichs au jambon.

– Ma parole, t'es bien matinal ! dit-elle, encore tout ensommeillée.

– Hmm, fis-je.

Nous avalâmes notre repas à peu près sans échanger un mot, quittâmes ensemble l'appartement pour nous séparer ensuite en nous dirigeant vers nos bureaux respectifs. Ma femme travaille pour une petite maison d'édition qui publie une revue consacrée à l'alimentation biologique. On y trouve des articles assez spécialisés qui vous disent tout sur les champignons *shiitake* qui prémunissent contre la goutte ou l'avenir des cultures bio. Les ventes ne sont pas mirifiques, mais le coût de fabrication est quasi nul, et comme ils disposent de lecteurs fidèles et zélés, qu'on peut même taxer de dévots, ils ne risquent pas de crever de faim. Moi je travaille dans le département de promotion d'un fabricant de matériel électrique. J'imagine des pubs pour des toasters, des lave-linge ou des fours à micro-ondes.

9. Je rejoignais mon bureau lorsque, dans l'escalier de la compagnie où je travaille, je croisai un TV People. L'un de ceux qui avaient transporté la télévision dans mon appartement la veille, me sembla-t-il. Il pouvait s'agir du premier individu qui avait ouvert la porte avant d'entrer chez moi. Celui qui ne portait pas le poste à l'épaule. Comme le faciès des TV People ne possède aucune sorte de signe distinctif, les reconnaître les uns des autres est une tâche ardue et ma conviction n'est donc pas sans faille – elle est seulement de l'ordre, disons, de quatre-vingts à quatre-vingt-dix pour cent. Il était vêtu de la même veste bleue que le jour précédent. Il n'avait rien en main. Il descendait seulement l'escalier. Et moi, je le montais. Je déteste les ascenseurs. C'est la raison pour laquelle je monte et descends toujours par l'escalier. Comme mon bureau est au neuvième étage, ce n'est pas une opération facile. Pour peu qu'il y ait un travail urgent, je suis en nage. Mais je préfère, et de beaucoup, dégouliner de sueur plutôt qu'emprunter un ascenseur. Chacun trouve là matière à plaisanterie. Pour la simple raison que je ne possède ni télé ni vidéo et que j'évite les ascenseurs, je passe pour

un phénomène. Ou bien encore on prétend que, pour une raison ou pour une autre, je n'ai toujours pas atteint le stade de la maturité. Étrange façon de penser. Ce genre de raisonnement me dépasse.

Toujours est-il que cette fois-là, comme à mon habitude, je montais l'escalier à pied. J'étais seul. Personne, ou peu s'en faut, n'utilise cet escalier. Entre le quatrième et le cinquième étage, je croisai le TV People. C'était tellement soudain que je ne sus que faire. Allais-je lui adresser la parole ?

Mais, pour finir, je fus incapable de parler. Je ne trouvai rien d'approprié sur l'instant et les conditions n'étaient guère favorables pour l'aborder. Sa façon de descendre les marches était très « fonctionnelle ». Il exécutait chaque foulée avec précision, selon un tempo régulier et déterminé. Comme la veille, il m'ignora totalement. C'était comme si j'avais été hors de son champ visuel. Le temps que j'hésite sur l'attitude à tenir, il m'avait dépassé. À cet instant même, je sentis la pesanteur vaciller autour de nous.

Ce jour-là, des réunions étaient prévues à la compagnie dès le matin. Des réunions passablement importantes consacrées aux stratégies de vente de nouveaux produits. Des employés lurent des rapports. Des chiffres s'alignaient sur le tableau noir, des graphiques apparaissaient sur les écrans des ordinateurs. Il y eut des débats passionnés. Certes, j'y participais également, mais ma position au sein de cette réunion n'était nullement déterminante. En effet, je n'étais pas directement impliqué dans les projets. Ce qui me permit de me livrer à mes propres réflexions tout au long des discussions. Une seule fois, je pris la parole. Rien d'essentiel. Une idée parfaitement quelconque qu'aurait pu avoir n'importe quel observateur. Je ne pouvais décidément pas me dispenser de toute intervention. Sans être particulièrement ambitieux dans mon travail, le fait de percevoir un salaire s'accompagne d'une espèce de sentiment de responsabilité. Je résumai les idées avancées jusqu'alors et allai même jusqu'à plaisanter légèrement pour détendre l'atmosphère. N'avoir en permanence à l'esprit que les TV People devait sans doute me donner mauvaise conscience. Il y eut quelques rires. Après m'être acquitté de cette unique déclaration, je feignis d'examiner divers documents et me replongeai dans mes réflexions sur les TV People. Il était question d'un nom à donner à un nouveau micro-ondes : que voulez-vous que j'en sache ! À l'intérieur de mon crâne, il n'y avait que les TV People. Ils m'obsédaient. Quel pouvait bien être le sens de cette télévision ? Pourquoi donc les TV People l'avaient-ils transportée justement chez moi ? Pourquoi ma femme n'avait-elle rien dit à propos de son apparition dans l'appartement ? Et pourquoi un TV People s'était-il introduit jusque dans les locaux de ma société ?

La réunion n'en finissait pas. À midi, il y eut une brève pause pour le repas. Nous n'avions pas le temps de sortir déjeuner : on nous fit passer des sandwichs et du café. Comme la salle de conférences empestait la fumée, j'emportai le tout pour le manger dans mon bureau. Alors que j'étais occupé à mon repas, le chef de service vint vers moi. Je vais être franc, c'est un homme que je n'apprécie pas tellement – sans être pour autant capable de trouver une origine précise à ce sentiment. Non qu'il ait quoi que ce soit de particulièrement antipathique. Tout respire chez lui la bonne éducation. Qui plus est, il n'est pas sot. Il sait choisir ses cravates. Il ne tire de tout cela aucune fierté et ne crâne pas devant ses subordonnés. Il lui est parfois arrivé d'avoir des attentions pour moi, voire de m'inviter à quelque repas. Mais allez savoir pourquoi, je ne me suis pas habitué à sa personne. Peut-être a-t-il par trop tendance à être familier dans ses gestes avec ses interlocuteurs ? Homme ou femme, au milieu d'une conversation, sa main vient à toucher votre corps. Il n'y a là, du reste, aucune sensation déplaisante. Il le fait de manière tout à fait *smart* et naturelle. Je pense d'ailleurs que la plupart des gens ne s'en rendent même pas compte, tant son geste est effectivement naturel. Mais je ne sais pas pourquoi, je ne m'y fais absolument pas. Dès que je l'aperçois, je me tiens instinctivement sur mes gardes. C'est vraiment un détail. Toujours est-il qu'il me gêne.

Le chef de service se pencha vers moi et me mit la main sur l'épaule : « Très bien, ton intervention tout à l'heure pendant la réunion, me dit-il familièrement. Tu as fait mouche. J'ai été impressionné. La remarque était excellente. Ça a réveillé l'assistance. Le *timing* était parfait. Continue comme ça, s'il te plaît. »

Sans rien ajouter, il s'éloigna prestement. Peut-être allait-il lui-même déjeuner. Tandis qu'il disparaissait, je le remerciai très simplement. Mais, à franchement parler, j'étais complètement décontenancé. Impossible de me souvenir de ce que j'avais bien pu dire au cours de la réunion. Je m'étais contenté d'improviser ce qui voulait bien me passer par la tête à ce moment-là parce qu'il le fallait. Mais de là à ce que le chef de service vienne exprès jusqu'à moi pour me gratifier de pareils compliments… Des tas de participants avaient dit des choses bien plus intelligentes. Bizarre, vraiment. Je continuai de manger sans pouvoir m'expliquer la raison d'un tel comportement. Puis je me mis à penser à ma femme. Que pouvait-elle être en train de faire ? Peut-être était-elle sortie déjeuner ? J'aurais bien essayé de l'appeler à son travail. J'avais envie d'échanger deux ou trois mots avec elle, comme ça. Je composai les trois premiers chiffres, mais je me ravisai et laissai tomber. En fait, je n'avais aucun motif particulier de la joindre. J'eus la sensation que l'équilibre du monde flanchait légèrement. Était-ce là une raison suffisante pour téléphoner à ma femme, à son bureau, pendant la pause du déjeuner ? Et comment lui faire comprendre ? Sans compter qu'elle ne tient pas à ce que je l'appelle à son travail. Je replaçai le combiné, poussai un soupir et achevai mon restant de café. Puis je jetai le gobelet de plastique dans la poubelle.

10. Au cours de la réunion de l'après-midi, je vis à nouveau apparaître des TV People. Leur nombre était cette fois passé à deux. Un Sony couleur à l'épaule, comme la veille, ils traversèrent la salle de réunions. Comparé au modèle précédent, c'était un récepteur d'une taille supérieure. Aïe, aïe ! me dis-je. Sony est notre concurrent. Laisser entrer pareille marchandise dans la compagnie, quel qu'en soit le prétexte, peut faire du vilain. Certes, il nous arrive d'introduire des articles produits par d'autres entreprises, pour effectuer des tests, mais alors on fait disparaître le logo. Il serait en effet fâcheux que des regards extérieurs tombent dessus. Les TV People, eux, très loin de s'en soucier, exhibaient sans complexe le logo Sony tourné de notre côté. La porte s'était ouverte et ils avaient pénétré dans la salle de réunions. Puis ils en avaient fait le tour. Ils avaient fureté un peu partout, apparemment en quête d'un lieu où déposer le récepteur. En fin de compte, ils n'avaient pas trouvé d'endroit adéquat. Le poste toujours sur l'épaule, ils étaient alors sortis par la porte du fond. Personne dans l'assistance n'avait manifesté

la moindre réaction à leur égard. Non qu'on ne les ait point vus. À n'en pas douter, on les avait bel et bien vus. La preuve : lorsque les TV People étaient entrés avec le récepteur, les personnes présentes s'étaient rangées pour leur laisser le passage. Mais ce fut bien leur seule réaction. La même que pour le serveur du bistrot voisin venu apporter des cafés. Ils semblaient s'être donné pour règle de considérer les TV People comme des êtres dépourvus d'existence réelle. Ils savaient que les TV People avaient une existence, mais se comportaient comme s'ils n'en avaient pas.

Résultat, je finissais par ne plus rien y comprendre du tout. Tous les autres étaient-ils au courant pour les TV People ? Étais-je donc le seul à être privé d'informations les concernant ? Peut-être que ma femme elle aussi savait, pensai-je. C'était peut-être bien ça, en effet. Voilà pourquoi l'intrusion d'une télé chez nous ne l'avait pas surprise outre mesure. Et voilà pourquoi elle n'avait soufflé mot à ce sujet. N'y avait-il pas d'autre explication possible ? Tout s'embrouillait dans ma tête. C'était quoi, à la fin, les TV People ? Et pourquoi transportaient-ils toujours une télé ?

Un de mes collègues quitta son siège pour se rendre aux toilettes ; lui emboîtant le pas, je me levai moi aussi et pris la même direction. Lui et moi, on est entrés dans la compagnie à la même époque, et on est plutôt copains. De temps en temps, après les heures de bureau, on va boire ensemble, ce que je ne fais pas avec n'importe qui. Je me tins à côté de lui devant les urinoirs. « Eh bien, à ce train-là, on en a bien pour jusqu'à ce soir, des réunions, encore des réunions, ça n'en finit pas », dit-il d'une voix excédée. J'acquiesçai, puis nous nous lavâmes les mains. Il me félicita lui aussi pour mon intervention au cours de la matinée. Je le remerciai.

« À propos, les types qui sont venus et qui portaient une télé… » fis-je, en tentant innocemment d'aborder le sujet.

Il ne répondit rien. Il referma énergiquement le robinet du lavabo puis tira deux feuilles de papier au distributeur pour s'essuyer les mains. Il ne jeta même pas un coup d'œil dans ma direction. Il s'essuya les mains sans se presser puis froissa les feuilles de papier en une boule qu'il jeta dans la poubelle. Peut-être n'avait-il pas entendu ce que je lui avais dit. Ou peut-être faisait-il comme si de rien n'était. Comment savoir ? Quelque chose me disait qu'il valait mieux ne pas le questionner davantage. Je m'essuyai à mon tour les mains avec les serviettes de papier, en silence. L'air me parut se durcir. Toujours sans un mot, j'avançai dans le couloir et regagnai la salle de conférences. Pendant toute la durée de la réunion, j'eus l'impression qu'il évitait mon regard.

11. Au retour de mon travail, l'appartement était plongé dans l'obscurité. Dehors, la pluie commençait à tomber. Par la fenêtre donnant sur la loggia, on voyait de sombres nuages bas couvrir tout le ciel. Une odeur de pluie régnait dans la pièce. Le jour commençait à décroître. Ma femme n'était pas encore rentrée. Je dénouai ma cravate, l'accrochai pour en défroisser les plis. J'ôtai les poussières de mon costume à l'aide d'une brosse et envoyai ma chemise dans le panier de linge sale. Comme mes cheveux sentaient le tabac, je les lavai et pris une douche. C'est toujours pareil. Avec ces longues réunions, mon corps s'imprègne d'une odeur de tabac. Une odeur que ma femme a en horreur. Sitôt après notre mariage, elle a fait en sorte que je m'arrête de fumer. Ça remonte à quatre ans.

Après la douche, je m'assis sur le canapé et bus une canette de bière tout en m'essuyant les cheveux avec une serviette. La télévision que les TV People avaient transportée était toujours sur le buffet. Je pris la télécommande sur la table et pressai la touche *ON* mais, malgré mes efforts, la mise sous tension ne s'effectua pas. Rien ne se passait. L'écran demeurait immuablement noir. Je vérifiai le câble de branchement au secteur. Il était correctement fiché dans la prise. Je retirai le cordon en essayant de bien le rebrancher. Rien à faire. J'avais beau appuyer sur *ON*, l'écran ne s'éclairait toujours pas. Par précaution, j'ouvris l'arrière du boîtier de la télécommande, retirai les piles et en contrôlai la charge à l'aide d'un testeur de batteries. Les piles étaient neuves. Je me résignai, lâchai la télécommande et m'administrai dans le fond du gosier une rasade de bière.

Je trouvais curieux que ce genre de détail ait pu me chiffonner. En admettant que la touche *SWITCH* fonctionne, qu'est-ce que ça pouvait bien faire ? Une lumière blanche apparaîtrait et on entendrait un bruit de parasites, voilà tout. Fallait-il se tracasser pour un appareil qui refusait de s'allumer ?

Pourtant oui, cela me travaillait. La veille, il s'était bien allumé. Depuis, je n'avais pas posé le petit doigt dessus. C'était pas logique. Je pris de nouveau la télécommande pour essayer. J'appuyai doucement du bout du doigt, mais le résultat fut identique : pas la moindre réaction. L'écran était totalement mort. Totalement froid.

Totalement froid.

Je sortis du frigo une deuxième canette de bière. Je l'ouvris et la bus. J'avalai une salade de pommes de terre qui se trouvait dans un récipient de plastique. Il était plus de six heures. Je lus sommairement un journal du soir sur le canapé. Le journal était encore plus ennuyeux que d'habitude. Il n'y avait à peu près aucun article digne d'être lu. Rien que des nouvelles sans intérêt. Mais comme je ne voyais pas ce que je pouvais faire d'autre, je m'absorbai assez longuement dans la lecture des articles. Lorsque j'en aurais terminé, il me faudrait faire quelque chose d'autre. Pour m'éviter la peine d'y réfléchir, je continuai à traîner sur mon journal, comme pour étirer le temps. Et si je répondais au courrier? Nous avions reçu une invitation pour le mariage d'une de mes cousines. Or, ce jour-là, ma femme et moi avions décidé de partir tous les deux en voyage. Nous devions partir pour Okinawa. C'était un projet que nous formions depuis très longtemps et pour lequel nous avions harmonisé nos congés. Nous ne pouvions pas le modifier, sinon, Dieu seul sait quand une autre occasion se présenterait de prendre à nouveau de longues vacances ensemble. D'ailleurs, je ne suis pas spécialement proche de cette cousine. Cela devait bien faire dix ans que je ne l'avais vue. N'importe, je me devais de lui répondre rapidement. Sans doute y avait-il toutes sortes de réservations à effectuer en vue de la cérémonie. Mais je n'y parvenais pas. J'étais à ce moment-là incapable de me mettre à écrire une lettre. Je n'étais vraiment pas d'humeur à ça.

Je repris le journal et lus les mêmes articles une deuxième fois. Et si je préparais le repas, me dis-je soudain. Mais ma femme aurait peut-être déjà dîné quand elle rentrerait, pour quelque raison liée à son travail. Dans ce cas, l'une des parts serait inutile. Et si j'étais seul, n'importe quoi ferait l'affaire. Je n'allais pas préparer quelque chose exprès. Si elle rentrait sans avoir mangé, nous n'aurions qu'à sortir dîner.

Bizarre quand même, pensai-je. En général, lorsqu'elle ou moi risquions de rentrer après six heures, nous tâchions toujours de nous prévenir. C'était la règle. Éventuellement, un message sur le répondeur faisait l'affaire. De cette façon, on pouvait s'adapter. Par exemple, on pouvait manger d'abord, ou préparer la part de l'autre, ou bien aller se coucher en premier. Mon travail m'oblige parfois à rentrer tard, de même que ma femme peut être retardée par des réunions ou des bons à tirer à signer. Nous ne faisons ni l'un ni l'autre de ces boulots qui commencent à neuf heures pile pour se terminer à cinq heures. Nous pouvions même rester trois jours sans nous parler, pour peu qu'il nous arrivât d'être très occupés en même temps. On n'avait pas le choix. Les choses avaient pris ce tour-là. Chacun se pliait donc rigoureusement à cette règle, afin de ne pas embarrasser l'autre avec ces détails pratiques. Si l'on sentait qu'on allait être retardé, on se prévenait par téléphone. Moi, il m'arrivait parfois d'oublier. Mais elle, jamais.

Il n'y avait pourtant aucun message sur le répondeur. Je laissai tomber le journal, m'allongeai sur le canapé et fermai les yeux.

12. Je rêve d'une réunion. Je suis debout et j'ai la parole. Je suis incapable de comprendre ce dont je parle. Je parle, c'est tout. Mais si je m'arrête de parler, je vais mourir. Il m'est donc impossible de m'arrêter de parler. Je ne peux que continuer à prononcer sans fin des paroles dont le sens m'échappe. Autour de moi, tous sont déjà morts. Morts et changés en pierre. Durcis en sculptures de pierre. Le vent souffle. Il s'engouffre par les vitres des fenêtres qui sont toutes cassées. Puis

les TV People sont là. Maintenant ils sont trois. Exactement comme au début. Ils transportent toujours un Sony couleur. Sur l'écran, on les voit. Je perds mes mots. Et au fur et à mesure, je sens l'extrémité de mes doigts devenir dure, je suis en train de me pétrifier, petit à petit.

Quand j'ouvris les yeux, la pièce avait pris un ton blanchâtre. Cette nuance de blanc que l'on trouve dans une allée d'aquarium. Le récepteur était allumé. Le reste de la pièce était déjà plongé dans une totale obscurité et, au milieu de ces ténèbres, l'écran scintillait, émettant un petit grésillement de parasites. Je m'étendis sur le canapé et pressai mes tempes du bout des doigts. La pulpe en était encore tendre. Dans ma bouche persistait le goût de la bière que j'avais bue avant de dormir. J'avalai ma salive, mais le fond de ma gorge était si sec qu'il me fallut du temps pour pouvoir déglutir. Comme toujours après un rêve réaliste, c'était le monde éveillé, bien plus que les songes, qui me semblait irréel. Mais non, elle était bien là, la réalité. Personne n'était changé en pierre. Quelle heure pouvait-il être ? Je regardai la pendule abandonnée sur le sol. TALPP KK SHAAS TALPP KK SHAAS. Il était un peu moins de huit heures.

Tout comme dans mon rêve, cependant, l'image d'un TV People se formait sur l'écran. C'était celui que j'avais croisé dans l'escalier de ma compagnie. Pas le moindre doute, c'était bien le même type, celui qui avait ouvert en premier la porte de mon appartement. Cent pour cent sûr. Debout dans la lumière blanche, presque fluorescente, qui venait l'éclairer par-derrière, il me dévisageait intensément. Comme si un bout de mon rêve s'était clandestinement introduit dans le réel. Je fermai les yeux puis les rouvris, pensant que cette chose s'évanouirait. Mais non, elle ne disparut pas. Bien au contraire, la silhouette du TV People s'était agrandie, et son visage occupait maintenant tout l'écran. Comme si, depuis le lointain, il s'était lui-même approché de moi d'un mouvement inexorable, le gros plan se resserrait sur sa tête.

Puis le TV People sortit de la télé. Comme pour enjamber une fenêtre, il prit appui avec ses mains sur les côtés du cadre et hop ! il sortit ses pieds. Sur l'écran qu'il venait de quitter, il ne demeura plus qu'une lumière blanche à l'arrière-plan.

Afin d'habituer son corps au monde extérieur, il frotta pendant quelque temps sa main gauche avec les doigts de sa main droite. Une petite main droite à échelle réduite qui frottait longuement une petite main gauche à échelle réduite. Vraiment, il ne se pressait pas. Il se conduisait exactement comme s'il disposait d'un temps inépuisable. On aurait cru un animateur de shows télévisés parfaitement rodé. Puis il me dévisagea.

– Nous sommes en train de fabriquer un avion, dit-il.

Sa voix manquait de cette sensation de profondeur que donne la distance. C'était une voix plate, exactement comme si elle avait été écrite sur du papier.

Venant en illustration de ses paroles, une machine noire apparut sur l'écran. Ça tenait vraiment du bulletin télévisé. On vit d'abord un grand espace semblable à une usine. Puis il y eut un gros plan sur l'atelier de fabrication qui se tenait au centre. Deux TV People s'affairaient sur la machine, serrant des boulons avec des clés ou réglant des compteurs. On les sentait très appliqués à leur tâche. C'était une curieuse machine.

De forme cylindrique, effilée dans sa partie supérieure, avec par endroits des saillies dans le profilé. En fait d'avion, on aurait plutôt vu là un immense presse-orange. Cela ne comportait ni ailes, ni sièges.

– Ça ne ressemble pas du tout à un avion, dis-je.

Ma voix n'avait pas la sonorité de ma voix. Elle était tout à fait bizarre. Comme une voix qui viendrait d'ingurgiter des éléments nutritifs à travers un filtre très épais. J'eus la sensation d'avoir considérablement vieilli.

– Ça doit être parce qu'on n'a pas encore mis la couche de couleur, dit le TV People. On la passera demain, et alors tu te rendras vraiment compte que c'est un avion.

– Il ne s'agit pas de couleur : c'est une question de forme. Ça n'est pas un avion.

– Et si c'est pas un avion, c'est quoi alors ? me lança-t-il.

Je n'en savais rien. Qu'est-ce que ça pouvait bien être en effet ?

– C'est donc bien une question de couleur, me dit gentiment le TV People. Quand on aura mis la couleur comme il faut, ce sera un avion.

Je renonçai à débattre davantage avec lui. Que ce soit un avion ou non, quelle importance pour moi, pensai-je. Que ce soit un avion capable de presser des oranges ou un presse-orange capable de voler dans les airs, ça m'était bien égal finalement. Pourquoi ma femme ne rentrait-elle pas ? Une fois encore, j'appuyai sur mes tempes du bout des doigts. La pendule continuait de faire entendre son TALPP KK SHAAS TALPP KK SHAAS. La télécommande était posée sur la table. À côté, il y avait la pile de magazines féminins. Le téléphone était toujours muet. La pièce baignait dans le demi-jour du récepteur.

Sur l'écran, les deux TV People continuaient de s'affairer. L'image était beaucoup plus nette qu'avant. On pouvait lire jusqu'aux chiffres indiqués par le compteur de la machine. Quoique à peine perceptible, on pouvait aussi distinguer son bruit : TAABZRAIBGG TAABZRAIBGG ARPP ARPP TAABZRAIBGG. Par moments, elle faisait entendre un son sec et régulier de métal que l'on frappe. ARIIIINBT ARIIIINBT : voilà ce qu'on entendait. Toutes sortes d'autres bruits venaient s'enchevêtrer, mais mon oreille ne parvenait pas à les démêler clairement. Quoi qu'il en soit, les deux TV People travaillaient avec acharnement au milieu de l'écran. C'était là le refrain. J'observai soigneusement leurs opérations quelque temps. Le TV People qui était à côté du récepteur regardait lui aussi avec une attention silencieuse la silhouette de ses camarades sur l'image. Rien à faire, pour moi, cette machine toute noire qui flottait dans la lumière blanche ne ressemblait nullement à un avion.

– Elle revient pas, ta femme, me dit le TV People hors de l'écran.

Je le dévisageai. Je ne saisissais pas le sens exact de ses mots. Je le fixai comme j'aurais scruté un tube cathodique parfaitement incolore.

– Elle reviendra plus, ta femme, continua-t-il sur le même ton.

– Pourquoi ? demandai-je.

– Pourquoi ? Mais parce que c'est fichu ! me dit-il. (Sa voix ressemblait à ces clés en forme de cartes plastifiées qu'on emploie dans les hôtels. Plate, sans inflexion, elle s'enfonçait tel un outil tranchant à travers une fente étroite.) C'est fichu, elle ne reviendra pas.

Je me le répétais dans ma tête. *Elle ne reviendra pas, c'est fichu.* Que c'était plat, sans réalité ! Je ne parvenais pas bien à comprendre les tenants et les aboutissants de cette phrase. Les causes attrapaient les conséquences par la queue et s'apprêtaient à les engloutir. Je me levai et me dirigeai vers la cuisine. Puis j'ouvris le frigo, inspirai profondément, pris une canette de bière et revins vers le canapé. Campé devant sa télé, le coude droit sur le poste, le TV People était toujours là à me fixer tandis que je détachais la bague de la canette. En fait, je n'avais pas spécialement envie de bière. Je me l'étais servie histoire de ne pas rester vainement sans rien faire. J'en goûtai une gorgée, mais sans rien lui trouver de bon. Je restai comme ça, ma canette à la main, et quand elle commença à peser, je la posai sur la table.

Puis je me mis à réfléchir à ce communiqué du TV People selon lequel ma femme ne rentrerait plus. À savoir qu'entre elle et moi c'était fichu. Voilà donc pourquoi elle ne rentrait pas. Je ne pouvais pourtant me faire à l'idée que c'était fini. Sans doute, nous ne formions pas un couple parfait. On s'était souvent querellés durant ces quatre années. Notre relation n'avait pas été sans problèmes. Nous en discutions de temps en temps. On avait pu résoudre certaines difficultés, d'autres non. Et ce qui ne s'était pas arrangé, la plupart du temps, on l'avait laissé tomber ; en attendant que le temps passe. Bon, OK, on était un couple à problèmes, je le reconnais. Mais de là à dire que c'était fichu, c'est un peu rapide, non ? Vous en connaissez, vous, des couples qui n'ont pas de problèmes ? Et d'ailleurs, il était à peine plus de huit heures. Pour une raison ou pour une autre, elle n'avait pas réussi à passer un coup de fil. On pouvait imaginer une foule de raisons. Par exemple… mais je n'en trouvais pas une seule. J'étais dans un désarroi atroce.

Je me renversai en arrière, bien au fond du canapé.

Je me demandais comment cet avion – si tant est que c'en fût un – pouvait bien voler. Quelle en était la force de propulsion ? Où étaient les fenêtres ? Et d'abord où était l'avant, où était l'arrière ?

J'étais totalement épuisé. Complètement à plat. Il fallait pourtant bien que j'écrive cette lettre pour décliner l'invitation de ma cousine. « Ne pourrons assister à la cérémonie en raison d'obligations professionnelles. Regrets. Félicitations pour ton mariage. »

Les deux TV People de l'écran continuaient sans relâche de construire leur avion, sans tenir compte de ma présence. Ils n'avaient pas fait la moindre pause, fût-ce d'un seul instant. On avait l'impression que, jusqu'à l'achèvement complet de la machine, les tâches à accomplir étaient infinies. Dès qu'une opération était terminée, sans dételer, ils entamaient aussitôt la suivante. Malgré l'absence de schéma d'implantation ou de plan précis, ils savaient parfaitement ce qu'ils devaient faire à chaque étape. La caméra suivait ce superbe travail avec une extrême dextérité. C'était filmé habilement, avec un découpage de plans qui rendait la lecture facile. Les images étaient justes et démonstratives. Un autre TV People (un quatrième ou un cinquième) était peut-être bien derrière la caméra ou le pupitre de commande.

C'est bizarre de dire ça, mais à force de regarder attentivement leur prodigieux travail, petit à petit, je me mettais moi aussi à trouver que ça ressemblait à un avion. Ou en tout cas que ça aurait très bien pu en être un. Quelle importance de savoir où était l'avant et l'arrière ? À voir ce travail de précision exécuté avec un tel brio, ça ne pouvait être qu'un avion, car pour eux, même si ça n'en avait pas l'allure, c'en était un. Exactement comme l'homme l'avait dit : si ce n'est pas un avion, qu'est-ce que c'est ?

Le TV People hors de la télé n'avait pas relâché sa position d'un millimètre. Le coude droit appuyé sur le poste, il me regardait. Et moi, j'étais au bout de son regard. Les TV People continuaient de travailler sur l'écran. On entendait le bruit de la pendule : TALPP KK SHAAS TALPP KK SHAAS. La pièce était sombre, étouffante. Dans le corridor extérieur, quelqu'un marchait en faisant du bruit avec ses chaussures.

Peut-être bien, me dis-je tout à coup. Ma femme ne reviendrait sûrement plus ici. Oui, c'était ça. Elle avait disparu dans un endroit lointain hors de ma portée, à bord de tous les moyens de transport imaginables. Sans doute était-ce vrai, c'était fini entre nous, irrévocablement. Peut-être l'avais-je tout à fait perdue. Et j'étais le seul à ne pas m'en être rendu compte. Toutes sortes de pensées se décomposaient en moi, avant de se réunir à nouveau. « C'était donc ça. » Ces mots s'échappaient de ma bouche. Ma voix, à l'intérieur de mon corps, sonnait désespérément creux.

– Demain, quand on mettra la couleur, tu comprendras beaucoup mieux, dit le TV People. Avec la couleur, ce sera un avion tout à fait comme il faut.

Je scrutai la paume de ma main. En comparaison de ma paume habituelle, elle me semblait rapetissée. Juste un petit peu. C'était peut-être une idée que je me faisais. Ou un simple effet de la lumière. À moins que mon appréciation des distances ne fût en train de se fausser légèrement. Reste que ma paume me paraissait vraiment s'être réduite. Eh là, une minute ! J'ai une déclaration à faire. Il faut que je parle. Je dois dire quelque chose. Sinon je vais rétrécir, je vais me dessécher, je vais me changer en pierre. Comme tous les autres.

– Le téléphone ne devrait pas tarder à sonner, dit le TV People. (Puis, comme s'il comptait, il fit une courte pause.) Dans cinq minutes !

Je regardai l'appareil de téléphone. Je songeai au câble de raccordement du téléphone, à ces câbles qui reliaient mon appareil téléphonique à l'infini. Je me disais que quelque part, à une extrémité de ce gigantesque dédale de circuits, ma femme était là. Très loin, tellement loin, tout à fait hors de ma portée. Je sentais les battements de son cœur. Encore cinq minutes. Où était l'avant, où était l'arrière ? Je me levai pour dire quelque chose. Mais dans le court instant où je me levai, les mots avaient disparu.

Traduit du japonais par Véronique Brindeau

Un cargo pour la Chine

Un cargo part pour la Chine
Je voudrais le prendre avec toi
En réserver les cabines
Juste pour toi et moi…

Vieille chanson

1

De quand date ma première rencontre avec un Chinois ?

Cette phrase est le point de départ d'une énigme archéologique. L'analyse des vestiges se poursuit, je colle des étiquettes sur les objets mis à jour, je les classe par catégories.

Nous disions donc : de quand date ma première rencontre avec un Chinois ?

1959 ou 1960, je suppose, mais l'année exacte n'a pas grande importance. Aucune même, pour être précis. Pour moi, ces deux années, 1959 et 1960, sont comme deux vilains jumeaux habillés de vêtements identiques et mal seyants. Même si je pouvais emprunter une machine à remonter le temps, je crois que j'aurais bien du mal à faire la différence entre ces deux années.

Pourtant, je dois poursuivre ma tâche, patiemment, plus avant. J'élargis le champ des fouilles et de nouveaux vestiges, bien maigres, il est vrai, sont mis à jour. Des lambeaux de souvenirs.

C'est ça, c'était l'année où Johnson et Patterson se sont disputé le titre de champion du monde poids lourd. Je me souviens avoir regardé le match à la télé cette année-là. Dans ce cas, je n'ai plus qu'à aller à la bibliothèque consulter les collections de vieux journaux et feuilleter les pages sportives. Et ça devrait mettre un terme à mes questions.

Le lendemain matin, j'ai donc enfourché ma bicyclette pour me rendre à la bibliothèque la plus proche. Dieu seul sait pourquoi, juste à côté de l'entrée de la bibliothèque se trouvait un poulailler, à l'intérieur duquel cinq poulets prenaient un petit déjeuner tardif, à moins que ce ne soit un déjeuner à l'avance. Comme il faisait très beau, je me suis assis sur le trottoir à côté du poulailler et j'ai allumé une cigarette, tout en regardant les poulets picorer dans leur mangeoire d'un air très affairé, si frénétiquement que j'avais l'impression de regarder un vieux film en accéléré.

Après avoir fumé ma cigarette, j'ai senti un changement très net à l'intérieur de moi. Je ne sais pas pourquoi, mais mon nouveau moi, à cent lieues de la cigarette et des cinq poulets, s'est tourné vers moi pour me soumettre deux questions. La première : qui pourrait bien se soucier de connaître la date exacte à laquelle j'ai rencontré un Chinois pour la première fois ? Et la seconde : qu'avais-je exactement à gagner à étaler devant moi sur la table ensoleillée de la bibliothèque de vieilles collections de journaux ?

Ces questions me semblaient honnêtes. Je fumai une autre cigarette devant le poulailler puis enfourchai mon vélo, disant adieu à la bibliothèque et du même coup aux poulets. De même qu'on ignore le nom des oiseaux qu'on voit traverser le ciel, moi j'ignorerai toujours la date de ce souvenir.

D'ailleurs, la plupart de mes souvenirs ne sont pas datés. Ils sont terriblement imprécis. Tellement imprécis que je me demande parfois si je ne cherche pas à prouver quelque chose – quoi et à qui, je l'ignore – par une pareille imprécision. En général, il me paraît impossible de saisir avec précision ce que l'on cherche à prouver par l'imprécision.

En tout cas, mes souvenirs sont vagues à ce point, c'est indéniable. Je mélange la chronologie des événements, la fiction se mêle à la réalité, par moments, je confonds même mon propre regard avec celui de quelqu'un d'autre. Peut-être qu'on ne peut même plus appeler ça des souvenirs. Par conséquent, il n'y a que deux événements marquants de mes années d'école primaire (ces six années drôles et pathétiques à la fois, dans l'euphorie démocratique de l'après-guerre) que je suis en mesure de me rappeler. L'un, c'est cette histoire de Chinois, l'autre un match de base-ball qui eut lieu un après-midi des vacances d'été. Pendant ce match, je protégeais le centre, et je m'étais évanoui au troisième revers. Bien entendu, je ne me suis pas évanoui d'un coup sans raison. En fait, je me suis évanoui parce que, à cette époque, on ne pouvait utiliser qu'un petit bout du terrain de sport du collège voisin pour les matchs de base-ball, et cela fut la cause principale de mon évanouissement. Autrement dit, je m'évanouis parce que, en courant de toutes mes forces après la balle, je percutai de plein fouet le poteau soutenant le panier de basket-ball.

Quand je revins à moi, j'étais étendu sur un banc sous une treille, le soleil était déjà couché, la première chose qui frappa mes narines fut l'odeur de terre mouillée – le terrain avait été arrosé – et l'odeur de cuir de mon gant tout neuf, placé sous ma tête en guise d'oreiller. Ensuite les élancements de mon crâne endolori. Il paraît que j'ai dit quelque chose. Je ne me rappelle pas quoi. Les amis qui étaient restés à côté de moi me l'ont rapporté plus tard, d'un air tout gêné. Il paraît que j'avais dit : « Pas de problème, il suffit d'enlever la poussière et je pourrai le manger. »

Aujourd'hui encore, je me demande d'où me venait cette phrase. Je devais rêver sans doute. Peut-être que j'avais rêvé que j'avais fait tomber le petit pain de mon déjeuner et qu'il avait roulé au bas de l'escalier ? C'est vraiment la seule explication qui me vient pour expliquer cette association d'idées.

Vingt années se sont écoulées depuis, mais il m'arrive encore de temps en temps de retourner cette phrase dans mon esprit.

Pas de problème, il suffit d'enlever la poussière et je pourrai le manger.

Je m'arrête sur cette phrase et je réfléchis à mon existence en tant qu'être humain et au chemin qui reste à parcourir à cet être humain que je suis. Et puis naturellement mes pensées me mènent au point où se termine le chemin : la mort. Penser à la mort est pour moi un acte très vague. Et je ne sais pourquoi, quand je pense à la mort, je me rappelle l'histoire du Chinois.

2

Il y avait une école primaire pour les petits Chinois sur la colline au-dessus du port (je l'appellerai l'école primaire chinoise par commodité parce que j'ai complètement oublié comment elle s'appelait. Pardonnez-moi si cette dénomination vous semble bizarre). Je m'y rendis pour la première fois à l'occasion d'un test d'aptitude. Les candidats étaient répartis entre différentes écoles, et, dans la classe, je fus le seul à qui l'on indiqua l'école chinoise. Je ne compris pas pourquoi. Sans doute quelque erreur administrative. Tous mes camarades devaient se rendre dans des écoles beaucoup plus proches.

L'école primaire chinoise ?

Je demandais à tous les gens que je croisais s'ils savaient quelque chose de cette école. Personne ne savait rien, sinon qu'elle était à une demi-heure de train de notre école à nous. À l'époque, je n'étais pas le genre d'enfant à prendre le train tout seul, et pareille distance équivalait pour moi au bout du monde.

L'école primaire chinoise du bout du monde.

Deux semaines plus tard, un dimanche matin, je m'éveillai dans une humeur terriblement sombre, aiguisai une dizaine de crayons et fourrai dans un sac plastique, suivant les instructions fournies par l'école, mon déjeuner et mes pantoufles. C'était une belle journée, un peu trop chaude peut-être pour un dimanche d'automne, mais ma mère m'obligea à mettre un pull épais. Je montai seul dans le train et restai debout près de la porte à regarder attentivement le paysage durant tout le trajet de peur de laisser passer l'arrêt.

Je trouvai tout de suite l'école primaire chinoise, sans même avoir à regarder le plan imprimé au dos du formulaire d'examen. Il m'avait suffi de suivre la foule des petits écoliers aux sacs gonflés par des boîtes à déjeuner et des pantoufles, qui avançaient tous dans la même direction. Le long d'une pente assez raide progressaient des dizaines, non, des centaines d'écoliers en rang. C'était assurément un étrange spectacle. Pas un ne lançait une balle, pas un ne tirait la casquette de son voisin, ils marchaient simplement en silence. Ils évoquèrent pour moi une sorte de mouvement perpétuel disproportionné. Tout en grimpant la côte à leur suite, je transpirais sous mon pull trop épais.

Contrairement à ce que je m'étais vaguement imaginé, l'aspect extérieur de l'école primaire chinoise n'était guère différent de celui de ma propre école. C'était même beaucoup plus propre. Les longs couloirs obscurs, l'air qui sentait le renfermé… Je ne reconnaissais nulle part les images que j'avais dessinées dans ma tête au gré de ma fantaisie au cours des deux semaines précédentes. Je passai sous la grande porte de fer forgé, suivis le long chemin pavé entouré d'arbustes qui traçait une courbe douce, parvins devant l'entrée principale. Il était neuf heures, un soleil matinal se réfléchissait dans l'eau transparente d'un étang placé devant la façade. Une rangée d'arbres longeait le corps de bâtiment principal, chacun portait une plaque explicative en chinois. Je pouvais lire certains caractères, d'autres pas. Le portail de l'entrée donnait sur une cour carrée, en forme de patio, qui servait de cour de récréation et de terrain de sport, chacun des coins portait un ornement : un buste de personnage célèbre, une petite boîte blanche pour les observations météorologiques, une barre d'exercices…

J'enlevai mes chaussures à l'entrée suivant les instructions des surveillants et pénétrai dans la salle de classe qu'on me désigna. Dans la jolie petite salle, quarante bureaux pliants étaient installés bien en ordre ; sur chacun était collée une carte adhésive portant un nom et un numéro. Je m'installai à ma place, dans la première rangée près de la fenêtre.

Le tableau tout neuf était d'un vert foncé luisant, sur le bureau du maître étaient posés une boîte de craie et un vase contenant un unique chrysanthème blanc. Tout était d'une propreté exemplaire, et soigneusement rangé. Sur le panneau d'affichage apposé au mur, il n'y avait ni compositions ni dessins punaisés. Peut-être les avait-on enlevés exprès pour ne pas nuire à la concentration des candidats. Je m'assis à ma place, posai mon plumier et mon sous-main, puis je mis un coude sur la table, une joue sur ma main et fermai les yeux.

Un quart d'heure plus tard environ, un maître entra dans la classe, un paquet de feuilles d'examen sous le bras. Il avait à peine une quarantaine d'années, mais il boitait légèrement de la jambe gauche, qui traînait quand il marchait, et tenait une canne dans sa main gauche. C'était une de ces cannes en bois de cerisier grossièrement façonnées qu'on vend dans les magasins de souvenirs au départ des chemins de randonnée. Son infirmité était en fait si peu visible que cette canne grossière attirait désagréablement l'attention. Quarante paires d'yeux se concentrèrent sur le maître, ou plus exactement sur les copies qu'il tenait, et un silence de mort s'installa.

Le surveillant grimpa sur l'estrade, posa le paquet de copies sur le bureau, sa canne à côté, avec un petit bruit sec. Ensuite, il vérifia que toutes les places étaient bien occupées, toussota, jeta un coup d'œil sur sa montre. Puis, les deux mains posées sur un coin du bureau comme pour soutenir son corps, il leva bien droit la tête et se mit à regarder un coin du plafond.

Silence. Ce silence dura plus de cinquante secondes. Tendus, retenant leur souffle, les élèves contemplaient tous le paquet de feuilles sur le bureau, tandis que le surveillant boiteux regardait le plafond. Il portait une veste gris souris, une chemise blanche, une cravate si discrète qu'à peine l'avait-on remarquée qu'on oubliait aussitôt sa couleur et ses motifs. Il ôta ses lunettes, les essuya soigneusement avec un mouchoir, les remit sur son nez.

– C'est moi qui vais surveiller ce test, annonça-t-il. Une fois que je vous aurai distribué les copies, vous les laisserez sur vos tables retournées. Interdiction de les mettre à l'endroit. Posez vos mains sur vos genoux. Quand je vous dirai « allez-y », vous pourrez retourner vos feuilles et commencer à répondre. Dix minutes avant la fin, je vous préviendrai qu'il ne vous reste plus que dix minutes. Vérifiez alors que vous n'avez pas fait de fautes d'inattention, relisez vos copies. Ensuite, quand je vous dirai « c'est fini », vous retournerez à nouveau vos feuilles et poserez vos mains sur vos genoux. Compris ?

Silence de mort.

– N'oubliez pas d'écrire votre nom et votre numéro en haut de la feuille d'examen.

Silence de mort.

Il regarda à nouveau sa montre.

– Bon, il nous reste dix minutes avant de commencer, je vais en profiter pour discuter un peu avec vous. Détendez-vous.

Pfff, on entendit quelques soupirs.

– Je suis un des professeurs chinois de cette école.

Eh oui, c'est ainsi que je rencontrai mon premier Chinois.

Je ne lui trouvais pas du tout l'air chinois. Mais c'était normal, je n'avais aucun point de comparaison, puisque je n'avais encore jamais vu de Chinois.

– Tous les jours, dans cette classe, poursuivit-il, de jeunes Chinois tout à fait semblables à vous travaillent avec ardeur, tout comme vous. Comme vous le savez tous, la Chine et le Japon sont deux pays voisins et amis. Pour que tout le monde puisse vivre en harmonie il faut entretenir de bons rapports entre voisins. N'est-ce pas ?

Silence de mort.

– Naturellement, il y a des points communs entre nos deux pays, et des divergences aussi. Sur certaines choses, nous nous comprenons mutuellement, sur d'autres, non. Pensez à vos relations avec vos amis, il en va de même, n'est-ce pas ? Il y a des choses que même votre meilleur ami ne peut pas comprendre, n'est-ce pas ? Eh bien, entre nos deux pays, c'est la même chose. Mais notre entente dépend seulement de nos efforts respectifs, j'en suis convaincu. Et pour cela, il faut commencer par nous respecter mutuellement. C'est le premier pas.

Silence de mort.

– Tenez, par exemple, imaginez que des classes d'enfants chinois viennent dans votre école y passer un examen. Des petits Chinois assis à vos pupitres comme vous êtes assis aux leurs en ce moment. Imaginez.

Supputations diverses.

– Le lundi matin, vous retournez tous dans votre école. Vous vous asseyez. Et alors, là, vous trouvez vos pupitres pleins de rayures et de graffitis, des chewing-gums collés sur vos chaises, une de vos pantoufles qui était rangée sous votre table n'est plus là, quel effet cela vous ferait-il ?

Silence de mort.

– Toi par exemple, dit-il en me désignant du doigt. (Sans doute parce que mon numéro était un des premiers.) Ça te ferait plaisir ?

Tous les regards se tournèrent vers moi.

Je devins écarlate et secouai la tête en toute hâte.

– Tu respecterais les Chinois ?

Je secouai à nouveau la tête.

– Voilà pourquoi, dit le professeur en se tournant vers la classe (tous les yeux s'étaient à nouveau fixés sur lui et son bureau), voilà pourquoi il ne faut pas écrire sur les pupitres, ni faire de blagues avec les affaires rangées dessous, ni coller du chewing-gum sur les chaises. C'est compris ?

Silence de mort.

– Les élèves chinois répondent plus clairement que cela.

– Oui, m'sieur ! répondirent alors quarante bouches.

Ou plutôt trente-neuf. Moi, j'étais incapable d'émettre un son.

– Bon. Levez la tête, bombez le torse !

Nous levâmes la tête en bombant le torse.

– Et restez fiers.

J'ai oublié les résultats de cet examen qui s'est déroulé il y a plus de vingt ans. Mais je me rappelle les silhouettes des écoliers en train de gravir la côte, et ce professeur chinois. Et aussi que je dois relever la tête en bombant le torse et rester fier.

3

Comme mon lycée se trouvait dans une ville portuaire, il y avait pas mal de Chinois dans mon entourage. Quand je dis Chinois, en fait, ils n'étaient pas tellement différents de nous, Japonais. Ils n'avaient aucune caractéristique commune qui puisse les différencier globalement de nous. Ils étaient tous différents les uns des autres, et en cela exactement pareils à nous. J'ai toujours été étonné de voir à quel point l'individualité de chacun transcende toutes les catégories et les généralisations.

Il y avait donc quelques Chinois dans ma classe. Certains avaient de bonnes notes, d'autres moins. Certains étaient de caractère jovial, d'autres taciturne. Certains vivaient dans de luxueuses résidences, d'autres dans de minuscules studios-kitchenettes sans soleil. Il y avait de tout. Mais je ne devins particulièrement intime avec aucun d'eux. Je n'étais pas du genre à devenir intime avec qui que ce soit, à l'époque. Chinois et Japonais confondus.

Je revis l'un d'entre eux par hasard des années plus tard, mais j'évoquerai cet épisode un peu plus loin.

La scène change, nous voici à Tôkyô.

Si je continue dans l'ordre le deuxième Chinois que je rencontrai – je fais exception de ces camarades de lycée avec lesquels j'eus à peine l'occasion de parler, n'étant pas très liant de nature –, mon deuxième Chinois, fut donc en fait une Chinoise, une jeune fille taciturne de dix-neuf ans, comme moi, que je rencontrai au printemps de ma deuxième année universitaire. Elle faisait le même job d'appoint que moi, elle était petite, et plutôt jolie. Je travaillai trois semaines avec elle.

Elle travaillait assidûment, et moi, entraîné par son ardeur à l'ouvrage, je devins aussi plus zélé, mais, en l'observant, il me sembla que fondamentalement notre entrain à la tâche différait du tout au tout. Autrement dit, moi, je travaillais avec toute mon énergie, en faisant le raisonnement suivant : « Quitte à faire quelque chose, ça vaut peut-être le coup de le faire à fond. » En comparaison, le cœur qu'elle mettait à l'ouvrage paraissait plus proche des fondements mêmes de l'existence humaine. J'ai du mal à expliquer ça, mais il y avait dans son ardeur au travail un sentiment d'urgence, comme si sa vie en dépendait. C'est pourquoi la plupart des employés étaient incapables de suivre son rythme de travail et laissaient tomber en cours de route, agacés par son comportement. Le seul qui fut capable de continuer à travailler jusqu'au bout avec elle sans protester, c'était moi.

Au début, nous ne nous adressions pratiquement pas la parole. J'essayai plusieurs fois d'engager la conversation, mais elle n'était guère encourageante, si bien que je finis par me montrer peu disert, moi aussi. La première fois que nous eûmes une vraie conversation, ce fut deux semaines après avoir commencé à faire équipe tous les deux. Ce jour-là, peu avant midi, elle sombra pendant une demi-heure dans un véritable état de panique. C'était la première fois que je la voyais comme ça. La cause première de cet affolement était une erreur dans l'ordre des tâches qu'elle avait à accomplir. Elle avait évidemment une responsabilité là-dedans, mais, de mon point de vue, c'était le genre d'erreur fréquente qui pouvait vraiment arriver à tout le monde : un petit moment d'inattention, et hop ! Elle, apparemment, n'était pas de cet avis. Cela avait provoqué dans sa tête une petite faille qui s'agrandit progressivement jusqu'à devenir un énorme gouffre béant. Elle restait littéralement figée sur place et ne disait plus un mot. Elle me faisait penser à un bateau sombrant lentement dans la nuit.

J'interrompis ma tâche, la fis asseoir, dénouai un par un ses doigts crispés, lui fis boire un café brûlant.

– Ça va aller, ne t'inquiète pas, lui dis-je. Tu n'es pas en retard sur ton travail, ce n'est pas grave, si tu t'es trompée, tu recommences tout, et ce sera vite rattrapé. Même si tu étais en retard, ce n'est pas la fin du monde.

Elle gardait les yeux dans le vague, mais elle hocha la tête en silence et, après avoir bu son café, parut un peu rassérénée.

– Pardon, dit-elle d'une petite voix.

À l'heure du déjeuner, nous bavardâmes un peu. C'est là que j'appris qu'elle était chinoise.

Notre lieu de travail était l'entrepôt étroit et sombre d'une petite imprimerie de l'arrondissement de Bunkyo. Juste à côté coulait un petit ruisseau tout sale. Le travail était simple et fastidieux, mais il fallait être rapide. Je recevais un bordereau et devais transporter jusqu'à l'entrée de l'entrepôt le nombre de livres indiqué dessus. Elle était chargée de ficeler ces livres et de vérifier l'inventaire. C'était tout. Comme il n'y avait pas le moindre dispositif de chauffage dans cet entrepôt, nous étions contraints de travailler le plus vite possible pour ne pas mourir gelés. Il faisait un tel froid que je me demandais parfois si nous n'aurions pas eu plus chaud à pelleter la neige sur l'aéroport d'Anchorage.

À la pause de midi, nous sortions prendre un repas chaud, histoire d'être au chaud quelque part pendant une heure. Le but principal était de nous réchauffer, mais, à partir du jour de sa crise de panique, nous commençâmes à nous faire petit à petit des confidences à la faveur de la pause-déjeuner. Elle ne se livrait que par bribes, mais peu à peu je parvins à reconstituer l'image de sa vie. Son père dirigeait une petite entreprise d'importation à Yokohama, la plupart des marchandises dont il s'occupait étaient des vêtements en solde en provenance de Hong-Kong. Elle était chinoise, était née au Japon et n'avait jamais mis les pieds ni en Chine populaire, ni à Taiwan ou Hong-Kong. Elle était allée à l'école primaire japonaise et non chinoise. Elle parlait à peine chinois mais possédait bien l'anglais. Elle fréquentait une université privée de jeunes filles et espérait devenir un jour interprète. Elle partageait un appartement à Komagome avec son frère, ou plutôt, pour employer son expression, elle avait atterri dans l'appartement de son frère, parce qu'elle ne s'entendait pas avec son père. Voilà à peu près la somme de ce que j'appris la concernant.

Ces deux semaines de mars s'écoulèrent, avec le froid et les giboulées de saison. Le soir de notre dernier jour de travail, une fois touchée notre paie, je l'invitai, après quelques hésitations, à m'accompagner dans une discothèque de Shinjuku où j'étais déjà allé plusieurs fois. Je n'avais pas l'intention de lui faire la cour. J'avais une petite amie que je connaissais depuis le lycée. Enfin, pour être franc, nous n'étions plus aussi liés qu'autrefois, car elle vivait à Kôbe et moi à Tôkyô.

Nous ne nous voyions que deux mois par an, trois maximum. Nous étions encore trop jeunes tous les deux, et nous ne nous connaissions pas suffisamment bien pour parvenir à pallier le vide que creusaient entre nous le temps et la distance qui nous séparaient désormais. Je n'avais pas la moindre idée de la façon dont nos relations allaient évoluer dans l'avenir. À Tôkyô, je me sentais très seul, je n'avais pas le moindre ami, les cours à l'université m'ennuyaient. J'avais envie de respirer un peu, pour être honnête. Aller danser avec une fille, boire quelques verres en bavardant, voilà les plaisirs dont j'avais envie. C'était tout. J'avais à peine dix-neuf ans. C'est l'âge où on a le plus envie de profiter de la vie.

Elle prit cinq secondes pour réfléchir, tête baissée.

– Je ne sais pas danser, dit-elle.

– C'est facile, ce n'est même pas de la danse, tu n'as qu'à remuer au rythme de la musique, c'est tout, tout le monde peut faire ça.

Je l'invitai d'abord à manger une pizza en buvant de la bière. Le travail était fini. Plus jamais nous n'aurions à transporter des livres dans cet entrepôt glacial. À cette pensée, j'éprouvais un sentiment de libération. Je disais plus de blagues que d'habitude, elle riait davantage. Après le dîner, nous allâmes à la discothèque et passâmes deux heures à danser. L'endroit était chaud et agréable, imprégné d'un parfum de sueur et d'encens. Un orchestre philippin jouait des morceaux de Santana. Lorsque nous avions assez transpiré sur la piste, nous nous asseyions pour boire de la bière, et lorsque la sueur avait refroidi, nous recommencions à danser. Des lumières clignotaient, et, sous les rayons colorés des lasers, elle avait l'air très différente de quand elle travaillait. Une fois habituée à la danse, elle eut l'air de vraiment s'amuser.

Nous dansâmes jusqu'à l'épuisement puis quittâmes la discothèque. L'air nocturne de mars était frais, mais on sentait comme un avant-goût de printemps. Comme nous avions encore chaud, nous gardâmes nos manteaux à la main pour marcher un peu à l'aventure dans les rues. Nous nous arrêtâmes dans un hall de jeu, bûmes un café, repartîmes. Il nous restait encore la moitié des vacances de printemps, nous avions dix-neuf ans. Si on nous avait dit de continuer, nous aurions pu marcher jusqu'aux rives de la Tamagawa. Je me rappelle encore aujourd'hui les sensations, l'atmosphère de cette nuit-là.

Quand il fut dix heures vingt à sa montre, ma compagne m'annonça qu'elle devait rentrer.

– Je dois être à la maison avant onze heures, dit-elle comme si elle s'excusait.

– C'est assez strict, comme horaire, remarquai-je.

– Oui, mon frère est sévère, il se prend pour mon protecteur. Mais comme il s'occupe de moi, je ne peux rien dire, expliqua-t-elle, mais je compris au ton de sa voix qu'elle avait de l'affection pour son frère.

– N'oublie pas ton soulier, dis-je.

– Mon soulier ?

Elle fit encore cinq ou six pas puis se mit à rire :

– Ah oui, comme Cendrillon ! Ne t'inquiète pas, je ne l'oublierai pas.

Nous montâmes l'escalier de la gare de Shinjuku et nous assîmes côte à côte sur un banc, sur le quai.

– Tu ne me donnerais pas ton numéro de téléphone ? demandai-je. On pourrait sortir ensemble à nouveau, un de ces jours.

Elle hocha la tête en se mordant les lèvres puis me donna son numéro. Je le notai au dos d'une boîte d'allumettes de la discothèque. Comme son train arrivait, je la laissai monter, lui souhaitai bonne nuit. Merci, je me suis bien amusée. À bientôt. La porte se referma, le train s'ébranla, je changeai de quai et attendis le train en direction d'Ikebukuro. Adossé à un pilier, tout en fumant une cigarette, je me remémorai dans l'ordre les événements de la soirée, depuis la pizzeria jusqu'à la promenade en sortant de la discothèque. Pas mal, me dis-je. Cela faisait longtemps que je n'avais pas invité une fille. Je m'étais bien amusé, et elle aussi. Au moins, on avait pu devenir amis. Elle était un peu trop taciturne, comme fille, et du genre nerveux. Mais j'avais une réelle sympathie pour elle.

J'écrasai mon mégot sous ma semelle, allumai une nouvelle cigarette. Les divers bruits de la ville se fondaient en un vague brouhaha, je regardai d'un œil absent les ténèbres légères. Je fermai les yeux, inspirai profondément. Tout s'est bien passé, me disais-je, et pourtant, depuis que je l'avais quittée, je me sentais étrangement oppressé. J'avais beau essayer d'avaler, c'était comme si quelque chose me restait en travers du gosier. Je m'étais trompé quelque part. Il me semblait que j'avais commis une erreur monstrueuse.

C'est en descendant à la gare de Mejiro sur la ligne Yamanote que je me rendis compte de ce que j'avais fait. *Je l'avais fait monter sur le train allant dans la direction opposée à la sienne.*

Mon logement d'étudiant se trouvait à Mejiro, j'aurais donc pu prendre le même train qu'elle. C'était tout simple. Pourquoi l'avais-je fait monter dans le mauvais train ? Est-ce que j'avais trop bu ? Ou étais-je trop préoccupé par moi-même ? L'horloge de la gare indiquait dix heures quarante-cinq. Elle ne serait jamais chez elle à l'heure du couvre-feu. Si elle s'était aperçue tout de suite de mon erreur, elle avait pu descendre du train et reprendre la ligne en sens inverse. Mais j'étais sûr qu'elle ne l'avait pas fait. Ce n'était pas son genre. Elle, elle était plutôt du genre à rester dans le train où on l'avait fait monter, même si ce n'était pas le bon. Et puis, elle aurait dû s'apercevoir depuis le début qu'elle était montée dans le mauvais train. Allons bon, me dis-je.

Il était onze heures dix quand je la vis descendre à la gare de Komagome, où je l'avais attendue. En me voyant debout près des escaliers, elle s'arrêta, une expression perplexe passa sur son visage, comme si elle ne savait pas si elle devait rire ou se mettre en colère. Je lui pris le bras, m'assis avec elle sur un banc. Elle tenait son sac sur ses genoux, en serrait la courroie à deux mains, et, les jambes allongées vers l'avant, fixait le bout de ses chaussures blanches.

Je lui présentai mes excuses.

– Je ne sais pas pourquoi, mais j'étais distrait, je me suis trompé de direction. Je devais penser à autre chose.

– Tu t'es vraiment trompé ? demanda-t-elle.

– Évidemment ! Sinon, pourquoi ?…

– J'ai cru que tu l'avais fait exprès, dit-elle.

– Exprès ?

– Je croyais que tu m'en voulais.

– ???

Je ne comprenais pas très bien où elle voulait en venir.

– Pourquoi est-ce que je t'en voudrais ?

– Je ne sais pas, dit-elle d'une voix éteinte. Je pensais que tu t'étais peut-être ennuyé avec moi.

– Je ne me suis pas ennuyé. Au contraire, je me suis bien amusé. Sincèrement.

– Menteur ! Personne ne peut s'amuser avec moi. Je le sais. Même si tu t'es trompé, c'est que tu le souhaitais inconsciemment.

Je soupirai.

– Ne t'en fais pas, dit-elle. (Elle secoua la tête.) Ce n'est pas la première fois que ça m'arrive, et sans doute pas la dernière.

Deux larmes débordèrent de ses yeux et tombèrent avec un petit « ploc » sur son manteau.

Je ne savais pas quoi faire. Nous restâmes un moment assis côte à côte en silence. Plusieurs trains s'arrêtèrent, crachèrent leurs passagers sur le quai. Dès que leurs silhouettes disparaissaient en haut de l'escalier, le calme revenait.

– S'il te plaît, ne t'occupe plus de moi, dit-elle en souriant, repoussant de côté sa frange mouillée de larmes. Moi aussi au début, j'ai pensé que tu t'étais trompé, alors je suis restée dans ce train qui allait en sens inverse, mais quelques stations après la gare de Tôkyô, mes forces m'ont abandonnée, je me suis sentie dégoûtée de tout. Et je me suis dit : il ne faut plus que ça m'arrive.

Je voulais dire quelque chose mais rien ne franchit mes lèvres. Le vent nocturne éparpilla les feuilles d'un journal, les poussa jusqu'au bout du quai.

Repoussant à nouveau sa frange, elle eut un sourire sans force.

– Ce n'est pas l'endroit où je devrais être ; je ne suis pas à ma place ici.

Je ne sais pas si cet « ici » désignait le Japon, ou cet amas de roches qui tourne dans l'espace et qu'on appelle la Terre. Sans rien dire, je lui pris la main, la posai sur mes genoux, posai mon autre main dessus. Sa main était chaude, la paume moite. Résolument, je me mis à parler :

– Écoute, je ne peux pas bien t'expliquer qui je suis. Il m'arrive de ne pas très bien le savoir moi-même. Je ne sais plus ce que je pense, ni ce que je veux. Je ne sais même plus quelles forces j'ai en moi, ni de quelle façon les utiliser. Et quand je réfléchis à ces choses-là une par une, il m'arrive d'avoir peur. Et quand j'ai vraiment peur, je ne pense plus qu'à moi. Dans ces moments-là, je deviens quelqu'un de très égoïste. Je fais du mal aux gens, sans en avoir l'intention. Je ne peux pas dire que je suis quelqu'un de formidable.

Après ça, je ne savais plus comment continuer, si bien que mon discours s'arrêta net.

Elle se taisait, comme si elle attendait la suite. Elle contemplait toujours le bout de ses chaussures. Au loin, on entendit le bruit d'une sirène d'ambulance. Un employé de gare ramassait avec un balai les saletés sur le quai, sans nous accorder un regard. Il était déjà tard, les trains s'étaient raréfiés.

– C'était très agréable d'être avec toi, dis-je. Sincèrement. Et ce n'est pas tout. Je ne sais pas comment t'expliquer ça, mais je sens que tu es quelqu'un de profondément honnête. Je ne sais pas pourquoi. Mais en passant du temps avec toi, en discutant avec toi, c'est ce que je me suis dit. Et j'ai réfléchi à ça, je me suis demandé d'où venait cette honnêteté.

Elle leva la tête, me fixa un moment.

– Je ne t'ai pas fait monter exprès dans la mauvaise direction, ajoutai-je. Je crois que j'étais distrait parce que je réfléchissais.

Elle hocha la tête.

– Je t'appellerai demain. On pourrait aller boire un verre ensemble et parler tranquillement de tout ça.

Elle essuya du bout des doigts ses traces de larmes puis remit ses mains dans les poches de son manteau.

– … Merci. Désolée pour tout ça.

– Tu n'as pas à t'excuser. C'est moi qui me suis trompé.

C'est ainsi que nous nous séparâmes ce soir-là. Je restai sur mon banc, allumai ma dernière cigarette, jetai le paquet vide dans une poubelle. Ma montre marquait près de minuit.

Ce n'est que neuf heures plus tard que je me rendis compte de ma seconde erreur ce soir-là. Une erreur trop stupide, trop fatale. En même temps que mon paquet de cigarettes vide, j'avais jeté la boîte d'allumettes au dos de laquelle j'avais inscrit son numéro. J'essayai bien de le retrouver mais il ne figurait ni dans le registre de l'entrepôt où nous avions travaillé, ni dans l'annuaire. J'interrogeai l'association des étudiants de son université, en vain. Je ne l'ai jamais revue.

C'était ma deuxième rencontre avec un Chinois.

4

Histoire du troisième Chinois

Comme je l'ai déjà mentionné plus haut, c'était un de mes camarades de lycée. L'ami d'un ami, en fait. Il m'était arrivé quelquefois de parler avec lui.

À l'époque où je le revis, j'avais vingt-huit ans. J'étais marié depuis six ans. Au cours de ces six années, j'avais enterré trois chats, perdu quelques illusions et enfoui profondément sous terre, roulés en boule dans un gros pull, quelques chagrins. Tout cela s'était passé au cœur de cette insaisissable mégapole nommée Tôkyô.

C'était un froid après-midi de décembre. Il n'y avait pas un souffle de vent, mais le fond de l'air était glacé, et la luminosité filtrant de temps à autre entre les nuages ne parvenait pas à effacer le rideau gris cendre qui recouvrait la ville. Je revenais de la banque. J'entrai dans un bistrot, m'installai sous la véranda, pris un café et commençai à tourner les pages du roman que je venais d'acheter. Quand j'en avais assez du roman, je levais les yeux et regardais le flot de voitures sur l'avenue, puis replongeais dans mon livre.

Tout à coup, je me rendis compte qu'un homme, debout devant moi, m'appelait par mon nom.

– C'est bien moi, dis-je, surpris, en levant la tête de mon roman.

Je ne me souvenais pas avoir jamais vu cet homme. Il avait à peu près mon âge, portait un pardessus bleu marine bien coupé, une cravate de la même couleur. Sa tenue était stricte et nette mais tout donnait une légère impression d'usure. Non pas que ses vêtements eussent l'air vieux ou élimés. Pas ça. Simplement un air usé. Comme son visage. Il avait des traits réguliers, mais l'expression de son visage semblait faite de pièces et de morceaux rassemblés par hasard. Comme des assiettes dépareillées sur une table de fête.

– Je peux m'asseoir ?

– Je vous en prie, dis-je.

Il s'assit en face de moi, tira de sa poche un paquet de cigarettes et un petit briquet doré, posa le tout sur la table sans même allumer une cigarette.

– Tu ne te rappelles pas de moi ?

– Non, avouai-je, sans chercher à réfléchir davantage. Désolé, mais ça m'arrive tout le temps. J'oublie toujours la tête des gens.

– C'est peut-être que tu cherches à oublier le passé, non ? Inconsciemment, je veux dire.

– Peut-être, reconnus-je.

Vraiment, ça devait être ça.

La serveuse lui apporta un verre d'eau, et il commanda un café américain. Le plus léger possible, dit-il.

– J'ai l'estomac fragile. Je devrais arrêter le café et les cigarettes, dit-il en jouant avec son paquet de cigarettes. (Il avait cette expression qu'ont tous les malades de l'estomac quand ils évoquent leurs maux.) Enfin, pour reprendre ce qu'on disait tout à l'heure, moi, je me rappelle le passé dans le moindre détail, peut-être pour les mêmes raisons qui font que tu préfères l'oublier. Étrange, non ? Je voudrais oublier complètement un certain nombre de choses, tu vois. Mais plus j'essaie de les oublier, plus les détails me reviennent à l'esprit. Tu connais cette sensation : plus on veut dormir, et plus on se sent réveillé, eh bien, c'est pareil. Je ne sais pas pourquoi, mais je me rappelle même de choses qui n'avaient aucune raison de me marquer. Ma mémoire est tellement vivace que par moments j'angoisse en me disant qu'il ne doit déjà plus rester de place pour y emmagasiner tout ce qui va encore m'arriver par la suite dans ma vie. Ça me perturbe, vraiment.

Je reposai mon livre sur la table, bus une gorgée de café.

– Et puis, tout est si incroyablement précis. Je me souviens du temps qu'il faisait, de la température, des odeurs, tout. Comme si j'y étais encore. Et de temps en temps je n'y comprends plus rien. Je me demande où est mon vrai moi, où il vit. Il m'arrive de me dire : si ça se trouve, ce que je suis en train de vivre en ce moment, c'est juste un souvenir. Ça t'est déjà arrivé ?

Je secouai vaguement la tête.

– Je me souviens très bien de toi, poursuivit-il. Dès que je t'ai aperçu à travers la vitre, en passant devant ce café, je t'ai reconnu. Je t'ai dérangé peut-être, en t'interpellant comme ça ?

– Pas du tout. Mais je n'arrive vraiment pas à me rappeler de toi. Je suis désolé.

– Mais non, il n'y a pas de quoi. C'est moi qui me suis imposé. Ne t'en fais pas. Quand le moment sera venu, tu te rappelleras tout naturellement. C'est comme ça. La mémoire fonctionne différemment selon les gens. La capacité diffère et les tendances aussi. Il y a des souvenirs qui aident le cerveau à fonctionner, d'autres qui font obstacle. Et on ne peut pas dire pour autant que les premiers soient les bons souvenirs, les seconds les mauvais. Alors, ne t'en fais pas. Ce n'est pas bien grave.

– Tu ne veux pas me dire ton nom ? Je ne m'en souviens vraiment pas et ça me gêne.

– Qu'importe mon nom, vraiment, dit-il. Si tu t'en rappelles, tant mieux, si tu l'as oublié, tant mieux aussi. Ça ne change rien. Mais si ça te gêne à ce point de ne pas te rappeler mon nom, tu n'as qu'à penser que c'est la première fois qu'on se rencontre. Ça ne fera pas obstacle à la conversation.

Son café arriva et il se mit à le siroter avec une grimace dégoûtée. J'avais du mal à saisir le sens véritable de ses paroles.

– « Trop d'eau a coulé sous les ponts. » Cette phrase se trouvait dans notre manuel d'anglais au lycée. Tu te souviens ? demanda-t-il.

Lycée ? C'était donc un camarade de lycée.

– C'est exactement ça. L'autre jour, j'étais debout sur un pont à regarder l'eau couler en dessous, et je me suis rappelé cette phrase. J'ai vraiment compris ce que ça voulait dire. Tu vois, c'est exactement comme ça que le temps s'est écoulé.

Les bras croisés, il s'enfonça sur son siège, il avait une expression ambiguë sur le visage. Cette expression représentait une émotion, mais je ne saisissais absolument pas laquelle. Comme si les gènes qui produisent l'expressivité d'un visage étaient quelque peu usés chez lui.

– Tu es marié ? demanda-t-il.

Je hochai la tête.

– Des enfants ?

– Non.

– Moi j'ai un fils, dit-il. Il a déjà quatre ans. Il va au jardin d'enfants. Un vrai gaillard !

Le sujet des enfants en resta là, et le silence retomba entre nous. Je pris une cigarette, et aussitôt il me tendit son briquet et me l'alluma, d'un geste très naturel. D'ordinaire, je n'aime pas trop qu'on allume mes cigarettes ou qu'on me serve à boire, mais dans son cas, cela ne me dérangea pas. Je ne m'en aperçus même pas tout de suite.

– À propos, qu'est-ce que tu fais comme travail ?

– Je suis dans le commerce, répondis-je.

Il resta bouche bée, puis, au bout d'un moment, il répéta :

– Le commerce ?

– Oui, oh, je bricole, laissai-je tomber.

Il hocha plusieurs fois la tête mais n'osa pas poser davantage de questions. Ce n'est pas que je n'avais pas envie de parler de mon métier, mais si je commençais, ça risquait de prendre pas mal de temps, et je me sentais un peu fatigué pour tout lui raconter en détail. En plus, je ne savais même pas à qui je m'adressais.

– Tout de même, je suis étonné que tu sois dans le commerce. Je ne t'aurais jamais vu dans cette branche.

Je souris.

– Tu passais ton temps à lire, non, autrefois ? poursuivit-il d'un air intrigué.

– Mais je lis toujours autant, répondis-je avec un sourire amer.

– Des encyclopédies aussi ?

– Comment ça, des encyclopédies ?

– Tu en as une ?

– Non.

Je secouai la tête sans comprendre.

– Tu ne lis pas les encyclopédies ?

– Si j'en avais une, je la lirais sûrement, mais je n'aurais pas de place où la mettre dans l'appartement où je vis en ce moment.

– Je suis représentant en encyclopédies, vois-tu, dit-il.

Ma curiosité naissante pour le personnage s'évanouit aussitôt. Un représentant en encyclopédies qui voulait placer sa camelote ! Je bus une gorgée de mon café refroidi et reposai la tasse dans la soucoupe sans faire de bruit.

– J'aimerais bien en avoir une, c'est sûr. Ça me serait utile. Malheureusement, je n'ai vraiment pas les moyens d'en acheter une en ce moment. Je suis vraiment fauché. J'ai fait un gros emprunt et je commence à peine à le rembourser.

– Hé, arrête ! fit-il, puis il secoua la tête. Je ne suis pas en train d'essayer de te vendre une encyclopédie. Moi aussi je suis pauvre, tu ne peux pas savoir à quel point, mais je ne suis pas encore tombé si bas. Et puis à vrai dire, je n'ai pas besoin de vendre aux Japonais. C'est un arrangement avec mon patron.

– Pas aux Japonais ?

– Oui, je suis spécialisé dans la clientèle chinoise. Je ne vends des encyclopédies qu'aux Chinois. Je relève les adresses de tous les Chinois de cette ville que je trouve dans l'annuaire, et ensuite je fais du porte-à-porte avec ma liste. Je ne sais pas qui a mis ce stratagème au point, mais je peux te dire que c'était une bonne idée. Ça marche à merveille. Je sonne à la porte, je leur dis bonjour en leur tendant ma carte, c'est tout. Dès qu'ils ont vu à mon nom qu'on est de la même origine, c'est dans la poche.

Soudain, un déclic se fit dans ma tête.

– Ça y est, je me souviens !

C'était un des Chinois de mon lycée.

– C'est étrange. Je ne sais pas très bien moi-même comment j'en suis venu à vendre des encyclopédies aux Chinois, dit-il d'un ton terriblement distant. Bien sûr, je peux me rappeler en détail les circonstances, mais je n'arrive pas à avoir de vue générale sur la façon dont les choses se sont enchaînées. Quand je m'en suis aperçu, j'étais déjà représentant.

Nous n'avions jamais été dans la même classe, je crois même que je n'avais jamais vraiment parlé seul à seul avec lui. C'était une relation de relation, sans plus. Mais d'après le peu dont je me souvenais, ce n'était pas le genre à finir représentant en encyclopédies. Il avait reçu une bonne éducation, et ses résultats étaient bien meilleurs que les miens. Si je me souviens bien, il avait pas mal de succès auprès des filles.

– Bah, c'est une longue histoire, plutôt triste et banale, d'ailleurs. Mieux vaut que je ne la raconte pas.

Je me tus, cela n'appelait pas de réponse.

– Je ne suis pas seul responsable, poursuivit-il. Les circonstances difficiles se sont accumulées. Mais bon, finalement, c'est quand même de ma faute.

Pendant qu'il parlait, j'essayais de me rappeler comment il était au lycée. Cela restait toutefois extrêmement vague. On n'avait pas parlé musique un jour, tous les deux, assis sur la table dans la cuisine d'un de nos camarades, en buvant de la bière ? Un après-midi d'été, peut-être bien. Je n'en étais pas sûr. C'était comme un rêve complètement oublié qui revient longtemps après.

– Pourquoi est-ce que je suis venu te parler ? continua-t-il. (Il semblait s'adresser davantage à lui-même qu'à moi. Il joua un moment avec son briquet posé sur la table.) J'ai dû te déranger, excuse-moi. Ça m'a rendu nostalgique de te revoir. Nostalgique de quoi, ça, je ne sais pas.

– Tu ne m'as pas dérangé, dis-je.

C'était vrai. Moi aussi, pour une raison qui m'échappait totalement, je ressentais une étrange nostalgie.

Nous restâmes silencieux un moment. En fait, nous ne savions plus de quoi parler. Je terminai ma cigarette, il finit son café.

– Bon, si j'y allais ? fit-il en rangeant dans sa poche son paquet de cigarettes et son briquet. (Puis il tira un peu sa chaise en arrière.) Je ne peux pas rester toute la journée à bavarder, hein, je dois garder mon baratin pour la vente !

– Tu as une brochure ? demandai-je.

– Une brochure ?

– Une publicité pour ton encyclopédie.

– Ah, dit-il d'un air absent. Je n'en ai pas sur moi. Ça t'intéresse ?

– Simple curiosité.

– Donne-moi ton adresse, je t'en enverrai une.

Je déchirai une page de carnet, notai mon adresse et la lui tendis. Il y jeta un coup d'œil, plia soigneusement le bout de papier en quatre et le mit dans son porte-cartes.

– C'est une bonne encyclopédie, tu sais. Je ne dis pas ça parce que je la vends, mais elle est vraiment bien conçue. Plein de photos couleur. Ça te serait utile. Il m'arrive de la feuilleter comme ça pour le plaisir, je ne m'ennuie jamais.

– Je ne sais pas dans combien d'années ça sera, mais dès que j'aurai un peu d'argent, j'en achèterai une.

– Bonne idée, dit-il avec un sourire de candidat électoral. Mais le jour où tu feras ça, peut-être que moi, je ne serai plus dans le circuit. Une fois que j'aurai rendu visite à tous les Chinois de Tôkyô, je n'aurai plus de boulot, tu comprends. Mais je ne sais pas dans quoi je me reconvertirai. Peut-être dans les assurances, spécialisé dans la clientèle chinoise. Ou alors les pierres tombales. Bah, je trouverai bien quelque chose à vendre.

À ce moment-là, j'eus envie de lui dire quelque chose. Sans doute ne le reverrais-je jamais. Ce que je voulais lui dire concernait les Chinois. Mais moi-même je ne saisissais pas exactement ce que c'était. Alors je me tus. Nous nous dîmes au revoir, et ce fut tout.

Ce serait aujourd'hui, je ne saurais toujours pas quoi lui dire.

5

Si aujourd'hui, à trente ans passés, je me retrouvais à percuter de toutes mes forces un poteau de basket en courant après une balle de base-ball, si je me réveillais à nouveau avec mes gants tout neufs sous la tête en guise d'oreiller, qu'est-ce que je dirais ? Je dirais sans doute : je ne suis pas à ma place ici.

C'est dans un train de la ligne Yamanote que cette pensée m'est venue. Debout devant la porte, cramponné à mon ticket pour ne pas le perdre, je regardais le paysage défiler derrière la vitre. Ma ville, ce paysage, pour je ne sais quelle raison, me déprimaient profondément. Une fois de plus j'étais accablé par ce syndrome de noirceur mentale, commun à tous les citadins, cette espèce de gelée au café vaseuse qui revient régulièrement m'assaillir. Les immeubles sales, la foule des gens inconnus, le vacarme incessant, les wagons à l'heure de pointe où l'on est serrés comme des sardines, le ciel gris cendre, les panneaux publicitaires qui emplissent le moindre espace libre, les désirs, la résignation, l'irritation, l'excitation. La ville offre un éventail de choix innombrables, de possibilités innombrables, et, en même temps, elle ne donne rien. Nous saisissons tout cela dans nos mains, pour découvrir après qu'elles sont vides. Zéro. C'est ça, la ville. Je me suis souvenu tout à coup de ce que disait la jeune Chinoise : « Je ne suis pas à ma place ici. »

Tout en regardant les rues de Tôkyô, je songe à la Chine.

J'ai rencontré beaucoup de Chinois dans ma vie. J'ai lu beaucoup de livres sur la Chine. L'histoire chinoise. L'étoile rouge sur la Chine. Je voulais apprendre des choses sur la Chine. Mais ce n'était que ma Chine à moi. Une Chine que j'étais le seul à percevoir, et qui m'envoyait des messages, destinés uniquement à moi. Différente de la Chine peinte en jaune sur les mappemondes. Une autre Chine, une hypothèse, une supposition. En un sens, une partie de moi-même que le nom « Chine » incarne. Je vagabonde à travers la Chine. Mais je n'ai pas besoin de prendre l'avion pour ça. Cette errance se déroule dans un wagon du métro de Tôkyô, sur la banquette arrière d'un taxi. Cette aventure a lieu dans la salle d'attente du dentiste, au guichet de la banque. Je peux aller où je veux, et je ne peux aller nulle part.

Tôkyô. Un beau jour, même les rues de Tôkyô vues de l'intérieur d'un wagon de la ligne Yamanote perdront toute réalité. Le paysage commencera à se désagréger derrière les fenêtres. Continuant de serrer mon ticket dans ma main, je regarderai fixement ce paysage. Sur les rues de Tôkyô, ma Chine tombera comme de la cendre, envahissant tout. Et tout disparaîtra peu à peu. Non, ce n'est pas ma place, ici. Nous perdrons tous les mots, nos rêves se fondront dans la brume. Tout comme cette adolescence pleine d'ennui qui paraissait devoir durer toujours a disparu soudain à un point donné de nos vies.

Une méprise, une erreur, comme disait cette jeune Chinoise d'autrefois (ou peut-être un psychiatre dirait-il cela). Finalement, ce sont peut-être simplement nos espoirs qui sont paradoxaux. Dans ce cas, l'erreur, c'est moi, c'est vous. Et dans ce cas, il n'y a pas de sortie possible, nulle part.

Pourtant, j'ai mis au fond de ma malle ma petite fierté fidèle d'autrefois, ma fierté de joueur de base-ball, je me suis assis sur l'escalier du port, et j'attends qu'apparaisse sur la ligne pâle de l'horizon le bateau qui m'emmènera vers la Chine. Et je pense aux toits étincelants de lumière des villes chinoises, aux plaines verdoyantes.

Alors je n'ai plus peur de ce qui viendra après la destruction et la perte. Pas plus que le lanceur ne craint de lancer la balle hors du terrain, pas plus que le révolutionnaire ardent n'a peur du garrot. Si seulement cela pouvait se réaliser, si seulement…

Oh, mes amis, la Chine est si loin.

Le nain qui danse

J'ai rêvé d'un nain qui m'invitait à danser.

Je savais bien que c'était un rêve. Mais dans mon rêve, j'étais aussi fatigué que dans la réalité. Alors j'ai refusé poliment sa proposition en ces termes : « Excusez-moi, je suis bien trop fatigué pour danser. » Le nain n'a pas paru se formaliser pour autant et s'est mis à danser tout seul.

Il a posé son électrophone portable à terre et s'est mis à danser au son de la musique. Il y avait plein de disques éparpillés sur le sol à côté de l'appareil, j'en ai ramassé quelques-uns pour regarder les titres. Ils étaient vraiment très éclectiques, comme si le nain avait choisi les disques au hasard, les yeux fermés. En plus, toutes les pochettes étaient mélangées. Le nain enlevait les disques avant la fin, les jetait sur la pile sans les ranger dans leurs pochettes, et finalement les remettait dans n'importe laquelle. Grâce à quoi, un disque des Rolling Stones se retrouvait dans une pochette de Glenn Miller, et dans la pochette de *Daphnis et Chloé* de Ravel il y avait un disque des chœurs de Mitch Miller.

Mais le nain ne se souciait absolument pas de tout ce désordre. Du moment que c'était de la musique, et qu'il pouvait danser dessus, ça lui suffisait. Il était justement en train de danser sur un disque de Charlie

Parker qu'il avait tiré d'une pochette intitulée : *Les Grands Classiques de la guitare*. Il dansait comme une tornade, intégrant les notes emportées et furieuses de Charlie Parker. Moi, je le regardais en mangeant du raisin.

Il transpirait beaucoup. Chaque fois qu'il secouait la tête, il aspergeait les alentours de gouttes de sueur, la sueur dégoulinait du bout de ses doigts chaque fois qu'il agitait les mains. Et il continuait à danser sans se reposer un seul instant. Quand le disque fut terminé, je posai par terre mon bol de raisin et changeai le disque. Et il dansa à nouveau.

– Tu danses merveilleusement bien, lui criai-je. Tu es la danse personnifiée !

– Merci ! répondit fièrement le nain.

– Tu danses toujours comme ça ? demandai-je.

– Ma foi oui.

Ensuite, il fit élégamment un tour sur lui-même, sur les pointes. Ses cheveux soyeux voltigèrent dans l'espace. Je l'applaudis. Jamais je n'avais vu personne danser aussi bien. Le nain salua poliment, et la musique s'arrêta. Il interrompit sa danse, s'épongea avec une serviette. L'aiguille de l'électrophone continuait à tourner en cliquetant, je la soulevai et éteignis le pick-up. Puis je remis le disque dans la pochette appropriée.

– C'est une longue histoire, dit le nain en me jetant un coup d'œil, tu n'as sans doute pas le temps de l'écouter ?

Je pris quelques grains de raisin, hésitant sur ce que je devais lui répondre. J'avais tout mon temps, mais ça ne me disait pas plus que ça d'écouter ce nain me raconter sa vie. Et puis ce n'était qu'un rêve. Un rêve, ça ne dure jamais bien longtemps. Ça peut disparaître à tout moment.

– Je suis venu d'un pays du nord, commença le nain sans attendre ma réponse, en claquant des doigts. Dans le Nord, personne ne danse. Personne ne sait comment danser. Personne ne sait même que la danse existe. Mais moi je voulais danser. Je voulais taper du pied, agiter les mains, secouer la tête, virevolter comme ça.

Et le nain tapa du pied, agita les mains, secoua la tête, virevolta. Quand on regardait bien, tous ces mouvements semblaient jaillir simultanément de son corps, comme une boule de lumière qui explose. Aucun de ces gestes n'était compliqué en lui-même, mais lorsqu'il les accomplissait tous en même temps, cela composait un mouvement d'une beauté incroyable.

– Voilà comment je voulais danser. Alors je suis descendu dans le Sud. Dans le Sud, je suis devenu danseur, et j'ai dansé dans des cabarets. Ma danse me rendit vite célèbre, je dansai devant l'empereur en personne. Bien sûr, je parle d'avant la révolution. Après la révolution, tu ne l'ignores pas, l'empereur est mort, j'ai alors été chassé de la ville. Et j'ai vécu dans la forêt.

Le nain se mit au milieu de la place et recommença à danser. Je mis un disque. Un vieux disque de Frank Sinatra. Le nain dansait tout en chantant *Night and Day* avec Sinatra. J'imaginais le nain dansant devant le trône impérial. Les chandeliers étincelants, les belles dames de la cour, les fruits rares et les lances de la garde impériale, les eunuques obèses, le jeune empereur, dans sa robe incrustée de joyaux, le nain en sueur, uniquement concentré sur sa danse… Pendant que j'imaginais la scène, il me sembla entendre tonner au loin, venant de je ne sais où, les canons de la révolution.

Le nain dansait toujours, je mangeais ma grappe de raisin. Le soleil déclinait vers l'ouest, les ombres de la forêt recouvraient la terre. Un énorme papillon noir, grand comme un oiseau, traversa la place, disparut au fond de la forêt. L'air était glacé. Il me sembla que mon rêve n'allait pas tarder à s'évanouir.

– Je crois que je vais devoir y aller, dis-je au nain.

Il s'arrêta de danser et hocha la tête en silence.

– Merci de m'avoir montré ta danse, c'était très agréable, poursuivis-je.

– Ce n'est rien, répliqua le nain.

– Porte-toi bien. On ne se reverra peut-être plus, insistai-je.

– Mais si, fit le nain en secouant la tête.

– Ah bon, pourquoi ?

– Parce que tu reviendras ici. Tu viendras ici vivre dans la forêt et jour après jour tu danseras avec moi. Jusqu'à ce que toi aussi tu deviennes un merveilleux danseur.

– Et pourquoi viendrais-je ici danser avec toi ? demandai-je, légèrement interloqué.

– Parce qu'il en a été décidé ainsi. Personne ne peut rien y changer. Voilà pourquoi on va se revoir, toi et moi.

En parlant, le nain me regardait fixement. L'eau des ténèbres nocturnes bleuissait déjà ses contours.

– À bientôt, dit le nain.

Puis il me tourna le dos et se remit à danser tout seul.

Quand je me réveillai, j'étais seul. Seul, à plat ventre dans mon lit, trempé de sueur. J'aperçus un oiseau dehors par la fenêtre. Mais il ne ressemblait pas aux oiseaux que je voyais d'habitude.

Je me lavai soigneusement la figure, me rasai, fis griller du pain, préparai du café. Je donnai à manger au chat, changeai sa litière, mis une cravate, me chaussai. Puis je pris le bus pour me rendre à la manufacture, où je fabriquais des éléphants.

Naturellement, ce n'est pas facile de fabriquer des éléphants. C'est gros, et cela nécessite un assemblage très complexe. Rien à voir avec fabriquer des épingles à cheveux, ou des crayons de couleur. L'usine a été construite sur un immense terrain, elle est divisée en plusieurs bâtiments d'une taille imposante. Chaque section se distingue par une couleur différente. Ce mois-ci, je venais d'être muté à la section « oreilles », je travaillais donc dans le bâtiment au plafond et aux piliers jaunes. Mon casque et mon pantalon aussi étaient jaunes. Je fabriquais exclusivement des oreilles d'éléphant. Le mois précédent, j'étais dans le bâtiment vert, et, vêtu d'un pantalon vert, un casque vert sur la tête, je fabriquais des têtes d'éléphant. Nous changeons de section tous les mois, comme des bohémiens changent de campement. C'est la politique de l'usine. Comme ça, chacun d'entre nous peut suivre dans sa totalité le processus de fabrication. Ici, on ne peut accepter qu'un ouvrier passe sa vie à fabriquer uniquement des oreilles d'éléphant, ou des doigts de pied d'éléphant. Des gens haut placés ont dessiné le plan de mutation, et nous, nous suivons ce plan.

Fabriquer des têtes d'éléphant est un travail gratifiant. C'est extrêmement délicat, il faut une telle concentration qu'à la fin de la journée on est épuisé au point de ne plus pouvoir ouvrir la bouche pour parler à qui que ce soit. Au bout d'un mois de ce régime, j'avais perdu trois kilos. Mais j'avais le sentiment d'accomplir quelque chose. En comparaison, fabriquer des oreilles d'éléphant, c'est tout simple. Il suffit de modeler ces larges appendices plats, d'y ajouter quelques rides, et le tour est joué. C'est pour ça que nous appelons le passage dans cette section : « faire la pause-oreilles ». Après un mois de pause-oreilles, je suis passé à la section « trompe ». Ça aussi, c'est une tâche délicate, qui nécessite des nerfs d'acier. La trompe doit être flexible, et le conduit des narines bien dégagé tout au long, sinon l'éléphant risque de s'énerver et de s'emballer. C'est pourquoi on emmagasine une énorme tension quand on fabrique des trompes.

Juste pour mémoire, je rappelle que nous ne fabriquons pas les éléphants à partir de rien, bien sûr. Pour être exact, nous reconstituons des éléphants lyophilisés, pourrait-on dire. Un éléphant capturé est découpé à la scie en parties distinctes : les oreilles, la trompe, la tête, le tronc, les pattes, l'arrière-train, ce qui nous permet de reconstituer cinq éléphants. Ce qui veut dire que l'éléphant obtenu n'est véritable que pour un cinquième, les quatre cinquièmes restants étant de l'imitation. Mais ça ne se voit même pas, et même les éléphants l'ignorent. Tellement nous travaillons habilement.

Vous vous demanderez peut-être pourquoi il faut ainsi fabriquer ou plutôt reconstituer ces éléphants de toutes pièces, eh bien, c'est parce que nous sommes beaucoup moins patients que les éléphants. Si on laissait faire la nature, les éléphants n'auraient qu'un petit tous les quatre ou cinq ans. Nous qui adorons les éléphants, constater leur lenteur de reproduction nous rend extrêmement nerveux. Voilà pourquoi nous préférons les reconstituer nous-mêmes.

Pour éviter toute utilisation abusive des éléphants reconstitués, nous les revendons à la Société d'approvisionnement en éléphants, où ils subissent des tests de vérification de fonctionnement très stricts. Une fois homologués, ils sont marqués du sigle de la société à l'arrière d'une patte, et on les lâche dans la jungle. Habituellement, nous fabriquons quinze éléphants par semaine. Pendant la saison qui précède les fêtes de Noël, les machines tournent à plein régime et nous parvenons à fournir vingt et un éléphants par semaine, mais je pense que quinze est le chiffre moyen le plus exact.

Comme je l'ai mentionné plus haut, la fabrication des oreilles est la phase la plus simple de tout le processus de reconstitution d'un éléphant. Cette tâche requiert peu de force physique de la part des ouvriers, peu de concentration, il n'y a aucune machine complexe à faire marcher. Le nombre de gestes à accomplir est limité. On peut travailler à son rythme toute la journée, ou bien s'y mettre à fond pendant la matinée et passer le reste de la journée à ne rien faire.

Qu'il s'agisse de moi ou de mon coéquipier de la section, il n'était pas dans notre caractère de lambiner, aussi achevions-nous notre tâche dans la matinée, et il nous restait tout l'après-midi pour discuter, lire ou faire ce que bon nous chantait. Cet après-midi-là, après avoir suspendu au mur une dizaine d'oreilles fraîchement plissées, nous nous étions installés par terre au soleil.

Je racontai à mon coéquipier l'histoire du nain qui dansait dans mon rêve. Je me rappelais clairement le moindre détail du paysage et de la scène, je lui expliquai donc le déroulement de mon rêve avec une grande exactitude. Quand les mots me manquaient, je secouais la tête, agitais les mains, tapais du pied pour lui faire une démonstration de la danse du nain. Il m'écoutait en buvant du thé et en acquiesçant de temps à autre d'un « hmm hmm ». Ce compagnon taciturne avait cinq ou six ans de plus que moi, un corps trapu, des cheveux épais. Il avait pour habitude de croiser les bras pour réfléchir. D'après l'expression de son visage, il semblait réfléchir profondément mais finalement il n'en était rien car, la plupart du temps, il sortait de ces méditations avec pour tout commentaire un simple : « Mmouais, compliqué, tout ça. »

Ce jour-là aussi, lorsque j'eus fini de lui raconter mon rêve, il se plongea dans une intense réflexion. Cela lui prenait pas mal de temps, aussi j'en profitai pour passer un chiffon sur le panneau de contrôle électrique, mais, au bout d'un moment, il émergea comme à l'accoutumée de son silence méditatif avec un : « Mmouais, compliqué, cette histoire, un nain qui danse, compliqué tout ça. »

Je ne fus pas particulièrement déçu par sa réaction, car je ne m'attendais de sa part à aucune lumière particulière sur la question. Je voulais seulement raconter mon rêve à quelqu'un. Je remis le panneau d'électricité en place puis bus mon thé à moitié refroidi.

Mais mon coéquipier, contrairement à son habitude, se remit à réfléchir profondément.

– Qu'est-ce qui t'arrive ? demandai-je.

– Il me semble que j'ai déjà entendu cette histoire de nain, dit-il.

– Hein ? m'exclamai-je sous l'effet d'une légère surprise.

– Seulement je n'arrive pas à me rappeler où, poursuivit-il.

– Fais un effort, essaie de te souvenir.

– Mmmh, fit-il avant de replonger dans ses pensées.

Trois heures plus tard, presque à l'heure de la fermeture, il se rappelait enfin.

– Ça y est ! Ça y est ! s'écria-t-il. Je sais !

– Ah, très bien, dis-je.

– Dans le bâtiment numéro six, il y a un vieux, tu sais, celui qui implante les poils, il a des cheveux blancs qui lui tombent jusqu'aux épaules, il est presque édenté. Il travaille depuis des années à la manufacture, depuis la révolution, à ce qu'il dit…

– Ah oui, je l'ai aperçu plusieurs fois au bar, ce vieux.

– Eh bien, il y a pas mal de temps de ça, il m'a déjà raconté cette histoire de nain. De nain qui danse. À l'époque, j'avais pensé qu'il était gâteux, et je n'avais pas trop fait attention. Mais maintenant que tu me racontes la même chose, je me dis qu'il n'était peut-être pas si fou que ça.

– Que t'a-t-il raconté au juste ?

– Ah, c'est vieux cette histoire… fit mon coéquipier en croisant les bras pour réfléchir.

Mais il ne se rappela rien de plus. Au bout d'un moment, il se redressa en disant :

– Je ne me souviens pas. Va le voir et demande-lui de te raconter lui-même, ce sera plus simple.

C'est ce que je fis.

Quand la cloche de fermeture se mit à sonner, je me dirigeai vers le bâtiment six mais le vieil ouvrier était déjà parti. Deux petites filles balayaient le sol, la plus maigre des deux m'indiqua :

– Le vieux ? Il doit être à l'ancien bar.

Je me rendis au bar et, comme je m'y attendais, y trouvai le vieux en question, installé sur un tabouret au comptoir, sa boîte à repas posée près de lui, le dos bien droit, en train de boire un verre.

Le bar était très vieux. Il datait d'avant ma naissance,

d'avant la révolution, même. Plusieurs générations d'ouvriers de la manufacture d'éléphants y avaient trinqué, y avaient joué aux cartes, chanté. Sur le mur étaient épinglées côte à côte plusieurs vieilles photos de la manufacture d'éléphants. Sur l'une, un des premiers patrons de manufacture inspectait une défense, une actrice connue il y a très longtemps visitait l'usine, il y avait aussi une photo d'une fête à l'usine en été, ce genre de choses. Simplement les photos où figuraient l'empereur ou des membres de la famille impériale, jugées « impérialistes », avaient toutes été brûlées par l'armée révolutionnaire. Et évidemment il y avait des photos de la révolution. L'armée révolutionnaire occupant l'usine, des gardes révolutionnaires en train de pendre l'intendant de la manufacture…

Le vieux, installé sous une photo intitulée « trois jeunes ouvriers polissant une défense », buvait du Mécatol. Je le saluai et m'assis près de lui. Il me montra la photo du doigt :

– Tu vois, petit, c'est moi, là.

Je plissai les yeux pour regarder attentivement la photo. Le plus jeune ouvrier à droite, un gamin de douze ou treize ans en train d'astiquer l'ivoire, c'était lui dans sa jeunesse. Si personne ne me l'avait dit, je ne l'aurais pas remarqué, mais il est vrai que le jeune homme de la photo avait le même nez pointu et les mêmes lèvres aplaties que le vieillard. Apparemment, c'était la place favorite du vieux, sous cette photo, et dès qu'un client qui ne faisait pas partie des habitués arrivait, il lui montrait la photo.

– Elle a l'air ancienne, dites donc, cette photo, dis-je pour engager la conversation.

– Elle date d'avant la révolution, répondit le vieux comme si de rien n'était. J'étais un gamin, moi, avant la révolution, tout le monde vieillit. Bientôt tu seras comme moi. Amuse-toi en attendant.

Sur ce, il ouvrit largement sa bouche édentée et se mit à ricaner.

Ensuite il se lança dans des anecdotes sur la révolution. Il détestait autant l'armée révolutionnaire que l'empereur. Je lui laissais raconter ses histoires tout son soûl, lui offris un autre verre de Mécatol, puis, quand le moment me parut opportun, je lui demandai si par hasard il avait déjà entendu parler du nain qui danse.

– Ah, le nain qui danse ? fit-il. Tu veux entendre l'histoire du nain qui danse ?

– Oui, dis-je.

Il me regarda fixement.

– Et pourquoi ça, hein ?

– Quelqu'un m'en a parlé, et ça m'a paru intéressant, mentis-je.

Le vieillard me fixa un instant d'un regard perçant, mais bientôt ses yeux reprirent cet air vague propre aux ivrognes.

– Bien ! fit-il, tu m'as payé un verre, alors je vais te raconter l'histoire. Mais, ajouta-t-il en brandissant un doigt sous mon nez, motus, pas un mot à qui que ce soit, vu ? Bien du temps s'est écoulé depuis la révolution, mais l'histoire du nain qui danse est la seule qui reste taboue. Alors tu n'en parles à personne. Et ne cite surtout pas mon nom. Compris ?

– Compris.

– Commande à boire, et allons nous installer dans un coin tranquille.

Je commandai deux Mécatol, et nous nous installâmes à une table éloignée des oreilles du barman. Sur la table était posée une lampe verte en forme d'éléphant.

– Avant la révolution, un nain est venu du Nord,

commença le vieillard, un nain qui dansait très bien. Enfin, ce n'est pas vraiment le terme, disons plutôt un nain qui était la danse personnifiée. Personne ne savait danser comme lui. Le vent, la lumière, les odeurs, les ombres, tout se ramassait au cœur de ce nain et venait exploser dans sa danse. Voilà ce qu'il était capable de faire. Et c'était quelque chose, tu peux me croire.

Il fit grincer les chicots qui lui restaient sur le rebord de son verre.

– Vous l'avez vu danser ? demandai-je.

– Si je l'ai vu ? ! (Le vieux me regarda fixement puis posa ses deux mains sur la table, doigts écartés.) Évidemment que je l'ai vu. Tous les jours, je le voyais danser. Ici même, tous les jours.

– Ici ? !

– Ici même, oui. Le nain dansait ici tous les jours, avant la révolution.

Le vieil ouvrier poursuivit son récit et me raconta comment ce nain, arrivé du Nord sans un sou en poche, avait atterri dans ce bar où se retrouvaient les ouvriers de la manufacture d'éléphants, comment le patron l'avait engagé pour faire les plus basses besognes, jusqu'au jour où il se rendit compte quel merveilleux danseur il était et qu'il l'engagea alors pour distraire la clientèle. Les ouvriers auraient préféré voir danser une jeune fille, aussi commencèrent-ils par protester, mais cela ne dura pas : leur verre dans la main, ils restèrent hypnotisés par la danse du nain. Car le nain dansait comme personne. Il révélait chez les spectateurs des sentiments, des émotions enfouies, voire inconnues d'eux-mêmes. Il savait tirer cela au grand jour comme un pêcheur vide des entrailles de poisson.

Le nain dansa environ six mois dans cette taverne. L'établissement ne désemplissait pas : tout le monde venait voir le nain danser. En le regardant, les gens étaient tour à tour submergés de bonheur et plongés dans l'affliction la plus totale. Le nain savait manipuler leurs émotions à sa guise, en fonction du pas de danse qu'il choisissait.

La réputation du nain parvint aux oreilles du président du conseil des nobles, un homme qui avait un lien important avec la manufacture des éléphants et possédait également un fief dans le voisinage – par la suite, il devait être arrêté par les gardes révolutionnaires et jeté vivant dans un chaudron de poix –, et ce personnage en parla à son tour à l'empereur. L'empereur, grand amateur de musique, déclara qu'il voulait absolument voir ce nain danser. Il dépêcha à la taverne l'embarcation réservée à ses hôtes, ornée du blason impérial, et la garde impériale conduisit le nain au palais en grande pompe. Le propriétaire de la taverne fut plus que généreusement dédommagé de la perte de son danseur. Les clients protestèrent, mais protester face à la volonté de l'empereur ne servait strictement à rien. Ils renoncèrent donc, se consolèrent en buvant du Mécatol et de la bière et en regardant danser des jeunes filles.

On octroya au nain une chambre dans le palais, des dames d'honneur le baignèrent, le vêtirent de soie et lui enseignèrent l'étiquette pour s'adresser à l'empereur. Le soir suivant, le nain fut introduit dans la salle de réception, où l'orchestre impérial jouait une polka composée par l'empereur lui-même. Le nain dansa sur cette musique. Lentement d'abord, pour familiariser son corps avec cette musique, puis de plus en plus vite et finalement comme une tornade. Tout le monde le regardait, le souffle coupé, sans pouvoir proférer un son. Quelques dames de la noblesse s'évanouirent. L'empereur lui-même en laissa choir sa coupe de cristal contenant du vin à la poudre d'or, mais personne ne prêta attention au bruit de verre brisé.

À ce point de son récit, le vieillard posa son verre de vin sur la table, essuya sa bouche du dos de la main. Puis il promena ses doigts sur la lampe en forme d'éléphant. J'attendais qu'il continue mais il resta silencieux. J'appelai le barman, commandai de la bière et du Mécatol. Le bar commençait à se remplir ; sur la scène, une jeune musicienne était en train d'accorder sa guitare.

– Que se passa-t-il ensuite ? demandai-je.

– Ah, fit le vieillard comme s'il se rappelait soudain ma présence. Il y a eu la révolution, l'empereur a été assassiné, le nain a dû s'enfuir.

Je posai les coudes sur la table, pris ma chope de bière à deux mains et bus, sans quitter le vieillard des yeux.

– La révolution a éclaté dès l'arrivée du nain à la cour ?

– Oui, environ un an après, dit le vieillard.

Sur quoi il lâcha un énorme rot.

– Je ne comprends pas très bien, poursuivis-je. Vous avez dit qu'il ne fallait pas parler devant tout le monde de l'histoire du nain. Pourquoi ? Y a-t-il un lien entre lui et la révolution ?

– Je n'en sais rien moi-même. La seule chose que je sais, c'est que l'armée révolutionnaire a mis le pays à feu et à sang pour retrouver les traces du nain. Il s'est passé beaucoup de temps depuis, la révolution a eu lieu il y a bien longtemps, et pourtant ils cherchent toujours le nain. Mais je ne sais pas quel rapport il y a entre le nain et la révolution. C'est juste une rumeur.

– Quelle rumeur ?

Je vis à son expression qu'il hésitait à répondre.

– Une rumeur, ça reste une rumeur. On ne sait pas ce qu'il y a de vrai là-dedans. Mais on dit que le nain utilisait ses pouvoirs démoniaques pour manipuler la cour, et ce serait à cause de lui que la révolution a éclaté, c'est la thèse de certains. C'est tout ce que je sais à propos du nain. Rien de plus.

Il poussa un soupir sifflant, but son verre d'une traite. Le liquide aux reflets ambrés coula aux commissures de ses lèvres, dégoulina à l'intérieur de sa chemise.

Je ne rêvai plus du nain. Je partais tous les jours à la manufacture, pour y fabriquer des oreilles d'éléphant. Après avoir ramolli les oreilles à la vapeur, je les aplatissais au fer, découpais cinq formes d'oreilles, ajoutais les ingrédients nécessaires pour obtenir cinq oreilles complètes, les faisais sécher puis dessinais les rides. À la pause de midi, je déjeunais avec mon coéquipier, et nous parlions de la nouvelle ouvrière de la section huit.

À la manufacture d'éléphants, il y avait pas mal de filles. Elles étaient affectées à la connexion des systèmes nerveux, à la couture ou au ménage. Quand nous avions le temps, nous parlions d'elles. Quand elles avaient le temps, elles parlaient de nous.

– Une vraie beauté, cette fille, disait mon coéquipier. Tout les gars n'ont d'yeux que pour elle. Et elle n'est la petite amie de personne.

– Elle est jolie à ce point ? demandai-je d'un ton suspicieux.

Plusieurs fois déjà, j'étais allé voir des filles dont il m'avait vanté la beauté, pour constater qu'elles étaient tout à fait quelconques. Ce genre de rumeur était rarement fondée.

– C'est vrai, je te jure. Va donc vérifier par toi-même si tu ne me crois pas. Si tu ne la trouves pas jolie, il vaudra mieux que tu ailles à la section des yeux faire changer les tiens ! Si je n'étais pas marié, je lui ferais la cour à en devenir fou, elle est belle à mourir.

La pause de midi était terminée, cependant, comme d'habitude dans notre section, nous étions désœuvrés, et, n'ayant rien de mieux à faire de mon après-midi, je décidai de trouver un prétexte pour me rendre à la section huit. Il fallait emprunter un long et tortueux tunnel souterrain pour y parvenir. À l'entrée du tunnel se tenait un garde, mais il me laissa passer sans rien me demander, car il me connaissait de vue.

À la sortie du tunnel, une rivière coulait ; un peu en contrebas, on apercevait le bâtiment de la section huit. Le toit et la cheminée étaient roses. C'était là qu'on fabriquait les pattes d'éléphant. Je connaissais bien cette section, j'y avais travaillé quatre mois. Toutefois, je n'avais encore jamais vu le jeune garde qui se tenait à l'entrée du bâtiment.

– Que venez-vous faire ici ? me demanda cet inconnu.

Dans son uniforme flambant neuf tout raide, il ne semblait guère accommodant.

– Nous manquons de nerfs, je suis venu en emprunter, dis-je en toussotant.

– Bizarre ça, fit-il en regardant fixement mon uniforme. Vous venez de la section « oreilles », non ? Les nerfs des oreilles et des pattes ne sont pas interchangeables…

– C'est une longue histoire… commençai-je. Je suis d'abord allé à la section « trompe » emprunter les nerfs, mais ils n'en avaient pas assez pour nous en prêter, en revanche, en face, à la section « tronc », il leur manquait des nerfs de raccord pour les pattes et ils nous ont dit que si nous leur en rapportions un rouleau, ils nous prêteraient en échange du nerf plus fin. Donc j'ai appelé ici et on m'a dit qu'on pouvait me prêter un rouleau et que je n'avais qu'à passer le prendre.

Il feuilleta un bloc de papier.

– Je ne suis pas au courant de cette transaction. Ce genre de déplacement doit m'être signalé à l'avance.

– C'est bizarre, il a dû y avoir une erreur, parce qu'ils m'ont dit qu'ils prévenaient la section « pattes ».

Le garde maugréa un moment, mais je le menaçai de lui faire porter la responsabilité si mes supérieurs venaient à se plaindre d'un retard de rendement dans mon travail, et il me laissa entrer tout en continuant à ronchonner.

La huitième section – autrement dit l'atelier des pattes – était un grand bâtiment d'un niveau, long et étroit, vide, avec un sol sableux creusé à demi dans le soubassement. Le niveau du sol était à hauteur des yeux, d'étroites fenêtres vitrées constituaient l'unique source d'éclairage. Au plafond étaient installés des rails mouvants où étaient suspendues des dizaines de pattes d'éléphant. Cela donnait l'impression de voir un troupeau d'éléphants descendre du ciel.

La section comptait une trentaine d'ouvriers. Comme il faisait sombre à l'intérieur du bâtiment et que tous portaient un chapeau, un masque ou des lunettes, il m'était difficile de repérer la nouvelle venue. Parmi les ouvriers, je remarquai un de mes anciens camarades de travail ; je lui demandai où elle se trouvait.

– C'est la fille qui pose les ongles à l'établi quinze, dit-il, mais si tu as l'intention de lui faire la cour, tu peux laisser tomber tout de suite. Elle est aussi dure qu'une tortue sous sa carapace. Elle ne sort ni les mains ni les pattes.

– Merci du renseignement.

La fille de l'établi quinze était très mince, on aurait dit un page dans un tableau du Moyen Âge.

– Excusez-moi, fis-je.

Elle me regarda, regarda mon uniforme, mes chaussures, puis à nouveau mon visage. Ensuite elle enleva son chapeau et ses lunettes de soudeur. Elle était incroyablement belle, avec de longs cheveux bouclés, et des pupilles d'une profondeur océane.

– Qu'y a-t-il ? demanda-t-elle.

– Si vous êtes libre demain soir, samedi, viendriez-vous danser avec moi ? demandai-je sans hésiter.

– Je suis libre demain soir, et j'ai l'intention d'aller danser, mais pas avec vous, répondit-elle.

– Vous avez déjà rendez-vous avec quelqu'un ?

– Non, je n'ai pas de rendez-vous, rétorqua-t-elle.

Puis elle remit son chapeau, ses lunettes, prit un ongle d'éléphant posé sur la table, le posa au bout d'une patte, calcula la taille. L'ongle était un peu trop large, elle le tailla d'un coup de ciseau rapide.

– Venez avec moi, si vous n'avez promis à personne d'autre, insistai-je. C'est plus amusant d'y aller avec quelqu'un, non ? Je connais un bon restaurant.

– Ça suffit. Je vais danser seule. Si vous voulez danser, vous n'avez qu'à venir, je ne vous en empêche pas.

– Je viendrai, dis-je.

– Comme il vous plaira, fit-elle.

Puis elle se remit au travail et m'ignora totalement. L'ongle qu'elle avait coupé s'insérait maintenant parfaitement dans le creux. C'était juste la bonne taille.

– Habile pour une débutante, notai-je.

Elle ne répondit pas.

Ce soir-là, le nain de mon rêve réapparut. Cette fois aussi, j'avais conscience que c'était un songe. Il était assis sur une bûche au milieu de la clairière et fumait une cigarette. Il n'avait ni pick-up ni disques. Il avait l'air fatigué et donc un peu plus âgé que la dernière fois, mais pas au point de passer pour un vieillard né avant la révolution. Je lui aurais donné deux ou trois ans de plus que moi, pas plus. Je ne sais pas exactement. C'est difficile de donner un âge à un nain.

Comme je n'avais rien de spécial à faire, je me promenai un moment autour de lui, regardai le ciel, puis je m'assis à ses côtés. Au-dessus de nous, des nuages sombres filaient vers l'ouest. Une averse pouvait éclater à tout moment. Peut-être le nain avait-il rangé ses disques et son pick-up quelque part pour qu'ils ne prennent pas la pluie.

– Tiens, te voilà ! fis-je.

– Tiens, salut ! répondit-il.

– Tu ne danses pas aujourd'hui ?

– Je ne danse pas aujourd'hui.

Lorsqu'il ne dansait pas, le nain semblait faible, pitoyable. Il ne ressemblait absolument pas à quelqu'un qui aurait eu du pouvoir à la cour autrefois.

– Tu es malade ? demandai-je.

– Bah, répondit-il, je ne me sens pas bien. Il fait un froid glacial dans cette forêt. Quand on vit seul longtemps, on attrape toutes sortes de maladies.

– C'est terrible, dis-je.

– Il faut qu'une énergie nouvelle vienne couler dans mes veines. Une énergie nouvelle qui me permette de continuer à danser sans jamais m'arrêter, de ne pas attraper de rhume même sous la pluie, de courir par monts et par vaux. C'est ça qu'il me faut.

– Hmm, fis-je.

Nous restâmes un moment assis côte à côte sur nos souches sans parler. Haut par-dessus nos têtes, le vent faisait bruire les cimes. De temps à autre, un énorme papillon apparaissait puis disparaissait entre les branches.

– À propos, reprit le nain, tu voulais me demander un service, je crois ?

– Un service ? répétai-je, surpris. Comme quoi ?

Le nain ramassa une branche, du bout de laquelle il dessina une étoile sur le sol.

– Cette fille. Tu la veux, non ?

La beauté de la section huit ! J'étais surpris qu'il soit au courant. Cependant, c'était un rêve, tout pouvait arriver.

– Oui, ça, je la veux, mais ce n'est pas le genre de choses que je peux te demander, pas vrai ? Je ne peux compter que sur moi-même.

– Si tu ne comptes que sur toi, tu n'arriveras à rien.

– Ah bon ? dis-je, un peu vexé.

– Je t'assure. À rien. Même si ça te met en colère, c'est comme ça, tu n'arriveras à rien en comptant seulement sur tes propres forces.

Il a peut-être raison, songeai-je. Oui, il disait juste. Je n'étais qu'un homme ordinaire, banal. De quoi pouvais-je me vanter ? De rien. Je n'étais ni riche, ni beau, pas même beau parleur. Je n'avais rien de particulier.

– J'ai plutôt bon caractère, je suis travailleur, mes collègues m'apprécient, je suis costaud, mais je ne suis pas du genre à affoler les jeunes filles, c'est vrai. Ça ne sera pas facile pour un gars comme moi de conquérir une beauté pareille.

– Si je t'aide un tout petit peu, peut-être que tu y parviendras… murmura le nain.

– Comment ça ? demandai-je, poussé par la curiosité.

– La danse. Cette fille aime danser. Si tu danses bien devant elle, elle sera à toi. Tu n'auras plus qu'à attendre sous l'arbre que le fruit mûr te tombe dans les mains.

– Tu vas m'apprendre à danser ?

– Je pourrais, mais tu n'arriveras à rien en un jour ou deux. Même en s'entraînant à fond tous les jours, il faut au moins six mois pour devenir un danseur capable de fasciner le public.

Découragé, je secouai la tête.

– N'en parlons plus alors. Si j'attends six mois, un autre l'aura conquise.

– Quand vas-tu danser ?

– Demain, répondis-je. C'est samedi soir, elle sera au bal, moi aussi, et je l'inviterai à danser.

Le nain dessina quelques lignes verticales au sol du bout de sa branche, puis il les relia par une ligne horizontale, traçant ainsi un étrange diagramme. Je l'observai en silence. Bientôt, il jeta son mégot à terre, l'écrasa du talon.

– Il y a bien un moyen. Si tu veux vraiment cette fille… Tu la veux, n'est-ce pas ?

– Ah ça oui, je la veux.

– Tu veux connaître ce moyen ?

– Oui, dis-le-moi.

– Ce n'est pas difficile. Je me glisse en toi. Je danse à travers ton corps. Toi, tu es fort, en bonne santé, tu pourras danser.

– Ça, je suis plus costaud que n'importe qui ! Mais c'est vraiment possible ? Tu peux te glisser à l'intérieur de mon corps et me faire danser ?

– Oui, je le peux. Et alors cette fille sera à toi à coup

sûr. Je te le garantis. Et pas seulement elle. Elles seront *toutes* à toi.

Je me passai la langue sur les lèvres. Ça semblait trop beau pour être vrai. Il y avait aussi la possibilité que, une fois entré en moi, le nain ne veuille plus ressortir et vive pour toujours dans mon corps. Je n'avais pas envie que ça m'arrive, même pour avoir toutes les femmes du monde.

– Tu es inquiet, dit le nain, comme s'il lisait dans mes pensées. Tu crois que je vais te voler ton corps.

– On dit beaucoup de choses sur toi.

– Des mauvaises choses, n'est-ce pas ?

– Euh… oui.

Il sourit d'un air averti.

– Ne t'inquiète pas. Je ne peux pas voler le corps de quelqu'un si facilement. Il faut un contrat pour ça. Il faut une entente mutuelle, sinon c'est impossible. Tu n'as pas envie que je te prenne ton corps pour toujours, n'est-ce pas ?

– Bien sûr que non ! répondis-je en frissonnant.

– Pour moi non plus ce n'est pas drôle de t'aider à conquérir cette fille sans la moindre contrepartie. Donc (il leva un doigt), il y a une condition. Une condition pas très compliquée, mais une condition tout de même.

– Laquelle ?

– Je prends possession de ton corps. Tu vas sur la piste et tu invites la fille à danser, tu la fascines avec ta danse. Puis tu la fais tienne, mais tu ne dois pas prononcer un seul mot, tu entends, pas un mot jusqu'à ce qu'elle soit entièrement à toi. Voilà ma condition.

Je protestais :

– Comment puis-je la séduire si je ne dis pas un mot ?

– Allons, allons, le nain secoua la tête, ne te fais pas de souci. Avec ma danse, tu peux avoir n'importe quelle femme sans proférer une parole. Ne t'en fais pas. Mais pas un mot à partir du moment où tu seras sur la piste de danse, jusqu'à ce qu'elle t'appartienne. Compris ?

– Et si jamais je parlais ?

– Alors ton corps serait à moi pour toujours, dit-il comme s'il s'agissait d'une évidence.

– Et si tout se passe comme prévu ?

– La fille sera à toi. Moi je quitterai ton corps et je retournerai dans la forêt.

Je poussai un profond soupir et me mis à réfléchir. Devais-je accepter ou non ? Pendant ce temps, le nain avait pris une autre branche et dessinait des signes étranges sur le sol. Un papillon apparut et vint se poser au milieu de son dessin. Pour être franc, j'avais peur. Je n'étais pas sûr de parvenir à me taire jusqu'au bout. Mais si je n'essayais pas, je ne pourrais de toute façon jamais tenir cette fille dans mes bras. Je la revis en train de découper la corne d'éléphant dans son établi. Il me fallait cette fille, à n'importe quel prix.

– D'accord, dis-je. Essayons.

– Marché conclu ! dit le nain.

La salle de bal se trouvait près de l'entrée principale de la manufacture d'éléphants ; le samedi soir, tous les jeunes ouvriers et ouvrières s'y bousculaient. Pratiquement toutes les filles célibataires qui travaillaient à la manufacture venaient au bal du samedi. Nous dansions, buvions du vin, discutions entre amis. Au bout d'un moment, des couples disparaissaient dans la forêt pour faire l'amour.

– Ça m'a manqué, soupira le nain à l'intérieur de moi. C'est ça, la danse : la foule, l'alcool, les lumières, l'odeur de la sueur, le parfum des filles, ah, comme tout ça m'a manqué !

Je fendis la foule à la recherche de ma belle. Quelques amis me tapèrent sur l'épaule, me hélèrent au passage. Je leur souriais, les saluais d'un geste mais ne disais rien. L'orchestre commença à jouer et je ne la voyais toujours pas.

– Il n'y a rien qui presse, dit le nain, la nuit est encore jeune, la soirée ne fait que commencer.

La piste circulaire, entourée de chaises, tournait sur elle-même très lentement. Un grand chandelier descendait du plafond, et le sol soigneusement astiqué réfléchissait sa lumière, étincelant comme la surface d'une patinoire. Au-dessus de la piste s'élevait une sorte de tribune, comme celle d'un arbitre sur un stade, où étaient installés deux orchestres se relayant toutes les demi-heures pour jouer, ce qui permettait de jouir d'une musique superbe tout au long de la nuit. L'orchestre de droite avait un ensemble de cuivres très voyant, les chanteurs portaient sur leurs vestes un logo rouge en forme d'éléphant. Celui de gauche attirait l'attention par l'alignement d'une dizaine de trombones, et les musiciens portaient comme signe distinctif un éléphant vert sur leurs vestes.

Je m'installai sur une des chaises, commandai une bière, dénouai ma cravate, fumai une cigarette. Des filles du dancing, qui faisaient danser les clients moyennant paiement, s'approchèrent tour à tour de ma table pour m'inviter, mais je refusai. Le menton dans la main, sirotant ma bière, j'attendais qu'*elle* arrive. Une heure s'écoula ainsi, sans qu'elle apparaisse. Valses, fox-trot, déchaînements de batterie, solos de trompette se succédèrent en vain. Je commençais à me demander si elle ne s'était pas moquée de moi depuis le début. Peut-être n'avait-elle jamais eu l'intention de venir danser.

– Ça va aller, murmura alors le nain. Laisse-toi aller, je suis sûr qu'elle va venir.

Ma montre indiquait neuf heures passées quand elle apparut enfin à l'entrée du dancing. Elle portait une robe moulante en lamé et des talons hauts noirs. Le reste du dancing disparut dans une sorte de brouillard blanc, tant elle était étincelante et sexy. Plusieurs jeunes gens qui l'avaient remarquée se proposèrent pour lui servir de chevaliers servants, mais elle les repoussa l'un après l'autre d'un geste du bras.

Je suivais tous ses mouvements des yeux en buvant lentement ma bière. Elle vint s'asseoir à une table juste en face de moi, de l'autre côté de la piste, commanda un cocktail de couleur rouge, alluma une longue cigarette. Elle toucha à peine son verre. Après avoir fumé une unique cigarette, elle en écrasa le mégot, se leva et se dirigea vers la piste, lentement, délibérément, comme un nageur monte au plongeoir d'une piscine. Elle se mit à danser seule. L'orchestre jouait un tango, elle dansait merveilleusement bien. Elle était fascinante à regarder. Quand elle se penchait, les vagues de ses cheveux effleuraient le sol comme une rafale de vent, ses doigts blancs effilés semblaient faire vibrer des cordes dans l'espace. Sans se soucier de rien ni de personne, elle dansait seule, pour elle-même. En la regardant, je me crus à nouveau dans mon rêve. Je me sentais un peu confus. Si je me servais d'un rêve pour réaliser un autre rêve, où donc étais-je en réalité ?

– Excellente danseuse, dit le nain. Ça vaut la peine de la prendre pour partenaire. Allons-y, ça va être à nous.

Presque inconsciemment, je me levai, me dirigeai vers la piste. Je me frayai un chemin jusqu'à elle en bousculant quelques jeunes gens au passage, puis, debout à ses côtés, je joignis les talons avec un claquement sec, indiquant à toute l'assistance que j'allais me mettre à danser. Tout en dansant, elle me jetait de petits coups d'œil. Je lui fis un grand sourire. Elle n'y répondit pas et continua à danser de son côté.

Je dansai d'abord lentement. Puis de plus en plus vite. Et finalement comme un ouragan. Mon corps ne m'appartenait plus. Mes bras, mes jambes, mon cou volaient sur la piste, sans aucun lien avec moi-même. Tout en m'abandonnant à la danse, j'entendais distinctement le mouvement des astres, des marées, du vent. Ainsi c'était donc ça, la danse. Je frappais du talon, mes mains tourbillonnaient, ma tête s'agitait, je tournoyais. Chaque fois que je virevoltais, une boule de lumière blanche explosait à l'intérieur de moi.

Elle me regarda furtivement. Puis elle se mit à tourner au même rythme que moi, frappant du pied la mesure en même temps que moi. Je pouvais sentir la lumière se déployer en elle aussi. Je me sentais envahi de bonheur. C'était la première fois de ma vie que je ressentais une chose pareille.

– Qu'est-ce que tu en penses ? Plus amusant que de fabriquer des éléphants, non ? murmura le nain en moi.

Je ne répondis rien. J'avais la bouche sèche, même si j'avais voulu parler, je n'aurais pas pu.

Nous dansâmes ainsi des heures et des heures. Je la guidais, et elle suivait mes mouvements. Il me semblait que nous dansions ainsi depuis toujours. Enfin, elle s'arrêta, visiblement exténuée, s'accrocha à mon bras. Moi aussi – le nain en moi, devrais-je dire –, je m'arrêtai de danser. Debout au milieu de la piste, face à face, nous échangeâmes un long regard. Elle se pencha, enleva ses talons aiguilles noirs, les prit à la main et me regarda à nouveau.

Nous quittâmes le dancing, marchâmes le long de la rivière. Je n'avais pas de voiture, nous ne pouvions faire autrement que marcher. Bientôt le chemin devint plus raide, un parfum de fleurs blanches nous enveloppait dans la nuit. Je me retournai et aperçus la masse noire des bâtiments de la manufacture en contrebas, et la lumière jaune du dancing qui diffusait son pollen sur les environs, tandis que l'un des orchestres jouait un morceau endiablé. La brise était douce, la lumière de la lune trempait sa chevelure.

Nous ne parlions ni l'un ni l'autre. Après la danse, il n'y avait plus besoin de paroles entre nous. Elle était suspendue à mon bras comme une aveugle qui attend d'être guidée.

Au sommet de la côte on débouchait sur une vaste prairie, entourée d'une forêt de pins, paisible comme un lac. L'herbe tendre d'une hauteur égale, où nous disparaissions jusqu'à mi-corps, frémissait sous la brise nocturne. Ici et là, une fleur fluorescente pointait sa tête, attirant les insectes.

Je passai un bras autour de ses épaules et marchai avec elle jusqu'au milieu de la clairière, la fis s'étendre à terre, toujours sans un mot.

– Tu es vraiment taciturne, dit-elle en souriant, puis elle jeta au loin ses chaussures, accrocha ses deux bras à mon cou.

Je l'embrassai sur les lèvres puis m'éloignai un peu pour la regarder à nouveau. Elle était d'une beauté de rêve. Je n'arrivais pas à croire que je la tenais réellement dans mes bras. Elle ferma les yeux, comme si elle attendait que je recommence à l'embrasser.

C'est à ce moment-là que son visage commença à se métamorphoser. Quelque chose de blanc émergea en rampant d'une de ses narines : c'était un ver blanc. Un énorme ver blanc. Puis des quantités de vers se mirent à sortir de ses deux narines, une odeur pestilentielle de cadavre se répandit alentour. Les vers tombaient de ses lèvres, rampaient sur sa gorge, l'un se faufila sur ses yeux et se perdit dans ses cheveux. La peau de son nez glissa soudain, dénudant une chair pourrie qui se mit à fondre, ne laissant plus que deux grands trous sombres au milieu, d'où sortaient toujours en rampant des multitudes de vers, mêlés de lambeaux de chair putréfiée.

Du pus coulait de ses yeux, et sous la pression du liquide épais, ses yeux clignèrent deux ou trois fois puis jaillirent de leurs orbites, tombant de part de d'autre de son visage. Dans le gouffre qui s'ouvrait derrière les orbites vides, je vis grouiller des nœuds de vers au milieu d'une cervelle en putréfaction. Sa langue darda hors de sa bouche comme une énorme limace et se détacha, ses gencives se désagrégèrent, ses dents blanches se déchaussèrent. Bientôt sa bouche elle-même se liquéfia et disparut. Du sang suintait de la racine de ses cheveux, qui se mirent tous à tomber. Des vers apparaissaient çà et là, trouant les chairs visqueuses de son visage. Mais la force de ses bras autour de moi ne se relâchait pas. Je ne pouvais ni desserrer son étreinte, ni éloigner son visage du mien, ni même fermer les yeux. Une horrible nausée me souleva l'estomac, mais je ne pus vomir. J'avais l'impression d'être retourné comme un gant, et seul l'écho du rire du nain résonnait à mes oreilles.

Le visage de la femme continuait de fondre. Soudain sa mâchoire s'ouvrit en deux avec un horrible craquement, comme si un muscle avait cédé quelque part, et une pâte compacte de vers, de pus et de chairs pourries se mit à jaillir de toute part.

J'ouvris grand la bouche, prêt à lâcher un cri de terreur. Je voulais fuir cet enfer à n'importe quel prix. Mais finalement je ne hurlai pas. Instinctivement, quelque chose me disait : tout cela n'est pas en train d'arriver réellement. Je le sentais. C'était le nain, une machination du nain pour me forcer à émettre un son. Un seul cri, et mon corps lui appartenait pour toujours !

Résolu à ne pas céder, je fermai les yeux. Cette fois, j'y parvins sans résistance aucune. Les yeux clos, j'entendis le vent faire frissonner la prairie. Je sentais les ongles de la fille enfoncés dans mon dos. Fermement, je promenai mes mains sur son corps, l'attirai vers moi, posai un baiser sur la masse de chairs pourries à l'endroit où un peu plus tôt se trouvait sa bouche. L'espace d'un bref instant, je sentis des lambeaux de chair visqueuse se coller à mon visage, une puanteur insupportable frappa mes narines. Mais quand je rouvris les yeux, j'étais à nouveau en train d'embrasser ma belle conquête. Les tendres lueurs de la lune jouaient sur ses joues de pêche. Je compris que j'avais vaincu le nain. J'avais réussi à ne pas émettre le moindre son.

– Tu as gagné, reconnut le nain d'un ton dégoûté. La fille est à toi. Je m'en vais.

Et il quitta mon corps.

– Mais je n'ai pas dit mon dernier mot, poursuivit-il. Tu peux gagner encore et encore, plusieurs fois. Cependant, sache que pour être vaincu il suffit d'une fois. Et un jour tu perdras, aussi sûr que j'existe, et tout sera fini pour toi. J'attendrai ta défaite, tu entends, j'attendrai !

– Pourquoi ? Pourquoi moi ? hurlai-je au nain. Pourquoi n'en as-tu pas choisi un autre ?

Seul son rire me répondit. L'écho de son rire traîna un moment alentour puis le vent l'emporta.

Finalement, le nain avait raison. Me voilà maintenant poursuivi par toutes les polices du pays. Quelqu'un qui m'a vu danser ce soir-là – peut-être le vieil ouvrier – a prévenu les autorités que le nain dansait en moi. La police s'est mise à me surveiller étroitement, à questionner mon entourage. Mon coéquipier a avoué que je lui avais parlé un jour du nain. Un mandat d'arrêt a été lancé contre moi. Les policiers ont encerclé l'usine. Ma belle amie de la section huit est venue me prévenir en cachette. Je me suis enfui de l'usine, j'ai sauté dans le bassin où sont stockés les éléphants une fois terminés. J'ai bondi sur le dos de l'un d'entre eux pour m'enfuir vers la forêt, écrasant quelques policiers au passage.

J'ai passé environ un mois à fuir de forêt en forêt, de colline en colline, me nourrissant de baies et de larves, buvant l'eau des ruisseaux ; ainsi j'ai survécu. Mais les policiers sont trop nombreux. Un jour ou l'autre, ils me rattraperont. Quand ils m'auront arrêté, m'a-t-on dit, ils me mettront au pilori puis m'écartèleront au nom de la révolution.

Chaque nuit, le nain m'apparaît en rêve et veut entrer dans mon corps.

– Comme ça au moins tu échapperas à l'arrestation et au supplice de l'écartèlement, dit-il.

Et je lui demande :

– Mais je devrai danser dans la forêt pour l'éternité, n'est-ce pas ?

– C'est exact. À toi de choisir entre ces deux possibilités.

Alors il a un petit rire sous cape. Moi, je ne peux pas choisir entre les deux.

J'entends des aboiements. Un concert d'aboiements où se mêlent les voix de plusieurs chiens. Ils ne doivent plus être très loin maintenant.

La dernière pelouse de l'après-midi

Je devais avoir dix-huit ou dix-neuf ans à l'époque où je tondais les pelouses. Il y a quatorze ou quinze ans de ça. Ça fait un bail.

De temps en temps, je me dis que quatorze ou quinze ans, ce n'est pas si long. C'était l'époque où Jim Morrison chantait *Light my fire*, et McCartney *The long and winding road*, dans ces eaux-là, un peu avant ou un peu après, il n'y a pas si longtemps que ça, en somme. Moi-même, je n'ai pas tellement changé depuis.

Non, c'est faux. J'ai dû changer beaucoup au contraire, sinon beaucoup de choses demeureraient inexplicables dans ma vie.

OK, j'ai changé. Et quatorze ou quinze ans, ça fait un bail, d'accord.

Près de chez moi – je viens juste de m'installer dans le coin – il y a un collège, et je passe devant chaque fois que je vais me promener ou faire une course. Tout en marchant, je regarde les collégiens faire de la gymnastique, dessiner, ou simplement ne rien faire. Ce n'est pas que j'aime particulièrement regarder les collégiens, mais il n'y a rien d'autre à voir ; je pourrais regarder l'allée de cerisiers sur la droite, cependant c'est quand même plus intéressant de regarder des collégiens.

En tout cas, donc, je regarde ces collégiens tous les

jours, et un beau jour je me suis dit : ils ont quatorze ou quinze ans, ces gamins. C'était une grande découverte pour moi, je dirais même une surprise sans précédent. Il y a quatorze ou quinze ans, ils n'étaient même pas nés, ou à peine, c'étaient juste des petits ballots de chair rose qui n'avaient même pas conscience d'exister. Et maintenant, voilà qu'ils ou elles mettaient du rouge à lèvres, fumaient des cigarettes en cachette dans un coin de la salle de sport, se masturbaient, envoyaient des lettres stupides à leur disc-jockey préféré, taguaient les murs des maisons avec des bombes de peinture rouge et avaient lu *Guerre et Paix* (enfin, ça, ce n'est pas sûr).

Ça alors ! je me suis dit.

Quand je pense que moi, il y a quatorze ou quinze ans, je tondais des pelouses !

*

Les souvenirs, ça ressemble aux romans, ou peut-être les romans ressemblent-ils aux souvenirs.

Pour la première fois depuis que je me suis mis à écrire des romans, j'en ai véritablement conscience : les souvenirs ressemblent aux romans, ou peut-être, etc.

Vous faites des efforts pour ordonner tout ça joliment, et puis le fil de vos idées vous entraîne ici ou là, et finalement il n'y a plus de fil du tout. Exactement comme quatre chatons à peine nés roulés en boule les uns sur les autres. Tout tièdes de vie, mais instables sur leurs pattes. Je trouve vraiment honteux que ces petites créatures fassent l'objet d'un commerce (car elles *font* l'objet d'un commerce). Il y a vraiment de quoi rougir. Et si moi je rougis, vous pouvez être sûr que le monde entier a honte.

Pourtant, si on considère l'existence humaine comme

une suite d'actes stupides fondés sur des mobiles relativement purs, différencier ce qui est juste de ce qui ne l'est pas n'est plus un problème. C'est là que naissent les souvenirs, et les romans aussi. C'est une espèce de machine dont personne ne peut arrêter le mouvement perpétuel, qui se balade à travers le monde en faisant grincer ses rouages, tirant un unique et interminable fil à travers le monde.

Si la machine fonctionne bien, pourquoi pas ? Mais il n'y a aucune raison que ça marche. Cela n'essaie même pas de marcher.

Alors, que faut-il faire, hein ?

Eh bien, mettre à nouveau ces petits chatons les uns sur les autres. Ils sont tout fatigués et tout doux. Que pensent-ils ces petits chatons, quand ils ouvrent les yeux et se rendent compte qu'ils sont empilés comme des bûches préparées pour un feu de camp, hein ? Tiens, c'est bizarre, se diront-ils peut-être. Si seulement ils se disaient ça, au moins ça, je me sentirais sauvé.

*

Vers l'âge de dix-huit ou dix-neuf ans donc, je tondais des pelouses. Ça fait un bail. À cette époque, j'avais une petite amie de mon âge, mais, pour différentes raisons, elle vivait dans une ville assez loin de chez moi. Nous ne nous voyions en tout et pour tout que deux semaines par an. Pendant ces deux semaines, nous faisions l'amour, allions au cinéma, faisions des repas assez plantureux, parlions à perdre haleine, pour finalement nous disputer, nous réconcilier, faire à nouveau l'amour. Bref, nous faisions la même chose que tous les amoureux du monde, simplement nous, c'était en accéléré.

Aujourd'hui, je ne saurais dire si j'aimais vraiment cette fille ou pas. Je me souviens très bien d'elle. J'aimais dîner avec elle, j'aimais la regarder ôter ses vêtements un par un, j'aimais pénétrer son corps souple. Après l'amour, j'aimais la regarder bavarder ou s'endormir, le visage enfoui contre ma poitrine. Mais c'est tout ce que je sais. J'étais incapable de penser à l'avenir.

Mis à part les quelques semaines que je passais chaque année avec elle, ma vie était affreusement monotone. J'allais de temps à autre suivre mes cours à l'université, je m'arrangeais pour rester dans la moyenne, et le reste du temps, j'allais au cinéma, ou je me baladais au hasard des rues. J'avais une amie très proche. Elle avait un petit ami, mais de temps en temps nous nous voyions tous les deux pour bavarder de choses et d'autres. Quand j'étais seul, je passais mon temps à écouter des disques de rock and roll. Ça me mettait d'humeur joyeuse et me rendait malheureux en même temps. Mais à cette époque, tout le monde était comme ça.

Un matin d'été, on était au début de juillet, je reçus une longue lettre de ma petite amie, m'annonçant qu'elle voulait me quitter. Je t'ai toujours aimé, même en ce moment je t'aime toujours, et à l'avenir aussi, etc. Autrement dit, elle me quittait. Elle avait un nouveau petit ami. Je secouai la tête, fumai six cigarettes de suite, sortis boire une bière, rentrai chez moi, fumai à nouveau. Ensuite je brisai trois longs crayons à papier HB posés sur mon bureau. Ce n'est pas que j'étais en colère, mais je ne savais pas quoi faire. Je me changeai et partis travailler. À partir de ce moment-là, pendant quelque temps, tous les gens de mon entourage me firent remarquer mon inhabituelle gaieté. Comme la vie est étrange parfois !

Cette année-là, mon job était de tondre les pelouses pour le compte d'une société d'entretien de jardins proche de la gare de Kyodo, sur la ligne Odakyû – une société plutôt florissante car la plupart des gens qui font construire des maisons plantent de la pelouse dans leur jardin. Ou élèvent un chien. Comme si c'était la seule alternative. Remarquez, il y en a qui font les deux. Ce qui n'est pas mal en soi. Une pelouse, c'est joli. Un chien, c'est mignon. Mais, au bout d'à peu près six mois, la plupart des gens commencent déjà à se lasser. La pelouse, il faut la tondre, le chien, il faut le sortir. Pas facile à assumer, tout ça.

Toujours est-il que je tondais les pelouses pour des gens de cette sorte. L'été précédent, j'avais trouvé ce job grâce au club des étudiants de mon université, ainsi que quelques-uns de mes camarades, mais eux, ils avaient arrêté tout de suite, alors que moi j'étais resté. Le travail était dur mais bien payé. On n'avait besoin de parler à personne. Ça me convenait parfaitement. Depuis que je travaillais là-dedans, j'avais mis un petit pécule de côté. Je voulais avoir un petit capital pour emmener ma petite amie en voyage pendant l'été. Mais maintenant qu'elle me quittait, le voyage était à l'eau. Après avoir reçu sa lettre, je passai une semaine à réfléchir au moyen d'utiliser cet argent. Ou plus exactement, je n'avais rien d'autre à quoi penser. Ce fut une drôle de semaine. J'avais l'impression de ne plus habiter mon corps, j'étais dans le corps d'un autre. Mes mains, mon visage, mon sexe, rien de tout ça ne m'appartenait. J'essayais d'imaginer mon amie dans les bras d'un autre. Quelqu'un d'autre – que je ne connaissais pas – en train de mordiller ses petits seins. Ça me faisait un drôle d'effet. Comme si moi je n'existais plus du tout.

Je ne trouvais pas comment utiliser cet argent. Quelqu'un me proposa d'acheter une Subaru d'occasion, une mille centimètres cubes. Elle avait pas mal de kilomètres mais c'était une bonne machine, et le prix était intéressant. Je n'arrivais pas à me décider. Je songeais aussi à changer les baffles de ma stéréo pour un modèle plus grand, toutefois dans mon petit appartement ça n'aurait servi à rien. Évidemment, je pouvais déménager, cependant je n'avais aucune raison de le faire. Si je déménageais, je n'aurais plus assez d'argent pour acheter de nouveaux haut-parleurs.

Je n'avais aucun moyen de dépenser cet argent. J'achetai un polo d'été et quelques disques ; je ne touchai pas au reste. Puis je m'achetai une bonne radio stéréo Sony. Avec un grand émetteur, on recevait très bien la FM.

À la fin de la semaine, une évidence me frappa : si je n'avais aucun moyen de dépenser l'argent, ce n'était pas la peine d'en gagner.

Un matin, j'annonçai à mon patron mon intention d'arrêter le travail. Je devais commencer à préparer mes examens, et puis je voulais faire un petit voyage avant, lui expliquai-je. Je ne pouvais quand même pas lui dire que je ne voulais plus gagner d'argent.

« Ah bon, vraiment, c'est dommage », fit mon patron (en fait, un vieux jardinier) d'un air sincèrement désolé. Puis il poussa un soupir, s'assit sur une chaise et tira sur sa cigarette. Il leva la tête vers le plafond, la tourna sur le côté. « Tu as vraiment bien travaillé. Tu as été le meilleur de tous les jeunes qui ont travaillé ici. Tu as une réputation exceptionnellement bonne auprès des clients. Oui, pour un jeune, tu as vraiment fait du boulot formidable. »

Je le remerciai. Je savais que j'avais bonne réputation. Je travaillais avec soin. La plupart des gens qui font ce travail passent un coup de tondeuse électrique le plus rapidement possible et laissent le reste tel quel. Comme ça, c'est vite fini, et on ne se fatigue pas. Moi, j'avais une autre méthode : je passais un coup de tondeuse, et ensuite je prenais mon temps pour fignoler à la main. Je m'appliquais dans les coins, là où la machine ne passe pas, et naturellement le résultat s'en ressentait. Évidemment, au bout du compte, je gagnais moins de l'heure, puisque nous étions payés au jardin. Le prix était généralement fixé en fonction de la taille de la pelouse. Et puis comme je me penchais tout le temps, à la fin de la journée j'avais affreusement mal au dos. Ceux qui n'ont jamais fait ce genre de boulot ne peuvent pas comprendre. Tant que vous n'êtes pas habitué, vous avez de telles courbatures que même monter et descendre des escaliers devient un supplice.

Si je travaillais si soigneusement, ce n'était pas pour établir ma réputation. Vous ne me croirez peut-être pas, mais j'aimais tondre des pelouses, tout simplement. Tous les matins, j'aiguisais mon sécateur, partais tôt au volant du petit van où je transportais la tondeuse électrique et m'en allais tondre des pelouses. Tous les jardins sont différents, toutes les pelouses sont différentes, et toutes les femmes au foyer sont différentes. Certaines sont douces et gentilles, d'autres de vraies mégères. Il y avait même de jeunes maîtresses de maison en tee-shirt sans soutien-gorge dessous qui s'accroupissaient devant moi pendant que je tondais leur pelouse pour me laisser voir leurs seins.

Mais moi, imperturbable, je tondais les pelouses. Dans la plupart des jardins, la pelouse était vraiment haute. Une vraie prairie. Mais plus l'herbe est haute, plus le travail vaut la peine. Quand c'est fini, le jardin donne une impression complètement différente. C'est vraiment une sensation agréable. Comme un rayon de soleil qui perce à travers une épaisse couche de nuages.

Une fois, une seule, il m'arriva de coucher avec une de ces femmes au foyer – après le travail, bien sûr. Elle avait un peu plus de trente ans, était petite, avec des seins menus et légers. Nous fîmes l'amour dans une pièce toute sombre, elle avait éteint les lampes, fermé les persiennes. Elle garda sa robe, enleva seulement ses sous-vêtements et me grimpa dessus. Elle refusa de se laisser toucher en dessous de la poitrine. Sa peau était désagréablement froide, seul son vagin était tiède. Elle ne me parla pratiquement pas. Moi non plus, je ne parlai pas. On entendait seulement le bruit soyeux de sa robe s'agitant à un rythme plus ou moins rapide. Le téléphone sonna au milieu de nos ébats. La sonnerie insista un moment puis s'arrêta.

Plus tard, il m'arriva de me demander si ce n'était pas à cause de ça que mon amie m'avait quitté. Je n'avais aucune raison précise de penser ça. C'était une impression, sans plus. À cause de cet appel téléphonique auquel personne ne répondit. Bah, c'est une vieille histoire de toute façon.

– Ça m'ennuie que tu t'en ailles, poursuivit mon patron. Je ne pourrai pas respecter tous les contrats, et en plus on est en pleine saison.

Pendant la saison des pluies, l'herbe pousse plus vite, c'est un fait.

– Tu ne veux pas continuer juste une semaine ? D'ici une semaine, j'aurai trouvé quelqu'un pour te remplacer et je pourrai me débrouiller. Si tu veux bien prolonger d'une semaine, je te promets un bonus.

– D'accord, concédai-je.

Je n'avais pas plus de projets que ça, et le boulot ne me déplaisait pas. C'est bizarre, tout de même, me dis-je. Il suffit que je ne veuille plus gagner d'argent pour qu'on m'en propose.

Il fit beau pendant trois jours, puis il plut une journée et fit beau à nouveau trois jours. C'est ainsi que s'écoula ma dernière semaine de travail.

C'était l'été, un été magnifique. De petits nuages blancs découpaient nettement leurs contours dans le ciel. Le soleil était brûlant. Mon dos pela trois fois puis devint tout noir. J'étais bronzé jusque derrière les oreilles.

Ma dernière matinée de travail, je partis dans mon petit van, en tee-shirt, short, tennis et lunettes noires, en direction de ma dernière pelouse. L'autoradio était cassé, j'avais emporté ma radio de la maison, et en conduisant j'écoutais du rock and roll. Creedence, Grand Funk, ce genre de choses. Tout semblait tournoyer autour du soleil d'été. Je sifflotais avec la radio et quand j'arrêtais de siffler j'allumais une cigarette, puis je recommençais. À la radio, c'était l'heure des informations, le présentateur prononçait des noms de lieux vietnamiens avec un drôle d'accent. Mon dernier travail se trouvait près du parc d'attractions Yomiuri Land. Ça alors ! Pourquoi les habitants de la préfecture de Kanagawa louaient-ils les services d'une société de jardinage de l'arrondissement de Setagaya ?

Enfin, je n'avais pas le droit de me plaindre. J'avais choisi ce travail moi-même. Chaque matin, à la société, tous les contrats du jour étaient inscrits sur un tableau noir et chacun choisissait son secteur. La plupart préféraient les lieux proches. Comme ça ils ne perdaient pas de temps en transport entre deux jardins. Moi, c'était le contraire, je choisissais exprès les destinations éloignées. Toujours. Les autres trouvaient ça bizarre. Parce que j'étais le plus ancien et que j'avais le droit de choisir le premier.

Je n'avais pas de raison particulière de choisir ces destinations éloignées, sinon que j'aimais faire de la route. J'aimais aller loin et tondre des pelouses lointaines. J'aimais contempler des paysages lointains sur des routes lointaines. Mais si j'avais dit ça, personne n'aurait compris.

Je conduisais toutes fenêtres ouvertes. Plus je m'éloignais de la ville, plus l'air se rafraîchissait, plus le vert devenait vif. Les odeurs d'herbe coupée et de terre aride se faisaient plus fortes, la ligne d'horizon devenait plus nette. Le temps était magnifique. Un temps idéal pour partir en voyage avec une fille. Je pensais à la mer, au sable brûlant. À des draps bleus crissants, dans une petite chambre à air conditionné. C'était tout. Je ne pensais à rien d'autre. À tour de rôle, les images d'une plage et de draps bleus m'occupaient l'esprit.

Y compris quand je m'arrêtai dans une station-service pour faire le plein, je pensais à la même chose. Je m'allongeai dans l'herbe sur l'aire à côté de la pompe à essence pendant qu'un employé vérifiait les niveaux, lavait mon pare-brise. L'oreille collée au sol, j'écoutai différents bruits. J'entendis même comme un tumulte lointain de vagues. Évidemment, ce n'était pas le bruit des vagues, mais seulement une cacophonie de tous les sons aspirés par la terre. Juste sous mes yeux, de petits insectes grimpaient sur les tiges des herbes. De petits insectes verts ailés. Ils avançaient jusqu'en haut d'un brin d'herbe, hésitaient un instant puis rebroussaient chemin. Ils ne semblaient pas spécialement déçus du voyage.

Au bout de dix minutes, ma voiture était prête, et l'employé appuyait sur mon klaxon pour me prévenir.

*

La maison où je me rendais se trouvait à mi-pente d'une colline. Une colline résidentielle, les deux côtés de la route sinueuse qui y grimpait étaient plantés d'ormes. Dans un jardin, j'aperçus deux petits garçons tout nus en train de s'arroser avec un tuyau. Le jet, haut de cinquante centimètres, était irisé par un petit arc-en-ciel. Quelqu'un s'entraînait au piano derrière une fenêtre ouverte. Je continuai à gravir la route et trouvai facilement la maison. J'arrêtai mon van devant la grille, sonnai. Pas de réponse. Les environs étaient étonnamment calmes. Comme s'il n'y avait personne. Je sonnai à nouveau. Puis j'attendis que quelqu'un veuille bien me répondre.

C'était une jolie petite maison. Des murs crépis couleur crème, avec une cheminée de la même couleur dressée au milieu du toit. Les encadrements de fenêtres étaient gris, les rideaux blancs à l'intérieur étaient tout jaunis par la lumière du soleil. Une vieille maison, mais la vieillesse lui allait bien. On voit souvent ce genre de maison dans les stations balnéaires. Elles sont habitées la moitié de l'année, vides le reste du temps. Cette maison dégageait ce genre d'atmosphère, un parfum de vie intermittente en émanait.

Un muret de briques à la française m'arrivant à la taille, sur lequel s'accrochaient des rosiers grimpants, entourait la maison. Les roses étaient déjà fanées, les feuilles vertes absorbaient la canicule. Je ne voyais de pelouse nulle part, mais le jardin avait l'air grand, un énorme camphrier répandait son ombre fraîche sur les murs crème.

Je sonnai une troisième fois à la porte, elle s'ouvrit enfin lentement sur une quinquagénaire d'une taille impressionnante. Je ne suis pourtant pas petit, mais cette femme-là me dépassait de trois bons centimètres. Elle avait également une carrure imposante et semblait quelque peu fâchée d'être dérangée. Elle n'était pas vraiment belle mais ses traits étaient réguliers. Enfin, malgré ses traits réguliers, elle n'avait pas à proprement parler un air avenant. Des sourcils épais, un menton carré donnaient une impression d'obstination : le genre à ne jamais revenir sur ce qu'elle avait dit.

Elle me regarda d'un air ennuyé, le regard ensommeillé. Ses cheveux raides, mêlés de fils blancs, faisaient des vagues sur son front, sa robe de coton beige sans manches laissait voir des bras ballants et musclés, tout blancs.

– Je viens tondre la pelouse, expliquai-je en enlevant mes lunettes de soleil.

– La pelouse ? fit-elle en penchant la tête.

– Oui, vous nous l'avez demandé par téléphone.

– Hein ? Ah oui, la pelouse. Quel jour sommes-nous ?

– Le quatorze.

Elle bâilla.

– Ah, le quatorze ? (Elle bâilla de nouveau. On aurait dit qu'elle sortait d'hibernation.) Au fait, vous auriez une cigarette ?

Je sortis mon paquet de Short Hope de ma poche, le lui tendis, allumai sa cigarette. Elle recracha la fumée vers le ciel avec un air d'intense satisfaction.

– Combien vous faut-il ?

– De temps ?

Elle hocha la tête en tendant le menton en avant.

– Ça dépend de la taille, je peux voir votre pelouse ?

– Bien sûr. Vous ne pouvez pas la tondre sans la voir, n'est-ce pas ?

Je la suivis et fis le tour du jardin. C'était un rectangle d'environ deux cents mètres carrés de gazon, orné de quelques massifs d'hortensias et d'un camphrier. Sous une fenêtre étaient posées deux cages à oiseaux vides. Le jardin était bien entretenu, la pelouse n'avait pas vraiment besoin d'être tondue, je me sentis un peu déçu.

– Vous pourriez attendre au moins deux semaines avant de tondre, dis-je.

Elle souffla par le nez.

– Je la veux plus rase. Je vous paie pour ça, je ne vois pas où est le problème.

Je la regardai. Elle avait raison après tout. Je hochai la tête, calculai mentalement le temps nécessaire.

– Quatre heures, annonçai-je.

– Dites donc, vous n'êtes pas rapide !

– J'aime travailler lentement. Ça ne vous dérange pas ?

– Faites comme vous voulez, dit-elle.

Je sortis mon matériel du van – tondeuse électrique, sécateur, râteau, sacs-poubelle, Thermos de café glacé, transistor – et transportai le tout dans son jardin. Le soleil était presque au zénith, la température montait sans cesse. Pendant que je transportais mes outils, elle aligna une dizaine de paires de chaussures devant la porte d'entrée et se mit à les épousseter avec un chiffon. C'étaient uniquement des chaussures de femme, en deux tailles : des grandes et d'autres plus petites.

– Ça ne vous dérange pas si je mets la radio pendant que je travaille ?

– Pas du tout. J'aime la musique, dit-elle, toujours accroupie, en levant la tête vers moi.

Je commençai par ôter tous les petits cailloux de la pelouse puis mis la tondeuse en marche. Les cailloux abîment la lame. À l'avant de la tondeuse, il y avait un panier en plastique qui recevait l'herbe coupée, quand il était plein, je l'enlevais et le vidais dans le sac-poubelle. Deux cents mètres carrés de pelouse, même si elle est rase, ça représente pas mal d'herbe. Le soleil tapait toujours aussi fort. J'enlevai mon tee-shirt trempé de sueur, restai torse nu. J'avais l'air prêt pour le barbecue. Avec un temps pareil, vous pouvez boire autant d'eau que vous voulez sans pisser une goutte. Tout se transforme en sueur.

Au bout d'une heure de tondeuse électrique, je fis une petite pause. Assis à l'ombre du camphrier, je bus du café glacé, dont je sentis le goût sucré se répandre dans tout mon corps. J'entendais les cigales striduler au-dessus de ma tête. Je mis la radio et tournai le bouton à la recherche d'un programme de musique à mon goût. Je m'arrêtai sur une station qui passait *Mamma told me* de Three Dog Night et, allongé sur le dos, je regardai à travers mes lunettes noires le soleil filtrer entre les branches de l'arbre.

Elle sortit de la maison, s'arrêta devant moi. Vue comme ça d'en bas, elle ressemblait au camphrier. Elle tenait un verre dans la main droite. Un verre empli de glaçons et d'un liquide où se jouait le soleil, et qui semblait bien être du whisky.

– Quelle chaleur, hein ! fit-elle.

– Oui.

– Vous faites comment pour le déjeuner ? demanda-t-elle.

Je consultai ma montre. Il était onze heures vingt.

– Je sortirai manger un morceau à midi. J'ai aperçu un fast food dans le coin.

– Ce n'est pas la peine de sortir exprès pour ça, je peux vous préparer un sandwich.

– Non, ne vous dérangez pas, je déjeune toujours dehors.

Elle leva son verre, en avala la moitié d'une traite. Puis elle soupira, la bouche en cul-de-poule.

– Je vais en préparer un pour moi de toute façon, alors ça ne me dérange vraiment pas. Mais si vous ne voulez pas, je ne veux pas vous forcer.

– Bon, d'accord alors. Merci beaucoup.

Elle pointa le menton en avant sans rien dire. Puis elle rentra dans la maison en roulant lentement les épaules.

Je taillai la pelouse à la main jusqu'à midi. Je repassai à la tondeuse électrique les parties mal égalisées puis rassemblai à l'aide d'un râteau tout le gazon tondu à la machine, taillai les endroits où la tondeuse n'avait pas pu passer. Il fallait de la patience pour faire ça. On peut faire ce genre de boulot par-dessus la jambe ou se montrer perfectionniste, ce qui est mon cas, mais il ne suffit pas d'être méticuleux pour que le travail soit apprécié. Certains me trouvent trop tatillon, moi je pense seulement que je suis comme ça, je vous l'ai dit, je suis perfectionniste. Question de caractère. Et d'orgueil peut-être.

Lorsque la sirène de midi retentit, elle m'invita à entrer dans la cuisine et me tendit un sandwich.

La cuisine n'était pas très grande, mais très propre, sans décoration superflue, simple et fonctionnelle. Il y avait des appareils électriques de modèles anciens. Quand je dis anciens, c'étaient presque des antiquités. On aurait dit que le temps s'était arrêté dans cette cuisine. À part un énorme réfrigérateur qui ronflait en bruit de fond, le silence y régnait. Même la vaisselle et les petites cuillères paraissaient empreintes d'un calme olympien. Elle me tendit une bière, que je refusai parce que je n'avais pas fini de travailler. Elle me donna un jus d'orange à la place et but elle-même la bière. Sur la table, il y avait aussi une bouteille de White Horse à demi vide. Et sous l'évier, je remarquai tout un stock de bouteilles vides, de différents modèles. Le sandwich au jambon et au concombre qu'elle m'avait préparé était délicieux. Je le lui dis, et elle me répondit que faire les sandwichs avait toujours été sa spécialité. C'est tout ce que je sais faire, ajouta-t-elle. Mon défunt mari était américain et il mangeait des sandwichs tous les jours. Je lui faisais des sandwichs et il était heureux.

Elle-même ne toucha pas au sien. Elle grignota deux morceaux de légumes marinés et but de la bière. Elle n'avait pas l'air de boire ça par goût, mais plutôt comme si elle ne pouvait rien faire d'autre. Assis chacun d'un côté de la table, elle but sa bière, moi je mangeai mon sandwich. Elle ne me fit pas davantage de confidences, et pour ma part, n'ayant rien de particulier à dire, je me taisais.

À midi et demi, je retournai à ma pelouse. Ma dernière pelouse. Une fois que je l'aurais terminée, je n'aurais plus rien à voir avec les pelouses.

J'égalisai donc soigneusement le gazon tout en écoutant du rock and roll à la radio. Je ratissai je ne sais combien de fois, je vérifiai, en regardant l'ensemble sous différents angles, que je n'avais rien oublié. À une heure et demie, j'en étais aux deux tiers. La sueur me coulait dans les yeux, et je me lavai plusieurs fois la figure au robinet du jardin. Sans raison particulière, j'eus plusieurs érections, qui se calmèrent d'elles-mêmes. Ça paraît absurde de bander en tondant une pelouse, non ?

À deux heures vingt, j'avais terminé. J'éteignis la radio, fis quelques pas pieds nus sur la pelouse pour voir si tout allait bien. C'était très satisfaisant. Tout était égalisé et doux sous les pieds. Un vrai tapis. Je fermai les yeux, pris une profonde inspiration, appréciai un long moment la sensation rafraîchissante de toute cette verdure sous la plante de mes pieds. Et subitement, mes forces m'abandonnèrent.

« Je t'aime toujours énormément, avait-elle écrit dans sa lettre de rupture. Je te trouve gentil et merveilleux. Je suis sincère. Mais il me semble que vient un moment où cela ne suffit plus. Je ne sais pas pourquoi moi-même. Je pense que c'est affreux de te dire ça de cette façon. Je n'explique rien. Dix-neuf ans, c'est un âge terrible. Dans quelques années, peut-être que je saurai mieux t'expliquer, mais ce ne sera peut-être plus la peine. »

Je me passai à nouveau la tête sous le robinet, transportai mes outils jusqu'au van, enfilai un tee-shirt propre. Puis j'ouvris la porte d'entrée et annonçai à la maîtresse des lieux que j'avais terminé.

– Et si vous preniez une bière ? fit-elle.

– Merci, répondis-je.

Ce n'était pas de refus. Côte à côte au bout du jardin, nous regardâmes la pelouse. Je buvais ma bière, elle une vodka-tonic dans un long verre. Le genre de verre dont on vous fait cadeau chez le marchand de boissons alcoolisées quand vous êtes un bon client. Sa respiration manquait de naturel, c'était une sorte de sifflement entre les dents. Il me semblait qu'elle pouvait à tout moment tomber évanouie sur la pelouse, et même mourir. Je l'imaginais en train de perdre conscience, de s'effondrer sur la pelouse. Elle tomberait sans doute d'un bloc.

– Vous travaillez bien, dit-elle. (D'après le ton de sa voix, ça n'était pas vraiment un compliment, pas un reproche non plus.) J'ai fait appel à de nombreux spécialistes en entretien de pelouse jusqu'à présent, c'est la première fois que je vois un résultat aussi parfait.

– Merci beaucoup.

– Mon défunt mari était très exigeant pour la pelouse. Il tenait à s'en occuper lui-même. Votre façon de travailler ressemble à la sienne.

Je lui offris une cigarette, et nous nous mîmes à fumer tous les deux. Elle avait des mains beaucoup plus grandes que les miennes. Elles avaient l'air dures comme du roc. Le verre dans sa main droite et la cigarette dans sa main gauche paraissaient minuscules. Elle avait des doigts épais, sans bagues. Plusieurs de ses ongles portaient des lignes verticales nettement marquées.

– Mon mari adorait tondre la pelouse quand il avait du temps libre, il y consacrait ses loisirs. Il n'était pas maniaque pour autant, remarquez.

J'essayai d'imaginer à quoi pouvait ressembler son mari. Sans succès. Je ne pouvais le voir que sous la forme d'un camphrier.

Elle respira à nouveau bruyamment.

– Depuis sa mort, je fais venir des jardiniers. Je suis sensible au soleil, quant à ma fille, elle déteste bronzer.

Une jeune femme ne peut tondre une pelouse que si elle aime prendre le soleil, sinon pourquoi le ferait-elle, n'est-ce pas ?

Je hochai la tête.

– Vous, j'aime votre travail. C'est comme ça qu'il faut tailler une pelouse. Il faut y mettre du sentiment. Sans sentiment, ce n'est que du…

Elle chercha ses mots, le mot juste ne venait pas. À la place elle rota.

Je regardai à nouveau la pelouse. C'était mon dernier travail et ça me rendait un peu triste. Dans cette tristesse entrait naturellement pour une part le chagrin de la rupture récente avec ma petite amie. Cette pelouse était la dernière, et les émotions que je partageais avec mon amie étaient mortes. Je songeai à son corps nu. La femme pareille à un camphrier rota à nouveau puis fit une grimace.

– Revenez le mois prochain, dit-elle.

– Impossible.

– Pourquoi ?

– Aujourd'hui, c'est mon dernier jour de travail. Il faut que je retourne à mes études, sinon je risque de ne pas y arriver.

Elle me regarda un moment, regarda mes pieds puis à nouveau mon visage.

– Vous êtes étudiant ?

– Oui.

– Où ça ?

Je lui dis le nom de mon université, ce qui ne sembla pas l'impressionner particulièrement. (À vrai dire, ce n'était pas une université tellement prestigieuse.) Elle se gratta derrière l'oreille avec l'index.

– Vous allez arrêter ce travail, alors ?

– Oui. J'arrête pour cet été.

Cet été, je ne tondrai plus la moindre pelouse. Ni l'été prochain, ni l'été d'après.

Elle emplit sa bouche de vodka comme si elle allait se gargariser, avala, puis termina son verre en deux gorgées égales. Son front était couvert de sueur. On aurait dit que de minuscules insectes lui collaient à la peau.

– Entrez donc un petit moment, fit-elle, il fait trop chaud dehors.

Je regardai ma montre. Deux heures trente-cinq. J'étais incapable de dire s'il était tôt ou tard. J'avais terminé mon travail. Désormais je ne taillerais plus un seul centimètre de gazon. Cela me faisait une drôle d'impression.

– Vous êtes pressé ? demanda-t-elle.

Je secouai négativement la tête.

– Alors entrez boire quelque chose de frais. Cela ne prendra pas beaucoup de temps. Et puis je voudrais vous montrer quelque chose.

Me montrer quelque chose ?

Mais je n'eus pas le temps d'hésiter. Elle passa devant moi et entra d'un pas décidé dans la maison, sans même se retourner. Je n'avais pas le choix, je la suivis. J'avais la tête vide tellement il faisait chaud.

Dans la maison, il régnait toujours le même calme. En quittant l'après-midi d'été inondé de soleil pour entrer soudain dans la fraîcheur de la maison, les pupilles me firent mal. À l'intérieur régnait une légère pénombre, comme diluée. Une pénombre qui semblait stagner là depuis des dizaines d'années. Il ne faisait pas très sombre, c'était juste une douce pénombre. La fraîcheur n'était pas due à l'air conditionné mais à la libre circulation de l'air. Le vent devait entrer quelque part et ressortir ailleurs.

– Par ici, dit la femme en avançant le long d'un couloir sur lequel ses semelles résonnaient.

Il y avait plusieurs fenêtres le long de ce couloir, mais le mur de pierre de la maison voisine et les branches non élaguées du camphrier barraient la lumière. Différentes odeurs flottaient dans ce couloir, chacune me rappelant quelque chose. Des odeurs qui se forment avec le temps, et qui un beau jour, avec le temps aussi, disparaissent. Des odeurs de vieux vêtements, de vieux meubles, de vieux livres, de vie ancienne. Le couloir aboutissait à un escalier. Elle se retourna pour vérifier que je la suivais toujours et commença à gravir les marches. Chacun de ses pas faisait grincer les planches usées. En haut de l'escalier, enfin, le soleil brillait. La fenêtre du palier n'avait pas de rideaux et le soleil d'été formait une flaque de lumière par terre. Au premier étage, il n'y avait que deux chambres. L'une était une remise, l'autre une chambre à coucher bien rangée. La porte, d'un vert clair et mat, avait une petite ouverture en verre dépoli. La peinture verte était un peu écaillée, et la poignée de cuivre blanchie, patinée par les manipulations.

La bouche en cul-de-poule, elle poussa un soupir, posa sur le bord de la fenêtre son verre de vodka à moitié vide, tira un trousseau de clés de la poche de sa robe, ouvrit dans un grand bruit de clés.

– Entrez, dit-elle.

Nous entrâmes. L'intérieur était sombre et sentait le renfermé. Un air chaud stagnait dans la pièce. Entre les persiennes fermées filtraient quelques rais de lumière, comme une mince feuille de papier d'argent. On n'y voyait rien, à part quelques particules de lumière brillant ici et là. Elle ouvrit les rideaux, la porte vitrée, tira les persiennes qui grincèrent. Une lumière aveuglante et le vent frais du sud envahirent brusquement les lieux.

C'était une chambre d'adolescente typique. Un bureau près de la fenêtre, en face un petit lit en bois aux draps bleu ciel sans un pli, un oreiller de même couleur. Au pied du lit était pliée une couverture de laine. À côté, il y avait une commode et une coiffeuse à l'occidentale, quelques produits de maquillage posés sur la coiffeuse. Une brosse à cheveux, des petits ciseaux, du rouge à lèvres, un poudrier, ce genre de choses. Cette fille ne devait pas être une maniaque du maquillage.

Sur le bureau étaient posés un bloc-notes et deux dictionnaires, un d'anglais et un de français. Ils avaient l'air d'avoir été pas mal utilisés. Mais pas violemment, de façon ordonnée. Sur un petit plateau étaient alignés un assortiment de crayons et de stylos, la pointe dans le même sens, ainsi qu'une gomme, usée d'un seul côté. Il y avait aussi un réveil, une lampe de bureau et un presse-papiers. Tous très simples. Sur le mur en lambris, cinq peintures d'oiseaux et un calendrier perpétuel qui indiquait encore le mois de juin. Je passai un doigt sur le bureau, il devint blanc de poussière : plus d'un mois de poussière accumulée.

Dans l'ensemble, cette chambre était extrêmement nette et bien rangée pour une chambre d'adolescente. Il n'y avait pas d'ours en peluche, ni de photos de chanteurs à la mode. Pas de décoration tapageuse, pas de corbeille à papier fleurie. Les étagères à livres croulaient sous les anthologies de littérature, de poésie, les magazines de cinéma, les brochures d'expositions de peinture. Plusieurs livres de poche en anglais aussi. J'essayais d'imaginer à quoi ressemblait l'occupante de cette chambre, sans succès. Seul le visage de mon ex-petite amie venait flotter devant mes yeux.

La grande quinquagénaire, assise sur le lit, me regardait. Elle ne me quittait pas du regard, pourtant elle semblait penser à autre chose. Ses yeux étaient tournés vers moi mais ne me voyaient pas. Moi, assis sur la chaise devant le bureau, je fixais le mur de plâtre derrière elle. Il n'y avait rien sur ce mur. Un simple mur blanc. À force de le regarder fixement, il me sembla qu'il penchait vers l'avant et qu'il allait d'un instant à l'autre s'effondrer sur elle. Mais naturellement il n'en était rien. C'était juste l'orientation de la lumière qui donnait cette impression.

– Vous voulez boire quelque chose ? demanda-t-elle.

Je déclinai son offre.

– Ne vous gênez pas, surtout. Ça n'engage à rien de boire un verre.

– D'accord, alors, la même chose que vous, mais plus léger, fis-je en désignant sa vodka-tonic.

Cinq minutes plus tard, elle revenait avec un cendrier et deux vodka-tonic. Je bus une gorgée de la mienne. Elle était fortement dosée. Je fumai une cigarette en attendant que la glace fonde un peu, tandis qu'assise sur le lit elle sirotait sa vodka-tonic, qui semblait bien plus forte que la mienne. Régulièrement, je l'entendais croquer un glaçon.

– Vous êtes costaud, dit-elle, ce n'est pas ça qui vous soûlera.

Je hochai vaguement la tête. Mon père aussi était comme ça. Mais personne n'a jamais gagné la bataille contre l'alcool. Simplement, on ne s'aperçoit de rien tant qu'on n'a pas de l'eau jusqu'au-dessus du nez. Mon père était mort quand j'avais seize ans. Il était mort très discrètement, comme il avait vécu. Si discrètement que je ne me rappelai plus qu'il ait jamais été vivant.

Elle se taisait. Chaque fois qu'elle agitait son verre, la glace tintait. De temps en temps, un vent frais pénétrait par la fenêtre ouverte. Ce vent venait du sud par-dessus les collines. C'était un après-midi d'un calme qui donnait envie de faire la sieste. Un téléphone sonna au loin.

– Ouvrez la penderie pour voir, dit-elle.

Je m'approchai de la penderie, ouvris les deux battants. À l'intérieur des vêtements étaient suspendus, serrés les uns contre les autres. La moitié étaient des robes, l'autre moitié des jupes et des chemisiers ou des vestes. Des affaires d'été uniquement. Certains vêtements avaient l'air usés et d'autres à peine portés. La plupart des jupes étaient des minijupes. Cette fille avait bon goût, et les vêtements étaient de bonne qualité. Avec de la classe, pas du genre tape-à-l'œil. Avec une telle collection d'affaires d'été, elle pouvait changer de tenue à chacune de ses sorties. Je contemplai les vêtements un moment puis refermai la penderie.

– Très joli, fis-je.

– Ouvrez les tiroirs aussi, dit-elle.

J'hésitai un peu puis, abandonnant toute résistance, fis ce qu'elle me disait et ouvris un à un tous les tiroirs de la commode. Ça ne me paraissait pas très honnête de fouiller dans les affaires d'une fille en son absence – même avec la permission de sa maman, mais c'était compliqué de refuser. On ne sait jamais ce que quelqu'un qui commence à taquiner la bouteille dès onze heures du matin peut avoir en tête. Le tiroir du haut était plein de jeans, de polos et de tee-shirts. Propres, bien pliés, bien repassés. Le deuxième tiroir contenait des sacs à main, des ceintures, des mouchoirs et des bracelets, ainsi que quelques chapeaux de toile. Le troisième était consacré aux sous-vêtements, bas et chaussettes. Tout était bien propre et bien rangé. Je ne sais pourquoi, ça me rendit triste. Je me sentais le cœur lourd. Je refermai le tiroir.

Toujours assise sur le lit, elle regardait le paysage par la fenêtre. Le verre de vodka-tonic qu'elle tenait dans sa main gauche était presque vide.

Je me rassis, allumai une autre cigarette. Au-dehors le paysage finissait en pente douce, et au bas de la pente une autre colline commençait. Les vagues de verdure se succédaient ainsi à perte de vue, avec des zones d'habitation comme collées dessus çà et là. Chaque maison avait son jardin, et chaque jardin sa pelouse.

– Qu'en pensez-vous ? demanda-t-elle, le regard toujours tourné vers la fenêtre. D'elle, je veux dire.

– Ne la connaissant pas, je ne sais que dire.

– En gros, on comprend à quoi ressemble une fille en regardant sa garde-robe, dit-elle.

Je pensai à ma petite amie. J'essayai de me souvenir de ses tenues. Mais rien ne me vint à l'esprit. Tout ce que je pouvais me rappeler à son sujet était des images extrêmement vagues. Quand j'essayais de me remémorer une jupe qu'elle portait, le chemisier disparaissait, un de ses chapeaux me revenait à l'esprit mais un autre visage apparaissait dessous. Cela faisait six mois que je ne l'avais pas vue, et déjà je ne me rappelais rien. Finalement, qu'est-ce que je savais d'elle ?

– Je ne sais pas, répétai-je.

– Une impression, ça suffira. Dites quelque chose, même un tout petit commentaire.

Pour gagner du temps, je bus une gorgée de vodka. La glace avait presque fondu, la boisson avait un goût d'eau sucrée. L'arôme puissant de l'alcool traversa mon gosier, descendit lentement, me réchauffa l'estomac. L'air qui pénétrait par la fenêtre ouverte chassa la fumée blanche de ma cigarette.

– On dirait que c'est une fille très ordonnée et qui a du goût, dis-je. Elle ne doit pas être autoritaire, mais pas faible de caractère pour autant. Plutôt bonne en classe. Je la vois dans une université pour jeunes filles. Elle n'a pas beaucoup d'amies mais s'entend bien avec elles. Je suis tombé juste ?

– Continuez.

Je remuai mon verre, le reposai sur le bureau.

– Je ne sais pas. Je ne suis même pas sûr que ce que je viens de dire soit juste.

– En gros, oui, dit-elle d'un air inexpressif.

Il me sembla que la présence de la jeune fille commençait à emplir la pièce, comme une ombre blanche, sans visage, sans bras, sans jambes. Elle était là comme une distorsion dans un océan de lumière. Je bus encore une gorgée.

– Elle a un boy-friend, poursuivis-je. Un ou deux, je ne sais pas où en sont leurs relations exactement. Mais ça n'a pas grande importance. Le problème… c'est qu'elle ne se sent vraiment proche de rien. Son corps, ses pensées, ce qu'elle veut, ce que les autres lui demandent, tout ça.

– C'est ça, dit-elle au bout d'un moment. Je comprends ce que vous voulez dire.

Moi je ne comprenais pas. Je savais que ce que je disais avait un sens. Je ne savais pas à qui s'appliquaient mes paroles. J'étais fatigué, je voulais juste dormir. Il me semblait que si seulement je dormais, un tas de choses s'éclairciraient d'elles-mêmes. Mais à vrai dire, je ne pensais pas que le fait d'éclaircir les choses puisse résoudre quoi que ce soit.

Après ça, le silence retomba. Comme je n'avais rien à faire, je vidai la moitié de mon verre. Le vent était un peu plus fort maintenant. Les feuilles rondes du camphrier s'agitaient. Je plissai les yeux et les regardai. Le silence dura un long moment, mais cela ne nous dérangeait ni l'un ni l'autre. Je luttais contre le sommeil, en regardant les feuilles de l'arbre au-dehors, et continuais à palper du bout de doigts imaginaires la fatigue présente au cœur de mon être. Cette lassitude me semblait à la fois intérieure et très éloignée.

– Excusez-moi de vous avoir retenu si longtemps, dit-elle. Vous avez très bien travaillé, je suis ravie.

Je hochai la tête.

– Ah, je vais vous régler, ajouta-t-elle en plongeant une grande main blanche au fond de la poche de sa robe. Combien ça fait ?

– Vous recevrez la facture plus tard. Vous pourrez payer par virement.

Elle eut une espèce de raclement de gorge insatisfait.

Nous redescendîmes l'escalier, parcourûmes à nouveau le long couloir jusqu'à la porte d'entrée. Le couloir et le vestibule étaient aussi frais que tout à l'heure, aussi sombres. Cela faisait exactement la même impression que lorsque, enfant, je grimpais pieds nus le long de la rivière peu profonde, pour passer sous le grand pont de fer. Il faisait sombre, la température de l'eau baissait soudain. Puis l'étrange tiédeur du sable baignait nos pieds. Je me sentis sincèrement soulagé quand j'ouvris la porte d'entrée après avoir enfilé mes tennis dans le vestibule. La lumière du jour m'enveloppa, le vent sentait l'herbe fraîche. Des abeilles ensommeillées tournoyaient en bourdonnant au-dessus de la haie.

– Splendide, dit à nouveau la femme, en contemplant la pelouse.

Je regardai moi aussi mon œuvre. C'était très bien taillé, à n'en pas douter. Parfait, pouvait-on même dire.

Elle sortit différents objets de sa poche – vraiment pas mal de choses – parmi lesquels elle sélectionna un billet de dix mille yens tout froissé. Il n'était pas si vieux que ça mais tout chiffonné, comme s'il n'avait pas servi depuis quinze ans. J'hésitai un peu puis l'acceptai, avec le sentiment qu'il valait mieux ne pas refuser.

– Merci, dis-je.

On aurait dit qu'elle voulait encore me dire quelque chose. Mais qu'elle ne savait pas comment. Elle contemplait le verre vide dans sa main droite d'un air hésitant. Puis elle me regarda.

– Si jamais vous vous remettez à tondre des pelouses, appelez-moi. Quand vous voudrez.

– Entendu, dis-je. Merci pour le sandwich et la vodka.

Elle se racla la gorge puis se retourna rapidement et disparut à la porte d'entrée. Je démarrai la voiture, mis la radio en marche. Il était trois heures passées.

À mi-chemin, je m'arrêtai dans un drive-in pour chasser le sommeil qui menaçait de me submerger ; je bus un Coca en mangeant des spaghettis. Les spaghettis étaient totalement insipides, j'en laissai la moitié. De toute façon, je n'avais pas vraiment faim. Quand la serveuse à l'air maladif eut fini de débarrasser ma table, je m'assoupis sur ma chaise en plastique. Le restaurant était vide, un ventilateur tournait. Je dormis peu de temps, d'un sommeil sans rêve. Le somme en lui-même était comme un rêve. Lorsque je m'éveillais, la lumière avait décliné. Je bus un autre Coca. Je payai ma note avec le billet de dix mille yens que m'avait donné la femme.

Je regagnai ma voiture dans le parking, mis la clé de contact puis fumai une cigarette avant de repartir. Une armée de petites douleurs lancinantes vinrent m'assaillir. Finalement, j'étais vraiment, vraiment fatigué, trop fatigué même pour conduire. Je m'enfonçai dans mon siège, fumai une autre cigarette. Cette journée semblait s'être déroulée dans un autre monde, lointain. Tout paraissait à la fois trop lumineux, et flou, comme quand on regarde du mauvais côté d'une paire de jumelles.

« Tu attends certainement beaucoup de choses de moi, m'avait écrit ma petite amie, et je ne peux pas imaginer qu'on puisse attendre quoi que ce soit de moi. »

Moi, tout ce que je demandais, c'était de tondre des pelouses. D'abord de passer la tondeuse électrique, puis de rassembler l'herbe au râteau, enfin d'égaliser au sécateur. C'est tout. Ça, je peux le faire. Parce que je sens que c'est mon rôle.

– C'est bien vrai, non ? criai-je tout haut.

Pas de réponse.

Au bout de dix minutes, le gérant du drive-in s'approcha de ma voiture et se pencha vers ma vitre pour me demander si tout allait bien.

– J'ai eu un petit étourdissement, répondis-je.

– C'est la chaleur, ça. Vous voulez que j'aille vous chercher un verre d'eau ?

– Non merci, je me sens mieux maintenant.

Je quittai le parking et roulai vers l'est. Des deux côtés de la route, je voyais défiler des maisons différentes avec des jardins différents, des vies différentes. Les mains sur le volant, je contemplai ce paysage. À l'arrière, la tondeuse électrique vibrait.

*

Depuis, je n'ai plus jamais tondu de pelouse. Je recommencerai sans doute le jour où je vivrai moi-même dans une maison avec un jardin et une pelouse. Mais il me semble que ça n'arrivera pas avant longtemps. Le jour où ça arrivera, je ferai un travail splendide sur ma pelouse, c'est sûr.

Le silence

Quand je demandai à Ozawa s'il lui était déjà arrivé de frapper quelqu'un au cours d'une dispute, il me fixa en plissant les paupières comme s'il était ébloui par le soleil et rétorqua :

– Pourquoi cette question ?

Ce regard ne lui ressemblait guère. L'espace d'un instant, ses yeux avaient étincelé, lançant une décharge de lumière. Mais il remisa aussitôt cet éclat au fond de lui-même et redevint le personnage qu'il était ordinairement.

– C'est une question innocente, répondis-je, sans grande signification, vraiment.

Je l'avais posée par pure curiosité – comme toutes les questions indiscrètes que je pose. Je préférai cependant changer de sujet. Mais Ozawa semblait distrait et ne participait plus guère à la conversation. Il avait la tête ailleurs et hésitait à parler, comme si quelque chose le préoccupait. En désespoir de cause, je me mis à regarder par la fenêtre les jets argentés alignés sur la piste de décollage.

C'était notre conversation précédente qui m'avait amené à poser cette question : il m'avait raconté qu'il faisait de la boxe depuis ses années de collège. Je ne sais plus comment ce sujet était arrivé sur le tapis, en fait nous parlions de choses et d'autres pour tuer le temps en attendant le départ de notre avion. Il avait maintenant trente et un ans, et il continuait à s'entraîner régulièrement, une fois par semaine. Quand il était étudiant, il avait été sélectionné plusieurs fois pour représenter les couleurs de son université lors de matchs de boxe. Cela m'avait étonné d'apprendre ça de lui. Je travaillais avec Ozawa depuis un moment déjà, et il ne me paraissait pas du tout le genre de type à faire de la boxe depuis près de vingt ans. Il était plutôt calme et extrêmement taciturne. Dévoué et intègre dans son travail, n'exigeant jamais plus que nécessaire de ses collègues. Même en plein stress, il n'élevait jamais la voix contre quiconque ni ne fronçait le sourcil. Je ne l'avais jamais entendu dire du mal de qui que ce soit, ni se plaindre. C'était le genre d'homme qui attire la sympathie. Chaleureux, paisible, l'opposé du type agressif. Je n'arrivais pas à établir de lien entre l'homme qu'il était et la boxe. Voilà pourquoi je lui avais posé cette question : elle m'avait soudain traversé l'esprit, dans une tentative pour saisir les mobiles qui l'avaient poussé à exercer ce sport de combat.

Nous étions en train de prendre un café au restaurant de l'aéroport. Je devais prendre avec lui le vol pour Niigata. On était début décembre, le ciel était très nuageux. Il neigeait terriblement sur Niigata depuis le matin, et le décollage de l'avion était retardé. L'aéroport était bondé, le haut-parleur diffusait régulièrement des annonces sur les changements d'horaires des vols, les passagers en attente avaient l'air écœuré. On avait un peu trop poussé le chauffage dans le restaurant, et je n'arrêtais pas de m'éponger le front.

– Par principe, ça ne se fait pas, dit soudain Ozawa qui se taisait depuis un moment. Je n'ai jamais frappé personne depuis que j'ai commencé la boxe. On t'inculque ce principe dès le début, on te répète jusqu'à l'écœurement qu'un boxeur ne doit jamais frapper quelqu'un sans gants, en dehors du ring. Si un type ordinaire frappe quelqu'un, il peut avoir des ennuis si involontairement il tape un peu trop fort au mauvais endroit. Mais quand il s'agit d'un boxeur, ça devient une agression volontaire à main armée.

Je hochai la tête.

– Pour être franc, ajouta-t-il, ça m'est arrivé une fois de frapper quelqu'un. En deuxième année de collège, je venais juste de commencer la boxe. Ce n'est pas pour me trouver des excuses, mais enfin, à cette époque, je n'avais encore rien appris au niveau technique. Tout ce que je faisais au club alors, c'était de renforcer mes muscles. Sauter à la corde, courir, faire du stretching, c'est tout. Et je n'ai pas frappé ce type intentionnellement. J'étais très en colère à ce moment-là, mon poing est parti avant que j'aie eu le temps de réfléchir. Je n'ai vraiment pas pu me retenir, et quand je me suis aperçu de ce que j'étais en train de faire, c'était trop tard, l'autre était déjà à terre. Même après l'avoir frappé, j'ai continué à trembler de colère un moment.

En fait, il avait commencé à faire de la boxe par hasard, parce que son oncle tenait un club de boxe. Pas un petit club minable comme il y en a dans toutes les villes, mais un établissement d'élite qui avait formé deux champions aux jeux asiatiques. Ses parents avaient poussé Ozawa à fréquenter ce club pour faire un peu d'exercice. Ils se faisaient du souci pour leur fils qui passait son temps enfermé à lire des livres. Ozawa n'avait pas particulièrement envie d'apprendre la boxe, mais il aimait bien son oncle. Il avait donc commencé en se disant : après tout, pourquoi pas ? Si ça ne me plaît pas, je pourrai toujours m'arrêter. Cependant, au bout de quelques mois de fréquentation du club, situé à une heure de train de chez lui, il se mit à éprouver un intérêt passionné pour ce sport. La raison principale étant que c'était un sport de concentration, extrêmement individualiste. C'était un monde nouveau, insoupçonné, qui s'ouvrait à lui. Un monde qui faisait vibrer son cœur d'une façon totalement irrationnelle. L'odeur de sueur qui émanait des corps de ces hommes plus âgés que lui, le contact dur et crissant des gants, la concentration intense nécessaire pour utiliser rapidement et efficacement ses muscles, tout cela prit lentement mais sûrement possession de son cœur. Aller au club chaque samedi et chaque dimanche devint l'un des rares plaisirs de sa vie.

– Une des raisons qui m'ont fait aimer la boxe, c'est la profondeur qu'on y trouve. En comparaison, recevoir des coups ou en donner n'a aucune importance. C'est une simple conséquence. Parfois on gagne, parfois on perd. Mais si on comprend la profondeur, on peut perdre, on ne se sent pas vexé pour autant. On ne peut pas être gagnant partout, tout le temps. Ce qui est important, c'est de comprendre la profondeur. La boxe, pour moi en tout cas, c'est quelque chose de cet ordre-là. Au cours d'un match, on a parfois l'impression d'être au fond d'un trou, un trou terriblement profond. On ne peut voir personne et personne ne peut vous voir tellement c'est profond. Et au fond de ce trou, je me bats contre les ténèbres. C'est la solitude. Mais ça n'a rien de triste. Il existe tellement de formes diverses de solitude. Il y a la solitude pénible, triste, qui vous déchire les nerfs. Et il y a des solitudes d'une nature différente. Il faut tailler dans sa propre chair pour découvrir ça. Mais si on fait l'effort nécessaire, on est récompensé dans la même proportion. Moi, c'est une des choses que la boxe m'a apprise.

Ozawa resta silencieux un moment.

– En fait, je n'ai vraiment pas envie de parler de ça, dit-il. Si je pouvais, j'aimerais bien oublier complètement cette conversation. Mais je ne peux pas. On se souvient toujours des choses qu'on voudrait justement oublier.

Il rit puis jeta un coup d'œil à sa montre : il restait encore beaucoup de temps avant le décollage. Alors il recommença à parler lentement.

*

Celui qu'il avait frappé était un de ses camarades de classe. Un nommé Aoki. Ozawa avait toujours détesté ce garçon. Il ne savait pas très bien lui-même pourquoi, mais il l'avait haï dès le premier regard. Jamais il n'avait autant haï quelqu'un de sa vie.

– Ça arrive, ce genre de choses, non ? Je pense que ça arrive à tout le monde, au moins une fois dans sa vie. Une haine complètement irrationnelle. Je ne crois pas être quelqu'un qui déteste les gens sans raison, et pourtant, avec lui, ça m'est arrivé. C'était complètement irrationnel. Et le problème, c'est que la plupart du temps, l'autre éprouve exactement les mêmes sentiments.

« Aoki était un collégien modèle. Il avait toujours les meilleures notes. Le collège où j'allais était un collège privé pour garçons. Aoki était très populaire. En classe, il se mettait toujours au premier rang, et c'était le chouchou de tous les professeurs… Au contraire, moi, depuis le début, je ne pouvais pas le supporter, je le trouvais calculateur, intéressé. J'aurais du mal à expliquer pourquoi avec des exemples concrets, mais je le savais, je ne peux pas exprimer ça autrement, je le savais instinctivement, et je ne pouvais pas supporter les effluves nauséabonds de prétention et d'égoïsme que je sentais autour de lui. Comme il était intelligent, il s'arrangeait pour couvrir cette odeur, si bien que la plupart de nos camarades le trouvaient tellement gentil, et tellement sincère et tellement respectueux d'autrui. Chaque fois que j'entendais ce genre de commentaires sur lui – évidemment, je ne pouvais pas aller à l'encontre de l'opinion générale –, ça m'était affreusement désagréable.

« Aoki et moi, nous étions complètement à l'opposé l'un de l'autre dans tous les domaines. En classe, j'étais plutôt taciturne, le genre d'élève qu'on ne remarquait pas dans la foule. Je n'aimais pas me faire remarquer : ça n'était pas dans mon caractère et puis ça ne me dérangeait pas d'être seul. Évidemment, j'avais quelques camarades que je pouvais appeler des amis, mais je n'avais pas noué avec eux de liens particulièrement profonds. En un sens, j'étais un garçon trop précoce. Si bien que je préférais la compagnie d'un livre à celle de mes camarades, ou la collection de disques classiques de mon père, ou encore la conversation de gens plus âgés que moi au club de boxe. Comme tu peux le constater, je n'ai pas un physique qui se remarque ; par ailleurs, j'avais de bonnes notes, sans plus, pas les meilleures. Les profs avaient tendance à oublier mon nom. Voilà le genre d'adolescent que j'étais. Alors je m'efforçais de ne pas trop me mettre en avant. Je ne disais à personne que je pratiquais la boxe, et je ne parlais pas non plus des livres que j'avais lus ou de la musique que j'écoutais.

« Aoki, lui, se remarquait autant qu'un cygne dans la mare aux canards. C'était la star de la classe, celui dont tout le monde écoutait les avis. Il était intelligent, c'est vrai, je suis le premier à le reconnaître. Il avait l'esprit très vif. Il saisissait tout de suite ce que son interlocuteur attendait de lui, ou ce qu'il pensait. Et, en fonction de ces éléments, il adaptait fort habilement ses propres réponses. Voilà pourquoi tout le monde l'admirait. “Ce qu'il est intelligent, ce qu'il est remarquable…” Tout le monde, sauf moi. Moi, je le trouvais beaucoup trop superficiel. Si être intelligent, c'était ça, alors moi, je voulais bien passer pour un idiot. Il avait l'esprit tranchant comme un sabre, c'est sûr. Mais il n'avait aucune personnalité. Il n'avait jamais rien à reprocher à qui que ce soit. La reconnaissance d'autrui suffisait à le satisfaire. Ses talents le plongeaient dans le ravissement. Il tournait avec le vent comme une girouette, sans plus. Il n'avait aucune profondeur. Cependant personne ne comprenait ça. Personne à part moi.

« Je crois qu'Aoki avait conscience de mes sentiments à son égard. Il était intuitif. Et il me semblait aussi sentir de sa part une sorte de dégoût envers moi. Je n'étais pas un imbécile. Je n'étais pas très brillant, mais je n'étais pas un imbécile. Ce n'est pas pour me vanter, mais, déjà à cette époque, je possédais mon propre monde intérieur. Je ne crois pas qu'il existe une personne qui ait lu plus de livres que moi. Et puis j'étais jeune, et même si j'essayais soigneusement de camoufler mon sentiment de supériorité, ça devait tout de même rejaillir sur ma personne ; certains de mes camarades percevaient peut-être le mépris que j'éprouvais pour le reste du monde. C'est peut-être cette condescendance silencieuse qui piquait Aoki au vif.

« Un jour, j'eus la meilleure note au contrôle d'anglais trimestriel. C'était la première fois que j'étais premier à un examen. Et ce n'était pas par hasard. J'avais très envie de quelque chose à ce moment-là – je ne sais plus de quoi il s'agissait –, et ma famille m'avait promis de m'acheter l'objet convoité si j'obtenais la meilleure note à un contrôle. J'avais donc préparé cet examen comme un fou dans l'espoir d'arriver premier. J'avais étudié à fond tous les sujets sur lesquels le contrôle pouvait porter. Dès que j'avais un instant de libre, je révisais mes conjugaisons. J'avais tellement lu et relu le manuel d'anglais que je pouvais presque le réciter par cœur. Si bien que lorsque j'obtins le score maximal à cet examen, je ne trouvai pas cela bizarre le moins du monde mais presque naturel. Pourtant tout le monde était surpris. Même le professeur, semblait-il. Quant à Aoki, cela lui fit un choc. Jusque-là, il avait toujours été premier en anglais. Le professeur fit une remarque moqueuse à ce sujet à Aoki en nous rendant les copies. Aoki devint écarlate. Il se sentit probablement l'objet de la risée générale. Quelques jours plus tard j'appris qu'Aoki répandait des rumeurs peu flatteuses à mon sujet dans la classe. Il disait que j'avais triché à l'examen. Autrement, il ne comprenait pas comment j'avais pu avoir une aussi bonne note. Quelques-uns de mes camarades se chargèrent de me rapporter ces paroles. Je dois dire que ça m'énerva passablement. J'aurais mieux fait d'en rire et de passer sur l'incident. Mais je n'étais qu'un collégien, je n'étais pas assez cool pour être capable de ça. Un jour, à l'heure du déjeuner, j'entraînai Aoki à l'écart et lui demandai des explications. Aoki répondit par le mépris. “Ne viens pas me chercher querelle, dit-il. Tu n'as pas le droit de me demander des comptes. Pas la peine de faire ton fier-à-bras parce que tu as eu la meilleure note en anglais par erreur, tout le monde sait de quoi il retourne.” Voilà ce qu'il me répondit. Ensuite il voulut me repousser et s'éloigner. Il était plus grand que moi, costaud, et je suis sûr qu'il s'imaginait être plus fort que moi. C'est à ce moment-là que je l'ai frappé, par réaction. Avant même de m'en rendre compte, je lui envoyai un direct sur la joue gauche. Il tomba sur le côté et, dans sa chute, sa tête heurta le mur. Cela fit un grand bruit et le sang se mit à couler de son nez, s'étalant sur sa chemise blanche. Assis par terre, il me regardait d'un air hébété. Il devait être encore sous l'effet de la surprise, en train de se demander ce qui s'était passé.

« Je regrettai mon geste dès l'instant où mon poing atteignit sa joue. Je savais que ça n'aurait pas dû arriver. Je me trouvais lamentable. J'avais compris instantanément l'inutilité de ma réaction. Mon corps tremblait encore de rage, mais je comprenais parfaitement que je m'étais conduit d'une manière stupide.

« Je songeai même à m'excuser. Pourtant je ne le fis pas. Je l'aurais sûrement fait s'il s'était agi de quelqu'un d'autre. Mais je ne pouvais pas présenter des excuses à Aoki. Si je regrettais de l'avoir frappé, je n'avais pas l'impression d'avoir mal agi envers lui. Je trouvais normal qu'un type comme lui ait été battu. Il était venimeux. C'était normal que quelqu'un l'écrase. Cependant je n'aurais pas dû le frapper. Je connaissais cette vérité instinctivement. À présent il était trop tard, je l'avais frappé. Finalement, je le laissai sur place et m'en allai.

« Aoki ne vint pas aux cours de l'après-midi. Je pensais qu'il avait dû rentrer directement chez lui. Mon mauvais pressentiment ne voulait pas me lâcher. Je n'arrivais pas à me calmer, même une fois rentré chez moi. J'essayai de lire, d'écouter de la musique, ça ne m'apporta pas le moindre réconfort. J'avais un poids sur l'estomac et je n'arrivais pas à me concentrer.

J'avais l'impression d'avoir avalé un insecte dégoûtant. Allongé sur mon lit, je regardai mes mains. Et je me rendis soudain compte à quel point j'étais seul. Je n'en haïssais que davantage cet Aoki qui m'avait fait prendre conscience de ma solitude.

« À partir du lendemain, Aoki m'ignora totalement. C'était comme si je n'existais pas. Il reprit comme par le passé son rôle de premier de la classe. Je n'eus plus jamais la meilleure note. Mais ça m'était bien égal. Je trouvais affreusement ennuyeux de rivaliser sérieusement avec quelqu'un pour une place en classe. Je travaillais juste assez pour maintenir ma tête hors de l'eau, et à part ça je faisais ce que je voulais. Je continuai mon entraînement chez mon oncle, avec plus d'ardeur que jamais. Grâce à lui, je devins assez fort pour un simple collégien. Je sentais mon corps se transformer, ma carrure s'élargir, mes pectoraux se développer, mes biceps grossir, mes mâchoires se faire plus carrées. Je pensais que c'était ça devenir adulte. Ça me procurait un sentiment agréable. Tous les soirs, je me regardais, nu, debout devant le grand miroir de la salle de bains, cela suffisait à me griser.

« À la rentrée suivante, Aoki et moi n'étions plus dans la même classe. Je me sentis soulagé. J'étais heureux à l'idée de ne plus avoir sa tête chaque jour sous les yeux. Aoki semblait éprouver des sentiments semblables. Je pensais qu'ainsi ce souvenir désagréable s'estomperait naturellement. Mais il n'en alla pas aussi simplement. Aoki attendait l'heure de sa vengeance. Comme tous les orgueilleux, il était extrêmement rancunier. Il n'était pas du genre à oublier rapidement une humiliation. Il attendait simplement dans l'ombre l'occasion de me faire un croc-en-jambe fatal.

« Aoki passa au lycée en même temps que moi.

L'établissement privé où nous étions comprenait à la fois un collège et un lycée. Nous changions chaque année de classe, mais nous ne nous retrouvions jamais dans la même. Finalement, en terminale, nous nous trouvâmes à nouveau réunis dans la même classe. Découvrir sa présence dans la classe à la rentrée me fut extrêmement désagréable. Le regard qu'il me lança me déplut. En croisant son regard, je sentis revenir ce poids sur mon estomac, ce mauvais pressentiment ressenti quelques années plus tôt.

Parvenu à ce point de son récit, Ozawa se tut, les yeux fixés sur sa tasse de café. Au bout d'un moment, il releva la tête et me regarda, un léger sourire aux lèvres. Au-dehors on entendait vrombir un avion. Un Boeing 737 pénétra dans les nuages comme une flèche et disparut.

Ozawa reprit le fil de son histoire.

– Le premier trimestre se déroula paisiblement. Aoki n'avait pas changé. Il y a des gens qui ne grandissent pas, ne régressent pas non plus, mais font éternellement les mêmes choses de la même façon. Aoki était toujours le premier de la classe, et il était toujours aussi populaire. Lui au moins, il avait compris le truc pour vivre parmi ses semblables. Mais moi il me dégoûtait toujours autant. Nous faisions notre possible pour éviter de nous regarder. Ce n'est pas facile à vivre, ce genre de sentiments pour un camarade de classe. Enfin, on n'y pouvait rien. Et j'avais ma part de responsabilité dans cet état de choses.

« Les vacances d'été[1] arrivèrent. Nos dernières vacances d'été de lycéens. Mes résultats étaient dans la

1. Au Japon, les vacances d'été ne sont pas les grandes vacances, l'année scolaire commençant en avril et non en septembre comme en France. *[NdT]*

moyenne supérieure, j'avais donc toutes mes chances d'être admis dans une université pas trop mauvaise, je ne me fatiguai donc pas exagérément pendant les vacances à préparer mon examen d'entrée à l'université. Je faisais quelques révisions tous les jours, sans forcer. Mes parents ne me poussaient pas trop à bachoter non plus. Le samedi et le dimanche, j'allais m'entraîner au club de boxe, après je lisais ou j'écoutais de la musique. Mais pendant ce temps, tous mes camarades suaient sang et eau. Notre école était très à cheval sur le nombre d'admissions annuelles à l'université et sur tout ce qui était lié à sa réputation, et, dès le collège, élèves comme professeurs travaillaient uniquement dans le but d'entrer à l'université. La dernière année de lycée, tout le monde était sur les dents, l'atmosphère des classes était tendue. Pour ma part, cet aspect-là de notre établissement me déplaisait au plus haut point. Cela m'avait déplu dès mes débuts dans les lieux et cela continuait en dernière année de lycée. En six ans, je n'avais pas pu me faire un seul véritable ami dans cette école. Mes relations les plus stables, à cette époque, étaient celles que j'avais nouées au club de boxe, des gens plus âgés que moi pour la plupart, dont la moitié au moins avaient déjà un emploi. Mais j'étais heureux de pouvoir les fréquenter et d'aller boire de la bière en leur compagnie après l'entraînement, en parlant de choses et d'autres. C'étaient des gens très différents de mes camarades de classe, leurs sujets de conversation n'étaient pas les mêmes. Je me sentais plus décontracté en leur compagnie. J'appris vraiment beaucoup de choses auprès d'eux. Sans la boxe, j'aurais vraiment été un adolescent très très solitaire. Aujourd'hui encore, rien que d'y penser, cela m'effraie.

« Vers le milieu des vacances d'été, une triste nouvelle nous parvint : un de nos camarades de classe s'était suicidé. Un nommé Matsumoto, un élève qu'on ne remarquait guère. Ou plutôt, son visage était si dénué d'expression qu'en apprenant sa mort je dus faire un effort pour me rappeler à quoi il ressemblait. Nous étions dans la même classe, mais je n'avais pas dû parler avec lui plus de deux ou trois fois. C'était un garçon dégingandé au teint maladif, voilà à peu près tout ce dont je me souvenais. Il mourut un peu avant le quinze août. Je m'en rappelle parce que son enterrement eut lieu le jour de la fête de l'armistice. Il faisait très chaud ce jour-là. L'administration du lycée avait téléphoné à la maison pour annoncer le décès de Matsumoto et me prévenir que je devais me rendre, ainsi que notre école au grand complet, à l'enterrement. Matsumoto s'était jeté sous une rame de métro, pour des raisons non élucidées. Il avait laissé une lettre dans laquelle il avait simplement écrit qu'il ne voulait plus aller à l'école, sans s'expliquer davantage.

« Naturellement, cette affaire secoua le corps enseignant. Après la cérémonie, tous les élèves se rassemblèrent à l'école et le directeur nous fit un discours : il y évoqua le chagrin que causait à tous la mort de Matsumoto et affirma que nous devions porter ensemble le poids de cette mort, que, pour dépasser ce chagrin, nous devions tous travailler avec encore davantage d'ardeur... Enfin, les banalités d'usage.

« Ensuite notre classe seule fut retenue, et nos professeurs vinrent nous dire que si nous avions la moindre idée des raisons que Matsumoto avait de se suicider, il fallait absolument leur en parler. Personne n'ouvrit la bouche.

« Je ne prêtai pas grande attention à cet incident.

J'étais désolé pour ce pauvre Matsumoto, c'était affreux de mourir comme ça, et pour une raison pareille. S'il n'aimait pas l'école, il n'avait qu'à arrêter ses études. Encore six mois, et il aurait pu le faire facilement. Il était peut-être névrosé. On nous parlait matin et soir de l'examen d'entrée à l'université, il n'y avait rien d'extraordinaire à ce qu'au moins un élève sur le nombre en devienne fou.

« Après les vacances d'été, quand le deuxième semestre commença, je me rendis compte qu'une étrange atmosphère pesait sur la classe. Je sentais que tous mes camarades étaient très distants avec moi. Lorsque je leur adressais la parole ils me répondaient avec une brièveté suspecte. Je crus d'abord que je me faisais des idées, que c'était simplement l'approche des examens qui rendait tout le monde nerveux et ne m'inquiétai pas outre mesure. Mais les cours avaient à peine repris depuis cinq jours que le principal me convoqua soudain après la classe dans la salle des professeurs. Il me demanda à ce moment-là s'il était vrai que je fréquentais un club de boxe.

« "Oui", affirmai-je aussitôt. Cela n'allait en rien à l'encontre des règles de l'établissement. "Depuis quand ? demanda le professeur. – Depuis que j'ai douze ans", répondis-je.

« Était-il vrai, me demanda-t-il alors, qu'au collège j'avais donné un coup de poing à Aoki ? Je répondis oui, ce n'était pas la peine de mentir. Le principal me demanda si c'était après avoir commencé la boxe ou avant. Après, répondis-je, puis je lui expliquai que je venais de commencer, que je n'avais fait que trois mois de boxe et ne savais encore rien à l'époque. Mais le principal ne m'écoutait pas. Il me posa alors une autre question : était-il vrai que j'avais frappé Matsumoto ?

Je fus éberlué. Ce Matsumoto, dont c'était tout juste si je me rappelais à quoi il ressemblait, je ne lui avais quasiment jamais adressé la parole, quelle raison aurais-je eue de le frapper ?

« "Il semble que Matsumoto ait été frappé à plusieurs reprises dans notre établissement, dit le principal d'un air embarrassé. D'après sa mère, il lui arrivait de rentrer de l'école avec des bleus au visage et sur le corps. Quelqu'un, *ici même, dans cet établissement,* le battait régulièrement pour lui voler son argent de poche."

« Mais Matsumoto n'avait jamais révélé à sa mère le nom de son ou ses agresseurs, sans doute de crainte d'être tourmenté encore davantage. Il n'en pouvait plus et s'était suicidé. Malheureusement, il n'avait pu se confier à personne. Il avait été abominablement frappé. Et l'école avait décidé de faire une enquête. Si je savais quelque chose, il valait mieux que je le dise honnêtement. Les choses seraient réglées plus facilement. Sinon, ce serait la police qui se chargerait de l'enquête. Je comprenais tout cela, n'est-ce pas ?

« Je compris tout de suite qu'Aoki avait monté cette histoire contre moi.

« Il avait su mettre à profit la mort de notre malheureux camarade. Il n'avait sans doute même pas eu besoin de mentir. Il savait que je fréquentais un club de boxe. Je ne sais pas d'où il le tenait, mais il le savait. Et il avait dû entendre parler du racket auquel Matsumoto était soumis. Le reste était simple. Il suffisait de mettre les choses bout à bout. Il avait dû aller voir le principal pour lui dire que je faisais de la boxe et que je l'avais frappé autrefois quand on était au collège. Évidemment, il avait dû ajouter quelques fioritures : que je l'avais tellement menacé à l'époque qu'il n'avait jamais osé en parler à personne, qu'il avait terriblement saigné, etc. Mais il s'était sans doute bien gardé de dire quoi que ce soit qui pourrait se révéler par la suite être un mensonge, il avait dû faire très attention à seulement travestir la vérité, en enjolivant certains détails, jusqu'à finalement composer un tableau qui ne pouvait laisser aucun doute sur ma culpabilité.

« D'ailleurs le principal me regardait fixement et je lisais dans son regard : coupable ! Pour lui, un élève fréquentant un club de boxe, c'était déjà de la graine de voyou. Et puis je n'étais pas le genre d'élève qu'apprécient les professeurs. Trois jours plus tard, j'étais convoqué au commissariat. Pas besoin de te dire que ce fut un choc. Parce que tout cela était absolument sans fondement, il n'y avait pas la plus petite espèce de preuve. Une simple rumeur. J'étais vraiment triste, et mortifié aussi, car j'étais sûr que personne ne voudrait me croire. Même le principal, qui aurait pourtant dû se montrer impartial, avait refusé de me protéger. Je fus interrogé très simplement par la police. Je répétai que je n'avais pratiquement jamais parlé à Matsumoto. J'avais frappé Aoki une fois il y a trois ans, c'était vrai, mais c'était pour une broutille, le genre de dispute qui arrive entre élèves ; sinon, je n'avais jamais causé le moindre problème à quiconque. Le commissaire me fit part d'une rumeur dans l'école selon laquelle j'aurais frappé Matsumoto. "C'est un mensonge, m'écriai-je, une rumeur répandue pour me causer du tort !" L'enquête du commissaire s'arrêta là. Il ne pouvait rien faire, il n'y avait aucune preuve contre moi, simplement une rumeur.

« Cependant la nouvelle de ma convocation au commissariat fit vite le tour de l'établissement. L'atmosphère de la classe devint encore plus froide à mon égard. La convocation au commissariat fut un élément décisif. La police ne convoque pas quelqu'un sans raison, n'est-ce pas ? Tout le monde était persuadé que le racketteur de Matsumoto et moi ne faisions qu'un. Je ne sais pas exactement quelles histoires sur moi couraient dans la classe, ce qu'Aoki leur avait raconté. Et je ne voulais pas le savoir. Mais de toute évidence, c'était épouvantable, car bientôt, comme d'un commun accord, plus personne ne m'adressa la parole – peut-être s'étaient-ils vraiment mis d'accord pour me mettre en quarantaine. Si la situation m'obligeait à adresser la parole à un de mes camarades, seul le silence me répondait. Même ceux avec qui j'entretenais jusque-là des relations amicales se détournèrent de moi. Tous me fuyaient comme un pestiféré. Ils s'efforçaient d'oublier jusqu'à mon existence.

« Il n'y avait pas que les élèves. Les professeurs aussi faisaient tout pour m'éviter. Ils prononçaient mon nom lors de l'appel, mais ça s'arrêtait là. Ils ne m'appelaient jamais au tableau ni ne m'interrogeaient. Le plus terrible, c'était le cours d'éducation physique. Quand il y avait une compétition, je n'étais intégré à aucune équipe. S'il fallait se mettre par deux, personne ne voulait être avec moi. Et jamais le professeur ne venait à ma rescousse. J'allais à l'école en silence, j'écoutais les cours en silence, puis je rentrais chez moi. Jour après jour. Ce fut une période extrêmement pénible. Au bout de deux à trois semaines, je commençai à perdre l'appétit. Je perdis du poids. La nuit, je ne dormais plus. Mon cœur battait à se rompre, différentes images défilaient sous mes yeux et m'empêchaient de dormir. Je me réveillais tout cotonneux, la tête vide. Je ne savais même plus si je dormais ou si j'étais réveillé.

« Il m'arrivait même de sauter une séance d'entraînement de boxe. Mes parents, inquiets, me demandèrent s'il m'était arrivé quelque chose. Je répondis que non, j'étais seulement un peu fatigué. Même si je leur avais tout raconté, qu'auraient-ils pu faire ? Rien. Une fois rentré de l'école, je m'enfermais dans ma chambre et contemplais le plafond. J'étais incapable de faire quoi que ce soit, à part regarder ce plafond et laisser vagabonder mon imagination. Je pensais à tout un tas de choses ; notamment, je me voyais en train de corriger Aoki. Je l'attrapais à un moment où il était seul et je le frappais encore et encore. Je lui disais : les types comme toi ne sont pas humains, tu es un déchet, et je le frappais de toutes mes forces. Il avait beau gémir, me supplier, demander pardon, je le frappais encore et encore, jusqu'à ce que son visage ne soit plus qu'une bouillie. Seulement, plus je le frappais et plus j'avais la nausée. Au début, tout se passait bien, j'étais plutôt content de pouvoir me venger en imagination. Mais ce bien-être se muait peu à peu en malaise. En même temps, j'étais incapable de mettre fin à cette scène imaginaire. Quand je regardais le plafond, le visage d'Aoki venait y flotter tout naturellement, et, avant que je m'en sois aperçu, j'étais en train de le cribler de coups. Une fois que j'avais commencé à taper, je ne pouvais plus m'arrêter. Pourtant imaginer cette scène me rendait si malade qu'il m'arriva même de vomir. Je me demandais ce que je devais faire pour mettre un terme à tout ça.

« Je songeai même à me lever en classe et à déclarer devant tout le monde que je n'avais rien fait. Si j'avais fait quelque chose de répréhensible, qu'on me montre une preuve. Et s'il n'y avait pas de preuve, qu'on cesse de m'accuser. Mais j'avais le pressentiment que personne ne croirait un mot de ce que je dirais. Et puis, à vrai dire, je n'avais pas envie de me justifier devant cette bande de crétins prêts à gober tout cru ce qu'un Aoki voulait bien leur raconter. Et faire une telle déclaration devant la classe reviendrait à m'avouer vaincu devant Aoki. Je n'avais pas envie de m'abaisser au niveau d'un type comme lui.

« Alors j'étais coincé. Je ne pouvais ni frapper Aoki, ni m'expliquer devant les camarades. Tout ce que je pouvais faire, c'était supporter en silence. Six mois. Encore six mois et j'en aurais fini avec ce lycée, je n'aurais plus à revoir un seul de tous ces visages. Tout supporter en silence pendant seulement six mois. Mais je n'étais pas sûr de pouvoir tenir le coup six mois. Une fois rentré à la maison, je barrais au feutre noir un jour après l'autre sur mon calendrier. Encore un jour de terminé. Encore un jour, encore un jour. J'avais l'impression d'être passé sous un rouleau compresseur. Et si je ne m'étais pas retrouvé un jour dans le même train qu'Aoki sur le chemin de l'école, là je crois que j'aurais fini par m'effondrer. Quand j'y repense maintenant je me rends compte à quel point mes nerfs étaient près de craquer, il aurait suffi d'un rien.

« Ce qui vint me sauver de la situation de cauchemar que je vivais se produisit environ un mois après le début de cette affaire. Dans le train, sur le chemin de l'école, je tombai par hasard nez à nez avec Aoki. Le train était bondé comme d'habitude, on ne pouvait pas bouger le petit doigt. Un peu devant moi, j'aperçus Aoki : deux ou trois personnes nous séparaient, et son visage émergeait par-dessus l'épaule d'un autre passager, me faisant face. Lui aussi m'avait vu, et nous passâmes un moment à nous regarder en chiens de faïence. Je devais avoir une mine épouvantable. Je ne dormais pas, j'étais à deux doigts de la dépression nerveuse, et au début Aoki me regarda avec une espèce de sourire narquois. Alors ? semblait-il dire. Je savais que tout ce qui m'arrivait avait été manigancé par lui, et Aoki savait que je savais. Nous nous dévisageâmes donc un moment, mais un sentiment bizarre m'envahit tandis que mon regard restait planté dans le sien. Quelque chose que je n'avais jamais ressenti auparavant. Naturellement, j'étais fou de rage contre lui. Je le haïssais à en avoir des envies de meurtre. Mais ce que je ressentis dans le train ce jour-là en le voyant tenait plus du chagrin et de la pitié que de la haine ou de la rage. Est-ce que quelqu'un pouvait véritablement s'enorgueillir de ce genre de victoire ? Est-ce que vraiment il se sentait satisfait, heureux maintenant ? À cette pensée, je ressentis une profonde tristesse. Ce type-là ne saurait jamais ce qu'était un vrai bonheur, une vraie fierté. Il y a des gens qui manquent définitivement de profondeur. Non que je veuille me faire passer, moi, pour quelqu'un de particulièrement profond. Ce que je veux dire, c'est que certains ont la capacité de comprendre l'existence de la profondeur, et d'autres non. Les gens comme Aoki n'ont même pas cette capacité. Ils mènent une vie plate, vide. Cela n'a aucun sens d'attirer l'attention des gens, et de gagner extérieurement. Aucun sens.

« Je le regardais fixement, paisiblement, en songeant à tout cela. Je n'avais même plus envie de lui taper dessus. Je me moquais pas mal de lui maintenant. Il m'était indifférent à un point qui me surprenait moi-même. Désormais, je me sentais capable de supporter ce silence autour de moi cinq mois de plus. Je savais que je tiendrais le coup. J'avais encore de la fierté. Je n'allais pas me laisser entraîner vers le bas par un type du genre d'Aoki, ça non, c'était clair dans mon esprit.

« Je regardais Aoki, avec toutes ces pensées dans mes yeux. Nous nous sommes fixés un bon bout de temps. Aoki se disait sans doute que s'il était le premier à me lâcher du regard il serait perdant. Aucun de nous deux ne détourna les yeux jusqu'à l'arrêt suivant. Finalement, c'est lui qui abandonna le premier. Son regard vacilla l'espace d'un tout petit instant, mais je m'en rendis nettement compte. C'était comme le regard d'un boxeur dont les jambes refusent de bouger. Il voudrait bouger mais ses jambes ne suivent pas. Et il ne s'en rend pas compte. Il croit faire un mouvement. Cependant ses jambes restent immobiles. Quand les jambes ne bougent pas, les épaules ne peuvent plus se mouvoir souplement. Et alors un direct perd toute sa force. Voilà le regard qu'avait Aoki à ce moment-là. Le regard d'un type qui se rend compte que quelque chose ne tourne pas rond, mais qui ne comprend pas pourquoi.

« Après ça, je pus me tenir droit à nouveau. Je me remis à dormir, à manger, à m'entraîner à la boxe. Je n'allais pas me laisser abattre. Pas parce que je ne voulais pas être vaincu par Aoki, non, c'était plutôt par la vie que je ne voulais pas me laisser vaincre. Je n'allais pas me laisser écraser, me laisser mépriser, humilier, sans résistance aucune. Je supportai donc cette situation pendant cinq mois encore. Personne ne m'adressait la parole, mais moi je me répétais à moi-même : je n'ai rien fait, ce sont eux les coupables, pas moi. Je bombais le torse tous les jours en allant à l'école, et je rentrais chez moi en bombant le torse. À la fin du lycée, je m'inscrivis dans une université du Kyûshû, pour être sûr de ne jamais revoir personne de cette école.

Ozawa s'arrêta et poussa un profond soupir. Puis il me proposa de prendre un autre café. Je refusais, j'en avais déjà bu trois pendant qu'il parlait.

– Les gens qui passent par une épreuve pareille en sortent transformés, qu'on le veuille ou non, dit-il. Ils changent en bien et en mal. Le bon côté, pour moi, c'est que je suis devenu quelqu'un d'extrêmement patient. Par rapport à ce que j'ai enduré pendant ces six mois, aucune des souffrances que j'ai pu éprouver par la suite n'a vraiment compté. Je sais que je peux surmonter n'importe quelle épreuve, n'importe quelle expérience pénible. Et je suis aussi devenu plus sensible que la moyenne aux souffrances d'autrui. Ça, c'est le plus. Grâce à ces qualités chèrement acquises, j'ai pu par la suite me faire quelques vrais amis. Mais il y a aussi des moins. Après ça, je n'ai plus jamais pu faire vraiment confiance à quelqu'un. Je ne suis pas devenu misanthrope, ce n'est pas ça. J'ai une femme, des enfants. J'ai fondé un foyer, nous nous protégeons mutuellement. On ne peut pas faire ça si on n'a pas confiance dans les autres. Simplement, même maintenant que je mène une vie paisible et heureuse, je me dis que s'il se passait quelque chose d'affreux, quelque chose qui détruise jusqu'à la base tout ce que j'ai accompli, moi qui suis entouré d'une famille heureuse et de bons amis, vois-tu, je ne sais pas ce qui pourrait arriver. Peut-être que tout à coup plus personne ne croirait ce que je dis. Ça arrive sans crier gare, ce genre de choses. J'y pense sans cesse. La dernière fois, ça n'a duré que six mois. Mais imagine que ça arrive à nouveau, ça pourrait durer plus longtemps, on ne sait pas. Et je ne sais pas combien de temps je pourrais tenir si ça arrivait à nouveau. Quand je pense à ça, ça m'angoisse horriblement. La nuit, je me réveille en sursaut, après avoir rêvé de ce genre de situation. Ça m'arrive fréquemment. Alors je réveille ma femme. Je m'accroche à elle et je pleure, parfois pendant une heure, tellement cette angoisse m'est insupportable.

Il se tut, regarda les nuages par la fenêtre. Ils étaient immobiles depuis un moment, couvrant le ciel de leur pesante chape. Ces nuages semblaient absorber les couleurs de tout le paysage extérieur, la tour de contrôle, les avions, les véhicules de transport, les techniciens en tenue de travail, les passerelles, tout était noyé dans un gris uniforme.

– Ce n'est pas de gens comme Aoki que j'ai peur. Des types de son espèce, il y en a partout. Je suis résigné au fait qu'il en existe. Quand j'en aperçois un, je m'arrange simplement pour ne pas croiser son chemin. Avec eux, le salut est dans la fuite. Ça ne m'est pas bien difficile de les éviter, je les repère au premier coup d'œil. D'un autre côté, il m'arrive aussi de trouver que les gens comme Aoki sont très forts. Cette capacité à attendre tapi dans l'ombre qu'une occasion se présente, leur habileté à manipuler l'esprit des autres, tout le monde n'a pas ce don. Je déteste ce genre de types, ils me font vomir, mais je leur reconnais un certain talent.

« Non, en fait, ce qui me fait vraiment peur, ce sont les autres, ceux qui gobent sans le moindre esprit critique tout ce qu'un Aoki peut leur raconter. Incapables de se forger leur propre opinion, ou de comprendre quoi que ce soit par eux-mêmes, ils avalent l'avis de beaux parleurs convaincants comme Aoki et mettent leurs propos en action en groupe. Il ne leur vient jamais à l'idée, même brièvement, qu'ils pourraient se tromper, faire une erreur, non. Ou qu'ils pourraient causer un mal définitif à quelqu'un, pour rien. Ils sont totalement irresponsables, ne se questionnent jamais sur les conséquences de leurs actes. Ce sont eux qui me font vraiment peur. Ces gens que je vois en rêve n'ont pas de visage. Leur silence envahit tout comme une eau glaciale. Dans ce silence, tout se met à fondre et à disparaître. Moi aussi je fonds au milieu d'eux, et j'ai beau hurler, personne ne m'entend.

Ozawa secoua la tête.

J'attendis la suite, mais il avait fini. Les deux mains croisées sur la table, il gardait le silence.

– On a encore du temps devant nous. Si on buvait une bière ? proposa-t-il au bout d'un moment.

– Volontiers, répondis-je, ça nous fera le plus grand bien à tous les deux.

L'éléphant s'évapore

C'est en lisant le journal que j'appris que l'éléphant de la ville avait disparu sans laisser de traces. Ce jour-là, comme d'habitude, mon réveil avait sonné à six heures trente, je m'étais préparé un café dans la cuisine, j'avais fait griller des toasts, j'avais allumé la radio, et je mangeais mes toasts le journal du jour sous les yeux, grand ouvert sur la table.

Je suis quelqu'un de méthodique, et je lis le journal dans l'ordre en commençant par la première page, si bien qu'il me fallut un certain temps pour en arriver à l'article traitant de la disparition de l'éléphant. Il y avait d'abord en première page un article sur les problèmes de frictions commerciales avec les États-Unis, puis venaient la page de politique intérieure, la page de politique internationale, la page économie, la revue littéraire, le courrier des lecteurs, les petites annonces immobilières, la page des sports et enfin les nouvelles locales.

La disparition de l'éléphant était signalée en tête de la page des nouvelles locales. « Un éléphant se volatilise dans la ville de … », disait un titre d'une taille impressionnante pour la page régionale. « L'inquiétude monte chez les habitants de … ainsi que les protestations qui mettent l'administration en cause », disait un sous-titre en caractères plus petits. Sur une photo, on voyait des policiers en train d'examiner la cage vide de l'éléphant. Le parc de l'éléphant sans éléphant, ça faisait bizarre. Les lieux semblaient inexpressifs, plus grands que nécessaire, comme une énorme créature éventrée qu'on aurait mise à sécher.

J'époussetai les miettes de toasts qui étaient tombées sur la page et lus attentivement l'article. D'après le journal, la disparition de l'éléphant avait été constatée le dix-huit mai (c'est-à-dire la veille) à deux heures de l'après-midi, par un employé de la société de fournitures alimentaires qui, comme d'habitude, apportait en camion le repas du pachyderme (l'éléphant était nourri principalement avec les restes des cantines scolaires de la ville). L'anneau de fer qui le maintenait attaché était resté en place, serrure fermée, comme si l'animal s'était glissé à travers. L'éléphant n'était d'ailleurs pas le seul à avoir disparu. Le gardien de zoo attaché à ses soins s'était également volatilisé.

Ils avaient été aperçus tous deux pour la dernière fois la veille (autrement dit le dix-sept mai) vers cinq heures de l'après-midi, par cinq élèves de l'école primaire qui s'étaient rendus au zoo pour faire un croquis du pachyderme au crayon. Ils étaient les derniers à avoir vu l'éléphant, qui semblait s'être complètement volatilisé depuis, affirmait l'article du journal. Le gardien fermait toujours la porte de la Place de l'Éléphant quand sonnait la sirène de six heures annonçant la fermeture.

Les cinq écoliers avaient unanimement témoigné que, à cette heure-là, ni l'éléphant ni le gardien ne paraissaient en rien anormaux. L'éléphant se tenait paisiblement au milieu de la place, comme à l'accoutumée, balançant de temps à autre sa trompe de droite à gauche, plissant ses paupières toutes ridées. Il était si vieux que le moindre mouvement semblait lui coûter, et la plupart des visiteurs qui le voyaient pour la première fois craignaient qu'il ne s'effondre et rende son dernier soupir.

C'est aussi son grand âge qui avait valu à cet éléphant de trouver refuge dans le quartier. Quand le petit zoo privé de la ville avait dû fermer définitivement ses portes pour cause de problèmes financiers, un spécialiste en transactions animalières s'était chargé de placer les animaux dans différents zoos du pays, mais l'éléphant était trop vieux pour trouver preneur. Tous les zoos disposaient apparemment d'éléphants en nombre suffisant, et il ne s'en trouva pas un seul ayant de l'argent à perdre et prêt à accepter un animal susceptible de succomber à tout moment à une crise cardiaque. C'est pourquoi le malheureux pachyderme se retrouva trois ou quatre mois durant tout seul, sans rien à faire – non pas qu'il eût beaucoup à faire quand ses compagnons étaient là –, dans un zoo déserté de tous ses occupants et laissé à l'abandon.

Cette situation donnait des migraines à tout le monde, tant à la mairie qu'aux responsables du zoo. De son côté, le zoo avait déjà vendu le terrain à un promoteur, qui avait l'intention de bâtir un ensemble résidentiel sur les lieux, et la mairie avait déjà donné le permis de construire audit promoteur. Plus la question de l'éléphant demeurait en suspens, plus le promoteur payait des intérêts pour rien. Ce qui n'était pas une raison pour supprimer la pauvre bête, naturellement. Passe encore si ç'avait été un ouistiti ou une chauve-souris, mais l'assassinat d'un éléphant ne serait pas passé inaperçu. Et si la vérité était venue à se savoir, cela aurait créé de sacrés problèmes. Si bien que les parties intéressées avaient dû se réunir pour débattre de la question et avaient mis au point un agrément concernant les dispositions à prendre :

1) La ville acceptait de devenir propriétaire de l'animal à titre gratuit.
2) Le promoteur fournirait sans aucune compensation un terrain pour loger l'éléphant.
3) Le salaire du gardien de l'éléphant serait à la charge de l'ancien propriétaire du zoo.

Tel était le contenu de l'agrément, signé un an plus tôt par les trois parties concernées.

Je m'intéressais à titre privé à l'affaire de l'éléphant depuis le début, et je conservais soigneusement toutes les coupures de presse y afférentes. J'étais même allé à la mairie assister aux réunions du conseil municipal pour statuer sur le sort de l'éléphant, ce qui explique que je sois en mesure de vous donner des indications aussi précises sur le sujet. Au risque de faire traîner l'histoire en longueur, je prends la liberté d'exposer ici tous les éléments pouvant avoir un rapport direct avec la disparition de l'éléphant.

Au moment où le maire signa cet agrément et accepta de prendre en charge l'éléphant, le parti d'opposition (j'avais jusque-là ignoré l'existence d'un parti d'opposition au sein du conseil municipal) fomenta un mouvement de protestation contre lesdites mesures.

Pourquoi la municipalité devrait-elle devenir propriétaire de cet animal ? demanda-t-on au maire. Et différents points furent établis, soulevant différentes questions (je m'excuse à l'avance de la longueur de cette liste, mais il me paraît plus simple de la soumettre directement à votre attention).

1) Le problème de l'éléphant concernant exclusivement des intérêts privés, à savoir l'in-

vestisseur et le propriétaire du zoo, la mairie n'a aucune raison de s'immiscer dans cette affaire.
2) Les frais d'entretien de l'éléphant sont beaucoup trop élevés.
3) Le problème de la sécurité a-t-il été étudié ?
4) Quel intérêt la possession d'un éléphant peut-elle bien avoir pour la ville ?

La municipalité ne doit-elle pas faire passer en priorité, avant l'entretien d'un éléphant, des travaux indispensables tels que la réparation des égouts, l'achat d'un nouveau véhicule de pompiers, etc. ?, s'insurgea l'opposition, allant jusqu'à insinuer qu'il pouvait y avoir collusion entre la mairie et le promoteur immobilier.

Voici maintenant les arguments par lesquels la mairie répondit à ces différentes questions.

1) Avec la construction d'immeubles résidentiels, les taxes foncières rapporteraient tant d'argent à la mairie que l'entretien d'un éléphant représenterait une somme insignifiante en comparaison. Il était donc bien naturel que la ville apporte autant que possible son concours à ce projet.
2) Étant donné l'âge avancé de l'animal, il avait un appétit des plus faibles. Quant aux risques qu'il puisse causer un préjudice quelconque aux habitants, il était réduit quasiment à zéro.
3) À la mort de l'animal, le terrain concédé par le promoteur pour abriter l'éléphant reviendrait de droit à la municipalité.
4) L'éléphant deviendrait le symbole de la ville.

À l'issue de longs débats, il fut décidé que la municipalité prendrait l'éléphant en charge. Dans cette ville résidentielle proche de la capitale, la plupart des citoyens menaient une vie relativement aisée, et les finances publiques étaient au beau fixe. Si bien que la majorité des habitants acceptèrent bien volontiers d'adopter le vieux pachyderme. Chacun éprouvait certainement beaucoup plus de sympathie pour un vieil éléphant que pour les égouts ou la voiture des pompiers.

Pour ma part, j'approuvai totalement l'adoption de l'éléphant par la ville. La perspective de la construction d'un complexe résidentiel m'écœurait totalement, mais l'idée que ma ville ait un éléphant à elle me plaisait assez.

On abattit des arbres pour former une clairière, on y transféra le préau vétuste de la cour de l'école primaire pour abriter l'éléphant. Le vieux gardien qui s'occupait de l'animal du temps du zoo revint habiter sur place. On décida que les restes des cantines scolaires seraient attribués à l'éléphant. Puis ce dernier fut transporté sur une remorque depuis le zoo, qui venait de fermer ses portes, jusqu'à sa nouvelle résidence, pour y couler le reste de ses jours.

Je vins assister à la cérémonie d'inauguration du nouveau parc. Le maire prononça un discours devant l'éléphant (où revenaient les mots « développement de la ville », « enrichissement de notre patrimoine culturel »), un écolier représentant les élèves de primaire lut un poème de sa composition (« longue vie à vous, monsieur l'éléphant », etc.), il y eut un concours de dessins de l'éléphant (par la suite les dessins d'éléphant devinrent un élément essentiel et incontournable du programme d'éducation artistique de l'école), deux jeunes femmes vêtues de robes étincelantes (enfin, pas si belles que ça, les jeunes femmes) offrirent chacune un régime de bananes à l'éléphant. Celui-ci supporta patiemment sans bouger la longue cérémonie absurde (assurément totalement absurde pour lui) et mâchonna ses bananes d'un air totalement absent. Quand il eut fini ses bananes, tout le monde applaudit.

L'éléphant portait à la patte arrière droite un solide anneau de fer, apparemment très pesant, d'où partait une grosse chaîne longue d'une dizaine de mètres, dont l'autre bout était fermement fixé à un plot de béton. À vue de nez, c'étaient une chaîne et un anneau robustes, que l'éléphant ne parviendrait jamais à briser, même en s'y efforçant pendant un siècle.

Je n'arrivais pas à savoir si cette chaîne gênait l'éléphant ou pas. Autant que je puisse en juger, il ne prêtait aucune attention à cet énorme morceau de métal enroulé autour de sa patte. L'œil toujours aussi vague, il fixait un point quelque part dans l'espace. Quand le vent soufflait, cela soulevait ses oreilles et les quelques poils blancs qui parsemaient son corps.

Le gardien de l'éléphant était un petit vieux tout maigre. Il était difficile de lui donner un âge : soixante ans peut-être, ou bien soixante-dix. Il existe des gens dont l'apparence, passé un certain âge, cesse de se modifier en fonction des années, et il appartenait à cette catégorie. Il avait des cheveux courts et raides, de petits yeux, et, été comme hiver, sa peau arborait un hâle rouge brique. Son visage n'offrait aucun signe particulier, sinon ses oreilles décollées formant un cercle presque parfait de chaque côté de sa tête, et dont la protubérance étonnait d'autant plus que sa tête était plutôt petite.

Il était loin d'être antipathique et répondait volontiers, en s'exprimant de façon claire et précise, à quiconque lui adressait la parole. S'il voulait, il pouvait se montrer extrêmement affable – quoiqu'on le sentit toujours un peu mal à l'aise. De manière générale, c'était un vieillard plutôt taciturne et solitaire.

Il semblait aimer les enfants ; dès que ceux de l'école venaient le voir, il s'efforçait de les accueillir aimablement ; les enfants, quant à eux, se méfiaient un peu du vieux gardien.

Le seul à avoir une confiance aveugle en lui était l'éléphant. Le gardien occupait une petite cabane en préfabriqué située Place de l'Éléphant et passait tout son temps auprès de son animal, se consacrant aux soins à lui donner. Tous deux se connaissaient depuis dix ans, et il suffisait de regarder comment ils se comportaient ensemble pour comprendre à quel point ils étaient intimes. Quand le gardien voulait faire bouger l'éléphant, qui se tenait, le regard impassible, toujours au même endroit, il lui suffisait de tapoter la patte avant de la bête et de murmurer quelque chose près de son oreille pour que l'éléphant s'exécute aussitôt et, remuant son large corps, se transporte exactement à l'endroit que le gardien lui désignait. Une fois installé là, il se mettait de nouveau à fixer un point dans l'espace sans bouger.

Tous les week-ends, je me rendais à la Maison de l'Éléphant et j'observais attentivement ce qui se passait, mais sans arriver à déterminer le principe sur lequel se basait leur communication à tous deux. L'éléphant comprenait peut-être tout simplement le langage humain (il était si vieux, après tout), ou alors le tapotement sur la patte lui transmettait des informations. Ou bien encore, cet éléphant était doué de talents particuliers de l'ordre de la télépathie et il saisissait les pensées du gardien.

Un jour, je demandai au vieux gardien comment il s'y prenait pour donner des ordres à l'éléphant. Le gardien sourit et, en guise d'explication, me répondit simplement : « On se connaît depuis si longtemps ! »

En tout cas, une année entière s'était écoulée ainsi, sans le moindre incident. Et voilà que l'éléphant, brusquement, s'évaporait.

Tout en buvant ma deuxième tasse de café, je relus attentivement l'article, un article bien étrange en vérité, le genre d'article qui aurait fait dire à Sherlock Holmes en tapotant sa pipe : « Regardez donc ça, mon cher Watson, voilà un article tout à fait intéressant. »

Ce qui rendait l'article si étrange, c'était surtout la confusion et l'étonnement évidents qui régnaient dans l'esprit du journaliste lorsqu'il l'avait rédigé. Son étonnement et sa confusion venaient clairement de l'absurdité de la situation. Il avait visiblement cherché à contourner habilement cette absurdité, s'efforçant d'écrire un article « sérieux », mais il avait obtenu le résultat contraire : cet effort avait conduit son étonnement et sa confusion à un point de non-retour.

Par exemple, il utilisait à certains moments l'expression : « l'éléphant s'est échappé », cependant, en lisant l'ensemble de l'article, il apparaissait nettement que l'éléphant ne s'était absolument pas « échappé ». De toute évidence, l'animal s'était bel et bien « évaporé ». Le journaliste résumait ensuite ses propres contradictions en ces termes : « Certains points restent nébuleux et n'ont pas encore été éclaircis en détail. » Mais il ne s'agissait pas là du genre d'affaire qu'on peut expédier en évoquant des « points nébuleux » ou des « détails non éclaircis ».

En tout premier lieu, il y avait cet anneau de fer intact, fermé à clé. L'hypothèse la plus raisonnable était que le gardien avait ouvert l'anneau, l'avait ôté de la cheville de l'animal, puis l'avait refermé avant de prendre la poudre d'escampette avec l'animal (naturellement le journaliste s'accrochait désespérément à cette version des faits), seulement le problème, c'est que le gardien ne possédait pas la clé de cet anneau. Il n'existait que deux clés ; par mesure de sécurité, l'une était conservée dans le coffre-fort du commissariat, l'autre dans le coffre-fort de la caserne des pompiers, et il était impossible que le gardien ou qui que ce soit d'autre ait pu en dérober une. Quand bien même, il n'aurait pas pu aller la remettre en place aussitôt après. Or, le lendemain matin, il s'était avéré que les deux clés étaient toujours à la même place. Ce qui voulait dire que l'éléphant avait été détaché de cet anneau, pourtant robuste, sans l'aide d'une clé, ce qui était impossible à moins de lui scier la patte.

Le deuxième point litigieux, c'était le chemin par lequel l'animal s'était « échappé ». La Maison de l'Éléphant et la Place de l'Éléphant étaient entourées d'une solide palissade d'environ trois mètres de haut. La question de la sécurité avait donné lieu à des débats animés au conseil municipal, et la ville avait mis au point un système de sécurité infaillible qu'on peut considérer comme légèrement exagéré dans le cas d'un vieil éléphant. La palissade était en béton armé (le coût en avait naturellement été supporté par la société de promotion immobilière) et comprenait une seule entrée, fermée à clé de l'intérieur. Comment l'éléphant aurait-il pu s'échapper d'une telle forteresse ?

Le troisième problème, c'étaient les traces de pas de l'animal. Derrière la Maison de l'Éléphant se dressait une colline abrupte, que l'animal n'aurait jamais pu escalader, et si par hasard, d'une façon ou d'une autre, il avait réussi à se libérer de l'anneau de fer et à sauter la barrière, il n'aurait pu faire autrement que de s'enfuir le long du chemin qui menait à sa maison. Or, sur ce chemin de terre meuble, il n'y avait pas la moindre trace de pattes d'éléphant.

Autrement dit, cet article, bourré d'une rhétorique pénible et nageant dans la confusion, ne laissait au lecteur qu'une unique conclusion à tirer de cette affaire : l'éléphant ne s'était pas « échappé », il s'était « évaporé » purement et simplement.

Évidemment, cela va sans dire, ni le journal, ni le maire, ni la police n'étaient prêts à admettre, du moins ouvertement, que cet éléphant s'était purement et simplement évanoui sans laisser de traces. La police poursuivait son enquête, considérant que « l'éléphant avait été enlevé ou poussé à s'échapper selon un plan habilement prémédité », et publia un rapport optimiste dans lequel elle affirmait :

> Étant donné les difficultés qu'il y a à dissimuler un éléphant, la résolution de l'affaire est une question de jours. À cet effet, une battue dans les bois sera organisée dans les plus brefs délais avec l'aide de la brigade anti-émeute et de l'association de chasse locale.

Le maire donna une conférence de presse (dont le compte rendu fut publié non pas dans le quotidien local mais dans la presse nationale, à la rubrique « faits divers »). Il commença par déplorer l'insuffisance des moyens dont disposait la police pour élucider une affaire pareille. Il affirma par ailleurs que « le système de sécurité de la Maison de l'Éléphant de la ville n'est en rien inférieur aux dispositifs de ce genre qu'on rencontre dans les parcs zoologiques de ce pays, il est même de loin plus robuste que la moyenne ». Il déclara en outre qu'il « s'agissait là d'un acte antisocial dangereux et mal intentionné, et que les coupables ne devraient s'attendre à aucune indulgence de sa part ».

Le groupe d'opposition argua, tout comme l'année précédente, que « la responsabilité politique de l'affaire incombait au maire, qui avait fait collusion avec un industriel afin de résoudre avec trop de facilité le problème de l'éléphant, au détriment des citoyens de cette ville ».

Une mère de famille (trente-sept ans), « l'air angoissé », déclara aux journalistes : « Je ne pourrai plus laisser mes enfants jouer dehors sans inquiétude avant longtemps. »

Les articles parus dans la presse expliquaient en détail les circonstances qui avaient conduit la municipalité à garder cet éléphant, on y voyait aussi un plan aérien des quartiers d'habitation de l'éléphant, un résumé de l'histoire de la vie de l'éléphant, et également de celle du gardien (Noboru Watanabe, soixante-trois ans) disparu en même temps que lui. Watanabe était originaire de Tateyama, dans la préfecture de Chiba. Il avait longtemps travaillé à la section « mammifères » du zoo de la ville, où il avait « gagné la confiance totale des responsables, grâce à sa riche connaissance des mammifères et à sa personnalité chaleureuse et franche ». L'éléphant avait été expédié d'Afrique du Sud vingt-deux ans auparavant, mais on ne connaissait pas son âge exact et on savait peu de chose de son « caractère ».

À la fin de l'article, il était signalé que la police demandait à la population de lui fournir tout renseignement susceptible d'aider à l'enquête concernant cet éléphant. Je réfléchis à cette éventualité en buvant ma deuxième tasse de café, mais finalement je décidai de ne pas appeler la police. D'abord, je préférais ne rien avoir à faire avec eux, et puis j'étais sûr qu'ils ne me croiraient pas quand je leur ferais part des informations que je détenais. Ça ne servait à rien de parler à des gens qui de toute façon n'envisageraient pas sérieusement la possibilité que l'éléphant se soit évanoui en fumée.

Je sortis mon dossier de coupures de presse de la bibliothèque, découpai l'article concernant l'éléphant et l'y insérai. Puis je fis la vaisselle et partis travailler.

Le soir à sept heures, je regardai les informations sur la chaîne NHK pour savoir comment se passait la battue. Des chasseurs, l'armée, la police et les pompiers, armés de gros fusils chargés de seringues de tranquillisants, fouillaient de fond en comble les collines et les bois environnants. On voyait même des hélicoptères tournoyer au-dessus de leurs têtes. Quand je dis collines, c'était tout de même limité, puisqu'il s'agissait des collines d'une zone résidentielle de la banlieue de Tôkyô. En déployant de tels moyens, avec autant de gens, on devrait pouvoir découvrir ce qu'on cherche en moins d'une journée, d'autant qu'ils ne recherchaient pas un meurtrier lilliputien, mais un énorme éléphant d'Afrique. Les endroits où il avait pu se cacher étaient plutôt restreints. Pourtant, le soir tombait et ils n'avaient toujours rien trouvé. Le commissaire en chef apparut sur l'écran et déclara : « Les recherches se poursuivent. » Et le présentateur de conclure : « Qui a aidé cet éléphant à s'échapper ? Comment ? Et surtout pourquoi ? Le mystère reste entier. »

Les recherches continuèrent plusieurs jours, mais sans résultat et sans que l'on puisse découvrir le moindre indice. Je lisais attentivement les nouvelles tous les jours, découpais aux ciseaux tous les articles sur le sujet qui me tombaient sous les yeux et je les mettais dans mon dossier. Je conservai même une bande dessinée qui reprenait toute l'histoire. Mon cahier fut bientôt plein et je dus aller en acheter un autre à la papeterie. Pourtant, en dépit de l'énorme volume qu'ils représentaient, aucun de ces articles ne contenait les faits que je voulais connaître. Les journaux ne traitaient que d'« éléphant toujours en fuite », « enquêteurs toujours dans le brouillard », « organisation secrète derrière la disparition ? », autant de phrases absurdes et erronées. Une semaine après la disparition de l'éléphant, les articles commencèrent à se raréfier, puis il n'y en eut pratiquement plus dans les journaux. Quelques hebdomadaires publièrent des articles à sensation, l'un d'eux alla même jusqu'à interroger un devin, mais le soufflé retomba rapidement. Tout le monde s'accorda à ranger définitivement l'affaire de l'éléphant dans la catégorie déjà bien remplie des « mystères insolubles ». La disparition de la planète d'un vieil éléphant et de son vieux gardien n'aurait aucune influence déterminante sur la société. La Terre continua donc de tourner, les politiciens de faire des déclarations non suivies d'effets, les gens de bâiller en allant au bureau et les écoliers de préparer leur examen d'entrée en sixième. Au milieu des vagues de nouvelles prétendument sensationnelles qui venaient sans relâche battre le rivage du quotidien, l'intérêt pour la disparition d'un éléphant ne pouvait durer éternellement. Et des mois sans particularité aucune s'écoulèrent, comme les soldats d'une armée fatiguée défilant sous mes fenêtres.

Parfois, quand j'avais le temps, je me rendais à l'ancienne Maison de l'Éléphant et je passais un moment à la regarder. L'entrée de la palissade de béton était barrée par un gros cadenas à chaîne, pour que personne ne puisse s'introduire à l'intérieur. En regardant par les interstices, je constatai que la porte de la cage avait également été fermée par un gros cadenas. Comme si la police, pour pallier son échec à retrouver l'éléphant, multipliait les mesures de sécurité les plus inutiles maintenant qu'il n'était plus là. Les alentours étaient complètement déserts, je vis seulement une nuée de pigeons qui se reposaient un instant sur le toit de la cage. Personne ne semblait plus entretenir la Place de l'Éléphant, et des herbes vertes estivales en avaient profité pour pousser çà et là. La chaîne autour de la porte de la cage semblait un énorme serpent gardant la porte d'un palais en ruine abandonné dans la jungle. Quelques mois d'absence de l'éléphant avaient suffi pour donner aux lieux un aspect de désolation et même de malédiction qui semblait flotter sur le petit parc comme un nuage menaçant.

Quand je la rencontrai, septembre tirait à sa fin. Ce jour-là, il avait plu du matin au soir, une petite bruine douce fréquente en cette saison. Ce genre de pluie lave peu à peu tous les souvenirs que l'été brûlant a laissés sur la terre. Tous les souvenirs, emportés le long des rigoles, s'écoulent à travers rivières et égouts, vers l'océan sombre et profond.

Nous nous rencontrâmes à une réception donnée par ma société dans les salons d'un grand hôtel, à l'occasion du lancement d'une nouvelle ligne d'éléments de cuisine. Je travaille au département publicité d'un fabricant de matériel électrique, et, à ce moment-là, j'étais chargé de la campagne publicitaire pour des éléments de cuisine coordonnés que nous lancions à l'automne, saison des mariages, bientôt suivie par celle des bonus de fin d'année. Mon rôle consistait à négocier des articles avec des magazines féminins. Ce n'était pas un travail très fatigant, mais il fallait quand même vérifier que les lecteurs ne reniflent pas la publicité à cent mètres dans ce genre d'articles. En récompense de ce service, à notre tour, nous achetions des pages de publicité dans ces magazines. Échange de bons procédés.

Elle était rédactrice en chef d'un magazine destiné à un jeune public féminin et était venue à cette réception pour y glaner des renseignements en vue d'écrire son article. Justement je n'avais rien à faire, j'entrepris donc de lui expliquer les avantages des mixers, plaques électriques et autres machines à café et réfrigérateurs dessinés pour nous par un célèbre fabricant italien.

– Le point essentiel, c'est l'unité, déclarai-je. Le plus beau des objets s'efface complètement s'il n'est pas en harmonie avec son environnement. Unité des couleurs, unité des formes, unité fonctionnelle, voilà ce dont les cuisines modernes ont le plus besoin. D'après les statistiques, la cuisine est l'endroit de la maison où une femme passe le plus de temps. C'est son lieu de travail, son bureau, son salon. C'est pourquoi les femmes s'efforcent de rendre leurs cuisines attrayantes et confortables. Cela n'a rien à voir avec la taille de la pièce. Si exiguë qu'elle soit, une cuisine peut toujours être parfaite à condition de suivre une seule règle : être simple, fonctionnelle, et assortie. Cette série a été conçue selon ce principe. Tenez, regardez ce plat par exemple, etc.

Elle hochait la tête et prenait des notes sur un calepin. Ce que je disais ne l'intéressait pas particulièrement, et moi-même je n'éprouvais aucun intérêt personnel pour les plats allant au four. Nous faisions chacun notre travail, tout simplement.

– Vous êtes calé en cuisine, dit-elle quand j'eus terminé mes explications.

– C'est mon travail, répondis-je avec un sourire professionnel. Mais cela mis à part, c'est vrai que j'aime faire la cuisine. Je cuisine tous les jours.

– Je me demande si l'unité est vraiment indispensable dans une cuisine, dit-elle.

– Dans une cuisine *moderne*, rectifiai-je. Notre société insiste sur ce point.

– Ah, excusez-moi. Je me demande si une cuisine *moderne* a véritablement besoin d'unité. Quel est votre avis personnel là-dessus ?

– Je n'ai aucun avis personnel tant que je n'ai pas enlevé ma cravate, répondis-je en souriant. Enfin aujourd'hui, je ferai une exception. Voilà, entre nous, je crois que dans une cuisine il y a un certain nombre de choses qui passent avant l'unité. Mais il s'agit là d'éléments non commercialisables, et dans le monde pragmatique où nous vivons les éléments non commercialisables n'ont aucun intérêt.

– Vous trouvez que le monde est constitué de façon pragmatique ?

Je pris mon paquet de cigarettes dans ma poche, en allumai une avec mon briquet.

– J'ai dit ça pour parler, poursuivis-je. C'est un point de vue qui aide à comprendre beaucoup de choses, et ça facilite le travail aussi. C'est comme un jeu. On peut utiliser différentes expressions : pragmatisme essentiel, essentiellement pragmatique, etc. Mais quand on pense et parle comme ça, ça ne fait pas de vagues, on ne soulève pas de problèmes compliqués.

– C'est une opinion intéressante.

– Pas spécialement, mais c'est ce que je pense. À propos, le champagne n'est pas mauvais, vous en voulez un verre ?

– Volontiers, merci.

Nous continuâmes donc à bavarder en buvant du champagne glacé, et nous découvrîmes quelques relations communes. Nous évoluons dans un milieu qui n'est pas très étendu, il suffit de lancer quelques noms dans une conversation pour se découvrir rapidement un certain nombre de « relations communes ». En plus, ma sœur avait étudié dans la même université qu'elle. Avec ces quelques noms pour point de départ, la conversation entre nous se développa aisément.

Elle était célibataire, comme moi. Elle avait vingt-six ans, j'en avais trente et un. Elle portait des lentilles de contact, moi des lunettes. Elle aimait la couleur de ma cravate, je trouvais sa robe très jolie. Nous parlâmes du loyer de nos appartements respectifs, nous plaignîmes du montant de nos salaires comparé à tout le travail que nous avions. Autrement dit, nous devînmes assez intimes. Elle était charmante, et n'avait pas l'air casse-pieds. Je passai vingt bonnes minutes debout à bavarder avec elle et ne trouvai pas une seule raison de ne pas la trouver sympathique.

Quand la réception fut terminée, je l'invitai à boire un verre au bar de l'hôtel, où nous pourrions poursuivre notre conversation assis. Par la grande baie vitrée du bar, au dernier étage de l'hôtel, on voyait tomber la pluie d'automne. Derrière ce rideau silencieux, les lumières brouillées de la ville semblaient envoyer des signaux confus. Le bar était presque désert, il y régnait un silence moite. Elle commanda un daiquiri frappé et je pris un whisky *on the rocks*.

Tout en buvant, nous parlâmes de choses et d'autres, comme un homme et une femme qui viennent de se rencontrer dans un bar et se sentent attirés l'un vers l'autre. Nous parlâmes de nos années d'étude, de nos musiques préférées, des sports que nous aimions, de nos petites manies.

Puis je lui parlai de l'éléphant. Comment j'en vins à parler de l'éléphant, ça, je l'ignore, impossible de me souvenir du fil conducteur qui me mena à ce sujet. Peut-être que nous parlions d'animaux, je ne sais plus. Peut-être qu'inconsciemment je voulais donner mon avis sur l'histoire de l'éléphant à quelqu'un – quelqu'un qui soit capable de le comprendre – ou peut-être avais-je tout simplement trop bu.

En tout cas, dès que j'eus commencé à en parler, je me rendis compte que j'avais mis sur le tapis le sujet le moins approprié pour l'occasion. Je n'aurais jamais dû parler de ça, c'était bien trop sophistiqué.

Et juste comme j'essayais de revenir en arrière et de trouver un autre sujet, il s'avéra, par un malheureux concours de circonstances, qu'elle s'intéressait bien plus que la moyenne à l'affaire de la disparition de l'éléphant, dont elle avait comme tout le monde entendu parler, et à peine lui eus-je dit que j'avais vu plusieurs fois cet éléphant qu'elle me balança un feu nourri de questions :

– Comment était-il ? Comment croyez-vous qu'il se soit échappé ? Qu'est-ce qu'il mangeait ? Était-il dangereux ?

Je lui expliquai donc les faits le plus simplement possible, collant à la version qu'en avaient donnée les journaux. Mais elle dut sentir dans mon ton quelque chose d'hésitant et d'artificiel. Je n'ai jamais su bien mentir.

– Vous avez dû être très surpris en vous apercevant que cet éléphant avait disparu, non ? dit-elle comme si de rien n'était, en sirotant son deuxième daiquiri. Personne ne peut prévoir qu'un éléphant va disparaître comme ça d'un coup.

– Oui, peut-être, répondis-je en prenant un des bretzels empilés dans une coupe de verre, le coupant en deux et en grignotant la moitié.

Le serveur s'approcha et changea le cendrier.

Elle me regarda un moment avec un air de profond intérêt. J'allumai une nouvelle cigarette. Je m'étais arrêté de fumer pendant trois ans, mais depuis la disparition de l'éléphant je m'y étais remis.

– Comment ça, peut-être ? Vous voulez dire que vous aviez pensé que ça pourrait arriver ? demanda-t-elle.

– Mais non, dis-je en riant, c'était impossible à prévoir. La disparition d'un éléphant, c'est sans précédent, inutile, irrationnel.

– Pourtant, vous avez dit une chose bizarre. Je vous ai dit : « Personne ne peut prévoir la disparition d'un éléphant », et vous m'avez répondu : « Peut-être. » D'habitude, on ne répond pas comme ça à ce genre de phrases. Vous auriez pu répondre : oui, c'est sûr, ou évidemment, quelque chose comme ça.

Je hochai vaguement la tête dans sa direction, levai une main pour appeler le serveur, commandai un autre whisky. Un silence plein de supputations régna jusqu'à l'arrivée de mon verre.

– Dites, je ne comprends pas très bien, continua-t-elle alors paisiblement. Tout à l'heure, nous avions une conversation normale. Enfin, jusqu'à ce qu'on parle de cet éléphant. Tout d'un coup, votre façon de parler a changé. Je ne comprends pas ce que vous essayez de me dire. Qu'est-ce qui se passe, vous avez quelque chose à cacher à propos de cet éléphant ? Ou ce sont mes oreilles qui me jouent des tours ?

– Ce ne sont pas vos oreilles.

– Alors le problème vient de vous ?

Je mis les doigts dans mon verre pour tourner la glace. J'aime le bruit des glaçons qui s'entrechoquent dans un verre de whisky.

– Problème est un bien grand mot, dis-je. En fait, ce n'est qu'un petit détail. Je ne cherche pas vraiment à cacher ce que je sais, simplement je ne suis pas sûr de bien savoir m'exprimer. C'est une drôle d'histoire.

– Comment ça ?

Je bus une gorgée de whisky et capitulai : je devais tout lui raconter.

– Ce qui m'ennuie, c'est que je suis probablement le dernier témoin à avoir vu l'éléphant. Je l'ai vu le dix-sept mai vers sept heures du soir, et on ne s'est aperçu de sa disparition que le lendemain midi. Dans l'intervalle, personne ne l'a vu, parce que les portes de la Maison de l'Éléphant fermaient à six heures du soir.

– Je ne vous suis pas, dit-elle en me regardant droit dans les yeux. Comment avez-vous fait pour le voir à sept heures si les portes fermaient à six ?

– Derrière le Parc de l'Éléphant, il y a une petite colline raide, presque une falaise. C'est une propriété privée, il n'y a rien qui ressemble vraiment à un chemin ; en tout cas, en haut de cette colline, il y a un point d'où on peut voir l'intérieur du parc, et je suis probablement le seul à connaître cet endroit.

« J'ai découvert cet endroit par hasard. Je me suis égaré un dimanche après-midi en me promenant à l'arrière de la colline, et en marchant en suivant des points de repère, hors de tout chemin, je suis arrivé sur une sorte de petite étendue plate. Il y avait juste la place de s'allonger pour une personne, et, en regardant entre les buissons, on apercevait distinctement le toit de la Maison de l'Éléphant. Un peu en dessous du toit se trouvait une bouche d'aération assez grande, et par là je pouvais voir tout l'intérieur de la cage.

« Cela devint vite une habitude pour moi de monter jusqu'à mon petit observatoire pour regarder l'éléphant dans sa maison. Si vous me demandez pourquoi je me fatiguais à aller jusque-là pour voir l'éléphant, je ne saurais pas vous répondre. J'aimais observer l'éléphant pendant ses heures d'intimité tout bonnement. Je n'ai pas de raison plus profonde que ça.

« Évidemment, une fois la nuit tombée, je ne pouvais plus voir l'éléphant. Cependant, en début de soirée, le gardien venait s'occuper de lui à la lumière des lampes installées dans la cage, et moi je pouvais voir la scène en détail.

« Ce qui me frappa tout de suite, c'est l'intimité qui existait entre l'animal et son gardien quand ils se retrouvaient seuls tous les deux, une intimité bien plus grande que quand ils étaient sous le regard du public. Cela se voyait tout de suite à leurs gestes. Comme s'ils dissimulaient précieusement leurs sentiments pendant la journée pour ne les exprimer que le soir lorsqu'ils se retrouvaient tous les deux. Ce qui ne veut pas dire qu'ils faisaient quoi que ce soit de particulier. Une fois dans sa cage, l'éléphant avait le même air absent qu'au-dehors, et le gardien le lavait et le brossait, ramassait les énormes bouses qui jonchaient le sol, enlevait les restes de repas, bref, il faisait son travail de gardien de zoo. Pourtant, il y avait entre eux une évidente chaleur, qui venait sûrement d'un sentiment de confiance réciproque. Pendant que le gardien balayait le sol, l'éléphant agitait sa trompe, donnait par moments de petits tapotements sur le dos de son ami. J'aimais bien observer ce genre de scènes.

– Vous avez toujours aimé les éléphants ? Ou alors seulement celui-ci en particulier ? demanda-t-elle.

– Oui, je crois que j'aime bien les éléphants. Je les trouve touchants. Ils m'ont toujours ému, sans que je sache pourquoi.

– Donc, vous alliez tous les soirs en haut de votre colline pour regarder l'éléphant, et le je ne sais combien de mai…

– Le dix-sept. Le dix-sept mai vers sept heures du soir. Les journées sont déjà longues à ce moment-là. C'était le crépuscule mais il y avait encore un peu de lumière. Dans la cage de l'éléphant, les lampes étaient déjà allumées.

– Vous n'avez rien remarqué de spécial chez le gardien ou l'éléphant ce soir-là ?

– Non, ou plutôt si. Je ne peux pas dire exactement. Je n'étais pas assez près d'eux, peut-être, enfin je ne crois pas qu'on puisse se fier à mon témoignage.

– Mais qu'est-ce qu'il y avait de spécial ?

Je bus une gorgée de mon whisky. Les glaçons avaient fondu. Il pleuvait toujours derrière les baies vitrées. Pas très fort, pas faiblement non plus. On aurait dit un élément statique de ce paysage posé là pour l'éternité.

– Il n'y avait rien de vraiment différent, dis-je. Le gardien et l'éléphant faisaient la même chose que d'habitude. Le gardien faisait le ménage, donnait à manger à l'éléphant, qui lui manifestait de petites marques d'affection. Comme toujours. Mais ce qui m'a frappé, ce sont les proportions.

– Les proportions ?

– L'équilibre de leurs tailles respectives. Il m'a semblé que la proportion était un peu différente par rapport à d'habitude. Leur différence de taille s'était réduite.

Elle contempla son verre de daiquiri un moment. La glace avait fondu et formait des sortes de petits courants qui essayaient de se mélanger au cocktail.

– Vous voulez dire que l'éléphant avait rétréci ?

– Ou alors que le gardien avait grandi, ou alors les deux en même temps.

– Vous en avez parlé à la police ?

– Bien sûr que non ! répondis-je. D'abord la police ne m'aurait pas cru, et en plus, si je leur avais dit que j'observais l'éléphant du haut de la colline, je serais devenu le suspect numéro un.

– Mais vous êtes sûr que leurs proportions étaient différentes ?

– Peut-être. C'est tout ce que je peux dire : *peut-être*. Je n'ai pas de preuve, et puis, je vous le répète, je n'ai fait que voir ça de loin, à travers une bouche d'aération. Enfin, je les avais quand même observés tous les deux des dizaines de fois dans les mêmes conditions, et il me semble difficile de me tromper sur leurs proportions.

« Je me suis dit que c'était peut-être une hallucination, et j'ai fermé et rouvert les yeux plusieurs fois de suite, secoué la tête, mais j'ai eu beau regarder à maintes reprises, la taille de l'éléphant ne changeait pas. Il avait rétréci. J'ai même d'abord cru que la ville avait acheté un autre éléphant plus petit. Cependant je n'avais jamais entendu parler d'un tel projet, et je ne loupais aucune nouvelle concernant l'éléphant. Il n'y avait pas d'autre explication : le vieil éléphant avait bel et bien rétréci. En regardant attentivement à nouveau, je me suis aussi rendu compte que son attitude et celle du vieux gardien étaient les mêmes qu'auparavant. Pendant que le gardien le lavait, il frappait joyeusement le sol de sa patte gauche, et caressait comme toujours le dos du vieux gardien de sa trompe quelque peu raccourcie.

« C'était un étrange spectacle. En regardant fixement à travers la bouche d'aération, j'ai eu l'impression que le vent glacé d'une époque révolue soufflait sur cette cage. Et le vieux gardien, tout comme l'éléphant, s'abandonnait avec joie à ce nouvel ordre qui essayait de les envelopper – ou les enveloppait déjà en partie.

« J'ai dû regarder cette scène pendant un peu moins d'une demi-heure. Les lampes de la Maison de l'Éléphant se sont éteintes beaucoup plus tôt que d'habitude, à sept heures et demie, et l'obscurité s'est étendue sur tout le parc. J'ai attendu un moment que les lumières se rallument, mais il n'en a rien été. J'avais vu l'éléphant pour la dernière fois.

– Alors vous pensez qu'il a rétréci au point de pouvoir passer entre les barreaux de son enclos ou encore qu'il a rétréci jusqu'à disparaître complètement ? demanda-t-elle.

– Je ne sais pas, répondis-je. J'essaie seulement de me souvenir exactement de ce que j'ai vu. Je ne tire aucune conclusion. Ce que j'ai vu de mes yeux était suffisamment impressionnant, pour être franc, et je n'arrive pas à imaginer quoi que ce soit de plus.

Ce fut tout ce que je lui racontai sur la disparition de l'éléphant. Comme je me l'étais dit au début, ce sujet était bien trop particulier pour être évoqué devant une jeune femme que je venais à peine de rencontrer, et trop sophistiqué aussi. Le silence s'installa entre nous une fois que j'eus fini mon histoire. Ni elle ni moi n'avions la moindre idée de ce qu'on pouvait dire après avoir évoqué la disparition d'un éléphant, sujet qui n'admettait pas de suite. Elle passa son doigt sur le rebord de son verre, moi je lus au moins vingt-cinq fois les lettres inscrites sur mon sous-verre. Je n'aurais jamais dû parler de l'éléphant. Ce n'était pas le genre d'histoire qu'on peut déballer devant qui que ce soit.

– Autrefois, j'avais un chat à la maison qui a disparu brusquement, dit-elle au bout d'un long moment. Mais évidemment, ça n'a rien à voir avec la disparition d'un éléphant.

– Oui, ça doit être différent. Déjà, il y a une énorme différence de taille, dis-je.

Une demi-heure plus tard, nous nous séparâmes devant l'entrée de l'hôtel. Elle se rappela qu'elle avait oublié son parapluie au bar, et je repris l'ascenseur pour aller le lui chercher. C'était un parapluie couleur brique avec de grands motifs.

– Merci, dit-elle.

– Bonne nuit.

Je ne la revis jamais. Nous nous parlâmes une fois au téléphone à propos de détails concernant l'article publicitaire. À ce moment-là, je songeai à l'inviter à dîner, mais finalement je ne le fis pas. En parlant avec elle au téléphone, il me sembla soudain que ce n'était pas vraiment important.

Cela m'arrive souvent depuis que l'éléphant s'est volatilisé. J'ai envie de faire quelque chose, et puis, tout à coup, je n'en vois plus l'intérêt : je ne vois pas la différence entre les conséquences que pourrait avoir l'accomplissement de cette action, et les conséquences de son non-accomplissement. Il me semble de temps en temps que les phénomènes qui m'entourent ont perdu leur équilibre juste et originel. Mais peut-être suis-je seulement victime d'une hallucination. Peut-être que cette affaire d'éléphant a déstabilisé mon propre équilibre intérieur et que les phénomènes extérieurs apparaissent désormais bizarres à mes yeux. C'est peut-être seulement moi qui suis responsable de cet état de choses.

Je m'appuie sur des images qui me restent des souvenirs pragmatiques d'un monde pragmatique pour continuer à vendre des réfrigérateurs, des fours, des grille-pain et des machines à café. Plus j'essaie d'être pragmatique, plus mes marchandises se vendent comme des petits pains – ma campagne de pub a eu un succès dépassant nos prévisions les plus optimistes – et plus je suis reconnu par un grand nombre de gens. Sans doute recherchent-ils une certaine unité dans cette cuisine qui s'appelle le monde. Unité de formes, unité de couleurs et unité fonctionnelle.

Dans les journaux, on ne trouve plus d'articles sur l'éléphant. Même dans ma ville, les gens semblent avoir oublié qu'il y eut jamais un éléphant adopté par la municipalité. L'herbe qui poussait Place de l'Éléphant a flétri, une ambiance hivernale s'étend déjà sur les alentours.

L'éléphant et son gardien se sont complètement évaporés, on ne les reverra jamais par ici.

Sources

Nouvelles tirées du volume 3 du recueil *Murakami Haruki Zen saku hin*, Éditions Kodansha :

Un cargo pour la Chine / *Chûgokuyuki no surô-bôto*
Le communiqué du kangourou / *Kangaru tsûshin*
La dernière pelouse de l'après-midi / *Gogo no saigo no shibafu*
Les granges brûlées / *Naya o yaku*
Le nain qui danse / *Odoru kobito*

Nouvelles tirées du volume 5 du recueil *Murakami Haruki Zen saku hin*, Éditions Kodansha :

À propos de ma rencontre avec la fille cent pour cent parfaite par un beau matin d'avril / *Shigatsu no aru hareta asa ni hyakupâsento no onnanoko ni deau koto ni tsuite*
La fenêtre / *Mado*
Les *Lederhosen* / *Rêdâhôzen*
Le silence / *Chinmoku*

Nouvelles tirées du volume 8 du recueil *Murakami Haruki Zen saku hin*, Éditions Kodansha :

La seconde attaque de boulangerie / *Panya saishû geki*
L'éléphant s'évapore / *Zô no shômetsu*

Family Affair / *Famiri-afea*
La chute de l'Empire romain, la révolte indienne de 1881, l'invasion de la Pologne par Hitler et le monde des vents violents / *Rômatoikoku no hôkai, 1881 indian hôki, Hittorâ no Porando shinnyû soshite kyôfûsekai*
L'oiseau à ressort et les femmes du mardi / *Nejimakidori to kayôbi no onnatachi*
Sommeil / *Nemuri*

Nouvelle tirée du recueil *Kenshinton no yûrei*, Éditions Bungei-shunjû :

Le monstre vert / *Midori no kedamono*

Nouvelle tirée du recueil *TV pîpulu*, Éditions Bungei-shunjû :

TV People / *TV pîpulu*

Table

DU MÊME AUTEUR

La Course au mouton sauvage
Seuil, 1990
et « Points » n° P1031

La Fin des temps
Seuil, 1992
et « Points » n° P828

La Ballade de l'impossible
Seuil, 1994
et « Points », n°P1067

Danse, danse, danse
Seuil, 1995

Chroniques de l'oiseau à ressort
Seuil, 2001

Au sud de la frontière, à l'ouest du soleil
Belfond, 2002
et « 10/18 », n° 3499

Après le tremblement de terre
« 10/18 », n° 3379, 2002

Les Amants du Spoutnik
Belfond, 2003

RÉALISATION : PAO ÉDITIONS DU SEUIL
IMPRESSION : NORMANDIE ROTO S.A.S. À LONRAI
DÉPÔT LÉGAL : JANVIER 2004. N° 63123 (03-3053)
IMPRIMÉ EN FRANCE